大国工匠

梁小明　笔　锋——— 著

天地出版社 | TIANDI PRESS

大国工匠

目　录

楔　子 ……………………………………………… 001
第一章 ……………………………………………… 007
第二章 ……………………………………………… 029
第三章 ……………………………………………… 045
第四章 ……………………………………………… 069
第五章 ……………………………………………… 085
第六章 ……………………………………………… 098
第七章 ……………………………………………… 114
第八章 ……………………………………………… 126
第九章 ……………………………………………… 138
第十章 ……………………………………………… 153
第十一章 …………………………………………… 167
第十二章 …………………………………………… 177
第十三章 …………………………………………… 189
第十四章 …………………………………………… 202
第十五章 …………………………………………… 214
第十六章 …………………………………………… 229
第十七章 …………………………………………… 244
第十八章 …………………………………………… 259

第十九章	269
第二十章	276
第二十一章	287
第二十二章	298
第二十三章	306
第二十四章	320
第二十五章	331
第二十六章	340
第二十七章	350
第二十八章	362
第二十九章	371
第三十章	381
第三十一章	392
第三十二章	401
第三十三章	412
第三十四章	419
第三十五章	426
尾　声	433

楔　子

2017年10月24日，北京。人民大会堂，这里吸引着世界的目光。

这是一个特殊的历史性时刻。亿万观众通过电视直播、门户网站、手机软件等各种渠道，热切关注中国共产党第十九次全国代表大会的盛况，关注着作为中国共产党政治宣言和行动纲领的十九大报告。习近平总书记宣布："第十九届中央委员会和中央纪律检查委员会，已由党的十九次全国代表大会选举产生。"会场内响起长时间的热烈掌声。热烈鼓掌的人群中，有一个年轻代表身着明灰色的工装，显得格外精神，他的代表证上赫然印着"央企职工代表杨浪"。

杨浪的身份是中车集团滨江轨道客车有限公司的一名高级技师。这是他人生中第一次参加如此高规格的政治会议，全国8000多万党员中仅选出2280名代表，央企代表团共有53个名额，他十分荣幸地成为其中一员。连日来，置身宽敞明亮的人民大会堂，与经常只能在电视上看到的各省市领导和先进人物并席而坐，亲耳聆听习近平总书记语重心长、温暖人心的话语，他的内心始终荡漾着春天般的激情与幸福。他从未感到自己的身心与伟大祖国靠得如此之近，他前所未有地感觉到个人的命运与这个时代紧紧相连。

尤其是十九大报告指出，要"建设知识型、技能型、创新型劳动大军，弘扬劳模精神和工匠精神，营造劳动光荣的社会风尚和精益求精的敬业风气"，他觉得特接地气，因为他深深知道，正是靠着这种"工匠精神"，才有了滨江轨道客车有限公司的今天，自己才能走进神圣的人民大会堂。他更加明白，不管是科技领域还是管理层面，不管工作的层次有多么千差万别，其实要干好都需要工匠精神，需要一步一个脚印，不骄不躁，熟能生巧，巧中生慧，把每件事做好，才能成就一番事业。一个国家如此，一个单位如此，一个人更是如此。

同时，杨浪还有一种恍若梦境的不真实感，从赴京开会的第一天起到盛会在雄壮的《国际歌》中结束，这种感觉一直强烈地伴随着他。他难以相信，曾经仅有技校文凭的自己，在20多年后的今天，祖国却给了他如此高规格的礼遇和殊荣；他甚至心有惭愧，只觉得在平凡的岗位为国家尽了些许绵薄之力，这个时代却给了自己这般夺目的荣耀和嘉许。

想到这里，他忍不住眼眶发热，缓缓流下了泪水。泪是热的，包含感恩和激动。

盛会在雷鸣般的掌声中结束，代表们激动地起立鼓掌，互相拥抱。代表们鱼贯而出，满面春风的表情洋溢着自信和激情。不少人掏出手机拍照留念，还有人打开手机视频与亲友分享人生这一辉煌时刻。

杨浪再次环视金碧辉煌的大厅，望望兴奋的人群，再望望神情庄严、精神抖擞的礼兵，依然感觉像是在梦境之中。

这时，杨浪的手机响了。电话是公司文化部新上任的徐主任打来的，问他会议结束没有，说已在酒店等他。这时，杨浪才记起一件事。这件事昨天徐主任是预告过的——北京交通大学邀请杨浪给学生做一场关于成长成才的励志报告，已经获得公司领导的同意。

回到十九大代表们下榻的酒店，徐主任带着校方人员前来接洽。来人戴着方框眼镜，是一个文质彬彬的中年男子，站在那里微笑地看着他。见杨浪并没有认出自己，中年男子推了推鼻梁上的眼镜："怎么，不认识我了？"

"你是……侯明杰？"杨浪张大嘴巴，诧异地问。

"不是我还有谁？来吧，老哥们儿，拥抱一下！"侯明杰张开双臂，激动地说。

杨浪站起来，左右看了看，压低声音说："明杰，你现在可是正厅级副校长，这样合适吗？"

"有什么不合适的，兄弟情还论级别？多少年没见了，唯有拥抱才能……"没等他说完，杨浪已紧紧地将侯明杰抱住："二十年，明杰，我们二十年没见了呀！当初要不是你，我想不会有现在的杨浪。"

两个中年大男人的这一举动，让在场的人纷纷注目。徐主任见二人如此熟络，大感意外。

北京交通大学主管教学的副校长侯明杰是开着私家车来接杨浪的，给中车集团滨江轨道客车有限公司发出邀请函请杨浪前去做报告的也正是他。二十年前他与杨浪因摇滚乐结缘，当年的摇滚青年，一个成了享受国务院特殊津贴的"大国工匠"，一个成了在材料科学领域有着卓越学术成就的科学家。命运的轨迹就是如此的奇特，用现在时髦的话语来说就是："一切皆有可能！"

在车上，杨浪与侯明杰一起忆往昔峥嵘岁月。快到交通大学门口的时候，侯明杰神秘地说："你今天真是来巧了，待会儿见着几个人，准让你吓一跳。"

"停车，我想下车看看。"杨浪没有询问侯明杰待会儿能见到谁，而是要求下车。车子停下，两人下车，远远望见宽大气派的交通大学校门口挂着一条大红横幅，上写"热烈欢迎十九大党代表、当代'大国工匠'杨浪同志到我校参访"。

"我知道你这人低调，挂这条横幅是校党委的一致决定，不是我个人的决定。你知道，我刚调来没多长时间。"

杨浪的眼神没有放在横幅上，而是看着进进出出神情欢快的学生们。他双手插兜，表情凝重。

"哎，当年你卖吉他的第一站不是交大，而是我们钢院，对吧？"侯明杰笑着说。

"你说的没错，当年卖吉他我首先去的钢院，当时已经改成北京科技大学了吧？"杨浪摸出一根烟，放在鼻子底下闻着。

"对啊！所以你拜错了庙门，你真要回想当年岁月，应该站在我们钢院门口。想抽烟就抽，没事儿。"侯明杰摸出打火机要给他点烟，杨浪摆了摆手说："不抽了，我爱闻这个烟味儿。"他摸出烟盒，将烟卷插进盒里，淡淡地说："当年我妈要是没死，也许我也是这里的毕业生。"

"这……这又是什么故事？当年可没听你说过。"侯明杰好奇地看着他问。

"哥！"一声清脆的喊声从身后传来。杨浪诧异，扭头看去，只见妹妹罗娟从一辆通用牌商务车上下来。

"罗娟？你怎么来了？"杨浪快步上前，诧异地询问。

"宋飞在这儿搞他的弯管试验，我过来看看他。哎，哥，嫂子呢？她没跟你一块儿过来？"

"彭薇？怎么，她不在滨江？她也来了北京？"杨浪好奇地问。

"嫂子没跟你说吗？你看这事儿闹的，你们两口子……"

"走走，进去说，这儿乱哄哄的，不是说话的地方。"侯明杰拉着杨浪走进校园。罗娟跟随在后，从包里拿出一个纸包，打开，里面是一张冒着热气的煎饼果子，她边吃边说："侯校长，都是你安排的吧？"

杨浪的报告会时间定在了下午两点。开讲前，在小礼堂的贵宾厅，杨浪与妻子彭薇见了面，在场的还有妹妹罗娟、妹夫宋飞。学校方面，除了侯明杰陪坐外，还有学生会及校团委的两位干部。

北京交通大学与滨江轨道客车有限公司原先都属于铁道部，杨浪的妻子彭薇作为滨江轨道客车有限公司"复兴号"总设计师来学校是参加关于一项新型电力牵引系统的论证会。妹妹罗娟是滨江轨道客车有限公司的首席焊接技师，同样享受国务院特殊津贴，她是前来探望自己的丈夫宋飞的。而同样连续三届当选中华全国总工会授予的"大国工匠"称号的宋飞来交大是为了一项动车组制动管路的弯管试验，宋飞除了"大国工匠"的名头，还是党的十八大代表，是第十三届全国人大代表。

"你们这一家子，三个'大国工匠'，一个'复兴号'总设计师，四个都享受国务院特殊津贴。你们知道，中车集团来交大的'大国工匠'们不少，可像你们有这种关系，那可是稀罕得很。杨浪，待会儿你的演讲要多讲讲你们这一家子的事情。"侯明杰边说边从烟盒里抽出一根烟放在鼻子下闻着。学生会的干部掏出打火机要给他点烟，他摆摆手说："我现在学会了一招，烟要闻着才香，点着了那就是污染。"

众人笑起来。

小礼堂门口，学生们鱼贯而入。不少学生围聚在一块大幅广告牌前观看。广告牌上是杨浪的大幅肖像，以及关于他的文字介绍。

"十九大党代表；第十三届全国政协委员；享受国务院特殊津贴；连续三届中华全国总工会'大国工匠'称号获得者；连续三届全国五一劳动奖章获得者；中车集团滨江轨道客车有限公司高级技师；全国道德模范……"小礼堂内传出侯明杰的声音："下面让我们有请中车集团滨江轨道客车有限公司铝合金分厂高级技师杨浪师傅上台演讲。"

小礼堂内座无虚席，就连过道两侧都挤满了学生。杨浪走上台，身着滨江轨道客车有限公司工作服的他冲着台下深深地鞠了一躬，掌声雷动。杨浪的神情略显紧张。虽然这些年婉拒了太多的类似演讲，但是有些推不掉的报告会与演讲还是让他有所锻炼，所以他并不怵这样的场合，但是今天他却有些紧张。他不明白这种紧张为什么会让自己的心萦绕着一种莫可名状的伤怀，是因为昨晚梦到了妈妈吗？也许是，他说不清，他这样想。二十年前如果妈妈还在，他一定会考取北京交通大学，成为这里的一名学生，毕业后就不会以工人身份进入滨江机车车辆厂，他会是车辆厂的一名干部,也许就如现在的妻子彭薇一样,他会是一名工程师。但不管是什么身份,他明白,这一切都源自滨江机车车辆厂,就像宋飞早先说的,我们的魂在车辆厂,怎么飞都离不开。

然而,生活没有假设。杨浪定了定神,用平实的语言,给学生们讲述了自己的成长经历,讲挫折,讲彷徨,讲失败,讲教训,也讲执着与坚守。报告会结束,许多学生感动得热泪盈眶,不少人冲上讲台请他签名留言,有的要求签在笔记本上,有些要求签在衣服上,还有的要求签在手心里……

报告会的第二天,杨浪踏上返回滨江的"复兴号"高速列车。动车组疾驰在铁轨之上,车体运行十分平稳,杯中的茶水看不出丝毫摇晃。列车的座椅颇为舒适,旅客们或玩着手机,或用笔记本电脑看着大片,或捧读手中的书,或轻声聊天,或闭目养神,十分休闲放松。车窗外的绿树、河流、田野、村庄和城市快速地向后移去。回顾十几天来梦幻一般的经历,回想自己20多年跌跌撞撞的来路,杨浪胸腔感到鼓鼓的,心潮翻滚,难以平静。思绪的闸门慢慢打开,他脑海里像过电影一样,闪回着20年前滨江机车车辆厂那破旧斑驳的大门,彭薇那十七岁时的淡然与美丽,张晓培那些热辣又疯狂的举动,以及自己"北漂"时住过的那间逼仄又脏乱的地下室……

第一章

　　1996年的春天一如往常，掠过三北防护林的沙尘暴，威力被削减了许多，但依然在滨江市上空形成一道淡红色的景观。空气中弥漫着土腥味儿，街道上来往的车辆都打开了车灯，尽管如此，刚抽芽的树在风中闪烁着新绿，人们依然享受春天。对于长久居住在滨江的人们来说，刮着沙尘的春风才象征着春天。

　　滨江机车车辆厂庆祝五一劳动节文艺演出暨全国劳模表彰大会是在四月二十九号这天召开的。本来是定在三十号的，正好赶上铁道部李副部长推迟了返京时间，所以就定在了二十九号。借着李副部长在厂里视察的机会，由李副部长亲自给劳模们颁奖意义自然不同。不同之处在于李副部长曾经是滨江机车车辆厂的厂长，也是新中国成立后厂里第一位以总工程师的身份获得全国劳模的机车车辆厂人，他对滨江机车车辆厂以及滨江机车车辆厂对他的感情，那自是有着深厚的渊源！

　　大礼堂内座无虚席，前来参加大会的干部职工代表总共有八百多人。截止到这年，滨江机车车辆厂有在职以及离退休干部职工近三万人，因而能进入大礼堂参会的这八百多人都是在世的滨江机车车辆厂人中的佼佼者，是各种级别的劳模或是各种称号的优秀工作者。

伴随着激昂的《运动员进行曲》乐曲声,铁道部李副部长在滨江省陈副省长、铁道科学研究院孙院长、滨江市市委王书记、省工业厅赵厅长、滨江机车车辆厂厂长高学明等一众领导的陪同下走上主席台,众人频频向台下挥手,在各自座位上就座,座位前大红绒布蒙着的桌子上摆放着写有领导姓名的名牌。台下坐着的干部职工代表全部起立鼓掌,气氛十分热烈。

厂长高学明今年五十五岁,两鬓已有些斑白。他快步走到司仪位置,快速地扫视了一圈台下的观众,面带微笑地伸出双手在空气里轻轻按了按,音乐声和众人的掌声便停下来。高学明侧过身,将征询的目光投向主席台李副部长的位置,李副部长不动声色地点了一下头。高学明得到示意后,对着面前的麦克风朗声说道:"同志们,让我们再次以热烈的掌声欢迎各位领导与专家来我厂视察指导工作!"语音一落,台下再一次爆发出热烈的掌声。

接下来,高学明用右手轻轻扶了扶麦克风,字正腔圆地开始念台面上早就摆放好的讲话稿:"尊敬的各位领导、专家、来宾们,尊敬的机车厂干部职工代表们:大家知道,今年是滨江机车车辆厂建厂一百周年,一百年的风风雨雨、艰苦历程,滨江机车厂从清代的滨江路矿局修车厂……"这个讲话稿是厂办公室主任王舜田执笔起草的,他可是厂里出了名的笔杆子。此前高学明还对讲话稿进行了多次润色,所以念起来感情显得格外充沛,情绪十分投入。可是,此时的王舜田却显得焦躁不安,站在礼堂主席台的角落里,暗暗跺脚,急切盼望厂长的讲话快点结束。

王舜田知道这个讲稿没有多长。几分钟后,高学明的讲话开始收尾:"'骏马腾飞成壮举,灵羊起步赴新程'。我厂在生产效益与社会效益取得双丰收的同时,百尺竿头再进一步,根据全国机械工业行业协会的统计,滨江机车车辆厂年生产总值再次位列全国工业企业500强,排名稳步提升,并且首次进入全国机械制造行业前20强……"

高学明讲话结束，李副部长率先鼓起掌来，台上台下又一次引燃热烈的掌声。

待大家的掌声渐渐稀落，高学明热情地提高调门，大声宣告："下面，让我们以最热烈的掌声欢迎李副部长讲话！"台上台下的掌声再次爆响，但明显比前两次更加热烈。这时，满面笑容的高学明才走到自己的座位上坐下。王舜田一刻不敢耽误，从主席台的那个角落脚步匆急地向他走过去。

李副部长脚步稳健，缓步走到讲台前，语气谦虚地讲道："首先，我向陈副省长、王书记，以及各位来宾、干部职工代表们问候五一劳动节快乐，祝福大家身体健康、万事如意，祝福滨江机车厂百尺竿头更进一步，赢得更大的辉煌！"掌声再响。接着，李副部长并没有照本宣科念自己面前的讲稿，而是饱含深情地脱稿演讲："同志们，再次回到滨江机车厂我很激动，十年前我从咱们厂厂长的任上调到铁科院……我离开的十年，也是滨江机车厂发展飞跃的十年，滨江机车厂这些年取得的成就我很欣慰，当年研制的YW25型高级卧铺车不仅打开了国内市场，而且还多次赢得出口订单……"

王舜田敏捷地在高学明身边蹲下身子，在他耳边急切地低语着。高学明的脸色变得难看起来，后来狠狠瞪了他一眼，表情严肃地低声吩咐了几句。

得到指令，王舜田快步躬身向台下首排就座的副厂长兼副总工程师何向华走去，与他耳语几句，何向华当即起身离开。接着，台下坐着的七八名中老年工人代表也相继离席，不少代表不解地向他们看去。

高学明脸色难看是有原因的。

原来，作为中国近代工业发源地之一的滨江市是副省级大市，而滨江机车车辆厂与清朝末年的滨江煤矿、滨江铁矿组成了晚清政府当年在中国北方肇建的滨江路矿局。可以这么说，中国铁路机车制造业缘起于滨江市，缘起于滨江机车车辆厂。再进一步说，当年滨江路矿局设立的滨江路矿学堂还是后来北方交通大学（后改名"北京交通大学"）、西南交通大学的开端。然而，"往事不要再提，人生已多风雨"这句歌词对于百年滨江机车车辆厂来说十分贴切，过去的辉煌都已经是历史。现如今多少企业破产、倒闭，其中不乏国营大厂，不乏有年代、有历史的大厂。滨江机车车辆厂虽然屹立未倒，并进入了全国工业企业500强和全国机械制造行业前20强，但在改革开放的大潮中，近年来也正经历着革故鼎新带来的困境和阵痛，尤其是目前工厂周转资金十分紧张，已连续三个月没有给工人发放工资和奖金……

东边日出西边雨。在高学明满面春风地讲话的时候，工厂车间里却是另一番景象。相对于大礼堂内人们的欢愉与鼓掌，车体车间内的工人们却是一个个愁眉苦脸、垂头丧气。

导火索是由车体车间一个外号叫作"麻杆"的高瘦年轻工人点燃的。瞅着车间内火花飞溅，听着机械加工的噪音此起彼伏，车间已三个月发不出工资，想着老婆早上出门前数落家里没钱给孩子买奶粉的事，麻杆就觉得心中十分窝火。他无心在铣床工位上干活，干脆将手里的扳手重重地扔在工具台上，然后抓起一块黑乎乎的抹布擦着满是油污的手。这一幕正好被另一个班组的工友赵老五看见。赵老五嬉皮笑脸地走过来，故意对他说："麻杆，给根烟抽。"麻杆没好气地回道："给你个屁，抽不抽？"赵老五并不生气，有意提高嗓门调侃他："哎，你们车间不是发奖金了吗？怎么的，又让你老婆刮走了？"不提这茬还好，一提钱正好刺中麻杆的伤心之处。麻杆恨恨地拿起刚才那把扳手，又用力地在工具台上砸了一下，大声骂道："发个屁！仨月没闻着奖金是啥味儿的了！哎，赵老五，你说咱们还干个什么劲儿？工资拖着，奖金也见不着，还成天的全国500强，这强那强的，这不是糊弄鬼吗？干脆破产关门得了！"

两人的抱怨立即引起旁边工人的注意，他们三五成群地向麻杆和赵老五聚拢过来。赵老五见一下子聚了不少人，顿时来了精神头，提高嗓门大声抱怨："我们车间更惨，到现在连去年的年终奖镚子儿没见着，给我闺女买奶粉的钱都是我媳妇儿觍着脸跟丈母娘张口要的，不怕你们寒碜我，我上街要饭的心都有！"众工人眉头紧锁，七嘴八舌地议论起来。看到众人都是一脸的义愤之色，麻杆火上浇油地起哄："干活就得拿钱，这是天经地义！走，咱们找厂里讨个说法去！"这时有人担忧地提醒道："听说厂部大楼里坐办公室的，还有车间主任、工段长都欠着呢，咱们这么闹不合适吧？"麻杆圆眼一瞪，愤恨地吼道："有什么不合适的？人家那是干部岗，本来工资就比咱高，咱那仨瓜俩枣就不能欠，那可是养家糊口的活命钱！""对，不能欠咱卖苦力的钱！趁着李部长在，咱们得找他说道说道去！""对，找领导说说去！一块儿去，人多力量大，看他们给咱什么说法？走，走，一块儿去……"众工人你一言我一语，很快形成了声势。

情绪是能够传染的。工人们的情绪之火蹿起来，从车体车间烧到了转向架车间，也烧到了装配车间。转向架车间主任张怀义知道麻杆和赵老五都是不好惹的主儿，于是和其他工段长和车间主任上前劝了几句，一看没什么效果，也不敢硬劝拦阻。这股火蹿出车体车间，很快在整个厂区熊熊地燃烧起来——众工人在麻杆和赵老五的带领下，气势汹汹地向车间大门口拥去。

张怀义一看要出事，急忙给厂办主任王舜田打电话汇报情况。王舜田觉得事关重大，才撂下电话一路小跑到大礼堂找高学明定夺。

闹事工人的目标是东厂区大门，因为那里是通往厂部大礼堂的必经之路。闹事的队伍一路喊着："我们要吃饭！我们要生存！"这个口号是临时形成的，但很有煽动力。队伍所经之处，不断有工人从各车间里拥出来，加入浩荡的人流当中，一时间人数竟达到四五百之多。

但是，大厂毕竟是大厂。闹事的队伍沿路不断有人加入进来，同时也不断有人选择退出。首先是工人们中间的党员们考虑到自己的身份，思虑之下多有退出；其次是班组长们与个别工段长，虽然与工人们一样忍受着薪水不到位的痛苦，但毕竟当着个"小官"，知道这样去闹事儿也不合适，于是退出；再次是一些老工匠、老师傅们，他们对于滨江机车厂有着特殊的感情，很多都是全家三代人在厂里工作，如果因为厂里一时的困难而去找麻烦，也不大对得住自己的那份感情，因而也有退出者。等众工人快走到东厂区门口的时候，汇聚的人群已经减少了将近一半，剩下不到300人。

东厂区大铁门紧锁。厂警们早接到死命令：没有厂领导的命令，任何人不得打开铁门。

一道大铁门挡住了众人去路。带头闹事的麻杆挥舞着手中的扳手，呵斥厂警快点开门。厂警态度强硬，坚决不开。麻杆上前一把揪住一名姓邢的中年厂警，他知道他是众厂警的头儿。麻杆恶狠狠威胁道："你开不开？今儿个你要是敢不开，我们大伙儿一人一口吐沫都能把你淹了，信不？"众人跟着起哄叫嚷："快开，开大门，快开，再不开我们可不跟你客气了，快点开……"邢姓厂警见对方人多势众，知道不能硬顶，一脸无辜地哀求道："你们别逼我好不好？厂领导说了，我要是开门就开除我呀！"赵老五可不愿听那么多，冲上去用力搡了他一把，叫嚷道："邢秃子，你能不能有点同情心？你不也欠着工资、奖金？咋还跟他们一伙儿了呢？"中年厂警被搡了个趔趄，委屈地整整自己的警服，真诚地劝慰众人："我跟你们说，坐办公室的也都欠着呢，我听说高厂长已经半年没领工资了……"此时众人哪里听得进去这些话，赵老五极不耐烦地大声叫嚷："少跟我们瞎扯，他半年不领工资照样吃香的喝辣的，我们弟兄们就得喝西北风！"麻杆也早已失去耐心，把本来就挺大的眼珠瞪得溜圆，仿佛要掉出来一般，又一次高高地举着手中的扳手厉声威胁："你到底开不开？别给脸不要脸！"

这时，大门外突然传来一个洪亮的声音："邢师傅，开门！"

众人都吃了一惊，循声看去，只见副厂长何向华带着一众老工人们已出现在大门外。一个矮胖老工人冲在最前面，他隔着铁门栏杆伸手要抓麻杆，麻杆麻利地撤身往后退。矮胖老工人张口骂道："麻杆，你个王八蛋，你还敢挑头闹事儿，给我滚回去！""师父，今儿个没人挑头，大伙儿也都是给逼急了眼，我们也得养家糊口呀！"麻杆不服气地辩解，只是声音明显低了不少。矮胖老工人继续大声骂："放屁！你……"何向华伸手制止了那个矮胖老工人，十分镇定地对他说："褚师父，你冷静，大伙儿都冷静！"然后正视着那位中年厂警，说道："邢师父，开门！"

中年厂警有些不敢相信自己的耳朵，担心地看着年轻的何向华，迟疑道："何厂长，你……"

何向华加重语气，以不容商量的口吻命令道："我让你开就开！"

中年厂警不再犹豫，三下五除二利索地打开铁锁，并向闹事的人群大声喊道："往后退一退！"众人不情愿地向后稍稍退了退，中年厂警这才将两扇大铁门完全拉开。

麻杆并没有被这阵势唬住，一脸鄙夷地打量了一番何向华，挑衅道："何副厂长，我们知道您来是什么意思，您也知道我们是什么意思……"矮胖老工人对麻杆目无尊长的张狂有些看不下去，厉声斥责："麻杆，没你说话的份儿！"何向华拍了拍矮胖老工人的肩膀，口气平缓地说："褚师父，你别说话，让他们说！"麻杆见何向华如此淡定，知道硬来不行，很快换出一副可怜的样子，以退为进："何厂长，但凡要是能过得下去，我们不会这么干，大伙儿说，是不是？"说"是不是"几个字时他故意把调门提得很高，同时扭头看着身后一众人等。众工人心领神会，跟着帮腔起哄："对，发工资，发奖金，发工资，发奖金……"

何向华没有立刻制止众人，而是用冷峻的目光向黑压压的人群扫视了一遍，听到起哄的声音稀落下来，才用征询的口吻向众人说："我知道大家就这一个诉求，能听我说两句吗？"众人无人作答。赵老五知道不能沉默，阴阳怪气地揶揄："何厂长，按辈分我应该叫你一声师叔，你也是机车厂的子弟,车间里的工友们生活有多困难你很清楚,你最好别胳膊肘往外拐。"何向华用犀利的目光扫了赵老五一眼,然后对众人大声道:"大伙儿的困难我的确很清楚,可咱滨江机车厂有多困难你们未必清楚。"麻杆一听何向华要讲厂里的困难,不胜其烦地打断了他的话:"那跟我们扯不着,我们就知道干活拿钱。"矮胖老工人见自己的徒弟如此刁蛮,忍不住又骂道:"麻杆,你他娘的钻钱眼里啦,啊?!"

何向华相信众人能够理解工厂的难处,于是提高嗓门真诚地向众人说道:"工友们,厂里不是不知道大家伙儿的困难,也不是不体谅大家伙儿的困难,拖欠大家伙儿的工资、奖金只是暂时的,大家知道我们搬迁到新厂,贷款好几个亿……工友们,这次技改投入多大,大家伙儿也都看到了,光更新机器设备我们就投进去将近一个亿。有了这些新设备,咱们厂的生产效率就会提高,就能接更多的订单……"麻杆见何向华的道理讲得没完没了,又一次打断何向华的讲话,发动众人说:"何副厂长,新设备是该投,可机器是死的、人是活的,我们领不着钱,再好的机器我们也没心气儿开,大家伙儿说对不对?"在麻杆的启发和带动下,众人又齐声起哄:"对——发工资,发奖金,发工资,发奖金,一分都不能少……"

就在众人正起哄的时候,有两个人快步从家属区向东厂区门口赶过来。走在前面的是一位留着花白胡须的老者,年纪70多岁,健步如飞,脸不红气不喘。他的名字叫杜立德,已有50多年工龄,是滨江机车厂内德高望重的老师傅,同时也是何向华的岳父。紧跟在他身边的中年工人名叫杨建国,是车体车间的一名高级技工,也是杜立德的一名徒孙。请杜立德出山,是厂长高学明的安排。高学明考虑何向华虽然是副厂长,但毕竟从小在机车厂长大,可能镇唬不住众人,于是专门让人请杜老爷子救火。眼看两人就要到东厂区大门口,杨建国气喘吁吁提醒杜立德:"师爷,您慢着点,别摔了!"杜立德像没听见一样,反过来问他:"李副部长还在吧？"杨建国答："在，开五一大会，正讲话呢！"

说话间，两人已到东厂区大门口。闹事的人群中有眼尖的一眼就认出了德高望重的杜立德，禁不住失声喊了出来："杜太爷来啦！"

众人没有想到此时杜立德会突然出现，不少人都打了个愣怔。

赵老五也先是一愣，当看到杜立德身后的杨建国时，急忙缩头躲在人群内。

那名矮胖的老工人急忙上前，满脸委屈地向杜立德诉苦："师爷，我就知道您能来，您瞅见了吧，闹事儿的没几个老家伙，全是一伙半生疙瘩。"

何向华见到杜立德，仿佛见到救星一般，亲切地喊了一声："爸，您老……"杜立德冲着何向华摆了摆手，用力地咳嗽了两声。杨建国见麻秆手里攥着一把扳手，没好气地说："麻秆，大老远就听见你诉苦，有话跟你师太爷好好说。"麻秆负气将扳手扔到地上，露出可怜兮兮的样子，说："师太爷，工友们实在是没办法了，三个月没发工资，奖金也七扣八扣的还不够一壶醋钱，大家伙儿但凡要是能过得去，都不会……"杨建国气愤地问道："麻秆，是只差你一个人的还是全厂都没发，你心里没数吗，啊？"麻秆一时接不上话。杜立德这时转过头对杨建国说："建国，你先闭嘴！"然后又用十分严厉的目光盯着何向华，质问道："向华，你是厂领导，欠了这么长时间的工资、奖金，你是怎么跟工人们解释的？"何向华毫无思想准备，他万万没想到岳父会当着众工人质问自己。何向华压住嗓门，低声说："爸，咱们厂……"不料想，杜立德突然暴怒如雷，大声斥责："别叫我爸，这场合叫杜师傅，这都不懂？！"何向华脸上白一阵红一阵，很是尴尬，只好换了恭恭敬敬的口气解释道："杜……师傅，刚才我都跟工友们解释了，这次是因为厂里设备更新换代暂时挪用了大伙儿的工资、奖金。"杜立德听到解释，又不满意地问："设备更新投入是好事儿，你们这些当领导的别以为工人们不理解、不懂事儿，可你们是怎么做的？车间主任口头传达通知一下就完了？你们不知道车间工人们有多少是双职工？你们不知道他们也得吃饭，也得养家糊口？"何向华委屈地说："不是，爸……"杜立德抬起右手用食指和中指指着何向华，大声训斥："你闭嘴！我再问你，设备更新换代就该占用工人们工资、奖金？你们是怎么当领导的？是怎么管理的？怎么经营的？厂子要是效益好还用挪用工人那点工资？我跟你说，咱机车厂到今儿个整整一百年了，八六年发洪水冲了厂子也没欠过工人们工资，这改革开放都这么多年了，你们……"

由于情绪太过激动，加上一连串的发问，杜立德有点岔气，剧烈咳嗽起来。

杨建国急忙给杜立德拍后背顺了顺气。接着，杜立德继续斥责何向华："何厂长，你别嫌我的话不好听，工人们干活拿工资那是天经地义的，合理合法，你们拖欠那就是违反劳动法，你们厂领导都是高级知识分子，这都不懂？"工人们眼见杜立德如此不留情面地训斥何向华，神色也都渐渐地和缓下来。杜立德徐徐地向闹事的人群望了望，又收回深沉的目光看了看何向华，语气已不似先前那般凌厉，说道："说一千道一万，是厂里欠了工人们，不是工人们欠了厂里，这事儿闹到哪儿工人们都有理。厂里有困难大家伙儿都能体谅，可你们也得有个好态度，起码得道个歉，你说我说的对不对？"何向华明白这是杜立德在给自己台阶下，急忙顺坡下驴应承道："我……好，我向工友们道歉！"稍微调整了一下情绪，何向华满脸虔诚地大声向众人道歉："各位工友，这次拖欠大家的工资、奖金这么久，我们厂领导有不可推卸的责任，给大家伙儿的生活造成了困难，真的是对不住大家，我给你们鞠躬、道歉！"

说罢，何向华深深地向众人鞠了一躬。

站在众人最前面的麻杆没有思想准备，一下子变得紧张和不好意思起来，竟然结巴得说不出一句完整话："何厂长，您……这……我们……"接着何向华更加诚恳地说道："对不起，对不住大家了，会后我就向高厂长反映情况，争取尽快将大家的工资、奖金补发，请你们相信我！"众工人反而尴尬起来，不好意思地看着麻杆和赵老五等几个挑头的人。此时，沉默在一旁的杨建国接过了话茬："麻杆，别说了，师太爷给你们捋顺这口气儿，不闹了吧？"麻杆讪讪地笑了，不好意思地说："师太爷有这话，我们大伙儿心里都暖和，大伙儿说对不对？"众工人也顿时觉得气顺了不少，几乎异口同声地答"对"。

事情到这里，问题基本得到解决。一直躲在一旁观察事态发展的王舜田悄然退出人群，一路小跑着向礼堂而去，他要把好消息第一时间报告给高学明。

杜立德见众人情绪基本平复，趁热打铁地说："趁着大家伙儿都在，我杜立德就倚老卖老再多说两句。咱滨江机车厂倒不了，现在经营上有点困难那都是暂时的，肯定会过去。我1945年春天入厂，当时才十五岁。没过几个月，日本人撤走的时候把咱厂子都炸了，我们在厂里共产党员的带领下照样把厂子重新建了起来；1961年苏联专家都撤走的时候，很多人也以为咱厂要垮了，我们照样把东风4型机车搞了出来；1986年滨江发洪水，为了保300万滨江百姓，咱们厂硬生生地给洪水冲毁了。厂子毁了，可咱滨江厂的工人们心气儿都在，硬邦邦地在那儿戳着，没一年，这儿的新厂咱又建了起来。咱滨江厂几次起死回生，靠的是什么？靠的是咱们工人在党的领导下艰苦奋斗的精神，靠的是咱们工人师傅们丁是丁卯是卯的敬业精神，只要这精神头在、心气儿在，咱们滨江厂一定会越来越好……"

杜立德慷慨激昂的一番话，讲得众人热血沸腾，不少人禁不住就鼓起掌来。

一场危机化解了，工人们三五成群地散开，陆续向自己的车间走去。

此时，厂部礼堂里的活动刚好圆满结束：李副部长与陈副省长为两名全国五一劳动奖章获得者颁了奖，市委王书记等领导给五名省级五一劳动奖章获得者颁了奖，高厂长等领导给五名市级五一劳动奖章获得者颁了奖。

众人将李副部长一行送上返程的专车后,高学明重重地拍了拍王舜田的肩膀,长长舒了口气,仿佛心中一块巨大的石头落了地。

第二天,天还没有大亮,滨江机车车辆厂又开始新的繁忙的一天。这是初夏的清晨,已经可以着单衣单裤,清新的空气本应弥散花树的芬芳,但因为轻微的沙尘暴,空气中杂带一股淡淡的土腥味。成了家的职工们早早给孩子做好早点,招呼一家大小吃过饭,就步行、骑自行车或摩托车送孩子去上学,之后才伴着厂里上班的音乐走向车间。

杨建国的家庭比较奇特,他的亲生儿子名叫杨浪,今年十九岁。同时,他家里还收养了两个与杨浪年龄相仿的一男一女,男孩叫周晖,女孩叫罗娟,他们的父母都曾是杨建国夫妇的师弟妹。1978年,铁道部指示滨江机车厂派一支援外队伍前去坦桑尼亚与赞比亚两国,为坦赞铁路配套的几座机车大修厂组装调试设备并培训当地工人。何向华的父亲何三宝带着杨建国、宋卫国等一众徒弟受命前往,其中有两对夫妇就是周晖与罗娟的父母。不想一次意外的车祸,让何三宝等13名优秀工匠客死他乡,杨建国与宋卫国因为没有随车外出而幸免于难。周晖和罗娟的父母双亡后,厂里一了解才知道他们的老家在陕西和广西两省的偏远农村,仅有一两个远房亲戚,但都是老实巴交的庄户人家,日子过得紧巴又艰难。特别是周晖更惨,只有一个年迈的老奶奶在陕西商洛山区里过着苦日子。身为何三宝大徒弟的杨建国不落忍两个孩子受罪,征得他们远房亲戚同意,便收养了周晖与罗娟。杨建国的妻子薛丽萍也是何三宝的女徒弟,对两个孩子视如己出,甚至比对自己亲生的杨浪还要更加照顾。

杨浪和周晖同岁,现在都在滨江市第一中学读高中三年级。罗娟比两个哥哥小一岁,也在同一所学校念书,比他们低一级,读高二。虽然家中有三个学生,但杨建国夫妻早已过了送孩子上学的阶段。可是作为高二、高三孩子的父母，杨建国和薛丽萍与其他父母一样，心中充满了焦虑，他们不得不为孩子们考虑未来前途和命运。尤其是杨浪和周晖再有一个月就要参加高考了，能不能考上大学、将来怎么办都是眼巴前的事，咋能不上心呢？

两个儿子都上高三，但情况却不相同。杨浪从小在机车厂长大，耳濡目染工匠们在车间里的生产劳作，在机械加工方面有着很高的天赋，但文化课学习方面却没有那般优秀，如果好好努力兴许可以考个重点大学，但也有可能会落榜。周晖的学习明显比杨浪好出一大截，在班里总是名列前茅，所以上个好大学应该没有什么悬念。

对于两个孩子的出路问题，杨建国与薛丽萍存在分歧。杨建国觉得自己家两辈都在滨机厂当工人，深知当工人的不易，一心想让杨浪报考铁道部每年给滨机厂专向分拨的北京交通大学以及西南交通大学定向委培指标，这样儿子一来可以顺利成为干部，二来可以顺理成章地进厂就业。但薛丽萍不支持这个想法，她了解儿子生性叛逆并酷爱音乐，早就想脱离机车厂的藩篱，去追求属于自己的梦想。作为母亲，她认为爱孩子的最好方式就是充分尊重他的意愿和选择，所以坚定地支持杨浪报考他心仪的北京现代音乐学院。在分歧面前，杨建国相信真理永远掌握在少数人手里，作为一名负责任的一家之主，他不能任由他们娘俩瞎闹腾。早上出门前，他还因为这事又跟薛丽萍吵了一架。"报考委培生的事，没有任何商量的余地，必须去！"他扔下这句话后，便摔门而出。

来到自己工作的车体车间一工段铆钳一班，空荡荡的工位上不见一人。杨建国抬腕一看表，发现自己早到了十分钟。他无聊地拿起桌子上的《滨江日报》翻阅。这时一个人走进车间，径直向铆钳二班工作区走去，不用看他都知道这是二班班长宋卫国，自己的同门师弟。杨建国不太喜欢这个师弟。论性格，宋卫国个性低调、不善张扬又有主见，论专业水平和对工作的严谨细致也不在自己之下，只是作为当年同时追求自己妻子薛丽萍的竞争对手，特别到现在他居然还对薛丽萍念念不忘，经常利用各种机会套近乎,这让杨建国十分讨厌。有几次,他差点忍不住想找机会揍他,但一想到毕竟师出同门又在一个工段工作,更重要的是也没有抓到他与妻子不轨的真凭实据,只好忍气作罢。

另外,还有一件事让杨建国心里不爽,那就是宋卫国的儿子宋飞今年也上高三,学习成绩跟杨浪差不多,但宋飞很听宋卫国的话,已经同意并预报了厂里的定向委培生。同时,今年厂里还有一个女孩面临高考,是另一位相熟的工友彭明选的闺女,叫彭薇。她与杨浪是同班同学,但不同的是这个闺女可不得了,虽然上初中时才转学到滨江一中,但学习特别好,几乎每次考试都是年级的前几名,所以这个孩子不提也罢,人家根本不会考虑委培生这样的选项。

宋卫国见到杨建国已在车间,客气地打招呼:"师兄早!"

杨建国把头埋在报纸里,不情愿地回了一句:"嗯,早!"

这时,工人赵老五和张俊生迈着四方步,大摇大摆地进了车间。赵老五他们一边走还一边兴奋地夸耀着昨天带头闹事的威风场面。

赵老五走进休息室,准备换工作服。一抬头,发现自己的师父杨建国站在自己面前,禁不住吓了一跳,因为师父平时总是准点来准点去,很少迟到,也很少早到。

赵老五正要嬉皮笑脸地打招呼,没想到杨建国已用手里攥着的报纸狠劲地敲打在了他的头上,并大声骂道:"你小子还敢煽动工友去闹事儿,能耐了,出息了,长本事儿了,是不是?啊!你以为躲人堆儿里头我就瞅不见你,是不是?你个混蛋玩意儿,我这张脸让你丢光了!"

杨建国一边骂着,还一边用眼睛瞟着宋卫国所在的铆钳二班。

赵老五慌忙地夸张躲闪,嘴里油嘴滑舌地辩解:"师父,这昨天的事都过去了,您怎么还翻旧账呀!咱着眼未来行不行?往事不要再提,人生已多风雨……"杨建国扔下报纸,威严地说道:"还耍贫嘴!下了班你给我去扫大厕,一个礼拜。"赵老五知道师父说一不二,没敢讨价还价,只能咧着嘴装出满不在乎的样子,应承道:"行行,扫半个月都行。"但忽然又想到什么，张口道："哎，师父，这回市劳模给了多少钱奖金？"

杨建国没吭气，迟疑了一下，从衣兜里摸了摸，掏出一把十元钞票全部递给赵老五，口气缓和地说道："就这么多了，你都拿上。"赵老五一时有些摸不着头脑，诧异地问："师父，这……这怎么说呢？"杨建国一脸真诚道："你小子不是说给孩子买奶粉的钱都让媳妇儿张嘴要吗？以后别让你媳妇儿张这个嘴，你小子就不能跟师父张这个嘴？瞅你那点出息！"赵老五听了这话，当下心里很不是滋味，感动得眼泪在眼眶里打转，不好意思地推辞起来："师父……我……"杨建国佯装生气，命令道："别跟个娘们儿似的，拿上！"

接过钱赵老五用右手拇指和食指飞快地数了数，抬头道："七十块，师父，就算我借您的，发下工资来一定还您！"杨建国没接他的话，有些自言自语地说："老五，说心里话，师父心里边觉得你做得对，不过你不该不想师父这面子。"赵老五被这通话说得有些摸不着北，试探着问："师父，您这是什么意思？我有什么干错的地方，您打我骂我……"不料，杨建国却盯着桌上散落得乱七八糟的报纸来了这么一句："其实，我是你师父，我也是工人，厂里没个态度就欠咱几个月工资、奖金，搁谁也说不过去。工友们这么闹虽说有些过分，可也是给逼的。你小子能张罗咱们车间的弟兄出去，这说明咱们车间还有爷们儿。"说话间，目光有些许呆滞和缥缈。

赵老五一下子来劲了，反问："师父，既然这样，那您还跟师太爷过来镇压我们？"

"那能叫镇压？你师太爷不是向着你们？这事儿赶上师太爷跟向华都是明白人，要不可真就闹大收不了场啦！"杨建国有些动气地抬起头，瞪了一眼赵老五。

赵老五自知失言，赶忙改口："也是，幸亏是何厂长过来，搁别的领导，麻杆跟我们不给开除了也得记大过。哎，师父，凭啥这回宋卫国获得全国劳模，才给你一个市级劳模，哪一点他也比不上你呀！"

真是哪壶不开提哪壶。杨建国抬头，嫌弃地瞪了赵老五一眼，并将目光投向宋卫国的工作台，只见宋卫国正在那儿用手工锉锉着一个工件，时不时拿起游标卡尺量一下尺寸。此时，只见宋卫国的徒弟张俊生急匆匆地走到宋卫国跟前，将一张纸递给他，宋卫国急忙擦了擦沾着油污的手接住，脸上露出难以掩饰的开心的笑。

宋卫国扭头看见杨建国正朝自己这边看，忽然故意提高调门，大声质问张俊生："那天你们谁跟着赵老五出去闹事儿了？"张俊生委屈地回答："没，咱们班组一个都没去。"宋卫国仍不依不饶训斥："你们最好赶紧给我自首，这要让我查出来，饶不了你们。"不料，张俊生却故意来了一句："我们哪敢呀！师父，赵老五他们也不给个处分，这事儿就算完了？"宋卫国忙压低嗓子，轻轻地拍了一下张俊生的脑袋轻骂："处分什么？人家闹事儿还不是为了给你们争工资奖金？你小子怎么这么点理儿都不明白？"张俊生一时有些糊涂，不解地低声问："哎，师父，我就弄不明白了，您到底是向着我们还是向着他们？"宋卫国颇显高深地回答："咱不去跟着闹，可也不能不懂人情世故，懂不懂？"张俊生似懂非懂地点点头。

由于两个班组相距并不远，宋卫国与张俊生的对话被杨建国师徒听得真真切切，说话的表情也看得清清楚楚。

赵老五刚想张嘴发表高见，杨建国伸手制止了他。杨建国明白宋卫国有些话是专门说给自己听的，所以他什么也不想说，什么也不想听。

此时，杨建国又禁不住想起杨浪今年将要上大学的事情，心里又觉得堵得慌。赵老五真是个不省心的主，也没看出师父的心烦，继续在杨建国的耳边唠叨："师父，那天李副部长去师太爷家，师太爷让您去陪坐，说明师太爷认你，不认他宋卫国。"杨建国不咸不淡地说："都一样，我正好赶上了。"赵老五好像并不理解师父心中的不快，辩解说："那肯定不一样。不说别的，何厂长当年要不是您接济，成不了师太爷的女婿。"杨建国觉得他嘴太多，训斥说："这事儿你以后少跟别人唠叨，尤其新来的，记住没有？"赵老五仍未意识到自己多嘴，继续唠叨："我知道。哎，师父，宋卫国这几年甭管是车钳铆焊，水平可真进步不少，是不是师爷把留一手的秘诀传给他了？"杨建国终于压制不住内心的烦躁，不胜其烦地开骂："少扯没用的，滚出去！"

赵老五见师父真的生了气，赶忙拿起劳保手套溜了。

"杨师傅，电话！"就在这时，车间主任洪宝力从办公室探出头，喊了一嗓子。杨建国扔下手中的笔，快步向车间主任办公室走去。只见主任洪宝力正跷着二郎腿看一份厂内文件，办公桌上的电话筒放置在桌上。杨建国进来后一把抓起电话听筒，电话那头的人问他怎么还不来填表。杨建国这才想起昨天厂办通知今天要填委培表的事，急忙挂掉电话就要走。

洪宝力不慌不忙地放下手中的文件，问杨建国："老杨，让你当工段长的事儿考虑好了没有？"杨建国转过脸回道："我班上那几个块料还捋不明白呢，我当不了这个官。"洪宝力一撇嘴，口气揶揄地说："看你说的，你可是两届全国五一劳动奖章的获得者，论手艺，咱车体车间你是大拿。"说话间，杨建国的身子已探出门外一大截，又回身道："主任，我这脾气你知道，扛上，还护犊子，你还是问问人家宋卫国去吧！"说着，急步走了出去。

洪宝力望着杨建国匆急而去的背影，颇为纳闷，自言自语地说："嗨，这人，当官还不乐意。"

杨建国头也没回，完全像没有听见洪宝力这句话一样。出了门，他飞身跨上那辆用了多年的飞鸽牌自行车，像哪吒踏着风火轮一样向滨江一中疾速而去。他主意已定，今天无论如何也得让儿子杨浪在委培合同上把字签了。

四月的滨江，花红柳绿，人流和车流从路边的高楼大厦间穿梭而过。

杨建国骑着自行车经过喧闹的街道，深刻感受到滨江市这几年的发展变化，用"日新月异"这个词来形容一点不过，特别是一些民营企业如雨后春笋般地发展起来，彰显出政策灵活、福利优厚的蓬勃活力。相比之下，一家老小赖以生存的滨机厂这几年却发展迟缓，甚至说裹足不前，虽说与民营企业比较它仍然瘦死的骆驼比马大，但却掩饰不住地显露出疲态，他知道这正是厂里那部分不安分的人闹事的真实原因。然而，他有他的认识，以他来看，这些民营企业最大的问题在于不稳定性，今天可能是如日中天的红火，明天就可能是歇业撤店的凄凉。这些，恰恰是滨机厂的优势所在，国有工厂是国家经济的支撑，家大业大，国家不可能不管，目前这些困难只是暂时的，将来一定会越来越好。这便是他铁了心让杨浪将来进厂工作的理论底牌。想到这儿，他双腿暗暗使劲，加快了蹬车的节奏。

距滨江东大道不远有一环境幽静之处，绿树掩映、书声琅琅。这里便是滨江市第一中学所在地。目前滨江城区有六所中学，滨江一中是首屈一指的。滨江一中的前身是滨机厂子弟中学，虽然它现在面向全市招收最优秀的学生，但对滨机厂的孩子仍是网开一面，只要他们成绩不算特别差，基本都可入校就读。对此，社会上有些家长觉得很不公平，不少想进一步提升成绩的代课老师也常有抱怨，但市里教育部门和学校领导意见是一致的：忘记历史意味着背叛，这个具有红色基因的光荣传统不能丢。对于这个隐性的福利，也一直是滨机厂广大员工引以为傲的地方之一。

高三一班教室旁有一棵巨大的国槐，大树的枝叶长得十分茂盛，像一只巨型的绿伞，遮出一片硕大的阴凉。绿树的枝丫四处伸展，教室的窗户洞开，大小如铜钱碧绿的树叶在户外触手可及。

刘海燕是高三一班的班主任，她40多岁，身材苗条匀称，鼻梁上架着一副金丝眼镜，身着一件碎花长裙，看起来文静又知性。她正在给学生们上作文课，身后的黑板上用红色粉笔的粗体隶书写着遒劲的几个大字：距离高考还有六十八天。

"这篇范文是彭薇同学写的，我给大伙儿念念，你们听听人家是怎么抓的主题，是怎么联想开的……"扬着手中的作文本，刘海燕向讲台下的学生们说道。

提起彭薇这个名字，在高三一班绝对是响当当的，包括在整个滨江一中高中部同样是响当当的。这不仅是因为她人长得十分漂亮，更重要的是高中三年里她一直是名副其实的学霸，她与刘海燕的女儿李云鹃号称高中部的"绝代双娇"，每次年级成绩大排名，她俩都会毫无悬念地跻身前三名。巧的是，两人都在高三一班，同时还是好闺蜜。毫无疑问，她俩瞄准的大学非北大和清华莫属，学校是这样想的，同学们是这样想的，她们一对好闺蜜也是这么想的。但相比之下，作为她们的同班男生杨浪，学习成绩就要逊色很多，最好成绩也不过就是年级排名的300位左右。

彭薇喜欢杨浪，李云鹃是知道的，但她不看好。她清楚，彭薇是一个内心敏感又心气极高的女孩，和自己一样有着十分明确的目标，那就是考北京大学或清华大学，而杨浪连北大清华的门都摸不到。可能彭薇觉得杨浪阳光又帅气，而且弹得一手好吉他，十分炫酷。但在李云鹃看来，觉得他太过张扬和浅薄，特别是他的父母没有多少文化和教养，更别说杨浪略带痞味的行事方式让她看到了他骨子里叛逆、执拗、放任的东西，她觉得这些性格因素注定将来这个男孩不可能有大出息。

应该说，与彭薇能成为闺蜜是李云鹃遵从自己内心的一种选择。李云鹃从妈妈刘海燕身上从小感知了温文尔雅的知性美，觉得作为女人就应该活得精致和优雅。而恰恰在彭薇的身上她总能感受到这种知礼和脱俗的东西，虽然彭薇的父母同是滨机厂的普通工人，但她的身上却没有沾染滨机厂子弟那种张狂和莫名其妙的优越感。尤其是两年前，班里搞一次化学实验，李云鹃不小心把几滴硫酸沾到了衣服袖子上，那件红风衣是爸爸到北京出差给她买的礼物，她十分喜欢，但衣袖上经硫酸腐蚀的地方很快褪色，像一个丑陋的伤疤十分难看，她都快急哭了。没想到第二天，心灵手巧的彭薇利用课间时间帮她完美地解决了这个问题：用一块可爱的心形图案布料，精细地缝在了那个褪色的地方，布料的颜色、图案、质地和风衣的格调十分般配，可以称得上是浑然天成又别致有趣。后来，在与彭薇交往中她了解到，彭薇这种可贵的素养和灵巧的女红来自童年时与姥姥共度的时光。彭薇的姥姥年轻时曾是上海滩一个大资本家的丫鬟，见过大世面的姥姥经常会给她讲如何待人接物、精致生活。姥姥过世那年彭薇上初二，之后她才从姥姥上海的故居搬来厂里，与父母生活在一起。

彭薇的内心，对杨浪的喜欢是一种不能抵抗的感觉，或许说这种感觉多年前在他们第一次相遇时就注定了。那是四年前，当时她还是14岁的小姑娘，姥姥的溘然离世让她内心悲痛，加上十多年一直与姥姥生活在上海，感情上与在厂里忙忙碌碌的父母颇为疏远。那年夏天，她第一次感受到孤独的滋味。因为厂里同龄的男孩与女孩基本都是从幼儿园和小学一起长大，彼此十分熟悉，而这个环境对彭薇而言，是完全陌生的。她是一个外来户，而这些从小在这里长大的厂子弟们是欺生的。一个暮雨如丝的周末，多愁善感的她独自在工厂东区的街边漫步，这时一个剪着小子头的女生和几个男生在街边溜旱冰，她嫉妒心极强，早就看不惯彭薇的漂亮、独行和清高，故意找碴儿与她推搡起来。这时，一个溜冰姿势很帅的男生冲了过来，二话没说，上去就给了那个女生一个耳光，并在众人惊愕的目光中拉起彭薇潇洒地离去了，那个女生和几个小伙伴一时都呆愣在了那里。这个男生不是别人，正是14岁的杨浪，让众人呆愣的是杨浪一直是他们的"孩子王"。"我最讨厌欺负弱者的人！"对于当时自己的举动，事后杨浪这样解释。此后，彭薇在杨浪面前就有一种踏实的安全感。

四年时间很快过去，这种杨浪给彭薇的安全感一直都在，并且与日俱增。她知道自己喜欢杨浪，但她克制着自己，她明白现在最重要的任务是完成学业考上心仪的大学，只不过在夜深人静的时候，她会把对杨浪的感情宣泄在日记本上。闺蜜李云鹃曾劝过她，说杨浪将来不会有大出息，但她不这么想，她喜欢杨浪骨子里那股张狂、执着、责任、担当和正义的东西，她认为这是一个男人可贵的品质。当然，还有杨浪对音乐的天赋和痴爱，她相信爱音乐的人必然是有情怀的人，有情怀的人必会有丰富多彩的人生，因此她内心支持杨浪追求自己的梦想。

当班主任刘海燕在讲台上夸赞彭薇的时候，坐在最后一排的杨浪正在一个笔记本上画着五线谱。他现在和彭薇是同桌，彭薇碰了碰他的胳膊，小声说道："晚上回去你唱给我听。"杨浪目光灼灼地看了她一眼，会意地笑了笑，说："老地方。"

两人四目相对，彭薇会心一笑，露出洁白又好看的牙齿，复述道："老地方！"

突然，教室的门"砰"的一声被撞开，一个人闯了进来。闯进来的人不是别人，却是满头大汗的杨建国，他径直向杨浪走过去。

突如其来的闯入者让同学们十分惊讶。杨浪看到父亲杨建国莫名地闯进来，急忙将笔记本塞进课桌内。

"哎，杨师傅，你怎么不打招呼就闯进来了？"刘海燕生气地大声质问。杨建国并不搭她的茬儿，径直走到杨浪跟前，不由分说拎起他的衣领就往外拽，并欲向门口拖去。刘海燕急忙拦阻："哎，杨师傅，我们在上课呢，你这是干什么？"没想到杨建国蛮横地瞪圆了眼珠，粗野地说："家务事儿，你别管！"

说话间，杨建国死死地拽住杨浪把他拖出教室。刘海燕知道没法阻拦，十分生气地重重地关上教室的门，撇着嘴怒道："什么家长，还全国劳模呢！"

没想到，这时彭薇突然起身快步走到刘老师身边，急匆匆说了句："刘老师，我出去打个电话。"不等刘海燕反应过来，她已拉开教室的门快步跑了出去……

出了滨江市第一中学的校门，杨建国不容分说地将一辆自行车推到杨浪身边。见杨浪没有走的意思，杨建国厉声问："你走不走？"

杨浪硬着头皮说："去了我也不签。"杨建国粗暴地怒斥："你敢！走！"说完，他径直跨上另一辆自行车向机车厂方向驶去。

杨浪犹豫了一下，只得骑上自行车跟了上去。

第二章

滨机厂厂部教育培训办公室。三名男学生与两名女学生及其家长分别在一张表格上签字，然后交给了厂教育培训处闻处长。

闻处长接过来看了看，用鼓励的口吻对众人说："行了，回去好好复习，好好考，考上四年之后回厂那就是干部身份，可就给你们爸妈争光啦！"众家长满脸笑容，连声道谢："谢谢闻处长，有空上家喝酒去啊。"

见众人走出门，厂办公室主任王舜田端着茶杯走进来。

王舜田问："这又签了三个？"闻处长答："加上宋卫国家的总共才六个，看来其他指标都得作废啦！"

王舜田有些惋惜地说："你再发动发动，李副部长好不容易给咱厂争取了十五个委培指标，西南交通大学、北方交通大学多好的学校，别人想考还考不上呢！"

闻处长却反诘："老王，你说实话，就咱厂现在这半死不活的情况，你愿意让你儿子委培？"王舜田被噎了一下，但脸上很快又绽放出友好的笑容，说："我……我那臭儿子才刚刚上初二，到时候不定什么情况，成龙成蛇还真说不太清楚。"闻处长出言讥笑："你看，你都没这心思还怎么说服别人？这几年咱厂分配来的大学生，走了多少个，谁心里没个数？"

王舜田不再接话,坐下来认真地在表格上逐个签字。

杨建国和杨浪骑车到达厂部,正碰上几个签完字出来的家长和子女,他们又说又笑,一脸的愉悦。宋卫国带着儿子宋飞本想跟杨建国打个招呼,但见杨建国仿佛没看见他们爷俩儿似的,只好欲言又止,斜眼看着杨建国拽着杨浪进了办公楼。

杨建国领到一张表格,一把将表格往杨浪面前一拍,但杨浪脸色冷峻,无动于衷。

杨建国瞪眼吼道:"给,认真给我签!"

杨浪却一脸倔强地说:"我不签!"

杨建国毫不客气,瞪圆了牛眼,"啪"的一声就给了杨浪一记耳光,杨浪捂着脸愤恨地瞪着他。

闻处长见状,忙上前来解围:"哎,哎,老杨,你这是干什么?怎么能打孩子呢?有话好好说。"

杨建国盛怒,大声斥骂:"跟这兔崽子没什么好说的,就得动武!"说着,将杨浪摁坐在椅子上并把笔塞给他,恶狠狠地说:"反了你了,签!"杨浪猛地站起推开椅子,把笔扔到了一边,撤后几步瞪着杨建国,生硬地说:"我就不签,是我自己考大学,不是你考。""嗨,你个小王八蛋,翅膀硬了是不是?你再说一遍?!"杨建国骂着又欲抬手打他。

闻处长在一旁有些看不下去,提高嗓门下了逐客令:"老杨,你们爷俩要闹外边闹去,别在这儿闹,这是干什么这是?"

听闻处长这么一说,杨建国高扬的手停在了半空,神情也有些迟疑。

这时,杨浪又一次示威性地大喊:"再说一万遍我也不签!"

杨建国的怒火再次被点燃,他冲上去准备打杨浪,杨浪急忙闪开。绕着会议桌,父子俩像猫抓耗子追打躲闪起来。杨建国边追边骂:"小兔崽子,给我站住!"

闻处长一看这架不好劝,赶紧拨通王舜田的电话,低声央求他快请何副厂长来救场。

王舜田知道杨建国的脾气不好，放下电话急忙求援。王舜田知道此时高学明、何向华等八位厂党委委员正在开会。当他来到党委会议室门口时，发现门是开着的，里面的气氛好像有些不对劲，不敢贸然闯进去，但在门外他将里面的对话听得真真切切：

"我们年年喊减员增效，可实际上减了没有，增了多少？1992年的时候我们是六个车间，十个处室部门，减员增效喊了四年，现在生产单位还是六个，处室部门变成了十三个，这四年机关人员增加了四十七人，这……"这是何向华的声音。"小何，你别激动，增加的部门、增加的人员都是按照铁道部的职能对口要求来的，你不要光看这四年，1992年以前我们的职能处室是十六个，现在的人员和当时比也减少了二百多个。你得看大方向，对不对？"很明显这是党委副书记刘天德慢条斯理的腔调。听了刘副书记的意见，何向华立即大声反驳："即便看大方向，我们也不能越减越多。有些职能部门完全没有存在的必要，完全可以合并。"此时，高学明发话了，他明显对何向华的言辞有些不悦，声音低沉地说："小何，你先别激动，这不是正讨论合并缩减方案嘛！"但何向华并没有停下来的意思，继续不管不顾地发表着自己的意见："我觉得减员增效不能停留在决议上，关键要有实际动作。还有，引进项目管理制我也提出不是一次两次了，我们横向比较一下，其他兄弟厂两年前就陆续引进了项目管理制，王副厂长、刘总工程师也都去考察过，实际效果怎么样也都看到了。可我们依然停留在纸面上，为什么推进不下去，就是因为我们不敢在组织架构上动真刀……"

话听到这儿，王舜田觉得自己该出场了，他知道这时就需要自己去搅一下局，缓和缓和领导之间的紧张气氛。于是，他快步走进去在何向华耳边低语了几句。何向华皱了一下眉头，向众领导说道："有个紧急情况我先处理一下。关于减员增效、推行项目管理制度方案，我的报告上写得很详细，请各位领导认真考虑一下。"说完，随着王舜田快步走了出去。

厂部办公室里，杨建国父子俩还在僵持着。隔着桌子，杨浪灵活地躲闪着杨建国的抓捕，杨建国总是扑空，有些上气不接下气，恐吓道："你浑小子给我过来！今儿个你要是不签，我非打断你的腿不可！"

"嗨，嗨，老杨，你消停点行不？老杨……"面对这对父子，闻处长只能在一旁皱着眉不停地规劝。

杨建国追到门口时与一个人撞了个大满怀，两人都闪了个趔趄，差点摔倒在地上。来人不是别人，正是自己的妻子薛丽萍。接到彭薇的求助电话后，她猜出父子俩肯定在这里，就从车间急忙赶了过来。

薛丽萍也是直脾气，一见两人这般架势，气也不打一处来，于是双手叉腰开骂："杨建国，你想干什么？撒疯别在厂部里闹，丢人不丢人？"

"都是你惯的他，你让他签！"杨建国厉声回道。

"我儿子不用委培照样上好大学，你少操这门子心！"薛丽萍轻蔑地说。

"你……你这娘们脑袋进水了是不是？当初在师父面前怎么说的？咱的子子孙孙，生是机车厂的人，死是机车厂的鬼，你都忘了？！"杨建国反讥道。

"我没忘，当初是当初，现在是现在。孩子不想委培你就由他，干吗非要在机车厂这棵树上吊死？"薛丽萍吼道。

"薛丽萍，你家四辈儿可都是端机车厂的饭碗，你说这话有良心没有？"杨建国啪啪地拍着自己的胸口。

"这跟良心没关系，不在机车厂上班照样为人民服务。你先回学校，妈支持你，不签！"薛丽萍扭头对杨浪说。

闻处长见两人又吵骂得不可开交，在一边好言劝导："你说你们，不在家商量好，在这儿闹什么？"

杨浪一看到父亲的注意力已不在自己身上，于是拽了拽衣服就准备逃走。没想到，杨建国早已看出他的小心思，用右手粗大的食指指着杨浪，威胁道："我看你敢走！"薛丽萍睃了杨建国一眼，问："你想怎地?有种你打我!"说着薛丽萍就护着杨浪要出门。杨建国一把将她推开,一个箭步上去揪住杨浪的衣领就往办公桌前拽,嘴里斥骂:"反了你们娘俩了!"

薛丽萍气急败坏,撒泼道:"杨建国,老娘跟你拼了!"说着就冲上去抓挠。杨建国用左手抓住她的衣领,薛丽萍一下子被拎离了地面,两手够不着却在空中胡乱抓挠。薛丽萍已失去理智,吼得歇斯底里:"杨建国,有种你把我们娘俩打死,我们娘俩不死在你手上一个,你是不歇心……"

闻处长担心闹出大乱子,连忙上前用央求的口吻劝阻:"别闹了,老杨、丽萍,听我一句,别闹了行不?"

"杨建国,你干什么?松手!"此时,一个威严又凌厉的声音从门外传进来。只见何向华一脸冷峻地走了进来,他身旁的是面无表情的办公室主任王舜田。

何向华的突然来临,瞬间打乱了杨建国的方寸。他不情愿地松开了薛丽萍的衣领,轻描淡写地说:"向华,这是我家的家务事儿,你管不了。"

见到何向华突然出现,薛丽萍像见到救星一样一下子哭出声来,拉着哭腔诉苦:"向华,你说他杨建国多不讲理,凭什么我儿子就不能考别的大学,凭什么就非要让他上委培?他没选上全国劳模就把气撒我儿子身上,我们娘俩早不想跟他过了。"

杨建国不甘示弱地回敬道:"不想过就离婚,谁怕谁!"

何向华见俩人针尖对麦芒互不相让,扭头对杨浪说:"杨浪,你先回学校,别耽误了复习。"杨浪得意地扬起头瞪了杨建国一眼,胜利地走了出去。

杨建国一下急了,问:"向华,你得让他签了呀,怎么还让他走呢?"何向华却说:"你不是说你家家务事儿我管不了吗?"杨建国不服气地小声说:"你……你是向着他们娘俩是不是?"何向华平心静气地回道:

"我谁也不向，我只向理！"

接着，何向华转身对薛丽萍道："师姐，你也先回车间，我跟他说。"

薛丽萍也不服气地瞪了杨建国一眼，拽了拽自己的衣服，扭着丰满的屁股走了。

一直在旁边没有吭气的王舜田这才开了腔："老杨，你说你这脾气，多大个事儿，至于在厂里闹吗？""怎么不至于？当年我在师父身前发过誓，杨浪要是进不了厂我怎么跟九泉之下的师父交代？"杨建国不买账地回道。何向华显然对这句话并不认可，他没有给杨建国留情面，不软不硬地说道："你师父是我爸，我会跟他解释。下了班，你去我办公室。"说完径直走了。杨建国没想到何向华会这么说，知道再待下去也没啥意思，只好垂头丧气地离开。

望着杨建国垂头丧气的背影，闻处长哑然失笑，对王舜田说："何老师傅都死了多少年了，你说他们，动不动就把他老人家抬出来。哎，老王，何三宝他们死在坦桑尼亚快二十年了吧？"王舜田斜着脑袋想了想，回答："七八年，可不，再过两年就二十年了。"

杨建国怏怏不乐地回到车体车间，工作区四起的各种噪声让他不胜心烦。其实，平日里切割机产生的火花、焊接机飞溅的焊花都是他眼中最美的风景，但此时他却觉得它们是那样的刺眼和多余，仿佛在故意嘲笑着他。他的内心深深地袭来一阵无力感，此前他觉得工作和生活中的许多东西自己都能把控，但现在突然发现其实并非如此。回想自己与薛丽萍谈恋爱和刚结婚那阵儿，她像一只可爱的猫咪一样，是那般的温顺和乖巧，样样事儿都顺自己，但现在怎么变得这般刁蛮和不可理喻；还有杨浪小时候也是那样的聪明和听话，当他学会唱第一首歌时自己还给他买过巧克力，那时多希望他能快点长大，可如今长大了咋就这么让人不省心呢；他想起惨死在坦桑尼亚的师父何三宝，还有可怜的年轻的师弟周泽南、罗志浩……唉，人生无常，与已长眠在异国他乡的他们相比，自己无疑万分幸运；想起师父临死前将正在上高中的何向华托付给自己的场景，回想在自己的资助下，何向华一路顺利地上了大学，一步一个脚印成长为滨机厂最年轻的副厂长，他心中又有不小的安慰；再想想周晖和罗娟这两个孩子也算省心听话，周晖学习好将来上个好点的大学应该没问题，罗娟学习虽然差，但厂里也会关照她读技校进厂上班，也算有个交代了。只是杨浪这个不成气的东西，怎么就不明白自己的良苦用心呢？

翻来覆去想着杨浪的事，整个下午杨建国都感到心神有些恍惚。

时间熬起来格外的慢。好不容易挨到快下班，猜测约莫何向华已处理完手中工作，杨建国便向厂部走去。说实话，经过一个下午的回忆和思考，他心底还是服气何向华这个小师弟的。这不光因为他是厂里最年轻的副厂长，最重要的是他觉得何向华性格开朗豁达，还有就是觉得他既年轻有为又有闯劲，他能有今天的出息自己也算对得起师父在天之灵。但是，同时他也想好了，今天一定要说服何向华支持自己。只要何向华支持他，杨浪的事情就一定能办妥。

来到何向华办公室，还没等杨建国说出自己的理由，何向华却来了一个先声夺人，直言道："师兄，现在都什么时代了，香港都快回归了，你怎么还抱着老教条不放？"杨建国一听这话，就有些憋不住火，道："怎么就是老教条了？我在师父面前发过的誓我不能当放个屁就不算数了啊！"何向华却反诘："你发过誓也不能逼孩子呀！当初你不也不想接杨浪爷爷的班进厂吗，怎么到了杨浪身上你就想不开了呢？"杨建国嘟囔道："一码是一码。你说他要是上了委培，四年以后回厂那就是干部。我们家打我太爷爷那辈儿就是工人，我爸临死前还念叨，一定要让杨浪进厂当干部。"

听到这话，何向华哈哈地笑起来："原来你的心结是在这儿，那你拿我爸当什么挡箭牌？"

杨建国自知说漏了嘴，赶忙解释："不是，我在师父面前发过誓也是主要原因，杨浪要是能当干部，你爸在九泉之下不也高兴，对不对？"

何向华却一脸不以为然，重重拍着杨建国的肩膀，说："你拉倒吧！我爸跟你不一样，他可从来不强人所难……"

谈话结束。结局让杨建国无话可说，但仍情绪怅然。

出门了，他想起有一段日子没去老厂区的职工墓园看望师父了。

当年他和宋卫国将师父以及众师弟妹们的骨灰带回滨车厂墓园安葬的时候，他俩就发过誓："他们的下一代、他们的子子孙孙永远都是车辆厂的人，不离不弃。"那些场景现在还历历在目。眼下宋卫国实现了自己的承诺，而自己却要失信于这些逝者，就连何向华和薛丽萍也不明白自己的心思和苦衷。难道真是自己错了？自己究竟又错在了哪里？杨建国一时想不明白这些问题。出门后，他在路边商店买了一瓶白酒，骑上那辆伴随自己多年的旧自行车，胸中鼓鼓地向职工墓园驶去。

墓园位于厂区五公里外的老厂区，此时在清冷的月光下显得孤独阴森。借着月光，杨建国找到了何三宝的墓碑，不用看，左右两个墓碑分别是周晖和罗娟亲生父母的，当时这样安排是杨建国的意见，因为他不想让师父在另一个世界太过孤寂。

在何三宝的墓碑前，杨建国拧开酒瓶的盖子，先给师父和众师弟师妹墓前各祭献一杯，然后在何三宝的墓碑前盘腿而坐，猛地给自己灌了两大口。辛辣的酒水一下子刺激得他流出了眼泪，他喃喃道："师父，您说当时我怎么就没跟您一块儿走了呢？咱一块儿走了多好，省得活在这世上这么多不顺心的事儿……"

墓碑冰冷，月光若水。一口接一口地喝着酒，他一句接一句向师父倒着自己心里的苦水。不一会儿，他醉了，无力地苦诉："师父，浪儿的事儿我管不下了，我要食言啦！当年我跟您发的誓您就当个屁，当股耳旁风。您要怪我就等我下去，打耳光也行，罚跪也行，反正我是没法了……"

忽而，他又变得兴奋异常，口气骄傲张扬："师父，您也跟周泽南、罗志浩他们说一声，他们俩孩子毕竟不是我亲生的，我也不好强迫，反正俩孩子都挺好的，将来我给他们娶媳妇、嫁女婿，我对得起他们啦！……"

话分两头。

杨建国内心苦楚这件事，此时同样困惑着十九岁的阳光少年杨浪。

从滨江机车厂老厂区往江的东岸望去，高楼耸立，热闹辉煌。但老厂区内却灯火阑珊，沉默寂静。

废弃的老厂区厂部大楼花坛边，杨浪和彭薇如约而至。杨浪拨弹着清脆悦耳的吉他，低声吟唱着今天在语文课上谱写的新歌，旋律优美，歌词忧郁伤感。这个地方他与彭薇都十分熟悉，不远处有个废弃的老车间便是他与宋飞各自组织的乐队经常来排练的地方。可以说，这里是属于他们的一片青春的乐土，也是共同的秘密之地，几年来大家都信守承诺隐瞒着家长们。

彭薇虽然与杨浪经常来这里见面，但对于两支乐队的事情很少掺和，只是偶尔给杨浪捧个场。在彭薇的内心里，也有很多烦心事，譬如她讨厌父亲彭明身上那种市侩和贪慕虚荣，讨厌他爱耍小聪明见风使舵的性格；受姥姥的影响，她不喜欢母亲王三妹那股自私自利和动不动就撒泼耍浑的劲儿，她觉得女人就应该有小资的情调，就应该像白莲花一样美丽优雅地绽放。然而，她又清楚子不嫌母丑的道理，对于这些不能改变的东西，只能选择忍受和逃避。这也是她发奋读书的一个重要原因，她就是想通过自己的努力离开滨机厂这片庸俗的天地，尽量远离自己的父母过上自己想要的生活。

彭薇理解杨浪的难过，心里也暗暗心疼他。但她不能明显地表现出来，她知道他俩现在最重要的是学业，是考上心仪的大学，否则一切都无从谈起。

杨浪忘情地弹奏着吟唱着，彭薇一身合体的连衣裙，白皙纤美的双手托着清秀迷人的脸庞，十八岁的少女身材凹凸有致，十分好看。凝望着夜空的残月，彭薇入神地聆听着优美的旋律，忘情又沉醉。

一曲结束。彭薇轻轻转过脸庞深情望着杨浪，温柔如水地说："要不你就先答应你爸，报志愿的时候再说？"

杨浪正准备接话，这时他的妹妹罗娟骑着弯梁自行车在他们身边不远处停了下来。

彭薇起身快步迎上前，惊奇地问："娟子，你怎么来了？"

"我就知道你俩在这儿。我哥不会想离家出走吧？"罗娟担心地问。

"看你想哪儿去了？你爸跟他闹也不是一天两天了，他没事儿。"彭薇笑着回答。

罗娟从车筐内取出一个保温饭盒递给彭薇，说："薇姐，这是我妈包的饺子，你俩吃点吧。"

彭薇笑说："他现在哪有心思吃，我也不饿，咱俩先回吧！"

罗娟问："那我哥……"

彭薇回答："他没事儿，让他一个人在这儿待会儿。"

罗娟正准备转身走，忽然想起妈妈出门前交代的事情，于是提醒杨浪："哥，刘老师说晚上要来咱家家访，你早点回来。"

杨浪应了一声。江水流淌，灯光映在水面，光影绰绰。杨浪从脚下捡起一块椭圆形的薄石奋力向江中扔去，薄石在江面上溅起几个水漂。

罗娟与彭薇推着自行车一路说笑。罗娟知道彭薇喜欢哥哥杨浪，从心底里她也喜欢这个人美心善的姐姐，所以对大人们也一直保守着他俩恋爱的秘密。

罗娟送完彭薇回家，刘海燕老师已在他们家坐了近半个小时。

罗娟一进家门，薛丽萍就吩咐她给刘老师添茶水。罗娟刚接过薛丽萍手中的茶壶，刘海燕却起身道："娟子，不喝了，不喝了，别倒了。"随后，她对薛丽萍说："我也该走了，杨师傅回来你也多劝劝他，杨浪的成绩不错，努努力考个一本问题不大，现在机车厂这个情况，能不上委培就别上，毕竟上其他学校路子会宽些。"

薛丽萍赶忙站起身，有些无奈地回道："他要是听劝，也不至于天天闹腾。没事儿，反正杨浪不会签委培，他爱怎么闹怎么闹。"刘海燕说："可这影响孩子复习呀！"薛丽萍回答："杨浪可是他亲儿子，让他看着办。"刘海燕叹了一口气，道："唉！杨师傅可真是倔。行了，我走了，你们别送。"

刘海燕临出门，看了一眼罗娟，关心地说道："娟子，听你们班主任李老师说你最近有点吃力，你可要加把劲呀！"罗娟不好意思地连声说是。

三人刚一开门，正巧碰见周晖下晚自习归来。

刘海燕关切地对周晖说："还有俩月就高考了，好好复习，你们二班你最有希望考重点。"周晖笑着不好意思地回道："谢谢刘老师鼓励。"说完便拎着书包走进一侧的房间。

薛丽萍在家属楼前送完刘老师，仰头望了望夜空中的那弯残月，长长地叹了一口气，心中生出不少难以名状的惆怅。

"丽萍，丽萍！"突然，她听见有人在叫她的名字。她扭头一看，只见宋卫国拎着个网兜从路灯下走过来。

"这是刚加完班？"薛丽萍问。

"嗯。师兄不在家？"宋卫国反问。

"不知道死哪儿去了，饭点也没回家。"薛丽萍恨恨地说。

"你说他怎么就这么倔，他怎么就不让周晖报委培？"宋卫国眼中饱含深情地看着薛丽萍。

"周晖不是他亲儿子，他那点心思你还不明白？"薛丽萍不屑地说。

"唉，要说师哥也是不容易，把周晖、罗娟拉扯大，不敢说不敢碰的，只能委屈杨浪，你说是不是？不过最苦的、我最心疼的还是你，全家老老小小五口人挤在小房子里，他们衣来伸手饭来张口，都靠你操持，唉，如果当年我们……"宋卫国说着就有些动情，言语中带着深深的伤感和自责……

薛丽萍知道宋卫国接下来要说什么,她也明白宋卫国对自己的心思。她更知道为此杨建国心里一直不痛快,宋卫国那口子侯玉凤也没少吃醋撒泼。

薛丽萍心中有些凌乱,她知道不能再这样聊下去,她怕自己说出什么不应该说的话来,于是慌忙扔了句:"时间不早了,你赶紧回家吧。"便快步地走了,颇有落荒而逃的意味。

回到家里,罗娟坐在桌边写作业。薛丽萍拿起沙发上织了一半的毛衣,好大一会儿心情都平静不下来。忽然,她想起杨浪还没有回家,便小声问罗娟:"你哥是不是又跟彭薇在一块儿?"罗娟回道:"没有呀!妈,我爸为什么非要让大哥签委培?为啥不让二哥……"说着偷偷侧过头朝周晖的卧室瞅。

薛丽萍不耐烦地说:"没那么多为什么?"罗娟噘起嘴不满道:"妈,其实我知道,我和二哥都不是你们亲生的,你们……"

"话多,跟你们没关系,写你的作业!"薛丽萍轻轻地拍了罗娟的头一下,一脸的正色。

晚上十一点多,薛丽萍让罗娟和周晖先睡,自己穿着睡衣在沙发上坐等还没有回家的父子俩。不一会儿,杨浪背着吉他回来了,心情似乎好了不少,给她打了一声招呼便洗漱睡下。薛丽萍正担心杨建国这么晚还没回来,只见杨建国已醉醺醺地推着自行车摇摇晃晃地进了门,见他并没少胳膊少腿,就没搭理他转身进了卧室。

一家人一夜无话。

时间是最好的疗伤药。

几天过去,杨建国心里的不快渐渐消散,虽然对杨浪的事仍无法完全释怀,但也只得暂时接受事实。在家里,薛丽萍和杨浪对他还是不冷不热。只有在车间里让他感到痛快和舒心,因为赵老五等众徒弟对他还是一如既往的贴心恭敬。

这天中午，赵老五照例早早到食堂给杨建国和自己打好午饭，几个人坐在食堂西侧靠窗的位置一边吃饭一边说笑。宋卫国端着打满饭菜的饭盒左右看了看，看到杨建国，就笑盈盈地走了过来。

杨建国见宋卫国走过来，有些不情愿地对着身边一个徒弟递了一下眼色，命令道："二生，那边吃去。"那个被叫二生的工人厌恶地看了宋卫国一眼，端着饭盒离席而去。宋卫国就势坐下。赵老五侧头看了一眼他饭盒里的菜，故意揶揄："呦，红烧肉，师叔当了这个全国劳模以后伙食立马不一样了啊！"

宋卫国痛快地掏出饭卡递给赵老五，大方地说："去，给你师父打一份红烧肉。"

杨建国不领情地回道："你拉倒吧！我缺你这顿红烧肉？"但没想到赵老五手挺快，已麻利地接过饭卡笑着说："难得师叔大方一回，不吃白不吃。"说完，拿起饭卡就排队去了。在座的其他徒弟都哄笑起来。

宋卫国把身体向杨建国挪了挪，扭头颇显神秘地问杨建国："签了？"

"签什么？"杨建国漫不经心地问。宋卫国重复："杨浪考委培的协议，签了？"一提这事，杨建国整个人心情一下子就不好了，气不打一处来，怒道："吃你的吧！问那么多干什么？"没料想宋卫国并没有住口，竟接着说："师兄，我知道这事儿丽萍跟你想法不一样，这你不能听她的，当初咱可都在师父跟前儿发过誓。宋飞本来也不想签，侯玉凤也想让他考别的大学，我就不能由着他们。我告诉宋飞，你要还是我儿子你就给我签，要不给我滚蛋！"

杨建国没好气地说道："显摆你能耐、本事大，是不是？"

宋卫国却并不生气，一本正经地说："师兄，我觉得咱什么都能变，就是当年在师父跟前儿发过的誓不能变，你还记得师父在世的时候……"

"你有完没完？！"杨建国实在不想听下去，"啪"的一声把筷子摔在桌子上，愤然离桌。

宋卫国一脸委屈，讪讪地说："咳，你怎么说说就急眼了？"赵老五正端着一盘红烧肉走过来，对宋卫国道："师叔，您可真是哪壶不开提哪壶，这要是在车间，我师父敢拿大扳手砸你。"

宋卫国露出不屑的表情，对赵老五说："他就会窝里横！"

气哼哼地回到铆钳班，杨建国继续在铣床上加工一个干了一半的零件。赵老五走过来贴心地说："师父，我来吧，您去歇会儿。红烧肉剩了一半，放您饭盒了，晚上您带回去吃。"杨建国摘下手套从铣床上下来，对赵老五说："后边的活抓点紧！一定要上点心。"

赵老五应了一声："放心吧！"但接着他并没有马上动手干活，却小心地凑上前，低声对杨建国说："听二班张俊生说，厂里新建的集资房已经分了，总务处已经让宋卫国填了表，您还不赶紧去问问？"

这句话声音不大，但却如一记闷棍差点把杨建国打蒙。这怎么可能？自己明明早已经交了分房申请，况且打分排名肯定在宋卫国之前，怎么可能房子都分了自己却连一点风声都没听到？杨建国快步走进车间主任办公室，拿起电话就给总务处刘处长打电话。电话里刘处长告诉他确有其事，但同时又说分房的名单是厂办评议确定的，自己没权给谁不给谁。

杨建国一听这话，肺都快气炸了，摔下话筒就气咻咻地转身回家。到了家里，他翻箱倒柜地把自己这些年在厂里获得的奖牌奖杯和奖状全都找出来，然后一股脑儿地塞进一个大挎包，径直去找王舜田论理。

到了王舜田办公室门外，他没敲门，直接咣当一脚把门踹开，手拎着那个大挎包冷眼瞪着他。

王舜田一皱眉，抬头问："老杨，有事儿？"杨建国劈头盖脸质问："这批集资房为什么把我刷下来？"王舜田稍一愣神，回道："老杨，这事儿是总务处操办的，你找他们啊，我也不太清楚。"杨建国冷笑着说："总务处的人说是你们办公室评议的，我不找你找谁？"王舜田却不慌不忙回道："我这边就是评议打分，具体指标都是他们分配。"杨建国进一步逼问："你这意思是我评议的分数低？"王舜田略一思索，神情略显严肃照实回道："你的分数是不太高，主要是……"杨建国一下子大声吼起来："我的分数为什么不太高？你们是怎么评的？"说着，将书包倾倒过来，里边的奖杯奖牌和奖状噼里啪啦洒落了一地。

杨建国怒不可遏，继续质问王舜田："我杨建国十六岁接班进厂，甭管是国家的、省里的、市里的，哪年不是劳模？你们会不会评？不说别的部门，车体车间哪个人比我还有资格？你说，啊？！"王舜田却说："不是，老杨，这次评分不光看成绩、看荣誉，主要是你上次已经分了房……"杨建国涨红着脸争辩："上次是上次，我家五口，七十四平米的两室房，罗娟到现在还睡客厅。就冲我收养周晖和罗娟，厂里应该照顾照顾我吧？你们有没有良心啊？！"王舜田解释："老杨，你看，说说你就急。这次集资房评议，规矩是厂里定的，你跟我急眼也没有用。规定上说了，先照顾上次没有分到指标的优秀职工。"

"那宋卫国凭什么就分了指标，他比我分数高？"杨建国冷笑着问。

"宋卫国评议分数还真比你高。老杨，这几年人家宋卫国连续两届全国劳模，这奖那奖的也没少拿！"王舜田说。

"你们眼瞎啊！他拿再多的奖也是一家三口……"杨建国大声吼起来。

这时，杨建国感觉有人拍了一下自己的肩膀，回头一看，不知什么时候何向华已站在他身后。"师兄，你这怎么又来闹？你是在说我眼瞎吗？"何向华的问话显得威严又有分量。

王舜田见状，急忙站起来一脸委屈状向何向华诉苦："何厂长，您也听见了吧？这就骂上了，一碰上分房分福利我这工作就没法儿做，好几次差点挨打。"

杨建国也意识到自己言语有些过激，缓了一下语气，委屈地说："向华，你给评评理，同样的情况凭什么宋卫国比我的分高？他两届全国劳模算个屁，我拿了几届？你知道！再说了，他一家三口，现在的房够住，我可是一家五口，当初……"

"师兄，既然你要凭功摆理那我就跟你唠唠。去年，给广铁的那批备件是你们班组生产的吧？"何向华正色问。"那怎么了？不就是坏了两个吗？"杨建国满不在乎地回答。"两个是不多，可人家宋师兄班组给沈铁、呼铁局生产的备件，连续五年合格率百分之百，没一件退货。"何向华加重了语气。

杨建国仍不服气地解释："这……人有失手、马有失蹄，难免。"

"那好。还有，出口巴基斯坦的那批紧固件，你拍着胸脯跟我保证，二十天完活儿，有这事儿没有？"何向华追问。"我……当时薛丽萍跟我闹离婚，那两天我……"杨建国有点理亏地说。"你少强调客观理由，折腾了个把月你又说完成不了，是人家宋卫国接手这才没耽误工期。师兄，你家五口也好，他家三口也罢，打分评议凭的是硬条件、硬杠杠。如果把你评上去，把宋师兄刷下来，别人会怎么想？你考虑过没有？"何向华的话有理有据，掷地有声。

杨建国被问得无言以对，生气地摔下手里的书包，气恼地转身走了。

王舜田望着杨建国的背影，俯身一边捡拾地上的奖杯等物一边对何向华道："这个老杨，本事大，脾气差，人缘更差，也就您能治他。"

何向华收起脸上的笑，一本正经地说："大师兄心眼好，把周晖、罗娟带大不容易，如果有人要是退指标，就先考虑给他。"

"没问题，这事您放心。噢，何厂长，找我有事儿？"王舜田道。

何向华这才想起他来办公室要办的一件正事，问："去年，我给部里的那份关于引进项目管理体系的报告你这儿存档没有？"王舜田连忙回应："有的，我这就去找，过会儿送您办公室去。"何向华说了声好，转身向自己的办公室走去。

第三章

　　分集资房的希望落空，又被何向华批评了一顿，杨建国连续几天心里都不舒服。但回想起人家何副厂长批评的几个事，他还真说不出什么不是，尤其是他带的几个徒弟，马二生、许定军等几人总是干活不上心，当时那些次品就是出自他们的手，杨建国这两天一见他们就心烦。

　　不巧的是，快下班时马二生又把几个产品给干废了。杨建国气不打一处来，手持一个长把扳手在马二生、许定军等徒弟的肩膀上一边戳打一边训斥："你说你们跟了我这么多年，瞅你们那点活儿干的，啊？教什么什么不会，干什么什么不行，能不能给我长点脸，啊？一帮怂玩意儿，我稍微打个盹儿你们就给我整事儿。去年那批紧固件……唉，这要是搁我师父，大嘴巴子就抽你们了！"

　　偏偏这时，赵老五又屁颠屁颠地跑过来，兴奋地喊着："师父，发奖金了。"

　　马二生一听到要发钱，来劲了，贱兮兮问："多少钱？"

　　杨建国见马二生一副见钱眼开的样子，又生气地用长扳手狠狠地捅了他一下，骂道："听着钱都他娘的来劲儿了，有点出息行不？跟人家张俊生他们学学，都是徒弟，人家怎么就那么长进，你瞅瞅你们……"师父一通劈头盖脸的批评,让马二生坐也不是站也不是,只能低头受着,心里恨恨的,但脸上还得露出一副虚心接受的样子。他和兄弟们知道师父最近烦心事多,因此不敢造次。

这时,下班的广播号响了。播放的歌曲是罗大佑的当红金曲《恋曲1990》,旋律熟悉又优美,马二生和众兄弟暗暗如释重负地舒了一口气。因为,他们知道师父有一个好习惯,那就是没有极特殊的情况,都会准点上班准点下班。

经过一番发泄,赵老五见杨建国的气消了不少,便殷勤地靠过来,细声细语拉起师父到休息室换衣服。赵老五才告诉杨建国:听财务说这次奖金不多,一班和二班统共加起来两千四百块钱,两个班有三十人,平均每人到手也就八十块钱。杨建国听得挺认真,但始终没吭气。

利索地换好衣服,杨建国和赵老五刚出车间门,就碰见宋卫国和徒弟屈正财也刚换完衣服往外走。赵老五故意调侃:"呦,这是准备下班呀!"屈正财也阴阳怪气地回敬:"杨师傅,您不会也想……"屈正财的话还没说完,宋卫国就"啪"的在他的后脑勺上拍了一巴掌,骂:"有点礼貌行不行?懂不懂规矩?"屈正财马上改口:"大师伯,对不起,我这嘴……一秃噜就……"

杨建国看出二人在演双簧,直截了当地说:"心里想什么就叫什么呗!我不在乎那些虚头巴脑的东西,你以为你们师父心里就敬我是大师兄了?跟你们一个德行!"宋卫国一听接过话茬,用委屈的口吻回道:"师兄,瞅你这话说的,我什么时候不敬你了?起码当面……"杨建国立马打断了他,不客气地说:"打住!少来这套。卫国,这两千四百块钱咱怎么分呀?"

一听说分钱,张俊生和赵老五来劲了。张俊生猴急地问:"大师伯,你们想怎么分?"赵老五脸上泛着红光提议:"要不老规矩,两个班比武赢奖金,怎么样?"屈正财马上一脸兴奋地附和:"好啊!刚才我还和我师父说这事儿呢!师父,大师伯可是主动……"说话间他用眼睛瞅着宋卫国。宋卫国斜了一眼杨建国，用激将的口吻说："师兄，这么办不合适吧？钱倒好说，谁输了都伤面子。"杨建国一听这话，不甘示弱地回了一句："愿赌服输，伤什么面子？！"

话到这个分上，比武的事就这么定下来了。双方约定，第二天上午在车体车间一工段铆钳一班工作区比武。为增加难度和防止作弊，比武的具体内容届时双方临时商定。

第二天一早，明亮的阳光从窗口照进来。一上班，杨建国和宋卫国就身着干净的明灰色工作服准时到岗，众徒弟也早早地来了。

车间里弥漫着大战之前的安静与紧张的气氛。

众人拭目以待。宋卫国指着身边两台车床，向杨建国提议："师兄，铆钳焊是咱本行专业，今儿个咱就在车床上一较高下，怎么样？"杨建国一副无所谓的样子，说："随你！师兄让着师弟，你定规矩。"宋卫国从工件台上拿起一个巴掌大的钢坯，将钢坯放到一个六面体套件上，解释说："也没什么规矩，咱一人车一个六面体……一个小时，谁先车出来，严丝合缝地放里边，两千四归谁，怎么样？"杨建国痛快应承："行！"

不知道赵老五从哪里搞了一个马蹄表放到工件台上，并当场宣布："您二位喝口水，准备准备，八点四十分计时开始。"

杨建国与宋卫国互不服气地看了一眼，分别从徒弟手中接过大茶缸，喝了几口，随后脱下工装上衣，各自走到车床前。徒弟们递过钢坯，两人动手调整车刀，紧固钢坯。

八点四十分，比赛开始。杨建国与宋卫国各自在车床前紧盯刀头，右手把着紧固栓的旋转盘，小心翼翼地切割。车刀飞转，钢坯上被切削下来的丝屑逐渐堆积。

马蹄表的秒针滴滴答答地转着。宋卫国屏息敛气、镇定自若地操作，杨建国额头有些冒汗，神情略显焦躁。围观的人好像比比武的人心里还紧张。宋卫国的徒弟张俊生悄声对屈正财道："咱师父的手艺早不是当年了,要不凭什么他当全国劳模?"屈正财附和:"那是,去年全省技工大赛,要不是师父手腕有点伤,第一名准是他。"赵老五听到他们的对话,不高兴地反驳:"你俩别唠叨行不行,吹什么牛呢?!"张俊生用挑衅的口气回敬:"吹不吹咱走着瞧,赵老五,你就等着喝西北风吧!"

在他们说话间,宋卫国已松开了紧固栓,拿下加工好的六面体。他自信地对张俊生说:"俊生,试试!"张俊生接过六面体,对着六面体套件放下,六面体严丝合缝地放进了套件内。

屈正财禁不住兴奋地叫起来:"赢啦!"张俊生等人也一阵欢呼,赵老五等人个个垂头丧气。

杨建国直起腰,一脸懊丧地看着宋卫国,有些疲惫地说:"行,我服。"快步向休息室走去。赵老五等人跟随而去。

看着杨建国离去的背影,宋卫国脸上泛起从未有过的愉悦,甚至觉得比前不久获得全国五一劳动奖章还要解气开心。

张俊生等人格外兴奋,七嘴八舌嚷着:"师父,您让他压了二十几年,这回算是彻底翻身啦!师父,奖金怎么分?大头归您!""师父,往后我看他们谁还敢叫您宋老二,机车厂铆钳大拿就是您,您是宋老大!""师父,咱们出去撮一顿,庆贺庆贺……"

众人正开心地吹着牛,屈正财跑过来告诉宋卫国,说车间主任让他去一趟。宋卫国来到车间主任办公室,洪宝力正翻阅着当月的考勤表,抬起头问宋卫国:"老宋,让你当工段长的事考虑得怎么样啦?"

宋卫国笑了笑,回道:"主任,您知道,我要是想当工段长,早在转向架车间的时候就当了,别说工段长,现在起码也应该是车间主任了吧?"

洪宝力内心有些不悦他的自大,但还是违心地附和:"那肯定,你有这个实力。"

宋卫国感觉到洪宝力内心的不自在,接着解释:"我为什么不想当?一来,我是不想丢了我这手艺;二来,我想多带出几个徒弟,咱厂不缺工段长，缺好技工，您说对不对？"

洪宝力有些不解，问："你当工段长也能带徒弟嘛，难道会有什么影响？"

宋卫国一脸严肃地说："那不一样，当两年我这手艺全都得丢了，你说我还怎么带徒弟？"

洪宝力知道劝下去不会有啥结果。无奈地说："行吧，你们俩师兄弟，真不愧是何三宝的徒弟！"

比武无论输赢，组织大伙撮一顿，这是车间班组间的一个老习惯。当天晚上，杨建国按照惯例带着众徒弟来厂门口老四川饭馆聚餐。

雅间 A 内，见众人已经到齐，觉得菜可能有点少，杨建国拿起菜单看了看，让女服务员加盘糖醋鲤鱼。赵老五为了给师父省钱，对杨建国道："不要，不要了，师父，奖金没拿着咱凑合吃俩素菜得了。"杨建国却正色说："至于吗？啊！缺那俩钱还不过日子了？"然后大方地对服务员说："糖醋鲤鱼，水煮肉，赶紧加！"女服务员欢快地应了一声出去了。

马二生拿起桌上的酒瓶，利索地拧开盖子，先给杨建国满上一杯，然后依次给众人倒上。手握面前的那杯酒，杨建国忍不住感慨："流年不利呀，从来没这么背过！"赵老五也跟着叹了口气，说："是啊，师父，以前您跟他宋卫国没少比，十回赢八回，我们以为稳赢的事儿，没想到……"杨建国情绪低落地说："也不知道怎么了，最近心里老是不踏实，右眼皮一个劲儿地跳。"马二生接过话茬说："师父，肯定是杨浪的事儿还有集资房指标的事儿让您心气不顺呗，没什么大不了的，过了这一阵儿就转运了。"赵老五却不知深浅道："师父，我真怀疑宋卫国得了师爷的留一手秘诀，要不他……"马二生马上反驳："不可能，他真要得了师爷的什么秘诀，还能让咱师父压着他二十几年？"赵老五不以为然："你不懂，什么是秘诀？你以为秘诀什么人都能看得懂？有秘诀也得靠天分，你没见武侠小说里边……"

两人越说越有些离谱。杨建国不想听下去，斥责道："扯哪儿去了，哪有什么秘诀？真有秘诀你们师爷也应该留给我。"马二生不解地反问："那为什么人家宋卫国这几年的手艺越来越……"杨建国稳了稳情绪，正色说："这没啥奇怪的，人家靠的是勤奋，懂不懂？勤能补拙，懂不懂？没那个天分就得靠勤奋。不是我夸人家宋卫国，这些年的确比我肯下功夫。我跟你们说，人家英语都过了好几级，外国进口机床的说明书都看得懂。"

菜全部上齐，按规矩赵老五等人举杯一起向杨建国敬酒。

赵老五一脸诚恳地说："师父，我们弟兄们敬您，在我们弟兄们心里您永远最棒！"杨建国故意问："这次输了奖金，你们真不怪我？"马二生表态："就像您说的，以前都是咱赢嘛，这次就算让他们二班一回。"众人也马上附和："对，对，让他们，宋师叔刚当上全国劳模，给他点面子，这仨瓜俩枣的，咱们不稀罕……"杨建国听了众人这番话，心情舒坦了不少，痛快地说："行，有你们这些话，师父心里就暖和。来，干了！"

众人一扬脖，都痛痛快快地喝干了杯中的酒。

忽然，雅间的门被撞开。进来的不是别人，却是满嘴酒气的张俊生与屈正财。屈正财用有些放肆的口吻开涮："呦，真热闹呀！残兵败将也有兴致喝酒庆祝？"赵老五一听就来火，骂了一句："你小子胡扯什么呢，谁是残兵败将？"张俊生佯装打圆场，帮腔道："赵老五，这么大火气干什么？屈正财跟你们开个玩笑，这都听不出来？"

说话间，宋卫国也跟着进了包间。他满嘴的酒气，一副豪爽的样子对杨建国说："师兄，我们就在隔壁，吃完你们走就行，账我结。"

"啪"的一声，杨建国拍桌而起，大声吼道："宋卫国，你什么意思，我杨建国掏不起这个钱？"

宋卫国连忙解释："你看你，我就没法儿说话，怎么说你都往歪里想。这不是……"

杨建国厉色道："你少跟我扯里格楞！怎么的，连着两届全国劳模拿了，儿子签了委培，新房子也分上了，这么多年终于扬眉吐气了，是不是？恶心我杨建国，是不是？"宋卫国一看没法再说下去，一脸无奈地说："师兄，我可真没那个意思。走，走，都走。"说着，便领着张俊生与屈正财退了出去。

不一会儿，隔壁房间就又传出阵阵热闹的哄笑声。

杨建国等人接着吃饭喝酒，但场面就显得沉闷起来。特别隔壁传来一阵接一阵肆无忌惮的哄笑声，在沉闷的气氛里显得分外刺耳。"我看他们就是故意挑事儿来了。"赵老五忍不住冒了一句。"哎，师父，您跟宋卫国，不是，宋师叔，到底结下了什么梁子？为什么不对付？"马二生也没看杨建国难看的脸色，愣头愣脑地问。赵老五暗暗捅了马二生一指头，低声怨道："你小子真没眼色，哪壶不开提哪壶。"

杨建国阴沉着脸一言不发，用手恨恨地捏着酒杯，一饮而尽。

赵老五赶紧又给他把酒斟满。

有些事情就是这么寸，担心什么偏偏就来什么。这时，雅间的门又一次被人有力地搡开，只见宋卫国端着酒杯，醉意蒙眬，大大咧咧地杵在门外。

在酒精的刺激下，宋卫国的脸变得通红，性格仿佛也变得更加强硬。他走过来，用右手食指直直地戳着杨建国，说："师兄，今年是咱俩进厂二十年，也是师兄弟二十年，对吧？"

杨建国歪头斜了他一眼，冷笑说："对，你有什么说法儿？"

宋卫国舌头已经有些僵硬，不太利落地说："我是1975年10月进厂，你比我早一年，三年后师父带着咱们去坦桑尼亚，对吧？"

杨建国已不耐烦，阴沉着脸，说："陈芝麻烂谷子的事儿别扯了，有话快说，有屁快放！"

宋卫国并不发作，含着不太利落的大舌头继续说："师兄，今儿个当着你这么多徒弟的面，我想说句心里话，这话在我心里憋了好多年了。"

杨建国沉稳地坐在自己的位置上，用冷峻的眼神逼视着宋卫国，硬邦邦地说："你说，当着全厂职工的面我也不怕。"

宋卫国咽了一口唾沫，有些不知轻重地说："师兄，往后你对师姐好点儿行不行，别老欺负她？"

这句话声音不大，但像一颗威力巨大的炸雷。话音还未落，杨建国就噌地从座位上站起来，脸上阴云密布，抓起面前的酒杯就欲砸宋卫国。赵老五眼疾手快，急忙摁住了他的手腕。

张俊生、屈正财听到这边的动静闻声赶来，马二生和赵老五众人也立马站了起来，双方人马怒目相视。杨建国破口大骂："宋卫国，喝了两杯猫尿不知道自己姓什么是不是？我对薛丽萍好不好关你屁事儿，用你来教训我？！"

张俊生一听这话，还有些不服气，小声说："大师伯，请对我师父说话客气点。"赵老五扑上去欲打张俊生，并挑衅地叫喊："怎么的，想练练？！"

杨建国伸手制止了赵老五，斜眼瞄着宋卫国，不屑地说："都给我闭嘴！宋卫国，你说！"

宋卫国并不生气，脸上仍是那副诚恳的样子，语气忧伤地说："师兄，甭管你承认不承认，咱俩在坦桑尼亚捡回一条命可全靠师姐，当时师姐要不是得了疟疾，要不是咱俩送她去医院……"

杨建国冷笑了两声，反唇相讥："怎么着，想报恩？行呀！宋卫国，惦记薛丽萍惦记了二十年，今儿个终于挑明了。我给你让位，你俩一块儿过？"

此话一出，宋卫国再难保持淡定和诚恳，一下子恼羞成怒了："杨建国，你别欺人太甚，我对师姐压根儿就没有非分之想。师姐这么好的女人，给你生了杨浪，拉扯大了周晖和罗娟，你三天两头地跟她闹，你有良心没有？啊！你……"

杨建国的脸气得铁青，一把推开赵老五，甩手将酒杯向宋卫国砸了过去，同时嘴里骂道："狗杂碎，老子今儿个废了你！"

宋卫国抬手一挡，酒杯甩在对面墙上，碎了一地，酒水溅了马二生一脸。

杨建国拎起屁股下的凳子要冲上去揍宋卫国，赵老五上前拉住他，张俊生等人也赶忙将宋卫国拉掩到身后。

"你们干什么？都给我老实点！"此时，饭馆大厅里传来一个响亮的断喝声。

众人一愣，不知道什么时间，车间主任洪宝力已来到了饭馆大厅中央。

张俊生反应快，哭丧着脸向洪宝力告状："主任，他杨建国喝多了挑事儿。"

"胡扯！主任，我们先来的，是宋卫国跟我师父挑事儿，这才……"赵老五急忙解释。

洪宝力却说："你们不用解释，我都听见了。都是那点奖金把你们烧的，至于吗，啊？老杨、老宋，多大的人了，徒孙都好几十个了，有意思吗，啊？"

杨建国看了一眼洪宝力，满不在乎地说："主任，这是我俩的私人恩怨……"洪宝力一改往日的和顺，提高嗓门说："什么私人恩怨？别跟我扯，当年是我推荐何三宝去的坦桑尼亚，有气你们跟我撒，来呀！"

宋卫国此时酒还没醒，含着不太利落的大舌头解释："主任，我们说的事儿跟您没关系……"洪宝力看出他已经醉了，大声训斥："你闭嘴，出去！"宋卫国还想张口辩解，洪宝力不客气地讽刺说："我说话不好使，是不是？当了全国劳模不把我洪宝力放眼里了是不是？"

张俊生见洪宝力真生气了，赶忙连拉带劝地把宋卫国架走了。

见宋卫国他们走远，洪宝力在杨建国的身边坐下来，主动端起酒杯喝了一口，对赵老五等说："要说你们师爷何三宝，那真是个人物，车钳铆焊在咱机车厂绝对是大拿，就连你们师太爷杜立德老师傅都夸。当时我刚从滨江机务段调进厂，我自认自己车钳铆焊不错，后来跟人家何三宝师傅一比，那真差的不是一点半点。"

洪宝力一席话说得杨建国心火渐熄，他喃喃地说："唉，可怜呀！我师父，还有那么多师弟师妹都死在异国他乡了！"说着，自顾自地端起酒杯一饮而尽，竟把洪宝力晾在了边上。

滨江机车厂是个万人大厂，大人有大人的圈子和生活，孩子们也有自己的快乐与烦恼。

杨建国与宋卫国比武的这天，杨浪与宋飞的矛盾也升级了。

杨浪与宋飞从小学到高中都是同学，虽然两人性格不太一样，但在小学和初中关系保持得还不错，尤其二人都有共同爱好：一个是喜欢摆弄机械，另一个是喜欢摇滚乐。毋庸置疑，他们喜欢机械都是受父辈和工厂环境的影响，从小学到初中，寒暑假没事他们就到车间玩耍，居然就学会了不少手艺，有时大人还索性让他们上手干一点简单零活图个轻松，二人还真能干得像模像样。提起喜欢音乐这事儿，还必须介绍滨江机车厂一位传奇式的人物，他名叫吴志宏，是厂里总工程师的公子，比杨浪和宋飞大六七岁，不仅家境条件好，而且很有音乐天赋，此人多年前还在厂里组建起第一支摇滚乐队——"战神"。特别是当时流行的《新长征路上的摇滚》《花房姑娘》《站台》等摇滚歌曲，"战神"乐队都能演绎得淋漓尽致。那年杨浪和宋飞正读初二，第一次接触到了吴志宏和摇滚乐，青春的激情让他们热血沸腾，当即把吴志宏当成了大哥级的人物，佩服不已。一年后，会玩摇滚又学习很好的吴志宏考取了国外一所名牌大学的研究生，在滨江机车厂半大的孩子中再次引起轰动。

聪颖漂亮又冰清玉洁的彭薇转学到滨江一中，就像天上的林妹妹掉到滨江机车厂，很快打破了杨浪与宋飞之间的联盟。准确说是彭薇对杨浪的亲近让宋飞心生不快，这种不快渐渐积聚成了醋意、嫉妒和仇恨。

两人第一次正面冲突发生在初三下半学期。一次，学校组织卡拉OK比赛，宋飞是学生会委员，在礼堂门口维持秩序。杨浪想挤进去看，宋飞却拦着死活不让进还说他挑头闹事儿,要拉他去教导处。杨浪明白他在找碴儿,一着急就扇了宋飞一个耳光。从此,二人彻底不睦。不久,在母亲薛丽萍的支持下,杨浪拉上同班同学蓝大个、二毛等发烧友组建起"铁砧"乐队。没多久,宋飞也不服气地拉了另外几个发烧友组建了一支摇滚乐队,取名"平行线"。对乐队来讲,排练场地和环境十分重要,几乎同时,两队都看中了老厂区一个废弃的大车间,这里安静宽阔,特别是有败落颓废的感觉,契合着摇滚乐狂野又放纵的调调儿。

两队本就互不服气,都想独自占有。后来,经过协商,每年采取比武以决高下,胜者王败者寇,"寇者"要为"王者"支付排练租借费。可惜的是,前两年"平行线"乐队都做了"寇者",但他们始终不服气,发誓今年要一雪前耻。

其实,对于今年的比武杨浪并不积极,因为马上要参加高考,他想一心一意地复习备战。但是,已报考委培生的宋飞却分外来劲,提出一定要再干一场。

杨浪岂肯认怂,便应下了挑战。时间定在这天晚上五点三十分,地点自然是那间废弃的大车间。

夕阳西下,橘黄色柔软的光影逐渐从老厂区旧车间的房脊上褪去,落日余晖从破烂的窗口透射进来,两盏带着钢丝套的硕大白炽灯从钢梁顶部落下。

杨浪见双方人马已经齐备,大声喊了一嗓子:"大个儿,合闸!"

话音一落,白炽灯骤然亮起。灯下,杨浪、宋飞等八九个小青年围聚在两台老旧的车床前,周边还围聚了以罗娟为首的一众少男少女,个个表情兴奋。不远处停了一排自行车,若干辆自行车边立着电吉他、电贝斯、架子鼓等乐器。

蓝大个子又瘦又高,挤过人群走到杨浪身边,对着宋飞说:"宋飞,这回该我们定规矩了吧?"

宋飞不屑地说:"行,怎么定,我们都奉陪。"

杨浪朗声说:"好,爽快!今天,咱们就来个文比武比各一场。先来个文的。"说着,从工件台上拿起一个拇指粗一寸长的圆柱钢坯,宣布,"一人车六个吉他弦柱,上弦后音准要正,谁快谁赢。"

一边的罗娟觉得六个太耽误时间,就插嘴道:"我看你们车两个得了,这都快高考了,回去晚了小心挨揍。"宋飞扭头看着一旁的一名黑瘦青年,问道:"老黑,怎么样?"老黑爽快地回答:"你是头儿,你说了算。"宋飞看了一眼罗娟,提高嗓门道:"就听罗娟的,节省下时间咱们合奏上见真章。"

双方没有异议。杨浪又朗声高喊:"好,黄毛,你计时!"

一名头发偏黄的健壮青年从工件台上拿起马蹄表,拧动后边的旋钮,指针指向六点半。之后,郑重宣布:"都看好喽!六点准时开始,你俩准备吧!"

杨浪与宋飞走到各自的车床前,动手调整车刀,紧固钢坯。

马蹄表指向六点整,比赛正式开始。

杨浪与宋飞在车床前紧张地操作,马蹄表的秒针飞快地旋转,罗娟和老黑等人在一旁为双方加油。"浪哥加油,浪哥加油,浪哥加油……""飞哥加油,飞哥加油,飞哥加油……"

呐喊和助威声不断从旧车间传出,飘落在车间外的空气和草地里。

这时,彭薇和周晖骑着自行车并排驶进了老厂区,老远就听到此起彼伏的呐喊声。当他们挤进人群的时候,杨浪与宋飞正在专心致志地加工弦柱。

罗娟看见彭薇,亲热地打招呼:"薇姐,你怎么来了?"

彭薇微微一笑,伸出手指在嘴边嘘了一下。

杨浪早已看见了彭薇,心中一喜,继续镇定自若地加工起弦柱来;宋飞听到嘘声,忍不住抬头看了一眼彭薇,眼神中露出一丝慌张,又迅速低下头继续操作。

马蹄表的秒针转动,时针接近六点半。杨浪松开了紧固栓,直起身微笑地看着彭薇。二人四目相对，彭薇不以为然地把头撇到一边。

杨浪嘴角上翘了一下，大声喊道："黄毛，拿吉他，试音！"

"好咧！"黄毛答应着把早准备好的吉他递给他。杨浪熟练地将加工好的弦柱塞进柱孔，紧固吉他弦开始调音。

这时，宋飞直起身懊丧地说："行了，别试了，这个我认输！"

当下，围观了许久的罗娟等人爆发出欢呼："铁砧乐队，铁砧乐队，铁砧乐队……"声浪不绝于耳。

见宋飞主动认输，杨浪得意地高喊："蓝大个，落旗！"随着喊声，钢梁顶部落下一面浅蓝色旗帜，旗上绣着一个偌大的黑色铁砧。

罗娟、黄毛等人又一阵鼓掌和欢呼。杨浪挑起眉头问宋飞："怎么样，认输吧？别忘了，按照约定，今年老厂区归属我们铁砧乐队专用。如果你们排练想租用的话，老规矩，拿二十张摇滚乐CD交换。"

宋飞没答话，从老黑手里接过吉他，摘下布罩，认真地调音。

这时彭薇走上前，对杨浪和宋飞说道："你们多大人了，这么玩还有意思吗？马上就要高考了，上了大学你们哪有时间来排练？谁霸占上老厂区有意义吗？"

杨浪用眼睛瞪着宋飞，趾高气扬又一语双关地说："这是荣誉，摇滚音乐人的荣誉，你不懂。"

宋飞似乎心领神会了什么，也大声回道："操家伙吧！废那么多话干什么！"

双方正要展开第二场的比试，这时一辆黑色的桑塔纳轿车在废弃车间外"嘎"地停了下来。驾驶室的门打开，一位穿着性感的皮夹克和高筒皮靴的时髦姑娘从车上走下，夸张地扭动着性感的腰肢向众人走过来。

时髦姑娘还没迈进车间的门，就亲亲热热地喊叫："宋飞——！"

宋飞抬头一看是来人，兴奋地喊起来："张晓培，就等你啦！快过来！"

杨浪看见迈着夸张又好看的一字步走过来的女孩，禁不住吃了一惊，失声而出："张——晓——培？！"

众人扭头，见是厂医院收费室美女收费员张晓培，穿着暴露又前卫，也吃了一惊。见张晓培气场十足地向自己走来，宋飞肩挎电吉他，狠狠地在弦上扫了几下，厂房内响起电吉他嗡嗡的切音声。

两束聚光灯从车间钢梁顶部射下来，鼓手老黑手执鼓槌在架子鼓的镲上连敲三下，宋飞的手指在电吉他的弦上飞快划过，电吉他的金属嘶鸣声瞬间响起，接着几个华丽的和弦奏出，随后节奏吉他、电贝斯、鼓声汇集响起，暴烈的乐曲前奏声炸开。

罗娟等人高举右拳，随着节奏声嗨嗨地呐喊。张晓培的突然出现，完全在杨浪意料之外。说起来这个张晓培，小学时还和杨浪是同桌，后来转到了另一个学校，初中毕业后就上了滨江市卫生学校护理专业，后来靠她在厂里当俱乐部主任后来下海发财的父亲张再德的关系，进了厂里医院当护士，可是因为护理水平差，工作态度又不好，前不久被调到收费室。杨浪从来没听说也没见过张晓培玩音乐，所以并没把她放在心上，便靠在工具台上边修剪吉他拨片，边面无表情地看着她。

张晓培并未在意杨浪的眼神，她潇洒地脱掉性感的皮夹克，戴上墨镜走上地台，抓过麦克风杆唱了起来。她的嗓音高亢中带着沙哑，声音极富穿透力。

杨浪诧异地直起了身子，忍不住自言自语："士别三日，当真是刮目相看啦！"彭薇不知什么时候已经来到杨浪身旁，颇有些惊奇地问："怎么，你以前听她唱过？"杨浪冲她笑了笑，有些不忿地说："小学时候我们是同桌，后来读了卫校的中专，现在是厂医院的收费员。她以前喜欢的是孟庭苇、苏慧伦这些软塌塌的歌，压根儿就没听过摇滚。她怎么就跟宋飞混一块儿了？"

彭薇一笑，露出一口好看的白牙，故意损他："不错呀，记忆力挺好！怎么，你觉得她应该跟你混一块儿？"杨浪一时没有反应过来，一本正经地回复："她这可是纯正的金属嗓，唱金属摇滚就得跟我们铁砧乐队，宋飞他们不行！"

张晓培唱罢，杨浪随着众人一起鼓起掌来。

不过，杨浪仍然清醒地知道这是在比赛，于是上前调侃："张晓培，你嗓子是不是做手术了？"张晓培杏目圆睁："你胡扯什么，没毛病我做什么手术？"杨浪接着调侃："哎，以前你可不是这嗓音呀！"张晓培低声道："前年我得了一次重感冒，好了以后嗓子就成这样了。怎么的，觉得我唱得好？"杨浪哈哈一笑，显得格外豪爽大度，道："太棒了！张晓培，你来我们铁砧乐队，我把主唱让给你。"

一听这话，宋飞有些急了，大声说："杨浪，咱不带这么撬行、挖墙脚的吧？"杨浪见宋飞搭言帮腔，又调侃："我记得你俩上初中的时候根本就不搭话，你们西家属区的也不常去我们东边，怎么就勾搭上了，说说？"

张晓培并不生气，以牙还牙又媚态十足地说："你这张臭嘴，跟以前一个样。少废话，该你们铁疙瘩上啦！"

杨浪的脸一下子变得严肃，正气凛凛说："张晓培，我警告你，记住了，我们是铁砧乐队，不是铁疙瘩。让你们听听，什么叫真正的金属摇滚！蓝大个、黄毛、老镲，上！"

杨浪带着铁砧乐队成员走上地台，各自抄起乐器。罗娟等人又呼喊起来："铁砧乐队，铁砧乐队，铁砧乐队……"

极具冲击力的合奏声在电子效果器的变音下瞬间响彻厂房，其间杨浪还用灵活的指法弹奏出一段极其华丽的SOLO。

张晓培看到杨浪十分娴熟灵活的手法，悄悄在宋飞耳边低语："这你不服不行，论这段独奏的功力你还真不如他。"宋飞一撇嘴，不服气地回道："华而不实，全靠效果器。"

杨浪走到麦克风前，放声高唱起来。彭薇脉脉含情地看着杨浪，张晓培低声问罗娟："那个叫彭薇的小姑娘对你大哥有意思，是不是？"罗娟刚准备回张晓培的话，这时车间外又传来汽车"哗哗"的喇叭声。只见一辆红色的宝马轿车已停在了桑塔纳车的前面,从车上下来一个身着白色西服的英俊男子,他大步向众人走来。

周晖一眼就认出了白衣男子,率先从众人中迎上去,亲热地叫了一声:"志宏哥!"

来人却一时没有认出周晖,上下打量他,问:"你是……"

周晖连忙自报家门,那人这才亲热地说道:"哦,周晖。哎呀,一晃四五年不见,你都长成大小伙子了。里边谁在闹腾,唱得不赖呀!"周晖回道:"我哥,杨浪,今儿个他的铁砧乐队和宋飞的平行线乐队杠上了呢。"

吴志宏亲热地拍了拍周晖的肩膀,说:"行啊,后生可畏。看来我吴志宏走后咱机车厂的摇滚乐还没趴窝!"说话间,就走进了车间。

杨浪的表演十分成功,他十分潇洒地谢幕,现场发出热烈的尖叫和口哨声。

张晓培也激动地冲上前去,竖着大拇指夸奖:"杨浪,你牛!"

杨浪十分得意,一撇嘴,说:"怎么样,比他们平行线强多了吧?"

吴志宏越走越近,罗娟轻轻地扯了扯杨浪的衣袖,提醒道:"大哥,你看谁来了?"杨浪扭头望去,只见吴志宏正满面春风而来。

杨浪很吃惊,他没想到吴志宏这时会突然出现。

宋飞已快步迎上去,热情地问候:"吴大哥,您怎么来了?"

吴志宏对宋飞友好地笑笑,答:"休假,回来看看,听说有人在这儿闹腾,这不,就跑过来瞅瞅。"

见吴志宏一脸的志得意满,杨浪即兴提议:"吴大哥,来一曲,给晚辈儿们开开眼呗。"吴志宏客气地说:"行。哎呀,好久没摸琴啦!"接着,他的目光落到清新脱俗的彭薇身上,眼光陡亮,问道:"你是……"

杨浪大方地回道:"彭薇,我的同桌,彭明选家的千金。"

"对对,彭薇,哎呀,真是女大十八变,越变越好看呀!"吴志宏不禁啧啧赞叹。彭薇冲着吴志宏礼貌地笑笑。

杨浪脸上十分有光地介绍："可不，我们一中的校花，东家属区第一美女。"

"你少胡扯。"彭薇羞红了脸嗔斥道。

吴志宏转身又看了一眼时尚又性感的张晓培，圆滑地恭维说："那这位就是西家属区第一美女张晓培，对不对？"张晓培似乎并不喜欢这个油滑的吴志宏，不软不硬地回敬道："我家早就搬离西家属区了，不过你这么说，我很高兴。"吴志宏感慨道："我走的时候，你们还都是刚上初中的小毛孩，时光催人老呀！"杨浪不失时机地夸道："吴大哥，你在咱们机车厂可留下了不朽的传说。"没料想，张晓培大不以为然，笑怼杨浪："你可真会拍马屁。"众人哄笑起来。

这时，宋飞提议道："吴大哥，别感慨了，上吧！"

吴志宏说了句"那就献丑啦"，便自信地走上地台，拿起电吉他调了几下音，流畅华丽的乐曲声就充盈开来。吴志宏双手手指翻飞，指法极度熟练，显然弹奏功力更胜杨浪他们一筹。

众人专注地欣赏着吴志宏的表演，张晓培亲热地凑到杨浪跟前拍拍他的肩膀，努着嘴说："我怎么对他没什么印象？"杨浪用笑话她的口吻道："你那会儿就爱听孟庭苇，哪儿听得了摇滚乐！哎，送你那盒唐朝乐队的磁带没扔了吧？"张晓培表情夸张地反问："你什么时候送我了？我怎么不记得这事儿？"杨浪再次调笑她："你转学走那年啊！你这人，成天嘻嘻哈哈的，不着调！"……

杨浪与张晓培亲热地聊着，彭薇看向他们的眼神中透出不满。

表演结束，大家兴致很高，目光不约而同地落在了吴志宏停放在车间门外那辆宝马车上。吴志宏热情邀请杨浪、宋飞和彭薇一起去兜风。上车后，吴志宏滔滔不绝，对众人说起自己本科毕业在滨机厂上了一年多班，便考上了日本早稻田大学的硕士研究生，一年前从日本留学归来，加入了日资企业川崎机电公司，还骄傲地告诉众人自己去年底被派回国内筹建北京代表处，趁着这几天不忙，就回来看看。

杨浪和宋飞一脸的羡慕，但彭薇有些不大自在，特别是吴志宏看她时的眼神，让她感觉很不舒服。于是，大多时间她就一直看着窗外一闪而过的风景，一言不发。

晚上，彭薇回到家里挺晚了。彭明选和王三妹在等着她，好像正讨论着杨建国和宋卫国谁更适合当工段长的事。彭薇进门，王三妹起身问："薇薇，你怎么才回来？"彭薇懒懒回应："那个……吴大哥回来了，他开车带我们出去转了转。"王三妹追问："哪个吴大哥？"彭薇回道："就是吴天华爷爷的小儿子，吴志宏。"王三妹奇怪道："吴志宏？他……你怎么跟他认识了？"彭薇回答："我……我跟杨浪、宋飞他们一块儿去的。"一听这话，王三妹有些急了，大声说："薇薇，我可警告你，马上就要高考了，你少跟杨浪在……"彭薇沉下脸嗔怪："妈，你别胡猜乱想，行不行！"说着，生气地推门闪进自己卧室。

彭明选见王三妹一脸不高兴，连忙打圆场低声安慰："你就别瞎操心，等薇薇考上了名牌大学，那优秀的男同学海了去了，杨浪连根草都算不上。"一听这话，王三妹的脸上才露出了笑。

第二天，杨建国情绪一天都不好。

傍晚快下班时，一想起昨晚与宋卫国吵架的事，回想宋卫国说的那通关于薛丽萍的话，心里更加不快。再一想今天薛丽萍倒休在家，便不想下班后立刻回家，于是拿起电话告诉薛丽萍晚上加班，不回家吃饭了。

打完电话，杨建国懒懒的用扳手拧动车床转轴取下刀头，仔细一看，发现二分刀头已经磨损得十分严重。他让马二生拿了个新刀头，把新刀头插在车床转轴上还没来得及拧紧，马二生传话说车间主任让他去趟办公室。

不情愿地抓起工具台上的抹布擦了擦手，杨建国走向车间主任办公室。

洪宝力开门见山地说："上边让报半年度先进班组名单……"杨建国

一听是这个没咸没淡的事，没好气地说："报他们二班呗，人家刚当上全国劳模，不报人家你还想报我们一班？"不料，洪宝力并不想费口舌，顺坡下驴地说："这可是你说的啊！哎，我想把你们一班调到三工段去，你……"

一听这话，杨建国就有些不高兴，提高嗓门问："什么？调三工段？你什么意思？"洪宝力不紧不慢地说："你跟宋卫国老这么不对付也不行啊，人家马工段长不好干工作，不好协调。"杨建国压不住火了，大声质问："扯淡！这是他马文生说的？我找他去！"说着转身就要走。洪宝力赶忙制止："哎，哎，你站住。"杨建国转身生气地问："你把马文生叫来，我跟他当面问清楚，什么事儿影响他协调了？有话让他当面跟我说。"洪宝力知道剑拔弩张聊下去没什么好结果，便压低嗓门说："你这人，点火就着。老杨，马文生现在是代理工段长，你跟宋卫国都是他的前辈，你们老这么杠……"

杨建国见洪宝力的口气软了，也降低嗓门怼道："我们杠什么了？活不都是该干干吗？这个马文生，没水平就别扯那么多。"

洪宝力嘿嘿一笑，故意用激将的口吻问："你有水平，你怎么不当工段长？"

杨建国知道是计，揶揄道："我是有水平，可没那金刚钻不揽那个瓷器活。你让宋卫国当呗！"

洪宝力轻轻叹了一口气，无奈地说："你俩一个德行，不愧是何三宝的徒弟，工段长这小官你们都不看在眼里。"杨建国有些不相信地问："你跟他说了，他也不当？"洪宝力答："说了。你们俩倔驴就别往一个马槽上拴了，离远点不是更好？"杨建国冷笑道："好啊，那你调走他们二班，自打我一进厂就在一工段，我不走！"洪宝力苦笑着自找台阶说："你可真是倔驴，给你当车间主任我也倒了八辈子霉。走吧，走吧！"

阴沉着脸从洪宝力的办公室出来，杨建国面无表情地走到车床边，正准备紧固那个刚换上去的二分刀头，就看见宋卫国大摇大摆走过来。

杨建国当即心里咯噔一下，莫名地更加烦乱。

宋卫国走到杨建国跟前，收住了脚，又露出一副令杨建国生厌的真诚表情，说："师兄，昨晚我有点喝多了，有啥话说得不对，你别往心里去。"

杨建国压根不想搭理他，不客气地说："少废话！滚一边儿去！"

赵老五、马二生等人全都在各自工位上看着他俩。大家都没有注意到，此时薛丽萍拎着个网兜饭盒正笑盈盈地走进车间。

"师兄，你说咱俩成家都这么多年了，我能对师姐有什么想法？我就是觉得师姐这么好的人……"宋卫国继续解释道。"少废话！我让你滚一边儿去，听见没有？"杨建国再次大声怒斥。

"师兄，咱俩真不应该这样。你说师父收的咱这一批徒弟还活着几个，不就是你、我、薛丽萍和侯玉凤吗？就剩咱四个，对不对？"宋卫国有些难以控制自己的情绪。"你到底还有完没完？！"杨建国十分厌恶地瞪着宋卫国，不想再听他的废话，怒气冲冲地伸手开动了机床。

接通电源的机床转轴飞快地旋转起来，转轴上的刀具晃动得厉害。

"师父，师娘给您送饭来啦！"赵老五眼尖，看见薛丽萍笑盈盈地走来，赶忙向师父提醒道。杨建国与宋卫国循声望去，只见薛丽萍穿着明灰色的工装微笑着向他们走来。此时，一道寒光闪过，转轴上的刀具因为没有紧固被甩脱，径直向薛丽萍的头部飞去。顿时，血光迸射，薛丽萍当即栽倒。

在场的人全都惊呆。宋卫国冲过去喊叫："师姐——！"薛丽萍额头血流如注，宋卫国将她抱起。杨建国像一只木鸡愣在了那里，宋卫国大吼："打120，快，打120……"

接下来事情的发展令人难过。

120救护车将薛丽萍送到医院，一小时后戴眼镜的男大夫从抢救室出来，摘下口罩，告诉众人："送来的时候……你们准备后事吧！"

杨建国焦急与悔恨交加，当场泪流满面，放声号哭："丽萍……丽萍呀！都是我害了你呀！"宋卫国面若死灰，冲上去对着杨建国狠狠地给了一耳光，愤恨地咒骂："你混蛋！"

杨建国悔恨难当，喃喃道："我该打，我该死呀！丽萍，我要见丽萍，丽萍呀！……"他推开马二生、赵老五、何向华等人，踉踉跄跄走进抢救室。

扑在白布单盖着的薛丽萍遗体上，杨建国失声痛哭："丽萍，丽萍呀！我这是造了什么孽呀！丽萍……"

宋卫国靠着墙，泪如雨下。

杨浪、周晖和罗娟三人放学回家，见桌上放着已做好的肉臊子，擀好的手工面也放在灶台上。三人高兴地洗完手，左等右等却不见父母回家。他们认为母亲今天在家倒休，应该是临时有急事出去了。罗娟张罗着把面下到锅里，杨浪和周晖则着急地端起碗，饥肠辘辘地准备盛面。

此时，宋飞的母亲侯玉凤火急火燎地推门进了他们家。因为两家关系微妙，平时侯玉凤很少主动上门。当她传达了噩耗，兄妹三人全部傻了，杨浪和周晖手里的碗掉落在地上，碎了。

三人跨上自行车，发疯一样向医院飞奔而去。

医院的太平间外，罗娟哭喊着要进去看母亲，周晖与杨浪流着眼泪拽住她。罗娟痛哭："妈，妈，我要看我妈，放开我，我要看妈，妈……"

一旁的侯玉凤、王三妹、赵老五等人全都在落泪。

人死不能复生。

在医院将薛丽萍的遗体安置妥当，回到家已是夜里十点钟。杨建国靠坐在沙发上，双手深插在自己花白的头发里，眼泪簌簌地滚落。看到父亲这般模样，杨浪一脸的愤恨与悲痛，周晖脸上既有怜悯又有埋怨，罗娟则扑倒在杨建国的怀里痛哭："爸，爸，这都是为什么呀！爸，呜呜呜……"杨建国抚摸着罗娟的秀发，泪眼模糊地说："娟，爸对不起你们，是爸害了你妈，我……"

薛丽萍的意外身亡，警方很快介入调查。两名年轻警察在与车间主任洪宝力、赵老五、宋卫国和杨建国谈话和取证后，确定这是一起由生产安全措施不到位引发的生产安全事故，不牵涉违法和犯罪。

对于薛丽萍的死，还有一个人分外自责，那就是何向华。前几天，铁道部李副部长已与他谈过话，准备将他调到铁道科学研究院工作，他没想到突然就出了这档子事，而且还是自己的师姐。再回想，自己早就多次在厂里提过安全管理体系的方案，但一直没有引起高厂长高度重视，如果早早实施这个方案，也许就不会有今天这个悲剧发生。想到这儿，他感到十分气愤，直接找到高学明理论。

高学明正在办公室里同王舜田商量事。何向华直接闯进来，一脸义愤地说："我早就说引进职业安全健康管理体系，高厂长，自打我调进厂就提过吧？每次开安全生产会，我说过多少次，可是……"

见何向华来者不善，王舜田迅速退闪到一侧。高学明坐在高背老板椅上并未起身，痛心疾首说："向华，两码事，他杨建国可是入厂二十多年的老工人、老技师，他能没有安全操作这根弦儿？完全是因为心里有事儿才疏忽大意。"何向华一听这话，激动地说："对啊！甭管是老师傅还是新职工，正因为都是人，所以不可能不犯这种错误。我们要引进职业安全健康管理体系，有了这标准，就能避免这种疏忽大意。高厂长，咱厂一年多少生产事故？咱们不能拿职工的生命当儿戏呀！"

高学明霍地站了起来，气愤地说："你怎么说话呢？滨江机车厂成立一百年了，谁拿职工的生命当儿戏了？你要认为我高学明有罪，你去告我！"

何向华自知言重，缓了缓情绪，解释说："不是，高厂长，我的意思是……"

王舜田善于察言观色，他走上前小声劝解二人："何厂长，您冷静冷静。高厂长，何厂长不是那个意思，薛丽萍是何厂长的师姐，他心里着急。"

高学明也平复了一下情绪，对何向华平和地说："向华，我是看着你长大的，我知道你和杨建国夫妻的感情，不跟你计较。引进职业安全健康管理体系的事儿咱们下次党委会上再讨论。薛丽萍是咱厂的优秀职工，治丧委员会就由你来操持，规格要高，在厂的党委委员全部参加追悼会。"

何向华低低地说了一声"好"。

接着高学明指示王舜田，薛丽萍当过全国劳模，按规定必须在老厂区的职工墓园进行安葬；通知所有车间还有二级公司、附属加工厂，立即停工，由安检部统一检查，明天早上九点召开全厂安全生产大会，他要亲自主持。

薛丽萍的死巨大地打击了杨建国，同时也深深地刺痛了宋卫国的心。

连日来，宋卫国一直失魂落魄，上班全都心不在焉。晚上，他到职工墓园看望自己的师父何三宝，一边抹泪一边喝酒，说了许多埋怨当初师父不该偏心拆散他与薛丽萍的话。

时间挺晚了，见宋卫国还没有回家，宋飞担心地问侯玉凤："我爸怎么还不回来？"侯玉凤从宋卫国几天来失魂落魄的表现中猜出了八九分，恨恨地说："肯定是跟你师爷唠呢！埋怨你师爷乱点鸳鸯谱，要不他跟杨浪他妈……"宋飞一听，反驳道："妈，陈芝麻烂谷子的事儿就别提了，你们结婚都快二十年了，怎么还放不下？"侯玉凤却说："不是你妈放不下，是你爸放不下。"

两人说话间，门开了，宋卫国满身酒气地走进来，眼圈泛红。

宋飞关心地问："爸，吃饭吧！"宋卫国有气无力地回答："不吃了，你们吃吧。"失魂落魄地走向卧室。

见宋卫国这副要死不活的样子，侯玉凤"啪"的一声摔下筷子，霍地站起来，怒道："是你死了老婆，还是杨建国死了老婆？啊！你瞅你那臭德行，你比杨建国还难过，怎么的，这下旧情泛滥了是不是？……"宋卫国木然地反问："你胡咧咧什么？薛丽萍不也是你师姐，你就不难过？"侯玉凤得理不饶人地说："薛丽萍是我师姐不假，可你是我男人，你哭天号地的算什么？你凭什么打人家杨建国一耳光，当着那么多人的面，显摆你还喜欢薛丽萍是不是？"

宋飞赶紧劝母亲少说两句，但侯玉凤仍不依不饶地说："你别管。妈跟他过了半辈子，他心里一直惦记着薛丽萍，厂里人谁不知道？妈觉得丢人，平时不想跟他闹，你看他今儿个，扎了他的心了，哭天抹泪的，他算个什么东西！呜呜呜……"侯玉凤坐下，委屈地哭起来。

宋飞安慰她："妈，薛阿姨没了，怎么你们俩还扯不清了，至于吗？"

伤心的宋卫国不想争吵下去，走进卧室，咣当一声将门关死。

薛丽萍的意外身亡，最伤心的人是杨浪。作为父母的亲生骨肉，他十分不理解父母为什么要经常吵架，如果说他们不是真爱为什么当初要选择在一起？如果是真爱为什么又要天天相互抱怨和争吵。母亲的离世，让他对父亲十分失望。让他失望的甚至还有自己内心对于爱情的憧憬和渴望。

薛丽萍的葬礼隆重而又圆满。何向华代表机车厂宣读悼词，高学明带领全体厂领导和职工代表集体前来送行。随后，她的骨灰盒被安放在了老厂区职工墓园之内。

彭薇是从父母口中得知的消息，当时父母正在为薛丽萍的葬礼究竟随一百还是二百的礼而争执不下。她十分心烦，同时又很担心杨浪。

滨江岸边，灯影绰绰。杨浪坐在岸边弹着吉他，唱着忧伤的歌曲《草帽歌》，彭薇在他身后默默地站立。她主动伸出双臂从背后轻轻环抱住杨浪，这是她人生中第一次与一个男孩拥抱，她想用自己少女的体温温暖杨浪孤独受伤的心。

第四章

时间的车轮转得飞快，转眼两个月即将过去，距高考的日子越来越近。

应该说，这段日子对三个人来说都是难熬的。他们就是杨建国、宋卫国和杨浪，原因只有一个，就是薛丽萍的意外离世。

杨建国难熬的是悔恨。回想与薛丽萍相识、相爱到后来婚姻中的鸡零狗碎，活脱脱像发生在昨天，但现在曾经朝夕相伴的这个人走了，再也不可能与他共枕同眠，留下孤单的他和他们的三个孩子。更不能饶恕的是，薛丽萍的离世是因自己而起，这是他一辈子都无法偿还的孽债。

宋卫国难熬的是怜惜与后悔。明明自己深爱这个女人，但命运却把她安排给了杨建国，如今还把命送在了杨建国手里。红颜薄命，可怜自己与她有缘无分。他想，如果自己当时不与杨建国置气，也许丽萍就不会死，可生活没有也许，有的只是深深的怜惜和后悔。

即便如此，他们两个的难熬加起来也不敌杨浪。他憎恨命运对母亲的不公平，愤恨父亲长期对母亲的粗暴和忽视，当然更恨父亲因失误操作而剥夺了母亲宝贵的生命。自从母亲离世后，他对人生和亲情有些失望，干什么都提不起劲，特别在学习上根本无法集中精力。他知道高考的重要性，也知道高考在一天天逼近，但他却无法像以前那样认真学习积极备考。他一天比一天强烈地想离开这个伤心的地方，去一个没有人认识自己的地方。此间，彭薇多次劝他好好备考，但他确实无法做到。

高考如期而至。

杨浪、彭薇、宋飞和周晖都被安排在滨江第一中学考试，只是分别位于ABC三个考场。第一场是语文考试，A考场内，考生们都在紧张地答题，坐在后排的杨浪却举着笔怔怔地望着窗外。他不由自主地想起母亲薛丽萍：想起在医院，少年的他在医院里打吊瓶，母亲喂他吃水果罐头，他开心地吃着；学校门口，瓢泼大雨中他冒雨冲出校门，母亲赶忙跑过来给他撑起雨伞；在自己的家里，父亲杨建国喝醉酒打骂他，母亲心疼地阻拦，与父亲厮打在一起……这些历历在目的往事，让他对考卷上作文的题目和要求视而不见，于是自作主张地在作文标题下写下——《我的妈妈》，一边流泪一边书写。

还没到交卷时间，杨浪提前交卷了。他在宋飞诧异的目光里，走出了考场。

学子们高考，考的也是家长的耐性与付出。考试散场，众多学生家长在校门口等待，杨建国也在其中。近两个月来，他的头发已全部花白，人显得苍老憔悴。

周晖一脸兴奋地走了出来，径直来到杨建国身边，亲热地喊了一声："爸。"杨建国问："你哥呢？"周晖说："没见他。"杨建国接着问："考得怎么样？"周晖自信地回答："还行！"杨建国和周晖一直等到所有考生离场，始终没有等到杨浪，只好先骑车回家。

回家后，罗娟已经把饭菜准备停当，但左等右等不见杨浪归来。

三人只好先吃饭。吃饭时，罗娟好奇地问周晖，今天考试的作文题目是什么。显然周晖考得不错，一下子来了兴致，自信地介绍："这次作文不难，给了三幅漫画图，根据图画的内容自拟题目写一篇议论文。""画的什么？"罗娟问。周晖如数家珍地说："第一幅图是发明飞机的莱特兄弟从小喜欢研究各种机械原理；第二幅图是一群大雁从他们头顶飞过，他们的爸爸教育他们说，你们要想像这群大雁在天空飞翔，就必须要有冒险与勇敢的精神；第三幅图是莱特兄弟驾驶飞机在天空飞翔。"罗娟脱口而出："这主题不就是梦想与奋斗吗？确实不难。"接着，又担心地念叨："不知道咱大哥今天考得咋样？"

门开了，杨浪冷漠地走了进来。

"大哥，你怎么才回来？"罗娟亲热地埋怨。

杨浪没答话，走到桌边坐下吃饭。杨建国深深地看了他一眼，忍住没吭声。

"大哥，你作文写得怎么样？二哥说了，我觉得挺好写，你没跑题吧？"罗娟关心地问。

杨浪端起饭碗，默不作声走进卧室，将门"哐"的一声关上了。

周晖与罗娟面面相觑。杨建国压低嗓子命令道："别管他，吃你们的！"

接下的几门考试，杨浪的状态基本上大同小异，或者说根本就不在状态。几乎每一门课他都是提前交卷。

三天的高考结束，成绩没出来，其他不少考生忙着到学校找老师估分，杨浪毫不关心。他在悲伤的情绪里无法自拔，越来越强烈地想离开这个让他难过的地方。

上天仿佛配合着杨浪的不开心，淅淅沥沥下起小雨来。这是北方七月的小雨，像牛毛一样又细又密，既没有瓢泼大雨的酣畅淋漓，更没有春秋雨水的清爽和凉快，倒让人感到憋闷与烦躁，还有一种不温不火的磨叽。

杨浪冒雨忧伤地坐在滨江边一块石头上，忘情地拨弹着手中的琴弦。他低声吟唱，吉他仿佛知道他的忧郁和哀思，流淌出的音符饱满又深沉。这首名为《妈妈的眼睛》的歌曲，是杨浪刚刚为母亲创作的，此时他觉得只有吉他和音乐懂他的心。

远远就听到杨浪忧郁的歌声，彭薇撑着一把碎花雨伞走来，轻轻走到杨浪身边，皱眉心疼地望着他。杨浪抬起头，淡然一笑，没有停止弹唱。

"高考你可以放弃，可以不在乎，可你不能这么消沉下去，薛阿姨在天上看到你这样也会伤心难过。"彭薇抬手轻轻抚住了吉他的弦，轻柔地说。

"你考得怎么样？"杨浪没有正面回答，扭头又朝彭薇无力一笑，问。

"杨浪，复读一年，再考吧！我知道你行，你肯定能考上。"彭薇握着杨浪的手，真切中带着央求。

"我不想考了，我想去北京。"盯着眼前被细雨打皱的江面，杨浪神情淡然地说。

"去北京？去北京干什么？"彭薇非常诧异。

"我想去音乐学院进修。这是我当年就与母亲一起约定的，我要去实现它。"杨浪声音不高，但语气坚定。

彭薇一惊，没有立即反对，只是轻轻握住杨浪的手，温柔地劝说："咱先不用急着定，你再好好考虑考虑。"

放榜的日子很快到了。滨江市按照往年的惯例，把成绩上二本线以上的考生名字写在猩红的大纸上，张贴在市区街心广场一溜最显眼的墙壁上，考上北大、清华等著名高校的考生名字排在最前列，并且一一公布其分数。

彭薇和李云鹃果然不负众望，以597和593的高分双双被清华大学录取；周晖考了540分，考上了北方交通大学；宋飞400分刚达到委培线；而杨浪仅考了301分，距专科线还差了20多分。

彭薇考上了清华大学，彭明选和王三妹自然是欣喜不已。他们准备办一个隆重的答谢宴，请厂里的领导和要好的工友乐一乐，好好扬眉吐气一回。宋卫国夫妻也算顺利完成了指标，原本就打算让宋飞上委培，现在正好如意。唯有杨建国心情复杂，高兴的是周晖考得不错，上了北京的重点院校，也算对死去的师弟有个交代了。只是杨浪目前的状态让他焦虑，大专线都没上，看来只能上技校了，而且现在还整天消沉寡语，说不得也打不得。

如果薛丽萍还在世，杨建国一定会毫不客气操起棍棒教训这个不争气的儿子，但是现在毕竟不同了，妻子走了，他是自己唯一的亲生骨肉，如果他再有个三长两短，自己一个人活在世上还有什么意思。他曾好几次想跟杨浪好好谈一谈，哪怕放低身段和威严真诚地给他道个歉，但杨浪没有给他合适的机会，他自己也实在放不下架子张不开口。

近年来，滨江机车厂悄然流行起一种时尚，谁家的孩子考上了大学或参了军，相好工友之间都会私下里凑些份子钱，增添点彩头。对于这种做法，工厂里不反对也不提倡。但是有不少人持反对态度，因为婚丧嫁娶随礼的标准越来越高，工厂的效益又不景气，不少人已不堪重负。特别是有人巧立各种名目办酒席，如结婚、生子、当兵、过大寿等，有些年轻人为了应付水涨船高的份子钱，甚至连吃饭都成了问题。

这天，张俊生和屈正财早早来到了班组，他们私下里与兄弟们每人凑了30块钱，算是给宋飞考上大学的彩头，单等着师父宋卫国的到来。

宋卫国这几天心情总体不错，宋飞考上了西南交通大学的委培生，四年后一回来就是厂里的正式干部，想想都开心。他不由自主地哼着小调走进班组，张俊生满脸堆笑将一沓人民币递给宋卫国，屈正财站在一侧。

"师父，宋飞考上大学，我们当徒弟的也都光荣，这是我们兄弟们的一点心意。"张俊生笑着说。

宋卫国知道大伙儿日子都不富裕，接过数了数，说："三百六，一人三十。你们的心意师父领啦，都给他们发回去。"说着把钱递给屈正财。

屈正财的手像触电一般缩到身后，一脸不高兴地说："师父，都说是心意了，平时您也没少帮衬我们，我们表表心意怎么的，不该？"

"不听话是不？拿着！"宋卫国忽然瞪起了眼睛，直直地盯着他。

屈正财撇了一下嘴，不情愿地接过钱。

"师父，您看您，我们……"张俊生欲辩解。宋卫国却说："你们这份情，师父领，啊！真想表心意，就把活儿干好了，干利索了，别让我挑出毛病来？懂吗？"

张俊生不服气地辩解："师父，这是两码事儿。"

宋卫国却正色说："不，一码事儿，把师父派给你们的活儿干好那就是对师父最大的尊敬。我不是没教过你们，说过多少遍了，对不对？"

"师父，兄弟们跟了您这么多年，平时也没个机会，您怎么就……"屈正财一脸委屈地嘟囔着。

宋卫国说："想孝敬师父，以后有的是机会。你们大师伯家的老二也考上了大学，你们就没想着……"

张俊生连忙答："想到了，想到了，我们也凑了份子。"

师徒三人正聊着，只见赵老五匆匆走过来，他是代表自己班组的兄弟们来给宋卫国贺喜的。原来，赵老五一众虽受杨建国与宋卫国不和谐关系的影响，但毕竟大面上还想过得去。于是，私下一合计，在给周晖凑份子的同时也给宋飞凑了一份，只是周晖的份子被杨建国一口给否了，还表态谁的份子都不收，但却意外地同意他们给宋飞随份子。一边说着祝福的话，赵老五就把红包往宋卫国的兜里塞。宋卫国本就没打算收钱，加上赵老五的一通解释，与众人一商量，达成一致意见：随份子的事两边全免，自己届时自掏腰包请客，请大家务必赏光。

赵老五见此情景，只好作罢。对于赏光赴宴之事，他说到时候如果自己的师父去，他们也一定去。

彭薇考上清华让彭明选夫妻脸上十分光鲜。这件事亦是滨江厂高考史上的第一颗卫星。时间向前推30年，厂里子弟考上清华大学彭薇是第一人。彭明选平时在大伙儿眼里是有些市侩、贪慕虚荣和爱钻空子，大家对王三妹印象也不佳，但现在人家的女儿考上了清华大学毕竟还是不同寻常。人这一辈子三十年河东三十年河西，风水轮流转，谁敢打保票将来用不着谁，于是不少之前有些看不上他们的工友们暗地里向夫妻俩示起好来。加之，近些年他们夫妻俩在工厂里工友们的婚丧嫁娶的事上也没少掏钱，也想趁办酒席收回些钱财。

夫妻二人像打了鸡血一般十分兴奋，经过商量拟定了一份请客名单，里面既有认为重要的厂领导，更多的则是这些年自己曾经随过礼的工友，加起来有近百人之众，还一一写了请帖。

在拟定邀请领导的人选时，他们夫妻俩的意见有些分歧。王三妹觉得没必要请何向华，因为他要调走的消息早在厂里传开了，虽然听说要回到挺唬人的铁道部上班，但又听说是要去铁道科学研究院，而且还是一个副职；而彭明选则有自己的见识，他私下打听到这次人事变动，客观上何向华是受到高学明的排挤使然，但好像铁道部的李副部长很欣赏何向华，况且他还是杜立德的女婿，杜立德与李副部长的关系非同寻常，说不定他几年后转脸就是滨江机车厂的一把手，所以必须要请。另外，在考虑车体车间主任洪宝力时，他们的意见也不统一，王三妹认为做事圆滑的洪宝力四五年后肯定能跨入厂领导行列。而彭明选不看好他，觉得本来和他就不在一个车间，平时也没啥来往，再说好像他与厂领导关系一般，高厂长还多次当着工人的面骂他工作没魄力、是和稀泥的主儿。

然而，分歧归分歧，最终他们采取了折中方案，把何向华和洪宝力都请了。

当彭明选恭恭敬敬将请帖递给洪宝力时，洪宝力客气地夸赞："彭师傅，恭喜呀！你家彭薇可真厉害，给咱厂都争光了！"

"您这大车间主任说争光那就肯定争了点光呗！"彭明选的脸笑得像一朵花儿，言语谦卑。

连日来，深度的伤心加之淋了一场雨，杨浪感冒了。

他谁也不想见，包括彭薇。因为他听说了她考上清华大学的消息，从这一刻起，他暗暗把自己与彭薇就划开了。

这期间，彭薇两次来看他，他都让罗娟撒谎说自己不在。罗娟打心眼里喜欢彭薇姐姐，指着房间比画着告诉她其实人在家，但彭薇还是走了，她选择尊重这个谎言。同时，她相信杨浪最终能给自己一个解释。

宋飞也来看他，陪他聊天。发生了这些事情后，宋飞忽然觉得杨浪并没那么讨厌了。杨浪内心敏感，并不想与他多说话。宋飞还想劝他复读，但杨浪已不耐烦地拎起吉他出了门，把宋飞孤单地留在了自己的屋里。

杨浪一出门，就招呼蓝大个、二毛、黄毛他们几个，相约到老地方爽一把。哥儿几个见杨浪兴致很高，好像又活了过来，二话没说拎起家伙就向老厂区呼啸而去。

废弃的车间里，音响轰鸣。以杨浪为首的铁砧乐队在地台上合奏，乐曲声十分激烈。

"停，停！"杨浪大声喊道。乐声终止，众人停下。"二毛，弹错了知道不？"杨浪轻轻地拍了一下二毛的大脑袋。二毛不好意思地挠着头说："这曲子我不太熟。"杨浪有些生气地吼他："不太熟你练啊，滥什么竽、充什么数呢！"

这时，张晓培微笑着走进来。原来，罗娟到厂医院去取药，说哥哥心情不好还病了，她就主动找了过来。

"挺热闹的呀！怎么不唱了？"张晓培梳着利索的马尾辫，一身性感的皮衣，野性十足，用挑衅的口吻问道。

杨浪眯眼瞅了她一眼，不客气地回敬："你嗓子痒痒就上来吼两句，顺便我教教二毛怎么闷音。"

"呦，看你能耐的。怎么的，活过来了？你妹可说你一直半死不活的，一个多月了。"张晓培表情坏坏地调侃。

二毛等人忍不住也笑起来。

"少废话，唱不唱？"杨浪逼问。

张晓培爽快地说："唱，《无情的情书》！"说着，踏着咯噔咯噔的高跟鞋，扭着被皮裤包裹得又圆又翘的屁股走上地台。

杨浪一下子变得兴奋，大声地招呼："OK，老镲，一、二、三……"

鼓手老镲敲动锣镲，主音吉他手蓝大个弹起前奏，杨浪拨弦，低沉的贝斯声响起。旋律欢畅，音乐劲爆，配上张晓培纯正的金属嗓音，演唱不由自主地把大家都带到了嗨点。

连续唱了三首，众人尽兴。于是，坐在地台上喝水聊天。

"你真要去北京进修？"张晓培坐到杨浪身边问。

"嗯！"杨浪喝了一口水，清了一下嗓子答。

"我可听说那学校进修费不便宜，一年学费加住宿没个万八千块下不来。"二毛不无担心地说。

"杨浪，我觉得你这事儿悬，你爸肯定不让你去，没钱你怎么去？"蓝大个也一脸的不相信。

对二人这一唱一和，杨浪好像听见又好像没听见。张晓培瞅了瞅他，忽然大方地说："杨浪，没事儿，我借给你，要多少你张嘴。"

杨浪扭过脸看了一眼张晓培，略有些感动，说："行，仗义，这上了班的人说话口气就是不一样。"

张晓培自信地说："我不是跟你开玩笑，我没钱，不过我能跟我爸借。别说万八千，三五万都没问题。"

二毛咧着嘴露出了参差不齐的大黄牙，不怀好意地调笑："张晓培，人家杨浪可是名草有主，你这么下本钱是喜欢上他了吧？"

杨浪一伸手又在二毛的扁脑袋上拍了一下子，笑骂："瞎扯什么蛋？"

张晓培一甩自己那好看顺溜的马尾辫，一脸不屑地回怼二毛："我们是哥们儿，我俩小学就同桌，这份情你不懂！"

众人一阵嬉笑。等收住了笑声，蓝大个一脸认真地对杨浪说："你真想去我们弟兄就给你凑点，往后生活费我们也包了，反正我们上技校，每个月都有补助，够你吃饭没问题。"

杨浪站起身向众人一拱手，自信地说："谢谢你们，谁也用不着，我有招儿。"

众人一脸的疑惑。

返回家属院的路上，张晓培主动跳上了杨浪的自行车，对杨浪说不能这么天天闷在家里，并邀请他第二天到滨江公园转转。

杨浪没多想，就顺口答应了。

第二天，是星期六。

一大早云淡风轻，略带着树木清香的江风吹来，这是滨江夏天难得的好天气。不过有经验的市民知道，过了中午可能就要闷热起来，于是便趁早上凉快来公园溜达休闲。

公园里风景怡人，花红柳绿一派生机，游客神情闲适信步游逛，热闹非凡。在张晓培的提议下，杨浪和她坐上一架摩天轮，随着摩天轮缓缓地转动，舱室越升越高，繁华的滨江市景尽收眼底。

这是杨浪第二次坐摩天轮。第一次是在一年前的寒假，那次是给彭薇过生日。当时他们心情大好，自己和彭薇还曾各赋诗一首。彭薇赋：

放假宜放空，闲来种清风；邀上三四友，对饮一二松。

文学功底还行的杨浪也回馈了一首：

冬来临江伴瘦柳，冰上逍遥听寒鸦；心中多少远方诗，不如身边有个她。

当时彭薇羞红了脸，像个听话的小猫咪依偎着他。一回想起这件事，杨浪心中就生出一丝愧疚。

为了今天的见面，张晓培下足了功夫。她上身穿着一件时尚的粉红色T恤短袖，下身穿着一条紧身粉色健美裤，脚上也是粉色谱系的耐克运动女鞋，脸上更不用说，经过精耕细作的描画，可以说像画里美人一般。但让她不高兴的是，自从早上见面以来，杨浪对她的精心打扮视而不见，或者说是心不在焉，让她心里有些不舒服。此时，又见杨浪坐在自己身边有些没精打采，敏感的她便已猜出七八分。

"你和彭薇到底是什么关系？她是你对象？"张晓培单刀直入地问杨浪。

杨浪一愣，矢口否认："你别听他们胡扯，我们什么关系都没有。"

"喊，你还不承认。我看出来了，彭薇对你有意思，你对她也有意思。"张晓培一副不相信的表情，噘着嘴说。

"我对她有意思还能跟你逛公园，坐在这儿？"杨浪没有看她的眼睛，定定地盯着窗外平静地说。

张晓培抬手扶正杨浪的脸，不以为然地说："哎，人家考上了清华，你是不是觉得不配人家，所以才……"

杨浪像不经意被扒光了衣服一样难堪，恼怒中带些无赖说："这要不是锁着门，我真想把你扔下去！"

张晓培得意地干笑了几声，揶揄说："瞧瞧，急眼了吧？！肯定是有意思，还不承认！"并把头转向了一边。

事情偏偏就是这么巧。张晓培这无意中的一转头，在摩天轮下看见了一个熟悉的身影，原来是彭薇和一个女孩正蹬着脚踏船徜徉在人工湖上。

居高临下的张晓培像发现新大陆似的，她使劲地扯了一把杨浪，兴奋地喊道："哎，哎，快看，湖上，左下边，你看那是谁？"杨浪隔着小窗朝下看，见正是彭薇与李云鹃踩着脚踏船从他们左下侧划过，他紧张地赶忙缩起身子向座椅里面躲。张晓培哈哈一笑，调笑说："要不我喊她一声？"杨浪知道张晓培就是想吓唬吓唬自己，就硬着脖梗说："喊呗，你以为我怕？"张晓培笑说："装，还真会装。哎，彭薇旁边那女的是谁？"杨浪若无其事地说："我们同学，李云鹃，我们班主任刘老师她闺女。"让他万万没想到的是，这时张晓培真将头探出窗外，大声地喊起来："彭——薇！彭——薇！"杨浪慌忙喝止："你神经病啊，还真喊！"说着，用手捂住她的嘴巴，并再次慌忙地收缩身体藏靠在座椅背上。

张晓培喊完，也缩回头，指着他没心没肺地笑起来。

在脚踏船上的彭薇和李云鹃，她俩也是趁早上凉快来散散心。听见有人在喊，李云鹃问彭薇："谁呀？好像谁在上边喊你？"彭薇皱着眉，想了一下，说："可能是喊别人，重名。"李云鹃却说："不可能，肯定是喊你。"说着，二人就调转船头加速向摩天轮那边找寻。

彭薇与李云鹃很快到了摩天轮下面。摩天轮的舱室一个个接近底部，舱室门打开，杨浪与张晓培走了下来。两人走过围挡的栏杆，张晓培拉起杨浪的手，杨浪急忙甩开。这一幕正好被早在那里等候他们的彭薇和李云鹃看了个真真切切，彭薇脸色当即阴沉下来。

李云鹃也被突如其来的情景惊呆，怒不可遏地问道："杨浪？！嗨，真是杨浪，那个女的是谁？"彭薇的脸上红一阵白一阵，神情木然地回道："他们乐队的。"李云鹃更加吃惊，急切地追问："这么说你认识？两人还拉手，他们什么关系？"彭薇觉得自己的所有的脸面都掉落在了地上，恼怒地回道："你怎么这么八卦！管人家干什么，往那边划。"彭薇抬脚猛踩踏板，小船快速地向湖心驶去。

杨浪做梦也没想到这会儿会与彭薇她们撞个满怀。惊愕之下，刚欲张口解释，见彭薇已带着愤羞逃走了，只留给他一个狼狈又悲凉的背影。

杨浪悔恨交织，忍不住鼻子一阵阵发酸。张晓培站在一边，一副全然无辜的样子，杨浪一把将她推开，嫌弃地自顾自走了。

张晓培却并不生气，快步追上去，眼神中有难以察觉的得意之色。

回到家中，杨浪闭门不出。他认真地梳理彭薇与自己的书信、物品和相处的点点滴滴，心中愈加感觉对不起她。但事已至此，别无退路和选择。他明白，一个清华大学高才生与一个连大专都考不上的落榜生已有本质区别，而且随着时间的推移将会越来越大，会大到遥不可及，大到天壤之别。

长痛不如短痛。既然如此，他决定与彭薇来个明确的了断。其实，这也许正是自己那天爽快答应张晓培之约的潜意识吧。

傍晚，华灯初上。

杨浪鼓足勇气来到彭薇家楼下不远处的小花园，这里是他们经常见面的地方。彭薇曾经告诉他，那个角度正对着自己卧室的窗户，她在窗边一抬头便能远远地看见外面的杨浪。只是两年前，王三妹发现了这个秘密，坚决反对他俩来往，他们才将约会的地点换到了江边或老厂区，这里仅成了一个备份紧急联络点。

杨浪在楼下没等多久，就见彭薇边抹泪边跑了出来。还能看见王三妹探出窗口指指点点的身影。彭薇像没看见杨浪似的，没有理会他，只是径直向北跑去，杨浪急忙去追。

杨浪一路追随，在厂区技校操场的柳树下拽住了彭薇。

杨浪大声说："你不理我可以，但你必须听我把话说清楚。"

彭薇用手捂住双耳，全然不顾地说："我不听，我讨厌你！你放开我，放开！"杨浪解释："你冷静想想，我怎么会喜欢张晓培呢？她就是陪我散散心，我们什么事儿都没有！"彭薇生气地说："你们有没有什么跟我没关系，我不想听！"杨浪语气急迫地说："跟你有关系，你必须听。彭薇，今天借着这事儿你闹脾气也好，本来我没勇气跟你说，我害怕跟你说……我舍不得你。我不止一次告诉自己，'分手'这两字一定不能从我嘴里说出来，绝对不能，因为我爱你。"

一番话，让彭薇安静下来。她怔怔地看着他，抽泣着问："那……你……"

杨浪激动地说："彭薇，你还不明白吗？你马上就是清华大学的大学生,我是什么?目前连个技校生都不是,我们……"

彭薇吃惊地问:"你决定上技校了吗?杨浪,再补习一年吧,不管你是什么学历,我都不在乎,我什么都不在乎,只要咱俩在一起。"

杨浪突然大声吼起来:"你不在乎,可我在乎!彭薇,后边的路我们就好像两条平行线,会越来越远,就好像那天吴志宏吴大哥说的……"

彭薇抬起头认真地说:"他说什么我根本不记得了。杨浪,你以为我上了大学以后就会变心吗?杨浪,你要是这样想……"

杨浪痛苦地说:"我们谁也不要预设以后的事。彭薇,也许你不会,但是我不能保证我不会。"

彭薇一下子扑进杨浪的怀里,脸部贴着他的胸膛,抱得紧紧的。

她的眼泪止不住流下来,温柔又笃定地说:"杨浪,不会的,我们都不会的,我知道你爱我。你不要自卑,不管你将来干什么,我们都要在一起,我永远都不会离开你。"

杨浪扶正彭薇的肩膀,轻轻将她推开,说:"谁都不能预测未来的路,我希望你忘了我们的过去。我不想再多说了,祝福你,祝福你以后的日子开开心心每一天!"

说完,杨浪转身向江岸方向跑去。

对着杨浪的背影,彭薇声嘶力竭地怒骂:"杨浪,杨浪,你是个混蛋!……"

很快到了大学报到的日子。此间,杨浪与彭薇再没有见面。

这些天发生了不少事。何向华上调铁道部科学研究院的靴子终于落地,厂领导准备给他开一个小型欢送会;宋卫国似乎想明白了什么,一反常态把几百块钱送到杨建国家说是给周晖凑点学费,被杨建国一口回绝;在复读与上技工学校之间,杨建国用最后通牒的口气让杨浪选,并告诉他去北京现代音乐学院的事门儿都没有,杨浪便选了技工学校,三天后收到技校通知书;彭明选夫妻筹划的答谢宴办了,原先预订十桌,只来了不到六桌，厂领导一个没到，因为高厂长说这个口子不能开，否则以后这事不好摆平。不过，彭明选夫妻二人还是挺高兴，因为客人虽然不少没到，但礼钱还是随了，他们赚了不小的一笔。

8月27号，是彭薇和周晖起程去北京的日子。

李云鹃两天前已出发，她母亲让她到北京先探望一个亲戚。

周晖将要就读的北方交通大学正好和清华大学同一天报到，他便和彭薇买了同一个车次，座位一个在七号车厢一个在八号车厢。

送站当天，滨江火车站的月台上人头攒动。杨建国领着杨浪和罗娟来送周晖，杨建国反复叮嘱周晖在学校一定不要省钱，要吃饱穿暖，罗娟则眼圈泛红拉着二哥的手有些舍不得。杨浪麻利地将周晖的行李送上车，三下五除二便收拾停当。但他一抬头发现了宋飞，在八号车厢正高举着一只皮箱往行李架上放，随后又从身边的彭薇手里接过两个挎包，摆放在行李箱边上。他体贴地帮彭薇清理桌面上的东西，招呼她坐下，还递上纸巾让她擦汗。两人只顾忙活，根本没注意到邻车厢的杨浪。

杨浪鼻子有些发酸，想转身下车，却见宋飞正嘴角含笑看着他。杨浪觉得这目光极不舒服，他暗暗地咬了咬牙，腥腥的，知道是嘴唇咬出了血。彭薇没有看到两个男人的这一幕，只顾埋头整理随身的一个包。

隔着车窗，彭薇探出身子对父母说着告别的话。人群中，她忽然看见弯着腰转身下车的杨浪，怔了一下，急忙缩回身子，紧靠座椅椅背，表情苦楚。车下，宋飞深情地看着彭薇，从兜里掏出一张折叠的纸，犹豫着想要递给彭薇，随后又将纸塞进兜里，只是隔着车窗对彭薇叮嘱道："我已经协调好了，过会儿让周晖与你身边的人换座位，你俩坐一起有个照应。"

火车缓缓开动，众人向周晖与彭薇挥手，周晖与彭薇也不停挥手。唯独不见杨浪的人影。

四天后，滨江机车厂技工学校举行开学典礼。礼堂内座无虚席，杨浪与蓝大个、二毛等一众学生穿着崭新的校服整齐地坐在台下。随着

《运动员进行曲》的乐曲声，技校校长徐漫水以及副校长等人陪同副厂长何向华、教育培训处闻处长以及优秀工人代表宋卫国走上主席台，在座位上就座。

校长徐漫水的讲话热情洋溢，为新一届技校生未来的学习、工作和生活描绘了美好蓝图，台下学生们一次又一次热烈鼓掌。何向华讲话，要求机车厂技校一定要与机车厂一并开拓前进，挺立潮头，再创辉煌……

还没轮到宋卫国介绍工作经验，坐在后排的杨浪侧头对一旁的二毛说："哥们，你们打掩护，我先撤了。"说着，他躬身蹲着，悄悄地走到门口，溜了。

这个二毛原名叫贾健康，是厂保卫科干事贾春旺的儿子。他和杨浪关系一直不错，听到杨浪这么一说，仗义地点了点头。

第五章

彭薇、宋飞、周晖都走了。一场高考，成为杨浪和他们人生的第一次告别。

这个告别是残酷的，意味着从此他们将踏上截然不同的路，一条可能是笔直平坦的高速公路，另一条却是坎坷泥泞的乡野小道。十多天来，杨浪这种感觉越来越强烈，这是他从高他们一两届的技校老生懒散无欲无求的状态中体味到的，也是从身边的叔叔阿姨们谈起大学生时一脸的兴奋和羡慕中捕获的，他心底有点后悔当时对待高考的轻率和任性。可是，生活哪有什么后悔的药。再说，当时他真的无法走出悲伤的泥沼。

杨浪溜出会场，是要干一件大事。

因为他想起一个人。他是滨江市城中村里一个机械加工作坊的老板，那人矮胖矮胖的，手艺好脑子灵光。两年前，杨浪加工琴柱时曾和他打过交道，他当时夸赞杨浪机械加工的手艺不赖，还劝他别上学也别进厂，干脆和自己一起下海得了。杨浪现在急需用钱，他需要赚足去北京现代音乐学院进修的学费。

骑着自行车很快找到了那个小老板，说明来意，那老板一下子来了精神，当即表示没问题，并与杨浪约定半个月内务必完成一批零件加工订单，报酬可以从优。

受领了加工任务，杨浪便偷偷在技校的校办工厂车间干了起来。技校的学习任务不重，也不用上晚自习，只是学校规定未经允许任何人不得随意进入校办工厂车间。

为避免动静太大引来麻烦，杨浪只能等天黑后溜进车间一直干到深夜。

连续一周的加班加点，杨浪工作推进十分顺利，除了二毛知道这件事，居然没有被其他人发现。可是，连续的加班开夜车，白天上课时杨浪的精神状态很差，基本上都在迷迷糊糊地睡觉，压根儿不知道老师在讲什么。

何向华调动铁科院的正式命令已到了好几天。高学明组织全厂中层以上领导召开了小型欢送会，高度评价了何向华多年来对厂里作出的巨大贡献，客气地请求他进京后，要继续关心和支持滨江机车厂的建设和发展，并请他进京放心干事业，他的爱人杜红、杜老爷子和孩子让他尽管放心，厂里一定会尽力照顾好。

王舜田、闻处长、洪宝力等人也纷纷对何向华成为京官表示祝贺，说了许多希望他以后多多关照指示之类的客气话，何向华忍不住提醒众人要抓紧考虑引进项目管理的事，众人连连称是。不料，高学明却笑了笑打起太极，不软不硬地说这事急不出一个快字，要慢慢来从长计议。何向华心中不悦，但也知道多说无益。

何向华要调走，宋卫国找杨建国一起去他家里送行。杨建国本来不想和他一起去，因为一想起妻子生前和自己闹的那些不愉快和后来的意外死亡，就痛恨这个宋卫国，但他转头又一想，痛恨归痛恨，毕竟同门师兄弟打断骨头连着筋，现在何向华一调走，自己以后在厂里便少了一个可以倚仗的人，不如多种点花少栽点刺儿，便勉强答应了。

二人还在去往何家的路上，而早有一个人已经捷足先登了。

这个人不是别人，是他们俩都有些看不上眼、善于见缝插针的彭明选。彭明选有自己的如意算盘：如果这次何向华调走算是一种失势，很有可能他在几年后就能杀个漂亮的回马枪，到时候人家主政当了一把手，自己再攀附就晚了。于是，他便早早地备了一份礼，趁何向华还没有回家，就来何家陪杜立德老爷子聊天，还陪着老头下了好几盘棋。

一阵敲门声响起。彭明选以为何向华下班归来，殷勤地起身拉开了房门，却见是宋卫国与杨建国，他们看到彭明选也都一愣。

杨建国毫不客气地问："你怎么来了？"

没想到，彭明选竟笑嘻嘻地反问："我怎么就不能来？我不是老爷子的徒孙？"

杨建国不客气地怼道："那能一样？我是老爷子的长徒……"

宋卫国见两人一见就呛呛，便劝："得得，师兄，都是来看向华的，咱就别论远近了。"

彭明选也是个不吃亏的主儿，嬉笑着反击说："杨建国，气儿不顺，别跟我撒，你师父当年可没你这么小心眼儿！"

杨建国生气地瞪起了眼睛，准备再损彭明选。坐在沙发上的杜立德发话了，他和蔼地一招手，说："你们这些臭小子，一见面就吵吵，都过来坐！"

杨建国三人走到沙发边坐下。何向华的妻子杜红闻声围着围裙从厨房里走出来，亲热地一一打过招呼，就又回厨房忙活了。杜红是杜立德最小的女儿，现任滨机厂财务处处长。见杜红转身走进厨房，彭明选忍不住有些八卦地低声对杨建国说："杜红称咱师兄，我怎么觉得特别扭？"杨建国不屑地说："咋啦？有啥别扭的，一直不都是这样？"彭明选却压低嗓子说："是呀，这不别扭了二十多年嘛！杜红是老爷子的老闺女，老爷子是咱师爷，按辈分咱该叫人家师姑……"杨建国不耐烦地白了他一眼，回道："这不是按向华这边论的嘛！你这人，又提这不着调的事儿。"

杨建国与彭明选一来二去的呛呛，杜立德笑而不语。过了一会儿，他见二人声势渐弱，便问杨建国："建国，师爷知道你心里苦，师爷能说你两句不？"

杨建国忙转过脸，恭敬地说："看您这话说的，您说一万句也是应该的。"杜立德呷了一口杯里的热茶，道："这也过去几个月了，你得想开了呀！"

杨建国知道老爷子指的是什么事，说："师爷，我早想开了，想不开我也不能去上班。"杜立德不说信也不说不信，继续语重心长地劝说："我瞅你可没彻底想开，你要是还觉得心里难受，不行就调个岗，换个环境。"

就在这当口，房门又一次打开，何向华拎着公文包进来了。杨建国等三人忙起身问候，一番寒暄。何向华见到三人很高兴，一扫刚才心生的那一些不快。

一直在厨房忙活的杜红十分利落，很快把饭菜摆上餐桌。

众人围聚一起，举起酒杯开喝。

酒过三巡，众人便打开了话匣子。杨建国内心本就没把何向华当外人，又想起自己与薛丽萍闹别扭时常常都是他从中调解，现在丽萍去世了，他明天又要离自己远去，不禁悲从中来，连续喝了几个大杯。杜红劝他少喝点家里还有两个孩子，但劝说没起多大作用。

宋卫国心知肚明，这次何向华调走，是受到厂里领导班子排挤的结果，但事已至此，也只能说说高兴的话。于是他半劝半捧地说，这件事老厂长是做对了，如果何向华继续留在厂里也是"英雄无用武之地"，因为高厂长就是一个只知道求稳和稀泥的主儿，谁也改变不了。彭明选一听自己想说的话被宋卫国给抢了，心中不悦但还是连声附和，并说人往高处走水往低处流，就滨江机车厂现在这个德行，白瞎了何厂长这个人才，今天的离开意味着明天的归来，祝贺何厂长早日荣升早日归来，说完自己端起一大杯酒一饮而尽……

杜立德见在酒精作用下，众人说话渐渐随意张狂，便提醒道："你俩为向华着想，这没错。可你们想想，人都有个马高镫短、下雨天没带伞的时候。这经营厂子就跟做人一样，不可能什么事儿都顺。所以，大家还是要有信心，咱们厂一定会好起来的。"

何向华听明白了杜老爷子的话，端起杯子向三人敬酒，深情地说："三位师兄，今儿个我跟你们说句掏心窝子的话，你们可别介意。你们这一批工人现在是咱厂的中坚力量，你们在思想上一定不能保守，工作也好，带徒弟也好，眼界得宽，要放手，要鼓励徒弟们学习高科技装备技术……"

话说到这个份上，喝酒成为最好的表达方式。众人也不扭捏，你一杯我一杯喝起来。

杨建国酒量一般，很快喝了个半醉。醉眼之下，看着宋卫国在众人的面前晃来晃去十分活跃，又勾起心里的不痛快。于是，他端起一大杯酒，摇摇晃晃走到杜立德跟前，有些耍酒疯地开了口："师爷，当年你们带徒弟的时候，是不是也留了一手？"一听这话，杜立德并没生气，慈爱地笑着回道："放在旧社会那肯定是要留一手，俗话说带会了徒弟饿死师父。不过自打建国后，我们带徒弟可都是尽心尽力地教，只要徒弟好学，我们有多少教多少。"杨建国这时已有些不自控，径直走到宋卫国跟前，狠狠地拍了一下他的肩膀，喷着酒气挑衅说："宋卫国，今儿个你跟我说实话，咱师父是不是把留一手的绝活儿传给你了？"

此话一出，众人皆一愣，面面相觑。"啪"的一声，杜立德突然一拍桌子站起来。他气恼地怒斥："杨建国，你小子喝点猫尿，嘴上就少了把门的，你们师父可不是那种人，你这么说话，是对你师爷我大不敬，知道不？！"

杜红连忙劝父亲不要生气，说他喝多了。何向华也责备杨建国不该这么说，杨建国是父亲何三宝最得意的弟子，也是大伙的大师兄，如果还怀疑这个，父亲在天之灵都会寒心。彭明选也帮腔何向华，数落杨建国不该忘本忘师，并说大师叔最疼他杨建国这全厂人都知道。宋卫国更是满脸委屈地反问："如果师父真把留一手的绝活儿传给了我，还能被你压着十几年？"众人七嘴八舌地数落着，一回头却发现杨建国已醉得不省人事，歪在椅子上睡着了。

　　酒席散了。何向华和宋卫国扶着杨建国往他家里走。

　　到了杨家，一敲门，开门的是罗娟，杨浪只顾在桌边狼吞虎咽地朝嘴里扒饭。他也是几分钟前刚进门。这几天连着在技校车间里开夜车干私活，可是累坏了，也是饿坏了。多亏罗娟贴心，每天给他留饭。罗娟见他像几辈子没吃过饭似的吃得十分勇猛，开玩笑说他不像是练琴倒像是去做贼。杨浪却并不解释，只顾专注吃饭。

　　何向华和宋卫国搀扶着喝醉酒的杨建国进了门，见罗娟和杨浪都在，就招呼他们扶杨建国回屋睡觉。杨浪见杨建国深醉不醒，一脸厌烦地和罗娟搀扶着他走进了卧室。何向华看出杨浪的不悦，转身让宋卫国先回家，说自己想跟杨浪说几句话。

　　杨浪从卧室出来，宋卫国已经走了，他怔怔地看着何向华。"你吃，边吃我边跟你说。"何向华和蔼地说。杨浪走到桌边坐下，闷头继续吃饭。何向华动情地说："杨浪，我十六岁就没了爸爸，是你爸还有那么多师兄鼓励我，资助我上了大学，这你都知道。"杨浪点点头。何向华继续说："所以，人生遭遇波折、遭遇艰难困苦没什么。你是男子汉，不管干什么，从事什么职业，都要堂堂正正地挺起腰板。何叔叔觉得你行，何叔叔不会看错人。抬起头，看着我！"

　　杨浪抬起头，看着何向华。

　　何向华继续动情地说："杨浪，我把刚才你师太爷的一句话送给你——谁还没有个马高镫短、下雨天没带伞的时候？你明白是什么意思吗？"杨浪回答："明白。"何向华又提高嗓门说："你记住，有这个家在，有何叔叔在，有咱滨江机车厂在，没有什么困难能难倒咱，没有什么坎坷咱迈不过去，明白吗？"

杨浪有些感动地点点头。何向华在他头上抚摸了一把，走了。

杨浪在技校车间深夜干私活的事，引起了班主任侯老师的注意。他是一个年龄五十岁左右的小老头，个子不高，总穿一身蓝色的中山装，戴着酒瓶底一样厚的高度近视眼镜。他给学生上的是电子线路课，嗜烟如命加之不太注重口腔卫生，一开口讲话就能闻到一股酸豆腐的臭味，只是对学生还算仁慈。侯老师巡夜时发现了杨浪的秘密，但并没有把事情告发给校长徐漫水。另外，蓝大个和老黑最近在班里总见杨浪神出鬼没，就问二毛杨浪是不是在外打黑工，二毛一口否定。

蓝大个是好奇心挺重的人，一大早又见杨浪在打盹，问他是不是在外面打黑工，杨浪也一口否认。接着，蓝大个神秘地告诉杨浪，自己和老黑发现了学校一个大秘密，只要事情闹起来一定能让技校领导喝一壶。

杨浪不以为然，蓝大个见他并不相信，就和盘托出事情原委：原来滨江机车厂技校是市政府和机车厂共同办学，学生每月的生活补助经费都由市教委出，现在的标准是每月每人二十多块钱，而这笔钱近两个月都没发了，他们判断这钱肯定是被学校挪用了。蓝大个已煽动了几个活跃分子，准备罢课闹一场，想让杨浪也参加。杨浪的心思根本不在这上头，听完后表示自己不会把这个消息泄露出去，但也不会参与闹事。

蓝大个对杨浪的行踪更加疑惑，他无意中把这个消息透露给了张晓培，还告诉她杨浪最近经常旷课。

说者无心，听者有意。

直觉告诉张晓培，机会要来了。

这天，张晓培将杨浪约到一个咖啡厅，拿出一部新潮的汉字寻呼机。这可是时下的时尚玩意儿，至少得1000多块钱。

张晓培大方地说："送你的。"

杨浪接过，摆弄了几下，放到桌上，有些吹牛地说："我不要，这玩意儿我要想做，两年前就能捣鼓出来，成本不超过500。"

张晓培笑着说："行，知道你能干。哎，我问你，去北京进修的事儿歇菜了是不是？没那个心思了？"杨浪淡淡地一笑，说："你管得倒宽。"

张晓培盯着杨浪的眼睛，认真地说："要走你就赶紧走，缺钱跟我拿。你要是在技校混下去，肯定没那个心思了。"

杨浪调皮地说："技校不也挺好的嘛！"

张晓培一脸的不相信，说："你真想在技校混？混完两年继续在机车厂混一辈子？"杨浪摆弄着手中的咖啡杯，问："你什么意思？"张晓培有些着急地说："杨浪，咱俩从小学就同桌，你什么个性我了解，你的音乐梦就这么放弃了？这么多年的琴就白练了？"

杨浪抬起头说："直说，别绕弯子。"

张晓培胸有成竹地说："你要真放弃去北京进修咱还有别的路子。你看现在，谁家孩子结婚不请个乐队热闹热闹，可咱滨江干婚庆乐队的就是群艺馆的那几个。市场这么大，只要咱把乐队再拉起来，光是婚庆这块市场就能赚不少钱。"

"你拉倒吧！给人家唱堂会，别糟蹋音乐了！"杨浪一脸鄙夷地道。

"什么叫唱堂会？你这人怎么这么想呢？关键是先赚钱，有了钱……"张晓培有些急，像开机关枪一样做着解释。杨浪果断站了起来，说："没那心思。"抓起咖啡杯喝了一口，走了。

张晓培看着杨浪离去的背影，内心窃喜道："这就对了，这就是我的菜！"

离开咖啡厅，杨浪骑上自行车直奔城中村的那个小加工厂，今天是他们第一次结款的日子。矮胖老板如约将一千多元的现金交给杨浪，并再次劝他退学与自己一起做买卖。杨浪说自己暂时还没有这个打算，回学校后会尽快把尾活干利索，其他事以后再说。

杨浪兜里揣着钱，心情不错，吹着口哨骑车返回技校。

他没想到，此时蓝大个、二毛和老黑等几个学生全部背对黑板而坐，开始罢课了。蓝大个原名叫李蓝军，他父亲是滨江机车厂的劳资处处长，他把生活补助费的来龙去脉说得头头是道，句句都切中要害。侯老师一听就头大，因为人家说的都是实情，况且学校确实因资金困难挪用了学生的补助费。他劝了几句劝不动，只能向校长徐漫水汇报了情况。

徐漫水曾在厂里当过教育处长，他有些看不上侯老师慌慌张张的劲儿。

听完侯老师的汇报，徐漫水却不慌不忙地问最近都有谁旷课。侯老师照实说，杨浪旷得多一些。徐漫水肯定地说，这事好办，谁常常旷课你就找谁。

侯老师有些不解。徐漫水却自信地说，这叫"擒贼先擒王"。

杨浪骑着自行车刚拐进校园，就被侯老师碰了个正着。

侯老师把他叫到办公室，问罢课的事情，杨浪当然不会承认自己知情。侯老师发现这招不灵，便讲出了自己发现杨浪违反校规在车间里干私活的事，说目前还没有告诉校长，如果他想办法把带头闹事的蓝大个、二毛和老黑等人说服，这事他可以不追究，同时承诺月底前一定给学生们补齐生活费。杨浪一听这事，心里有了七八成把握，爽快答应摆平此事。

解铃还须系铃人。杨浪找到蓝大个、二毛和老黑，警告他们别给自己添乱，并把学校的承诺说了一遍。三人一商量觉得基本目的已达到，便同意了下午就复课。一场危机轻易化解。第二天，侯老师找到杨浪说，以前的事儿我也不多说多问了，不过往后你也收敛点，徐校长什么脾气你也知道，让他撞见了，可没我这么好说话。杨浪连声应承明白明白。

自那天酒后在何向华家耍过酒疯，杨建国接连后悔了好几天。

这天是周三，一早他正在工作台边打磨一个工件，二工段个子高挑的女工林继红扭着胖屁股走过来。林继红与侯玉凤、王三妹是一个车间的女工友，只是平时嘴上没个把门的，总爱张家长李家短，杨建国内心极不喜欢此人。林继红是来拉纤保媒的，说是装配车间里有一个女工名叫万梅，男人也刚走了一年多，正好与杨建国一个是瞌睡一个是枕头，十分般配。

薛丽萍才走了三四个月，杨建国哪有这心思，直接就给回绝了。林继红脸上有些挂不住，笑骂他是狗咬吕洞宾不识好人心。

受了林继红几句气话，杨建国闷闷不乐。赵老五等几个徒弟也不敢造次，唯恐不小心招事挨骂。

午饭时，赵老五等人早早把师父的饭打好，默不作声地陪在一旁吃饭。

只见宋卫国端着两个餐盒走到杨建国身边坐下，将一盒红烧肉推到杨建国面前，说道："师兄，吃。"杨建国看了一眼，闷头吃饭，没答话。宋卫国却不管不顾地说："师兄，该找就找，现在孩子们都开通，你别顾忌太多。后半辈子还长着呢，总得有个伴儿，对不对？"杨建国一下子光火了，用讽刺的口吻问道："你师姐给你托梦了？她让你来劝我？"

宋卫国尴尬地笑笑，支吾着说："不是，我……我觉得……"

杨建国打断了他的话："你别觉得，你以为我跟薛丽萍打打闹闹20年就没感情？我告诉你，我俩比你和侯玉凤恩爱多了。今儿个我跟你撂一句话，我杨建国后半辈子保证不再娶，怎么样，对得住你师姐吧？"

宋卫国被一下子弄了大红脸，有些不好意思地说："师兄，你看你，我知道你和师姐的感情。我意思是……算了，不说了。师兄，你的为人我清楚，这份肉是我诚心给你买的，真心的。"

宋卫国起身走了，杨建国不客气地将肉倒进饭盆里，大快朵颐起来。

这边的动静，被不远处围坐在桌边吃饭的侯玉凤、王三妹、林继红等女工看得真真切切。

一众女人小声地数落起杨建国的不是，说着说着把重点移在了杨浪身上。林继红咂巴着嘴说："……杨浪那孩子多可惜，自打他妈没了，你瞅瞅他，天天跟张再德的闺女混一块儿，还能有个好？"

王三妹一脸庆幸地说："人家张再德家闺女能看上他就不错了，还好我家薇薇考上了清华，要不……"

侯玉凤当时亲眼见到薛丽萍出事时的惨状，语气唏嘘地说道："杨浪是个好孩子。唉，都是命……"

杨建国气呼呼地吃完饭，刚回到车间，洪宝力扯着嗓子喊他接电话。电话是技校教保科科长打来的，说徐校长让他马上到办公室去一趟。

罢课这件事并不像杨浪想象的那么简单。杨浪轻而易举地解除了危机，侯老师和徐漫水进一步认定了杨浪是罢课的幕后主谋，特别是徐漫水坚定地这么认为，于是便加强了对杨浪的关注。就在星期二的深夜，学校工厂车间车床上的照明灯亮着，杨浪正像往常一样专注地加工着零件，突然车间内的顶灯亮了起来，徐漫水校长一脸严肃地站在车间门口瞪着他。经反复考虑，徐校长决定找杨建国过来好好敲打敲打。

一进徐漫水办公室，杨建国被劈头盖脸地狠批了一通。随后，徐漫水又和风细雨卖好说，考虑到他是厂里的多年典型和劳模，让他回去后一定要加强对孩子的教育。杨建国虽然气不顺，但也不好发作，只好连声答是。

回到家中，窝了一肚子火的杨建国对杨浪一阵好训，举起皮带拷问他为什么要组织罢课，为什么要擅自摆弄学校的机床。杨浪一言不发。后来在罗娟劝说下，杨建国一通臭骂之后也才作罢。

这事，让杨浪十分伤心。三天后，他偷偷买好了去北京的火车票。

这件事情，除了二毛以外，没有其他人知道。

这天，杨浪如期偷偷来到滨江火车站，上了火车，双臂搂着吉他的他很快找到了自己的座位。为了防止被杨建国和罗娟发现，今天他仍按时起床并装着骑自行车去上学，约莫时间差不多，方才折返回家收拾行李，并匆匆给罗娟写了个留言条。

距发车还有五分钟。杨浪盼望列车早点启动，但也有些恋恋不舍。

正在纠结伤感之际，突然听到有人喊他的名字。

他起身探头循声望去，月台上并未发现熟悉的身影。这时，他的后背被人重重地拍了一下。他吃惊地回头，竟然发现张晓培背着双肩包，正笑眯眯地看着他。

他大吃一惊，问："你这是……你怎么……"

张晓培得意地向他晃了晃手里的车票，兴奋地说："我有车票，我也上北京，别怕。"

杨浪不相信地说："不可能，你别闹……"

张晓培却笑着坐了下来，顽皮地说："什么叫别闹，你坐下。"

杨浪只得坐下，再次提醒她："你真的别闹，下一站赶紧下车！"

张晓培顽皮地反问："你怕了？怕机车厂的人说你拐带我？"

杨浪用手使劲抹了一把脸，有些无奈地说："你……我真是服了你。二毛这小子，真不够意思。"

张晓培这时正色问："你别怪人家二毛，为什么偷偷走？为什么不跟我说？啊！你就这么讨厌我吗？"

列车缓缓启动，窗外的景物向后慢慢倒退。

杨浪看着窗外后退的景物，搪塞着说："你扯哪儿去了？我不走难道还等着技校开除我？"张晓培不以为然地说："没那么严重，徐校长跟我爸是同学，找他说说最多给你个警告处分。"杨浪见搪塞不过，只得说实话："处分不处分都跟我没关系了，你知道我去技校是什么目的。"

张晓培一听这话，换了个口吻关切地问："那你攒够学费了？拿出来让我看看。"杨浪不语。张晓培麻利地打开背上的双肩包，掏出一部偌大的汉字寻呼机和一沓钞票放在了小桌上，语气霸道地说："我也不跟你废话，你答应我，我就下车，你不答应，我跟你去北京，你上哪儿我上哪儿，看谁耗得过谁。"杨浪推辞说："我有手，我能挣钱，用不着你……"张晓培态度更强硬了，说："什么用得着用不着，你挣的是你的，我给你的是我给的，我再问你一遍，拿着不拿着？"

杨浪一看推托不过，咬了咬说："得得，我拿，行不行？"张晓培这才欢喜地说道："这还差不多。"说着，拿过杨浪的包，将钱和寻呼机全部塞进他的包里。

这时，列车上的广播响起，提醒汾江站就要到了。张晓培主动起身坐到杨浪身边，亲昵地揽住他的胳膊靠在他的肩上。

"你也别省着，该花就花，我知道你能干，你能把学费挣出来，可你也别苛刻自己。"张晓培一脸幸福地嘱咐。

"快到站了，你赶紧下车吧！"杨浪推摇着张晓培提醒。

"那我下车了。记住，至少两天给我打一个电话。"张晓培撒着娇提要求，说完，还飞快地在杨浪的脸边亲吻了一下，起身才向车厢口走去。

车站月台上，张晓培在车窗外拉着杨浪的手，深情难舍地望着他，再一次亲昵地威胁道："我可会时不时地过去检查，你要是住地下室、吃冷饭，那我饶不了你。"

杨浪回道："行啦，走吧！"

列车再次启动，向前开去，张晓培不住地挥手。

忽然，她对着列车大声地喊道："杨浪，我爱你，我等你回来！"

第六章

火车呼啸着向北京而去，张晓培的身影也被列车越扔越远。

杨浪长长舒了一口气，心情稍稍平复下来。车窗外的路和树飞快地向后闪退，杨浪的目光一直盯着列车前进的方向，一会儿田野，一会儿村庄，一会儿荒山，一会儿河流，一会儿又是黑漆漆的隧道，风景扑面而来，不断变幻，他的心头泛起莫名的感伤。

五年前或者三年前，甚至几个月前母亲健在时，他从来都没有想到过自己会这般狼狈离开生养自己的滨机厂。母亲的离世，打乱了他的人生规划，虽然原本这个规划并不那么清晰，但肯定不是今天这个模样。彭薇顺利考进了清华，他知道自己与这个名校一辈子都不会有缘分。他庆幸自己果断结束了与彭薇的恋情，这对他和彭薇、对于他们的将来都是一种松绑和解脱。

靠在硬邦邦的座椅上，他回忆起与彭薇在一起的时光。多年来，在教室里上课，只要每天看到彭薇他都感到十分幸福和满足，那种幸福是一种满满的踏实感和温馨感，他知道无论自己喜怒哀乐都被一个人默默地关注着，时常有一种整个教室只属于他们俩的感觉，而其他的同学和老师只是道具和陪衬而已。这种感觉是美妙的，仿佛整个世界都为他们而生，那是一种内心的丰盈和情感的怒放。

紧闭双目靠在椅背上，杨浪不睁眼也知道整个车厢座无虚席，就连车厢的过道和卫生间都挤满了无座的旅客。可是，这里的嘈杂和拥挤还是让他深感冷清和孤独。想起自己和彭薇在一起的快乐和温暖，幸福和感激让他的眼角流溢出泪水。

这次赴京是他精心策划的一次冒险。说精心策划，可以追溯到上初中的时候，当时自己眼中偶像级的人物吴志宏告诉他音乐人的天堂在北京，专门培养音乐人的学院叫作北京现代音乐学院，并说北京三里屯有个酒吧一条街，他便动了心。而真正催促他下定决心的是母亲的意外离世，从某种意义上说如此选择也是对母亲的告慰。之所以称之为冒险，是因为长这么大，这是他第二次出门，第一次是初三年级暑假，因父亲杨建国再次被评为全国五一劳动奖章获得者，他们全家去河北北戴河疗养。

让他稍感心安的是，出发前他通过114查到北京现代音乐学院的招生电话，接电话的程姓女老师热情地介绍了学院的情况，并介绍该院是在北京市教育局注册的音乐职业大学，由国内多个知名音乐人和高校退休领导联合创办，位置在高校林立的海淀区魏公村，还给了他详细的乘车路线。

绿皮火车到达北京西站时，已是第二天上午七点多。十月下旬的清晨，拥挤的人流夹裹着年轻的杨浪涌出出站口，甜丝丝的空气清新舒爽，温润明亮的朝阳照耀着他的眼睛，有些炫目，但却并不感到刺眼。出了出站口，人们的脚步变得匆急而嘈杂，路边出租车司机在广场上热情地接人拉客。

杨浪计划好了，打算坐公交车先去音乐学院看看。

拎着两个行李箱，倒了三次公交车，顺利地找到了音乐学院。

接待处接待他的女老师穿着时尚新潮，三十岁左右，一打听此人正是与他通过电话的程老师。她热情地递过一张培训授课单，告诉他各期培训班都写得很清楚，看好了随时可以报名。授课单上全年共有三个班次，学费一学期最少需要5000多块。打听学校的住宿安排，程老师笑着给他说，在这里上课的学生，大多数都是有工作还赚着外快的人，周边有的是民房，他们大多数都住在那里，所以学校不安排住宿。

杨浪按了按口袋里的那一千多块钱，自然不够交学费，只能先安顿下来再说。

抬眼望去，魏公村大街上的车流和人流匆匆来往。车行如风，行人如织，大家都朝着各自明确的方向而去，唯有他显得迟疑和茫然。那个程老师见杨浪并没有急着报名，大约也看出了大概，便将头像鹅一样探出窗外，指着前面不远处说："报名不急，你先住下来，往前300米右拐有一片居民区，地下室很便宜还安全。"

程老师的描述是准确的。杨浪拖着两个大箱子很快就找到那片老旧的居民区，路边的窗台上写着出租信息。说明来意，一个中年胖女人慵懒地走过来，领着杨浪去看房。说是地下室，实际上就是楼房下面的人防工事。跟在胖女人的身后，杨浪沿着向下的台阶高一脚低一脚地走下去。他先看到两扇用钢筋混凝土铸造的厚厚洞门，大概有40厘米厚。地下室楼道不宽，仅能容两人并排而过；昏暗的墙上有壁灯，考虑到省电，灯泡并不明亮，越朝里走越显得昏暗潮湿，一股浓浓的霉味扑鼻而来。

杨浪边走边想，刚才走在繁华的魏公村大街上，做梦也想象不出万人注目光彩照人的首都还有这样狭窄逼仄的住所。再朝前走，居然有些热闹起来，有几个屋的门洞开，小夫妻正在忙着炒菜，还传来小孩的哭闹声；时不时有小情侣模样的男女从身边侧身而过，穿着松松垮垮的睡衣懒懒地朝水房走去；有两个房间里还放置着像滨机厂技校宿舍一样的架子床。见杨浪有些不解，胖女人懒散地解释，这些都是离校大学生，有北京院校的，也有其他省份来的，白天上课，晚上打工，都是一心想考研留北京。

　　快走到人防工事的尽头，胖女人收了脚步，推开了一扇虚掩的门，说："两天前，一个山西的女孩刚搬走，目前就剩这一间了，每月400块，你看合适就上来办手续。"说完，便扭着肥肥的屁股走了。

　　抬脚进屋，一眼就把房间看完了。通共不到七八平方米的空间，难得的是居然还有一个半地下能透光的窗户，虽然窗户已彻底封死。

　　每月400块，够便宜。这是刚才在来时的路上，杨浪问过几家地上小旅馆得出的结论，因为它们的价格清一色都在每天80到100块钱之间。

　　与所有初到北京寻梦的人一样，先安顿下来是王道。

　　交过钱，杨浪便正式入住这个七八平方米的"地宫大厦"。在门口小饭馆简单地填饱肚子，他回来便蒙头大睡。

　　一觉醒来，已是下午四点多。举目无亲的杨浪想起吴志宏的话，想到三里屯一探究竟。这里没有别的熟人，只能找程姓女老师。他挺有运气，程老师正好有个远房亲戚在三里屯驻唱，间接也知道不少情况。据她介绍：三里屯是北京时尚夜生活与自由音乐的地标，那里有北京最火爆的酒吧群落。三里屯的第一家酒吧开张于1989年，最早的酒吧出现在南三里屯，而形成气候、名声最响的是三里屯北街。由于三里屯北街毗邻北京最大的使馆区，外国人就成了北街酒吧时间最久的固定客人。近几年，来北京的白领、演艺界人士，还有不少时尚的外地游客，都是酒吧里的主客。

　　三里屯，一个听起来就浪漫的名字。当天晚上八点多，街道上霓虹灯闪烁，在一家名为"简单日子"的酒吧门口，杨浪背着吉他鼓起勇气推门而入。酒吧里热闹非凡，舞台上一位长发飘飘的男子正忘情地演唱着王杰的《她的背影》。大厅内摆放着近二十张小桌台，在宽大舒适的沙发里，顾客们或悉心聆听，或把酒耳语，桌台上红烛摇曳生辉，音乐、歌声、酒水、零食、果品和红男绿女琳琅满目。空气中弥漫着欲望、性感、疯狂和荷尔蒙的气息，这是杨浪喜欢的感觉。

一名服务生热情地迎上来，杨浪说明来意。服务生仔细打量了他一番，径直把他领进酒吧老板的办公室。

老板是一个四十多岁的中年男子，胳膊上有两条青龙模样的刺青，手中正盘着两只硕大的山核桃。他抬起眼皮瞟了杨浪一下，漫不经心地说："那你就唱一段吧？"

杨浪稳了稳神坐定，熟练地调了几下音，选了一首姜育恒的《多年以后》弹唱起来。随着弹唱渐入佳境，酒吧老板的身子也渐渐坐正，侧耳细心听了一会儿，打断了杨浪："行了，行了，别唱了。"

杨浪停下，紧张地看着他。

"唱得不错，不过吉他弹得更好，明晚过来吧，对半给你提。"他爽快地说。

没想到事情会变得如此顺利，杨浪忙起身连声道谢："谢谢老板，谢谢老板！"

时间很快过去了三天。酒吧老板也颇为满意，杨浪每天能赚到100元钱，也算是有了能糊口的收入。

忙过这几天，杨浪想起该给妹妹罗娟报个平安了。

地下室不远处，有一个杂货店里边就有公用电话。电话接通，那头的罗娟分外惊喜，但还是忍不住埋怨："大哥，你在北京什么地方？二哥找了你大半天。你说你，不告诉爸就算了，连我也瞒着，你还拿我当妹妹吗？啊！"

在杂货店外举着电话筒，听罗娟数落个没完，杨浪正想挂电话，罗娟突然说有个急事让他稍等一会儿，千万别挂电话，就匆匆搁下话筒。在电话这头等了近两分钟，罗娟才气喘吁吁拿起话筒，说父亲杨建国现在几乎天天喝酒，刚才又醉了，一进门摔倒在了地上，这会儿正抱着马桶吐呢。杨浪一听心中烦腻，不想再聊下去，对罗娟说："你告诉老二，别找我，我也找着工作了，挺好的，你们都别惦记。爸那边你就多照顾，家里有什么事儿需要帮忙，就去找张晓培和二毛。"

不等妹妹回答，他挂了电话。

挂完电话，杨浪想起张晓培在火车上嘱咐要给她打电话的事。他思忖了一会儿，还是决定不打为好，便转身回了"地宫大厦"。

深夜，月光清亮，透过半地下的窗户照进斗室。

坐在那扇打不开的窗户前，杨浪轻声弹唱起熟悉的《草帽歌》。琴弦一响，便又想起了彭薇。他禁不住想，此时彭薇应该已进入梦乡，不知梦乡里可否有他。这时，那部汉字寻呼机忽然响了。放下吉他，他走到床边，看到寻呼机上显示："速回电话，再不回电话，明天我上北京找你。张晓培。"杨浪一慌，急忙抓起床上的外套，跑出去回电话。

接通电话，张晓培委屈得哭出声来。她不停埋怨杨浪言而无信，对自己不理不睬。杨浪耐着性子好言劝慰，并告知自己已在三里屯酒吧安了身，正式成为一名驻唱歌手。哄了好大一会儿，张晓培才转悲为喜。

罗娟把杨浪来北京的消息告诉了周晖。

开学后这几个月，周晖也没有闲着。目前，他已在学校附近的写字楼里找到一份兼职工作，每周一次帮助几个公司文员整理书架和资料，报酬是可以将废旧书籍和废品拿走换钱。事情虽然累，收入不固定，但毕竟是一个能赚钱的活儿，有时情况好一次能赚近一百块。几个月下来，居然就攒下了一千多块，为联系业务方便，他咬牙给自己买了一部传呼机。

周晖担心杨浪，按照罗娟的描述他找到了北京现代音乐学院，但一查新学员名单中并没有杨浪。无奈之下，周晖打电话给彭薇，打听信息，彭薇告诉他自己一点消息都不知道。

一石激起千层浪。说实话，自从与杨浪分手后，彭薇在心里一天也没有放下他。特别是进了清华校园后，她更是一天胜过一天地思念杨浪。为此，李云鹃没少宽慰和取笑她。

彭薇是在图书馆里接到电话的，经周晖这么一问，再没心思看书了，便心事重重朝宿舍走去。清华大学校园的"情人坡"，位于大学中部，实际上是万泉河西岸的一处绿地，在西南方向与校图书馆相邻，这里草坪、树林、花坛、石亭等错落有致，环境十分幽静雅致。彭薇经过"情人坡"，不远处有几对恋人亲热地黏在一起，彭薇心中酸溜溜的。

她快走到宿舍楼下时，迎面碰上了闺蜜李云鹃。见彭薇脸色不太好，李云鹃关心地问："还没有杨浪的信儿？"彭薇无奈地摇了摇头。

"这个杨浪也真够绝的。人家是铁了心跟你分手，你就别惦记人家了。"李云鹃愤愤地说。

彭薇抬头白了她一眼，装出无所谓的样子，说："谁稀罕惦记他。"

李云鹃显然不相信她的话，调笑说："惦记不惦记全写在你的脸上，你自己就没照照镜子？"

彭薇脸上泛起了红晕。

彭薇惦记着杨浪，但已入学西南交通大学的宋飞却惦记着她。

自八月底在滨江火车站一别，特别是杨浪与彭薇正式分手后，宋飞对彭薇积压多年的爱在疯狂滋长。开学以来，几乎每周他都会主动给彭薇打电话嘘寒问暖。西南交通大学虽然也是一所不错的大学，但与清华大学比起来自然不可同日而语。宋飞几乎每周给清华大学女生宿舍打电话，在寝室舍友中已经不是秘密，于是疯传宋飞有个清华女友。对于这种说法宋飞并不否认，众人羡慕不已。

宋飞的女朋友是清华才女，消息像长了翅膀，很快在班里传开。引来不少的眼热，也招来了不少出格的调笑。几个好事的同学不止一次戏谑宋飞，让他一定要多长个心眼，清华才女可是全国高校的稀缺资源，别因为隔着千山万水让别人掳了去，那时就是哭都没眼泪。

戏者无心，听者有意。

宋飞心里清楚，虽然自己经常给彭薇打电话她也接，但都是说一些不咸不淡的话，有时他试探性地说几句温情软语，彭薇从不接话茬。有几次彭薇还警告他，不能再乱说，否则就再也不接他电话。宋飞相信事在人为，于是听取舍友建议，决定去北京找她。

宋飞急需从成都到北京的费用。这笔钱，对于刚刚入校三个月的他来讲是巨额的，多日来这件事困扰着他。

事有凑巧。这天，宋飞在校门口遇上一个高瘦小青年，问他想不想挣钱，还说两天时间能赚400块。一问，原来那人是在找成人高考"枪手"，并承诺考场上的其他事情全部搞定了，绝对零风险。

两天四科，能挣四百，还是简单的成人高考。开学以来，宋飞多次听学长说过替别人考试的经历。急于得到这笔钱的宋飞没有多想，第二天便痛快地按对方要求拿了一张照片和身份证复印件，顺利领到200块钱的定金。双方约定，另一半考过即领。

轻松得了这笔钱，宋飞心情大好，当即购买了去北京的车票。

上天眷顾勤奋的人。在"简单日子"酒吧驻唱，日子过得飞快。转眼半个月过去，酒吧老板对杨浪的表现挺满意，他每天的净收入高达150块，照这种速度下去，很快就能凑齐学费。

这天，杨浪结束演出准备离开酒吧，一直在一个角落专注欣赏他弹唱表演的一个人走了过来。他叫侯明杰，是北京科技大学大三的学生，是这里的常客。两人交谈中，侯明杰告诉杨浪自己是北京科技大学"钢花乐队"的主唱兼主音吉他手，目前他们乐队正缺一个节奏吉他手，很想请他加入。

杨浪犹豫了一下，婉言拒绝："我不是大学生，这不合适吧？"

"没什么不合适，没问题，好多大学的乐队都请校外的乐手助力。下个月学院路八校联合搞流行音乐节。不瞒你说，前几届我们学校最差，这次我跟我们学生会主席签了军令状，一定拿前三名，所以……"侯明杰有些急切地央求他。

杨浪觉得意思不大，再次拒绝："还是算了吧！我现在没心思参加乐

第六章

队，我只想攒够钱去现代音乐学院进修。"

侯明杰没有硬劝，话锋一转，指着杨浪手上吉他好奇地问："哎，你这琴是什么牌子？我觉得你的琴效果特别好，尤其低音部分，效果不比贝斯差。"

杨浪听出侯明杰是个识货的人，便照实相告是自己亲手做的。侯明杰露出一脸惊讶之色。

杨浪淡然介绍："其实也没什么难的，自己做，用的都是最好的材料和元器件，效果肯定会更好一些。"

侯明杰当下钦佩得五体投地。听说杨浪做一把这样的琴材料才八九百块钱时，当即告知他有个朋友在政法大学那边开了家琴社，所卖的电吉他不但价钱高质量还一般，如果杨浪有兴趣，他可以帮忙联系，说不定还可以给杨浪揽个赚钱的买卖。

杨浪一听这话来了兴致，两人端起啤酒杯边喝边聊。

喝到后来，两人都有些微醉。论起年龄，侯明杰长杨浪两岁，两人便以兄弟相称起来。同时，二人约定第二天中午一起去见开琴社的朋友。

第二天，侯明杰带着杨浪来到一个挂着"九月琴社"招牌的店铺门前，琴社郝经理正指挥两名员工搬送一批电吉他的次品准备退货。他与侯明杰十分熟络，当侯明杰说明来意，郝经理表示严重不信。

侯明杰不容分说地把杨浪摁在椅子上，麻利地帮他接好音箱电源，杨浪熟练地调了几下音准，便开始弹奏起来。

随着杨浪的弹奏，郝经理神情慢慢发生了变化，开始凝神看、侧耳听，杨浪的弹奏也更加行云流水，电吉他美妙的音律让郝经理面露喜色。再一细聊制作电吉他的相关细节和要求，他发现杨浪不但在技术上门儿清，而且由内而外地透射着一种自信和朴实。正在为购置好吉他而发愁的郝经理当场表示愿意先订购10把，每把材料款和加工费按1500块钱算，但要求采购器件的标准必须与杨浪手中的那把琴一样，而且务必一个月内交活。

喜从天降，杨浪激动得差点掉下眼泪，立即郑重表示：请你放心，我一定保证按时把活儿做好。

好活儿算是找到了，尽快找一家合适的机加工厂成为当务之急。接下来的三天，杨浪晚上仍到酒吧驻唱，白天就骑着自行车在周边寻找机加工厂。后来，在通县的运河边，他终于找到了一个叫"通达"的机加工厂。

杨浪将一张图纸递给厂里的负责人，表明自己准备加工 10 把电吉他外壳，想租用一下他们的设备，一天租费 200 块。那位负责人开始并不相信杨浪年纪轻轻能自己上手加工部件，但当他看到杨浪的上手演示时，便应承下了生意，但要求每天只能在下午四点以后干活，因为其他时间活儿已经排满了。

事情都协调到位，杨浪愉快地回到酒吧继续驻唱。他算过，如果顺利地干完这个活，至少能赚 4000 多块，这可是一笔不小的收入。这天，他的演唱格外投入，歌声也格外动人，真切地感受到生活正在给他推开一扇光明的窗户，正等待着他去拥抱梦想。

由于太过投入，杨浪并没有注意到在这个夜晚，酒吧里来了两名不速之客，其中一个就是曾经影响他走上音乐之路的吴志宏，另一个是吴志宏的生意合作伙伴、即将上任的日本川崎机电事务所北京代表处负责人井上太郎。吴志宏看到在台上忘情地弹唱着的杨浪十分吃惊，他没想到杨浪还真走上了这条道儿。

但是，吴志宏没有上前与杨浪打招呼，他只是大方地递给酒吧女服务员几张钞票，派头十足地吩咐："打赏那位小歌手！"说完，便带着井上太郎匆匆走了。

杨浪并不知道，吴志宏近来正在忙着一件非常重要的事情，那就是经过前期紧锣密鼓的筹备，他所在的日本川崎机电事务所北京代表处将于近日正式揭牌成立，届时他将邀请行业内的头脸人物站台剪彩。其他人物都基本邀请到位，目前他正在筹划着邀请铁道部李副部长，还有已经在铁科院上任的何向华。

吴志宏之所以匆匆离去，是因为这次无意中见到杨浪时他忽然想到了一个一箭双雕的好主意，而这个主意与一个美丽的姑娘有关，这位姑娘不是别人，正是当时第一眼见到就让他怦然心动的清华大学新生彭薇。因为前不久来北京上大学的周晖曾联系过吴志宏，还告诉他因为彭薇考上清华大学、杨浪主动提出了与彭薇分手的事情。

次日，吴志宏西装革履地来到了清华大学图书馆。彭薇正在馆内认真地看书，吴志宏不露声色地坐在了她的身边。彭薇扭头一看是吴志宏，甚是吃惊。

"吴大哥？！你怎么……"彭薇压着嗓子问。吴志宏神秘地在嘴边做了一个嘘的手势，低声绅士地说："不影响别人，出去说。"彭薇便跟着吴志宏走了出去。

到了图书馆外的楼道，吴志宏大方地掏出一张精美的名片恭敬地递给彭薇。彭薇一看名片上赫然印有"日本川崎机电事务所北京代表处副总代表"的字样，佩服地说道："吴大哥，恭喜您这北京代表处正式成立。"

吴志宏却清了清嗓子，一脸真诚地说："算是吧，后天有个正式开业庆典仪式。彭薇，我想邀请你参加，帮我招呼招呼客人。"

彭薇一惊，面露难色："我哪参加过这种场合，我也不会说什么，不行不行。"

吴志宏却正色说："没事儿，有我呢，你也该出去见见世面了，有你这清华的招牌，还怕什么？早点接触社会，有利于你以后求职就业。"

彭薇有些迟疑，说："我……我刚大一……"

吴志宏知道有戏，不待彭薇说完，接着说："甭管大几，都得积极地与外界多接触。对了，杨浪在北京，你知道吗？"

听到这话，彭薇禁不住呆愣了一下，接着有些神伤地问："你怎么知道的？他在哪儿？"

吴志宏故意笑着反问："你都不知道他在哪儿？"

彭薇神色有些苦楚，自言自语地说："我哪儿知道，他没跟我联系。"

吴志宏笑了笑说："现在我也不方便说，你答应我去，我就带你去见他。"

彭薇苦笑，说："吴大哥，你就别给我卖关子了。"

吴志宏表情有些迟疑，但很快用宽宏大量的语气劝道："你们是什么关系，我能看得出来。不管你俩现在怎么样，反正都是我的朋友，你说是不是？"

彭薇点了点头。

绕了不小的弯子后，吴志宏看似不经意地问："后天开业庆典，我约好了铁科院何向华，你应该认识他吧？"

"何叔叔，当然认识啊。"彭薇高兴地说。

吴志宏内心窃喜，对彭薇说："我担心他不来，届时你帮我去找他，我会派车过去接你们。"

彭薇有些为难，不确定地迟疑着："这合适吗？"

吴志宏用坚定的口吻，说："这没什么不合适，就当帮我一个忙。"

说完，伸手亲切地在彭薇的肩膀上拍了拍，似乎又好像是摸了一把。

吴志宏赋予彭薇的任务，让她越想越为难。开学前，何向华作为厂里的副厂长，曾代表厂领导专门给她、周晖还有宋飞等几个大学新生开了一个欢送会，还留有联系方式。但是，目前吴志宏这个事明显是商业活动，人家何向华现在的身份已经是铁科院的领导，来与不来自有道理，自己这样出面邀请总有些不伦不类。可是，既然已答应了吴志宏，不问也不合适，于是只得硬着头皮给何向华打电话。何向华接到彭薇的电话很高兴，关心地询问她的学习和生活状况，还鼓励她一定要珍视学业，将来学成后为清华争光为滨机厂争光。但当彭薇提到吴志宏代表处开业庆典的事情时，何向华却说自己实在太忙分身乏术，还叮嘱她一定珍惜时光，千万不能因社会交往荒废学业。

代表处的揭牌仪式，安排在北京国贸商圈一幢豪华的写字楼内。

随着覆盖铭牌的红绸被拽掉，铭牌上亮眼的金字进入镜头——日本川崎机电事务所北京代表处。井上太郎与吴志宏以及前来参加开业庆典仪式的人们纷纷鼓掌。接着，是一场盛大的答谢宴会。当听说何向华没能前来时，吴志宏的脸上稍微掠过一丝不快，但很快又像一条灵活的鱼一样，拉起彭薇的手容光焕发地举着红酒杯与前来庆贺的嘉宾们说笑留影。

彭薇这天的穿着十分得体，清新脱俗又落落大方。吴志宏带着她一桌又一桌地走到许多重要人物面前敬酒，还不时拉着她与某官员某老总合影留念，记者们相机的闪光灯频频闪动。对这样的场合，彭薇内心是抗拒的，但为了给吴志宏面子，她也只能咬牙硬撑了下来。

这场宴会之后，吴志宏没有食言，第二日便带着彭薇去见杨浪。

三里屯酒吧一条街十分热闹，不时有红男绿女擦肩而过。吴志宏带着彭薇来到"简单日子"酒吧门口，彭薇一眼就看到正在舞台上弹唱的杨浪，停下了脚步。看着有些清瘦憔悴的杨浪，她的泪眼一下子就涌了出来。

吴志宏拽了拽彭薇，将她领到舞台前坐下。彭薇的眼睛始终盯着杨浪，眼神里充满爱怜与愁怨。

吴志宏见彭薇流泪不语，开口劝说："你们这个年纪，分手的确让人很难过，不过也未必不是好事。爱情很复杂，杨浪能这么做，我觉得他是个真男人、真爷们儿。"

彭薇听后，反问吴志宏："这个世界，如果只有相同学历、同等条件的人才能相爱，你觉得这样有意思吗？"

吴志宏思索了一下，答道："事实上，男女各方面条件差别不大的话，爱得更持久。彭薇，真空中的爱情注定要死去，对于生活来说，爱情不是首要的，甚至不是必要的。有些事情，是当你直面这个残酷的现实的时候才能感受到，才能明白的。"

彭薇却轻轻摇了摇头，说："如果现实让爱情变得市侩，变得功利，变得庸俗，也许我一辈子都不会再恋爱了。"

吴志宏笑了笑，转过身对一名女服务员说："那位歌手唱一首歌多少钱？"女服务员说："30块。"吴志宏掏出一沓钞票放到女服务员手里的托盘上，土豪地说："他后面的唱歌时间我都包了。"见女服务员十分诧异，他又补充："他是我们的朋友，等一下我想让他过来坐坐。"服务员连连答着去了。

不一会儿，那位女服务员领着杨浪走过来。当杨浪看到彭薇和吴志宏时，身子禁不住抖了一下，心里一阵发紧，但很快又换出了一副无所谓的表情，大方地走到吴志宏身边，只是一直躲避着彭薇那令他心虚的眼神。

"吴大哥，你们怎么来了？"杨浪故作轻松地问。

吴志宏爽快地笑着说："今晚你的歌我都包了。没事儿，坐下，坐下说。"

杨浪飞快地看了彭薇一眼，在她身边的空座上坐下。

彭薇用那样的眼神一直盯着他，酸楚中略带尖刻，问："我们不还是同学，不还是邻居吗？为什么来北京不找我？"

杨浪心虚地说："我……我想把进修的事情落停了再……"说话的节奏断断续续。

彭薇委屈的眼泪止不住流下来，她理了一下自己凌乱的刘海，伤心地问："你心里从来就没有我，是不是？"

吴志宏一见这状况，尴尬地笑了笑，说："你俩聊，我出去抽根烟。"就要朝门外走。没想到杨浪一把将他拉住，大声说："吴大哥，你坐，我们没什么，都是过去的事儿了。"彭薇一听这话，沉默地低下了头。

接下来，吴志宏和杨浪喝起了啤酒，五马长枪聊起关于音乐的事，还有酒吧驻唱歌手的逸闻趣事。当吴志宏了解到杨浪正在攒学费时，立即从手包中掏出一沓钞票，大方地让他拿着去交学费。但杨浪说自己手上正在干一批活儿，学费根本不用愁。见两人聊兴很浓，彭薇坐不住了，心情索然地说："我想回学校了，你们聊吧！"

吴志宏提议开车送他们各自回家。杨浪犹豫了一下，走到唱台前拿起吉他，跟在吴志宏与彭薇身后。

吴志宏驾驶着他那辆霸气豪华的奔驰轿车，杨浪与彭薇坐在后座，两人各自扭头看着窗外，一路沉默无语。

车子很快到了清华大学西门。吴志宏殷勤地下车准备给彭薇开车门，杨浪这时开口说："吴大哥，要不您先回吧，我想和彭薇走走。"吴志宏别有意味地看着彭薇，彭薇对他的眼神视而不见，轻描淡写地说："吴大哥，那你路上注意安全。"吴志宏怅然若失地驾车离去。

杨浪拎着吉他与彭薇并肩走进校门。两人缓慢前行，仍一路沉默。

彭薇突然停下脚步，侧身注视杨浪。

"我妨碍你做音乐了吗？"彭薇用逼视的目光盯着他问。

杨浪苦笑了一下，说："彭薇，我们……我不知道该怎么跟你解释，我……"

彭薇单刀直入质问："你还用解释吗？如果你真的喜欢上了张晓培，我可以接受。你说，你喜欢她吗？"

"我们之间的事情和张晓培一点关系都没有。"杨浪急忙解释。

"那你是不是认为你这么做很伟大很崇高，很符合自己的心理设定？"彭薇轻蔑地问。

"我……你怎么会这么说？"杨浪不知如何作答。

彭薇提高了声调，大声质问："你是这样想的，你觉得自己放飞了一个清华大学的姑娘，为了她的将来，为了她将来的美好生活，不牵绊她，远远地祝福她，你觉得你是为了爱才放手，为了爱才牺牲，你这样才心理平衡，对不对？"

"彭薇……"彭薇的话句句都点到他的痛处，他哑口无言。

"你听的那些歌里边不都是这么唱的吗？你写的那些歌里不也是这个意思吗？你认为自己孤傲，你认为自己今后的生活会浪荡不堪，你怕牵累我，你怕我跟你受苦，你怕你给不了我想要的幸福，所以跟我分手，这都是你自己的设定，对不对？"彭薇仿佛要将压抑太久的委屈和伤心一股脑地全部倾倒出来。

　　"这不仅是设定，这也就是事实！"杨浪轻声辩解。

　　彭薇一听到这话，怒火更旺了，大声反问："那你考虑过我的感受没有？你认为我会在乎吗？杨浪，你把我当什么？难道就是一个爱的符号？"

　　杨浪长长地吁了一口气，哭丧着脸失魂落魄，说："不是，我就觉得从我妈离世那一天起，咱俩就是两条平行线……"

　　彭薇拼命地摇着头，忽然转过身不容分说紧紧地抱住了杨浪，泪如雨下。彭薇委屈地说："杨浪，你从来都是考虑自己的感受，你从来不考虑我是怎么想的。你以为我会在乎你想的那些吗？如果考上清华大学是我挖下的鸿沟，那我退学，行不行？我退学，只要我们在一起，我什么都可以做。"

　　杨浪一把推开了她，冷酷地说："如果这样，那我们的鸿沟只会越来越深，我们的距离也只会越来越远。彭薇，也许你说的对，我只顾我自己的感受，我太过自私。但是如果因为爱，我让你跟我一起去住地下室，一起去工厂打工，一起去经历艰难困苦，我情愿放弃。"

　　说完，杨浪决然地转身而去。大步流星，伴随着泪崩。

　　彭薇一下呆愣住了。

　　她没想到杨浪会这般无情和决绝。对着杨浪的背影，她大声嘶吼："杨浪，你是一个懦夫！我恨你！！"

　　彭薇的嘶吼引来了路边学生异样和疑惑的目光。但彭薇顾不了这么多，伤心地蹲在地上失声痛哭。校园里长臂的路灯孤单地杵在那儿，十分凄苦，清华校园里的这个夜晚充满了伤心的寂寞和冷。

第七章

初冬仿佛一夜之间来临。

清华大学校园里,"情人坡"那片茂盛的银杏林的叶子已经变黄,准确地说,应该是金黄色。它们如一片片用金箔精心打造的小扇子,无论摇曳在枝头还是随风飘零,都显得那样精致和灿烂。

然而,这些风景在彭薇的眼里是凄婉和悲伤的,自从那晚在校园路灯下与杨浪不欢而散,多日来她心情郁郁寡欢。李云鹃一有时间就陪着她,当彭薇在言语中流露出宁愿退学清华也要与杨浪在一起时,李云鹃内心掠过不少惊讶,因为长期以来彭薇一直是她崇拜的对象,但在这一点上她看到了彭薇冲动幼稚的一面。

彭薇内心脆弱,但是有一个人却越来越惦记她,这个人就是对她越来越朝思暮想的宋飞。

火车票宋飞一周前就买好了,从成都站上车时两名舍友还专门为他送行。从成都到北京,宋飞是瞒着彭薇的,此行他的目的就是希望能够感动她,最好能够找机会把他们的关系确定下来。之所以对彭薇封锁这个消息,是因为他怕彭薇一口拒绝,那可能连见面的机会都没了。

宋飞这次来北京,有多方面的考虑。一方面真是想彭薇了,尤其每次给她打完电话后，就特想痛痛快快把心中的爱向她倾倒出来，但是他不敢，怕被拒绝，更怕彭薇生气和他断交。另外，还有两个方面原因促使他做出此举，一个是他在与罗娟和周晖的通话中得知，杨浪与彭薇彻底分手了，杨浪到北京后几乎没有联系彭薇；另一个是他们宿舍那帮热情又八卦的舍友，得知他与清华女神尚未突破男女之界时，十分着急，不断怂恿他早日进京将她"就地正法"。宿友们的提议虽然下作，但多日来宋飞在愈来愈强烈的单相思里越陷越深，越来越感觉到自己之所以选择上大学，某种程度上便是为了追求彭薇。于是，凑齐六七百块钱后，他毅然北上。

宋飞到北京的这天正是周五。他从北京西站直奔清华大学，在清华附近登记好一家快捷酒店，放下行李简单洗漱一番，便去找彭薇。这时，彭薇与李云鹃吃完午饭刚从食堂出来，与宋飞碰了个正面。三位老同学一见面，先是吃了一惊，接着宋飞脸腾地一下红了，彭薇脸上也生出挺多不自在，李云鹃知道宋飞常常给彭薇打电话，早猜出他的心思，便推说有事走了。

宋飞的突然造访，让彭薇猝不及防。得知宋飞专门在外面订了酒店，她坚持让他把酒店退掉，还联系了一个男同学，把宋飞安排在了男生宿舍。

恭敬不如从命，宋飞只得听话地退掉酒店，住进男生宿舍。

第二天是周六，宋飞提出想出去转转。

彭薇便带他来到颐和园。初冬的昆明湖，风景秀美，游人如织。

两人沿着美丽的昆明湖并肩而行，宋飞一肚子的话，竟不知该如何提说。他深深地吸了一口气，理了理思路，小心问："你近来过得好吗？"

彭薇回道："还行。"

"可是，我的感觉很不好，我都有些不想上学了！"宋飞忽然提高调门说。

彭薇被这句话惊到了，抬头疑惑地看着他，奇怪地问："这是为什么？西南交大不好吗？"

宋飞回答："没有我想象的好。说实话，我现在真的后悔考大学。彭薇，我也奇怪了，在机车厂的时候，别人都厌烦那些机床的噪声，厌烦父母那身油腻腻的工作服，可我就没这种感觉。现在离开了，我很怀念机车厂的生活，有时候想想，觉得那些噪声简直就是最好的音乐，觉得那身工作服特漂亮、特精神。"

"既然那么喜欢工厂，那你当时直接上技校就得了，又何必上大学呢？"彭薇笑着说。

"不瞒你说，当时我还真有上技校的打算。可是一想大多数同学都到了外地，我不能一辈子就窝在滨江，到头来连个大学文凭都没有，到那时我在你的面前不就更加自卑和自贱了。"说着宋飞把话题往彭薇身上引。

彭薇一愣，不以为然地问："你本就是定向委培生，四年之后不就回去了嘛！到时既有文凭，又可以回厂，不是两全其美吗？"

见彭薇没接自己的话，闷了一会，宋飞有些迟疑地问："对了，听说杨浪来北京了……哎，你俩现在怎么样了？"。

彭薇不解地反问："什么怎么样了？"

宋飞红着脸问："你俩不是搞对象吗？"

彭薇没有好气地说："谁跟他搞对象了？早分手了！"

宋飞心中暗喜："分手了？真的？"

彭薇苦笑着，说："人家觉得跟我在一起有压力……不说他，你怎么样？有喜欢的女孩吗？"

宋飞神色凝重起来，停住脚步，伸手轻扶彭薇的肩膀，深情地说："彭薇，既然你们分手了，那我能不能……我的意思是……我……"

彭薇吃惊地看着他，侧挪身子挣脱宋飞的手臂。宋飞继续表白："我知道我这么说有点唐突，薇薇，我觉得你应该知道，我一直都喜欢你。从初中、高中到现在，一直都喜欢你。以前是因为有杨浪在，现在，我终于可以敞开心扉表达我的爱……"

宋飞这番话，听得彭薇眉头深锁。她蹙着眉说："宋飞，对不起，我现在不想考虑这些事情。"

宋飞还欲辩解，彭薇坚定地说："你不要再说这样的话，否则我们连朋友都不要做了。"

被这句话深深打击，宋飞紧紧地锁闭了一会儿眼睑，自嘲道："我知道，我也是太冒失了，本来我这些话要压在心里一辈子的。彭薇，不管今后谁牵你的手，我都祝福你，祝福你永远快乐，天天都是开开心心的。"

看到宋飞痛苦的表情，彭薇心里同样不好受。过了一会儿，她主动打破尴尬，说："谢谢你。我……宋飞，你觉得两个人在一起，身份、学历、地位，真的必须匹配吗？这些很重要吗？"

宋飞侧目看着她，问："杨浪拿这个理由跟你分手，是不是？"

彭薇点点头，眼眶含着泪。

"他……我真不知道该怎么说了？杨浪这人一贯孤傲，他拿这个当借口的话，倒也符合他的个性。"宋飞略带自言自语地说。

"那如果我不上清华大学，是不是他就没有压力了？我们就能在一起了？"彭薇抬脸认真问，眼中透着晶莹。

宋飞愣了一下，急忙回道："你可别，千万别有这种心思。你要是为了他退学，他会怎么想？那他就更不可能跟你在一起了。"

彭薇一脸疑惑，问："为什么？"

宋飞回道："你怎么连这个都想不明白？你要是为了他退学，这不是给他更大的压力吗？他一辈子都会觉得亏欠你。他的个性我清楚，一方面清高，一方面又自卑，有时候还总陷在自己的情绪中难以自拔。"

彭薇没想到宋飞还挺有见解，对宋飞的态度也稍有好转，主动提出既然他大老远来了，不如和老同学们见上一面。

事已至此，宋飞只好点头同意。由宋飞给杨浪和周晖打了传呼，相约在杨浪驻唱的"简单日子"酒吧见面。

　　杨浪这几天心情并不好。他加班加点制作的那一批电吉他出了麻烦：九月琴社被查封了。原来郝经理为了多赚钱，一直在偷偷出售走私废旧音像制品，多次尝到甜头的他觉得有利可图，便参与了上线供货商的一次批量走私，不久前他的上线供货商被抓了，第一个就把他供了出来。郝经理被抓进公安局，那批货砸在了手里，而这批货的材料费和加工费，大多数都是杨浪垫付的。

　　接到宋飞的电话，听说也只约了周晖，并无其他人时，杨浪同意赴约。虽然此前宋飞总与自己较劲，但毕竟已经成为过去。特别是他来北京的这段日子，越来越觉得人要朝前看，要多结善缘，毕竟多一个朋友多条路，谁都有用到谁的时候。

　　一见面，杨浪才发现同行者中还有彭薇，心里掠过一丝惊讶，但很快就平复了心情，领着三人落座。

　　一番寒暄后，杨浪上台演出。他演唱的是自己高三时原创的歌曲《飞翔的地平线》。随着杨浪动情的演绎，彭薇的思绪很快被带回滨江河畔。当然，被带动了情绪的还有宋飞，这首歌也是他最服气杨浪的一首，当年二人在旧车间里比武斗法，自己便败在这首歌上。只是，此时杨浪的指法和唱功又深了一层，拿捏得愈加炉火纯青和游刃有余。

　　听到熟悉的歌，见到熟悉的人，仿佛岁月一下子又回到了滨江机车厂里的时光。四位老同学聚在一起，一个在台上倾情演唱，三个人在台下感慨世事变化和岁月无常。他们一起端起酒杯侃大山，神采飞扬地追忆着曾经的那些青春和不羁。

　　杨浪在台上一首接一首地唱，台下一杯接一杯地畅饮欢聊。

　　杨浪结束演唱，已是晚上9点多。酒吧后面有一条著名的夜市街，杨浪带三人去撸串喝啤酒。

　　这是高考结束后四人第一次聚首。宋飞声称专门从成都来京看望大家，杨浪和周晖都感到格外高兴，似乎之前的那些不愉快和隔膜都已烟消云散，尤其是周晖的变化最大，之前他是寡言和腼腆的，但如今却变得积极主动和格外热情，对杨浪和宋飞都哥长哥短叫得分外亲切。

宋飞也表现出大气和包容，不断地夸着杨浪的种种优点。三个男人撸着串，一杯接一杯地喝着聊着，很是亲热。但在彭薇眼里，觉得这种感觉有些不大自然，她虽然也附和着众人的兴奋和热情，但仍有意无意地把目光投向杨浪，含带着不少的幽怨。

众人的话题根本上都是围绕着滨江机车厂的过去和每个人美好的未来。宋飞兴奋地举酒杯，对杨浪说："哥们，说实话，我还是喜欢在工厂的生活，我就觉得车床切削的时候，那声音就像电吉他失真的升C调。对了，杨浪当时说什么来着，你说，铣床就像贝斯的失真降G调，还记得不？"

杨浪也端起酒杯，回道："当然记得。说真的，现在还真怀念机车厂的生活，尤其咱们在车间里折腾的那些日子，无忧无虑，特别开心。"

"不瞒你们说，我真想退学回去当工人，咱厂虽然工资不高，可福利好，一年两身工装，连衣服都不用买，多滋润。"宋飞情真意切地说。

周晖听到这话，有些不太相信，伸手在宋飞的肩膀上重重拍了一下，说："哎，宋飞，你醉了吧！这是你的真心话吗？你真要这么想，干吗还考大学呀？"

"唉，这不都是为了我爸妈的面子嘛！怎么，你们不怀念以前的日子？你们都觉得当工人丢面子是不是？"宋飞大声回答，同时另有意味地把目光投向彭薇。让他失望的是，此时彭薇压根没有注意他说什么，而是幽怨地盯着杨浪，而杨浪却是一副没心没肺的模样，视而不见。

杨浪接过宋飞的话茬，端起手中的酒杯，一口喝干了，说："我可没这么想，自从我妈没了，我就想离开机车厂，离开滨江，永远地离开。"

周晖把头偏向彭薇，问："哎，彭薇，你毕业后怎么打算？想不想回滨江？"

"我不知道，没想那么多。"彭薇不置可否地说。

酒是好东西，能让人放飞自我。

动情之下，宋飞难以克制情绪，语气悲壮地重申自己的观点："不管怎么说，你们哥俩别管以后干什么，可别忘本，滨江机车厂是咱的根。再说了，我觉得当工人没什么丢人的，真要能干到杜老太爷还有你爸、我爸那分上，我觉得挺光荣，那么牛的手艺，全滨江市有几个？就是在全国也都是响当当的，年年拿劳模，工资奖金也不比科室里的低。还有，那么多徒弟们供着、恭维着，足够满足虚荣心。"

杨浪与周晖也高谈阔论自己的梦想和规划。杨浪自信说，自己的目标就是尽快进入北京现代音乐学院深造，将来做一个真正的音乐人；周晖却不同，他说自己现在和将来的目标都是赚大钱，最好能像吴志宏那样财大气粗。

宋飞明显有些喝高，涨红脸对杨浪与周晖说："我可没你们哥俩有雄心壮志，一个想当音乐人，一个想当大老板。"他把脸转向彭薇，眼中充满遗憾和难过地说："我本来以为上了大学，也许在其他方面有点机会，现在看来纯粹是非分之想！"说完，抓起面前的一满杯扎啤一饮而尽。

周晖听出了宋飞的话外之音，故意笑问："飞哥，什么非分之想？说说，这里边肯定有故事。"

宋飞放下了酒杯，用右手掩覆在自己的眉脸上，一副心痛难忍的表情。杨浪飞快地看了一眼彭薇，欲言又止。

这时，彭薇主动站了起来，说时间太晚了她想回宿舍。杨浪没答话，继续拿起酒杯喝酒。宋飞摇摇晃晃站起来，准备与她一起走。彭薇却对宋飞说："你们继续喝，谁也不用送我，车站也不远。"接着，她转过头对杨浪说："宋飞就交给你了，他明天回成都，你去送送吧，我明天没时间。"

见此情形，周晖主动站了起来，对彭薇说："我送你，走吧！"

盯着彭薇和周晖双双走远的背影，宋飞心里有些失魂落魄。

二人背影消失在苍茫夜色中，宋飞无力地苦笑了，没有吱声。转过脸，他已换出一副没心没肺的样子，责备起杨浪："现在剩下咱俩了，不是我批评你，你就是有点作，人家彭薇对你那么上心，你咋就是这个臭脾气呢？"

杨浪的酒劲也上来了，已没有之前的客气，直截了当地说："你少废话，我知道你什么意思。有本事你去追彭薇，她要能跟你在一起，我也放心！"

宋飞真没想到杨浪会这样一针见血地把事情捅破，他把手上的酒瓶往桌子上一蹾，眼睛红红地瞪着杨浪："你知道我没戏！说真话，我这次来就是来让自己死心的，我从成都到北京跑了一千多公里，就是要亲手把自己所谓的爱情埋葬在这里。可我……可我是真心喜欢彭薇呀，打小就喜欢，呜呜呜……"

说着，宋飞竟然像个委屈的孩子哭起来。

杨浪也有些醉意，厌烦地踢了他一脚，骂道："咱俩都没戏，别哭了，看你那点出息！"

宋飞狠狠地抹了一下眼泪，骂道："杨浪，你少跟我装，少跟我装孙子，你心里不难受？啊！你心里比我难受一千倍、一万倍，可我还是嫉妒你、恨你，至少彭薇她喜欢你，至少她……"

杨浪骂道："闭嘴吧！你丫喝多了。走吧，明天你还要坐火车呢。"

但宋飞并没有想停下来的意思，继续一脸恳切地问："杨浪，你跟我说实话，你和彭薇真的吹了？"

杨浪没答话，继续独自向前走。宋飞抬脚在杨浪的屁股上给了一脚，骂道："杨浪，我就看不惯你这种什么都不放在心上的样子，太虚伪！"

杨浪站住，回头瞪着宋飞，说道："那怎么着？你意思我还得号啕大哭一场？"

宋飞大着舌头，反问："怎，怎么……着？彭薇不值得你哭？"

杨浪垂下头，沉默不语。

宋飞神情沮丧，眼泪滑落，抬手在杨浪的肩膀上狠狠地拍了一巴掌，说："兄弟，其实……其实我挺可怜你，不过……不过也服你，心里边淌血还装得跟没事儿人似的。杨浪，就冲这，你小子比我强。"

杨浪的眼中充满着血丝，逼视着宋飞问："如果你是我，你该怎么办？"

宋飞摇摇晃晃地用双手扶正杨浪的肩膀，动情地说："我不知道该怎么办，不过……不过我肯定舍不得放下，所以……所以我服你。"

两人一个醉眼蒙眬，一个东倒西歪，他们像两只受伤的兽，相互搀扶着向"地宫大厦"而去……

第二日酒醒，宋飞睁眼看到自己昨夜所住的地下室如此破旧逼仄，内心感慨杨浪在北京漂着的日子大为不易。

两个大男人起床后，竟有些不好意思，也没有多少话，颇有些别扭。

杨浪提出陪宋飞在城里转转，宋飞却说自己上午想一个人去天安门和故宫看看，下午就坐车回成都，不用陪同。杨浪也不再客气，因为确实自己也没有时间陪同宋飞，那批琴还砸在手上，加工厂王老板的加工费也还欠着，他今天必须去找侯明杰，否则自己的损失就大了。

这个侯明杰确实是个人物，郝经理被抓的事他早知道，当杨浪赶到北京科技大学时，他基本上已经把问题给解决了。原来，他已通过自己与另外几个高校乐队的关系，成功地推销出了四把电吉他，而且卖出了每把1500元的高价，只是他还有一个附加的条件，那就是杨浪必须临时加入"钢花乐队"，担任节奏吉他手。从侯明杰手中接过6000元钱，杨浪百感交集，自然也答应了加入乐队的邀请。

第二天，杨浪就去北京现代音乐进修学院交学费报了名。上专业课、驻演和参加"钢花乐队"的排演，把他的生活安排得满满当当。

生活一旦充实，日子就过得飞快。

很快一周就过去了。这天,彭薇到自动化专业的王教授办公室里送资料,当推门进去时见屋里坐着一个人。这人不是别人,正是何向华,身为铁科院副院长,何向华是来请王教授推荐人才的。

彭薇抱着一摞资料进来,看到何向华十分吃惊,何向华也颇意外。见两人亲热地打招呼,王教授很快就反应过来:"你们认识?噢,对了,你们都是滨江机车厂的。彭薇,把资料放桌上。"

彭薇上前放下资料,好奇地问何向华:"何叔叔,您跟王教授也认识?"

何向华看着王教授,笑着答:"当然认识,王教授是我西南交通大学的学长呀。彭薇,过两天铁科院要过来搞招聘推介会,你也要参加啊!"

彭薇内心暗自感叹,这个世界太奇妙,真可谓人生无处不相逢。听到何向华让她参加招聘推介会,觉得可能有些不太合适,她便说:"我才是大一的新生……"

没想到何向华却说:"甭管大几,你可是咱们滨江机车厂的佼佼者。这次招聘是与滨江机车厂联合举办的,你说,你该不该来站阵助威?"

听完,彭薇爽快地答应:"那我责无旁贷了。行,我一定参加。"

三人开心地笑起来。

招聘推介会安排在清华大学就业中心报告厅。偌大的报告厅内挂着醒目的横幅,上面赫然写着——中国铁道科学研究院与滨江机车车辆厂联合招聘会。

大厅内座无虚席。

何向华身着藏青色的西装,头发经过了精心打理,站在讲台上显得人格外儒雅精神。他饱含深情地进行演说:"……再过几年,我们就要迈入21世纪,21世纪最紧缺的是什么?毋庸置疑,那就是人才。清华大学人才济济、英才辈出,而我们铁道科学研究院是全国铁路系统与清华大学在人才合作上最紧密的机构,从建院到现在,我们共引进清华大学各类毕业生近百人……中国铁路客货运大提速已经在紧锣密鼓的实施中，我们的高速铁路也已经在规划中，不久的将来，中国高速铁路会迎来飞跃式大发展，而这一切都离不开人才的支撑。真诚地欢迎同学们到铁道科学研究院工作，欢迎你们加入铁道科学研究院。"

演说激情四射，赢得台下师生热烈的掌声。

接下来，滨江机车车辆厂党委委员兼办公室主任王舜田做了专题企业推介报告，对入职滨机厂后的优厚待遇进行重点介绍，并表示热烈欢迎同学们能前去美丽的滨江施展自己的才华。随后，他就隆重地向大家介绍来自清华自动化专业的大一新生彭薇，重点突出了她的另一个特殊身份——滨江机车厂走出的优秀人才。

在大家的掌声和关注的目光中，彭薇落落大方走上讲台。此时，她的内心十分激动。她从一个"70后"大学生的角度，动情地给大家讲述了杜立德、何三宝的传奇经历，讲述了杨建国收养培育周晖和罗娟的人间温情，讲述了何向华从一名普通的大学生成为开拓型领导的风雨历程，同时还十分痛心地为大家讲述了因缺乏科研和管理人才，导致杨浪的妈妈意外离世的悲剧……

朴素平实的语言，鲜活生动的故事，深深打动了所有在座的师生，他们纷纷站起来为彭薇鼓掌，为百年传承人间温情的滨江机车厂鼓掌。

就在彭薇的演讲被众人掌声包围的时候，宋飞却做出了自己人生一个重要而痛苦的选择——退学。

事情是这样的。宋飞那天带着垂头丧气的心情离开北京，他知道自己的爱情已经埋葬在了那里。可是他心中真有不甘，他不明白命运为什么要捉弄自己，为什么彭薇偏偏爱上自卑又自负的杨浪，而对自己掏心掏肺的爱视为空气。一想到回到大学将要面对宿友的刺讽，还将在毫无兴趣的地方煎熬四年，宋飞就心情阴郁。

然而，更是让他心情阴郁的是回到学校后发生的事情。从北京回来的第三天一早，公安局两位警察就在学校保卫处办公室等他，原来他参与替考的事情被人告发，而且给他二百块钱的那个人在公安是有案底的，已经被抓了。

两位警察给宋飞录过口供后，走了。

保卫处刘处长十分生气，严厉地批评他破坏学校纪律，并令他认真反省并写出深刻检查，否则就要建议学校开除他。宋飞辩解自己并未真正参加替考，坚决不写检查。刘处长没想到一个委培生居然与自己顶嘴，盛怒之下就把这事汇报给了学院领导。

事情闹大了。班主任告诉宋飞必须写检查，否则学院就要严肃处理。宋飞内心对学院已无好感，加之心情本来就十分窝火，一气之下，他三下五除二地收拾了自己的铺盖儿，负气地提起行李箱，踏上了开往滨江的火车。

第八章

　　宋飞自作主张不辞而别，在西南交通大学管理层中引起震动。大学领导对保卫处刘处长提出了批评，同时安排学籍管理处沈处长与滨江机车厂培训教育处闻处长联系，沟通了相关情况。

　　闻处长接到电话后大吃一惊，连忙给沈处长赔不是。因为他心中很清楚，宋飞好不容易才考上委培生，宋卫国夫妻肯定不愿意儿子轻易被退学，否则宋飞上学没有几天的一个夜晚，他们夫妻俩就不会摸黑到他家里送礼致谢。

　　与沈处长通完电话，闻处长立马把宋卫国叫到了办公室，简单通报了情况，宋卫国一听肺都快气炸了。他做梦也想不到会发生这样的事情，当即怒骂宋飞是个不省心的混账东西，并连声向闻处长道歉，求他一定给大学那边说说好话，再给孩子一个机会，一定不能把宋飞退了。

　　从闻处长办公室出来，宋卫国一查列车时刻表，从成都到滨江的火车还有一小时到站。他料定宋飞应该就在这班列车上，顾不上告诉妻子侯玉凤，骑上自行车急匆匆向火车站赶去。

　　到了火车站一打听，还有半小时列车才进站。再一问还有当晚七点四十去成都的车票，宋卫国飞快地买了两张。买好车票，宋卫国回想当时宋飞考上委培生时一家人的喜悦，再一想宋飞居然不知轻重地参与违法替考，尤其想到他还敢自作主张退学离校，心里的气就不打一处来。他心浮气躁地在出站口看着显示屏轮番播放各车次到达的时间，不时地抬腕看看手表。

"宋叔叔，您接人呀？"忽然，有人在身后给他打招呼。宋卫国一回头，发现是张晓培背着一个时尚的双肩包，手里拎着装满食品的塑料袋。

宋卫国没想到在这儿碰上她，当然也不想告诉她自己正在做的事情，反问："啊，是。你这是……上哪儿去？"

"我去北京，看看我男朋友。"张晓培一脸兴奋地说。

宋卫国此时哪有心思关注她男朋友的事，心不在焉地应付："啊，那是该去看看。"

张晓培似乎没有听出宋卫国的并无兴致，炫耀着继续说："我男朋友就是杨浪。宋叔叔，这事儿您可别跟杨叔叔说，他还不知道我们搞对象呢！"

宋卫国一愣，这事儿他还真没有听说，于是笑着说："我不说，放心吧！那你路上小心点。"

张晓培快速地走向进站口。望着张晓培的马尾辫一摇一晃的背影，宋卫国忽然反过味来，他隐约记得薛丽萍生前好像提过杨浪喜欢彭薇的事儿，现在咋又成了张晓培的男朋友，真是世事难料。不过反过来又一想，人家彭薇现在毕竟是清华大学的高才生，杨浪却连个专科都没考上，现在技校上了没几天又跑了，两人确实差距太大。唉，只是可怜薛丽萍，年纪轻轻就不明不白地走了……

正乱七八糟地想着，却见宋飞拖着行李箱一脸疲惫地从出站口走来，并未看到站在一侧瞪着他的宋卫国。

"宋飞！"宋卫国语气凌厉地喊道。

转身看是宋卫国，宋飞大吃一惊，惶恐地问："爸，您怎么……来了？"

宋卫国面无表情："事儿我都知道了，我买好了今晚七点四十去成都的票，爸陪你回学校。"

宋飞自然不情愿，嘀咕道："爸，我……"

宋卫国压住内心的怒火，说："你没去替考，诚心认个错这事儿就过去了。听爸的，啊！回学校。"

没想到，宋飞却梗着脖子，低着头，坚决地说："我不回。"

宋卫国提高了嗓门，大声地再问了一句："真的不回去？"

宋飞再次重复："不回。"

"啪"的一声，宋卫国气极了，抡起手掌狠狠地抽了宋飞一记耳光。一旁的旅客纷纷驻足，诧异地看着二人。

"那你也甭回家，我没你这个儿子！"说完，宋卫国丢下捂着脸的宋飞，独自快步向地下通道入口而去。

宋飞抹了抹嘴角的血，面无表情地看着宋卫国的背影消失在人群里。

气急败坏地回到家中，妻子侯玉凤正在做晚饭。宋卫国简单把事情的原委陈述了一遍，侯玉凤当场又气又急，哇地哭出声来，大骂宋飞太不省心不争气。哭了一会儿，侯玉凤担心宋飞的安全，拉着哭腔催促宋卫国返回火车站找儿子，别让他想不开有个三长两短。

宋卫国起初并没太在意，在侯玉凤反复催促下，吃晚饭的心情已全无，也有些担心宋飞出事。于是，他又到火车站跑上一趟，但没找到宋飞，心情阴郁地回到家中。

墙上的钟时针已指向九点。宋飞还没有回家，侯玉凤担心，便开始埋怨宋卫国，一会儿数落他多年来对自己和孩子态度冷漠和粗暴，一会儿又扯到了死去的薛丽萍身上，胡搅蛮缠得让宋卫国更加心烦意乱。两人都在气头上，便吵起来。

两人正吵得不可开交之时，有人敲门，开门一看，却是拎着行李箱的宋飞，只是他身边多了一个人，是杨建国。

原来，宋飞挨了一耳光后在火车站发了一会呆，眼看天要黑了，他不知道该到哪儿过夜。思来想去，想到滨江机车厂的车间，于是拎起行李箱便去了。当踏进机车厂的大门时，他心中莫名地升腾起亲切感和归属感。走进车间园区，一个车间里正亮着灯，走近一看是杨建国叔叔正带着徒弟们加班。宋飞简单把事情的经过给杨建国讲述了一遍，并说想在车间里凑合一宿。杨建国十分震惊，起初坚决劝他回学校读书，但当宋飞情真意切地告诉他，自己的真正理想是能像杜立德师太爷那样，成为一名受人敬仰又技艺高超的大工匠时，杨建国改变了想法。在他看来，这年月已经没有几个人想着踏踏实实、本本分分地当个好工人，宋飞既然有这个想法，说不定将来还真能成个人物，于是决定支持他，并主动送他回家。

门开了。宋飞闪身站在门口，侯玉凤眼泪哗地就下来了，哽咽得说不出话。

杨建国和宋飞进了屋，侯玉凤抹着泪将门关上。

还没等宋飞开口，侯玉凤却"扑通"一声就跪下来，抓着宋飞的裤腿，痛哭流涕地央求道："飞呀！妈求你了，你回学校去吧！"

宋飞不知所措，急忙搀扶侯玉凤，央求说："妈，您这是干什么？起来说行不行？"

杨建国也板起脸，对侯玉凤说："玉凤，起来！你这是干什么？吓唬孩子是不是？"

宋卫国冷眼看着他们娘俩，一言不发。

"大师兄，我们家的事儿你就别搅和了行不行？"侯玉凤有些不高兴地对杨建国说。

"既然你叫我大师兄，我就得搅和。我家的事儿，他宋卫国搅和的还少了？！"说着，杨建国用眼睛瞪着宋卫国。

宋卫国欲辩解，杨建国却不一理他，直接一把拽起侯玉凤，说："一哭二闹三上吊，你们这些老娘们不就会这一套吗？就不能好好说话？啊！"

侯玉凤不理杨建国，只是拉着宋飞的手伤心哭诉："飞，飞呀！我和你爸供你上大学多不容易，啊！你也见了，你考上了委培，你爸逢人就夸你，你这一退学，往后让我们俩怎么见人呀！"

杨建国却不理她这一套，有些生气地说："怎么就见不得人了？孩子是偷了抢了还是杀人放火了？你们一上来就打骂、哭闹，能不能听听孩子的意思？"

宋卫国夫妇表情愁苦，相互看了一眼，三人便同时将目光落在了宋飞身上。

定了定神，宋飞真切地说："爸、妈，我回来不是因为替考挨处分，也没有其他的原因，就是想回机车厂。爸，妈，咱们厂那么多大学生，有几个像您和杨大伯那样，年年拿全国劳模、省劳模的？你们觉得当工人丢人吗？"

侯玉凤着急地说："不是，飞，我跟你爸不是这意思。可是……"

宋卫国听出宋飞已铁了心，担心地问："你铁了心要回来，那你怎么打算？直接进厂子还是上技校？"

宋飞说："我想上技校。"

侯玉凤十分不甘心，生气地说："大学退学上技校，飞呀！你……你这是非要气死……"

杨建国接过话茬，说："玉凤，你又来了！技校怎么了？技校就比大学低八等？我和宋卫国不都是技校毕业的？怎么了，丢谁的人了？杨浪连技校都待不下去，跑北京了，怎么着，我也不活了？！"

这番话说得宋卫国夫妻安静了下来。杨建国见他们基本安生了，这才告辞。

杨建国走后，宋卫国一脸愁苦地走进卧室。

侯玉凤仍不死心，劝宋飞再认真考虑考虑。可是，宋飞表示自己已经铁了心，并发誓如果自己将来不在机车厂干出个模样来，就不是她们的儿子。

话到这分上，侯玉凤无计可施了，只得唉声叹气地进了卧室。

第二天一大早，宋卫国就去找闻处长，无奈地把事情原委说了一遍。闻处长也深深为他惋惜，同时答应给技校徐校长打招呼，好让宋飞顺利插班读技校。接下来，事情办得十分顺利。西南交通大学那边很快办理了退学手续，既然闻处长都同意了，技校徐漫水校长也没有不同意的理由，一周内就给宋飞办好了插班的手续。

宋飞放着好好的大学不读，却回技校读书，这个消息的确惊人。蓝大个、二毛和老黑等人知道后，第一判断是宋飞的脑袋一定是被驴踢了。

罗娟也十分吃惊，电话中也问过周晖。周晖告诉她，其他的原因他不知道，只知道前几天宋飞在北京找过彭薇，但彭薇心思根本不在他身上，还一心喜欢着杨浪。罗娟一方面觉得宋飞有些意气用事，另一方面又觉得他还是有些真性情的。

自从上次邀请彭薇参加剪彩活动后，吴志宏觉得她就是一朵清香脱俗的出水芙蓉，暗下决心要把她搞到手。

铁科院组织的招聘推介会上，彭薇的表现可谓光彩照人。没几天，吴志宏又联系彭薇，称他的公司准备举办一次隆重的校园招聘会，邀请彭薇担任主持人。彭薇起初并不愿意参加，经不住吴志宏再三央求，同时也觉得这是一次锻炼自己的机会，便答应下来。但让彭薇内心感到不安的是，吴志宏以活动重要、场面隆重为由，专门给她购置了一套十分高档的时尚女装。虽然确实十分好看，但毕竟太过昂贵，彭薇心中很不舒服。

吴志宏将招聘会的地点选在了五星级的东方大酒店，这是北京市海淀区里数得着的高档场所。

招聘会安排在偌大的宴会厅，被布置成沙龙的形式，背景板上是川崎机电公司产品在各个领域应用的画面展示。背景板上方还挂着一块横幅，上面赫然写有"青春逐梦——与川崎机电共赢前程"，下方是一行小字"北京职场展望与解析分享会"。为提高会议的档次，吴志宏还专门邀请了北京市人力资源协会副会长孟萍、北京市外企服务中心副主任李涵路等重要人物出席并讲话。厅内济济一堂,彭薇的台风不亢不卑、落落大方,会议氛围高端大气又温暖和谐。

会议在中午 11 点多结束,接下来是丰盛的招待会。奇怪的是吴志宏今天并没有像上次那样,左右逢源一杯一杯喝酒忙于交际,只是礼节性地与客人们一一打招呼。彭薇不太喜欢这种闹哄哄的吃饭喝酒场面,加之今天正是周日,她原计划要到学校图书馆查阅一些资料,于是匆匆扒了几口饭,便向吴志宏告辞。此时吴志宏也已安排停当,执意要开车送她回学校。

又一次盛情难却,彭薇只好上了吴志宏的奔驰豪车。

上车时,吴志宏十分绅士贴心,主动为彭薇打开车门,并用右手护着车顶防止碰到她的头,然后还亲手为坐在副驾驶位置的彭薇系好安全带,这些动作搞得彭薇挺不好意思。脸上生出红晕的彭薇看上去更显妩媚动人。吴志宏主动提出教她学驾驶,彭薇从没有开过车,内心也确实有想学的冲动,便在吴志宏的教授下学了起来。但吴志宏借着教她握方向盘和换挡起步的时机,时不时试探性地触碰她的手臂,这让彭薇心生不快,学车的兴致也渐渐凋零。

但自我陶醉的吴志宏,好像并未明显察觉出来。他仍一边指导彭薇开车,一边满脸堆笑恭维着彭薇:"你人美高知台风大气!人往高处走,水往低处流,像你这么优秀的女孩,多出来闯一闯,将来一定前途无量……"

彭薇却咬了咬嘴唇,从自己包里掏出那套叠得整整齐齐的高档女装,还给吴志宏说:"我可不觉得我自己多优秀,就是考试成绩好一点而已。吴大哥,再说我是刚大一的学生,以后像这样的场合我不想再参加,您也别找我了。"

吴志宏吃了一惊,也有些尴尬,旋即又恢复满面笑容,说道:"你看你……好好,尊重你的意思。不过,我还有一个请求,你必须答应我,否则这件衣服你必须留下。"

彭薇抬头看了吴志宏一眼,有些严肃地问道:"好,那你说说,只要我能做到。"

见彭薇表情十分正经严肃,吴志宏忽然笑了起来,用活活的眉眼看着她,道:"别严肃得像开会似的,现在你陪我去见见何向华院长,这总可以吧?"

对于这个要求,彭薇不好再拒绝,只得点头答应。

其实,对于这个看来随机的安排,吴志宏是早有预谋的。原来铁科院曾与川崎机电签订过一个合作协议,而川崎机电和茂田重工又同属一家日本公司,他想通过何向华把这个协议变更到茂田重工的名下,之所以这么做,是因为他想在茂田重工中拥有更多股份。他打听清楚了,这天下午四点左右何向华一定在家,便把彭薇拉上当敲门砖,再伺机做做工作。

两人来到何向华家,何向华见吴志宏手上拎着不少贵重的礼品,脸上有些不太高兴,但当看到彭薇紧跟其后,又起身客气地倒茶招呼二人。

何向华看着彭薇,和蔼又关切地问:"大一的课程安排不紧张吗?"

彭薇如实小声说:"挺紧张的,明天就期中考试了。"

何向华语气中略带长辈式的责备,道:"那你不好好复习,还瞎跑什么?"

彭薇有些紧张,一时不知如何应对。

吴志宏听出意思,赶紧笑着自我批评:"何院长是埋怨我带你出来,不怪你。"

何向华把脸转向吴志宏,说:"志宏,要真是你带彭薇出来的话,往后最好别这么干。学生嘛,还是学业要紧。"

"何院长说的是,这不我是担心您不接见我,所以才……"吴志宏装出一脸的委屈解释。

"看你想哪儿去了,我可对你没有任何偏见。直说吧,有什么事需要我帮忙？"何向华率直地问。

"您还是跟以前一样直率。何院长，上次跟您提到的合作的事情……"吴志宏说道。

何向华问："铁科院不是早就与川崎机电有项目上的合作吗？"

吴志宏道："我说的不是与川崎机电的合作，是与茂田重工的合作。可能您是太忙了，忘了。"

何向华说："我没有忘，我们调查过，茂田重工与川崎机电在铁路配电设施领域的重合度很高，如果我们再与茂田合作会让川崎机电的利益受损，我们不能做脚踩两只船的事情。"

吴志宏辩解："茂田重工与铁科院的合作可以完全避开你们与川崎的合作领域，茂田的优势在机车的逆变电源设备研发……"

何向华不解地问："志宏，那你到底是代表川崎机电还是代表茂田重工？我希望你明确你的身份，还有茂田与你的实质关系。"

吴志宏微微地笑了笑，说道："茂田重工与川崎机电本来都是井上家族的产业，我觉得我代表谁不重要，重要的是我可以代表井上家族。井上太郎先生说，希望铁科院可以把与川崎机电的合作项目转到茂田这边来，或者我们另组合资公司。"

何向华为难地说："志宏，铁科院是什么性质的机构你也清楚……"

吴志宏继续辩解："何院长，现在国家大力倡导产学研相结合，我们的合作完全符合国家的产业政策，我们的铁路大提速规划中不是提到更多地吸收引进外国先进技术吗？"

何向华道："你说的没错，可我们的合作必须遵循商业规则，茂田与川崎是竞争对手，这没错吧？我不想因为他们家族内部的股权纷争影响到铁科院的信誉与商誉。"

吴志宏还欲继续争取，何向华不悦地说："对外合作不是我负责的业务，你还是找其他领导说说吧。"

何向华转而又与彭薇说话。彭薇简单地告诉了他关于杨浪和周晖等人的一些情况。何向华让她有时间约他们一起过来玩。

吴志宏与彭薇出门时，何向华坚决让吴志宏把拿来的东西带走了。

一段时间以来，杨浪并没有按照张晓培的要求，每天都给她打电话，特别是后来，半个月二十天也不打一个。张晓培心中十分生气，决定进京兴师问罪。

她在火车站碰见宋卫国时，其实已经给杨浪打了好几个传呼，说自己要来北京的事，但杨浪两天来一直忙于"钢花乐队"比赛的事情，出门也没带传呼机，因此张晓培多次呼叫和留言他都没有看到。

张晓培出了北京西站，等了好长时间没见到杨浪的踪影，打传呼又联系不上，自是又气又恼。但是，她并没有放弃，而是直接找到杨浪进修的北京现代音乐学院，谎称自己是杨浪的结婚对象，并打听到了他所住地下室的位置。

张晓培一路摸索到"地宫大厦"，天已麻麻黑。正当无助之时，却见杨浪骑着自行车背着吉他回来了。张晓培冲上去对杨浪就是一顿又掐又打，哭闹着骂他是个昧良心的混蛋玩意儿……

杨浪自知理亏，笑着连连赔不是。

不一会儿，张晓培便转悲为喜。进到杨浪的乱七八糟的房子里，看到他北漂的日子过得像一地鸡毛，心中又十分心疼，动作利落地帮他收拾起房间来。张晓培果然能干，不一会儿乱糟糟的房间就规整得井井有条。她把他的脏衣服、床单也给洗了，还做了香喷喷的热面条。

杨浪心里忍不住升腾起不少温暖和感动，对张晓培的好感也陡然增加。

"张晓培，咱现在这算什么关系？"杨浪笑着问张晓培。

"你说什么关系就是什么关系。"张晓培说着就要过来拥抱杨浪。

杨浪一闪，故意说："其实二毛和蓝大个都挺喜欢你，你……"

"但我不喜欢他们。我知道你也不喜欢我，至少现在还不喜欢我。

哎，怎么着，还惦记着人家彭薇？见面了吗？两人没旧情重燃？"张晓培故意问。

不等杨浪给出答案，张晓培已飞快地坐在了杨浪腿上，并双手环抱着他的头，霸气十足又一脸幸福地说："甭管你心里装着谁，反正你现在是我的。"

这一抱，让杨浪想起在江边时彭薇那温柔的一抱。他轻轻推开张晓培，拿起她放在桌上的双肩包。

张晓培不愿意，又想转过身再抱杨浪，没想到杨浪迅速站起身来，并打开了房门。

张晓培委屈地问："怎么，不让我住你这儿？"

杨浪讪笑着说："你住这儿算什么事儿呀！外边不远就有家酒店，我送你过去。"

张晓培却说："杨浪，我没求你要对我怎么着呀！是我一厢情愿，行不行？"

杨浪却坚决地说："晓培，我知道你对我好，可现在咱还不到那个分上，不合适。"

张晓培却说："什么合适不合适，这都什么年代了，你就这么讨厌我？"

杨浪正色说："张晓培，我一点都没有讨厌你的意思，我的意思是咱俩要是交往，咱都规规矩矩的……"

一听这话，张晓培上前再次揽住杨浪的肩膀，温柔地问："真的不讨厌我？"

杨浪点了点头。

张晓培高兴地在杨浪脸上亲吻了一下，笑着说："就喜欢你这种假正经的劲儿，那我就去住酒店。"

张晓培松开他，两人一起向门口走去。

一夜不叙。

第二天一早，杨浪独自到火车站给张晓培买了回滨江的车票。当他把车票交到张晓培手中时，张晓培十分意外。但她知道，强留也意思不大。作为交换条件，她要求杨浪以后必须及时给自己回电话，并耍赖地要求他温暖地拥抱自己一会儿。

杨浪照做了。看着张晓培的背影消失在进站口，杨浪心中五味杂陈。

第八章

第九章

　　最近，厂长高学明压力山大。前年九月份他专门跑了一次北京，找到李副部长，在部里争取到一个代号为AC500的新型电力机车项目。这个项目意义十分重大，可以说是部里对滨江机车厂的一次重要考验。因为他敏锐地意识到中国铁路的改革已悄然提速，效率低下的一些老旧企业肯定将面临淘汰和整合。目前，滨江机车厂的形势不容乐观，加之质量管理方面也早被邯钢、首钢等一批国企甩开了很大距离，如果任由这么没落下去，将来滨江机车厂迟早要面临被淘汰的命运，到那时可能几万名职工的饭碗就成为大问题了。本来高学明还想把另一个更高端一点的项目YC200也争取过来，但李副部长没同意，他说饭要一口一口吃，先把这碗干饭吃利落再说，如果第一个搞不好，第二个连想都别想，并说年底前他要来看效果。

　　但项目推进以来，效果很不理想，有不少的工人没太当回事。尤其是厂机关向他反映，检查了项目的几十道工序，居然发现有十三种部件质量不合格；同时发现总装车间的效率低下，原本十天应该完成的总装工作，结果拖了二十天还没搞利索。

　　高学明十分恼怒，将全厂处以上领导干部全部召集起来狠狠地臭骂了一顿，并将项目的责任进行明确分解和定责，撂下狠话：如果谁再敢拖这个项目的后腿，就是全厂职工的公敌，到时候就自觉地打背包滚蛋。

在压实各级的责任后，高学明明确了两点：一是AC500新型电力机车试验车总装工作必须在十天内圆满完成；二是规定邀请离退休老工匠担任质量监督员，派到各车间质量检查组，并赋予他们一票否决权，凡是他们通不过的工件，一律进行返工，返工率达到百分之五，该扣工资奖金的扣，该撤职辞退的就撤职辞退，决不能留情面！

十五天后，AC500新型电力机车试验车总装完成，滨江厂举行了隆重的试验车下线剪彩仪式。李副部长带着何向华等一行人前来参加。随着李副部长将动力闸合起，在发动机的突突响声里机车缓缓行进，虽然已反复试验过几十次，但高学明和各车间负责人仍然有些紧张，众人注视着机车从总装线顺利地驶上车间外的试验线并保持平稳运行，随后又按照指令准确停稳，众人才长长地舒了一口气。

然而，在随后全厂处以上干部会上，李副部长却并不满意。他环视了一圈在座的同志，说："虽然今天的试车成功了，但并不值得我们骄傲，因为大家都十分清楚，这个AC500的项目是在AC300的基础上的升级车，居然耗费了272天时间；而当年我们做AC300时，从设计到总装下线才用时142天。"

高学明等人刚才的兴奋和轻松慢慢消退。

李副部长没有停下来的意思，继续说："我不是否定大家的努力，我只是想警醒大家，滨江机车厂当前不论是研发还是生产，全面的退步、落后了。如果我们还是思想保守，停留在过去的功劳簿上守株待兔，等着部里边给协调订单，我们是不会有前途的。"

最后，他语重心长地强调，当前国家铁路大提速的春天已经来临，机遇和挑战并存，如果滨江机车厂错过这个机会，只有一个后果，那就是被兄弟单位兼并和重组。同时，他还预告下个月初，国务院分管铁道部的副总理将来厂里视察，届时必须以全新的形象迎接领导人的到来。

李副部长安排何向华在厂里多留几天，指导厂里深入研究德国技术的事情。

听完李副部长的指示，高学明表情凝重，表示一定要落实好首长的指示，尽快派出骨干学习邯钢先进的管理经验，以断臂求生的勇气和作风让滨江机车厂凤凰涅槃、再创辉煌；同时要周密筹划、全厂联动，以最高的标准、最严的要求、最新的形象，欢迎国家领导人的视察和指导。

李副部长前脚刚走，高学明就组织召开了厂党委会，对这两项工作进行研究和部署。会议一直开到深夜两点多钟才散场。

来自上层的压力很快就传导下来。

第一个受到压力冲击的是杨建国，而施加这种压力的人便是他的师爷杜立德。自从薛丽萍意外离世，杨浪又拧着他去了北京过起漂泊不定的生活，杨建国心里一直不痛快。他比以前更加爱喝酒了，常常喝得酩酊大醉，工作上放松起来。对徒弟们的脾气也更大了，工作上时常有些心不在焉。

李副部长离开厂里没几天，杜立德老师傅就被车体车间一工段返聘为质检员，带着杨建国、宋卫国和侯玉凤等班组长，一项一项地检查产品质量。

检查到宋卫国时，杜立德老爷子挺高兴，但当检查到杨建国经手的一块成型厢体时，他伸手在厢体的侧墙底部摸了摸，又用左眼贴近侧墙边角瞄了瞄，颇为不满地问众人："按标准这是能通过的，但你们谁发现点问题没有？"

众人都有些蒙。杨建国心里不舒服，没吭气。宋卫国却开口道："师爷，我瞅您摸了摸底角，您的意思是不是倒钝做得不够？"

杜立德看着杨建国问："杨建国，都是一个师父教出来的，你怎么没有发现？"

杨建国知道这批活完全符合厂里的标准，便委屈地解释："不是，师爷，其实我也发现了，按厂规够了，您老标准高。"

杜立德瞄了他一眼，说："厂规是厂规，可咱的手艺不能凑合厂规。杨建国，喝酒喝得你心钝、手钝了吧。"

杨建国尴尬地辩解道："师爷，我……"

杜立德接着说："咱可是凭手艺吃饭，凭什么你能升八级工？凭什么你能拿高工资、当劳模？不就是比别人做得好、比别人的标准高？你要是也去凑合厂规，家里好意思摆那么多奖状、奖杯？"

杨建国一时被噎得无话可说。

侯玉凤觉得杜老爷子有点过分，也看出杨建国的难受，解围道："师爷，上边工序下的料，按厂规合格，大师兄也没法儿说什么呀。"

杜立德并没有就此打住的意思，把头转向侯玉凤，说："是没法说什么，觉得没法说你就别凑合。你问问你男人他们班组是怎么做的，来料以后，他们都进行了哪些处理和操作？"

侯玉凤和杨建国把目光不约而同地投向宋卫国。宋卫国也不含糊，直了直腰，与杜老爷子对视一眼，笑着说："师兄，我并没有裁你面子的意思，只是师爷既然问到这儿了，我就照实说两句。每次板材下到我们班组后，我们都会先检查去棱、倒钝，我要求徒弟们不能依照厂标来，必须按照我的要求再处理一遍，标准是把脸贴上去磨蹭不觉得刺挠，然后……"

宋卫国的讲解还未结束，杜立德就接过话茬继续说："听见没有？这就叫精益求精。我不知道你杨建国什么时候学会了凑合厂规了，凑合厂规，以前你们铆钳一班不是这样呀！怎的，薛丽萍走了，把你那份细心也带走了。"

这些话像一个响亮的耳光扇在杨建国的脸上，他面带惭愧地对杜立德说："师爷，我错了，我给您丢脸啦。"

杜立德表情严肃地说："你还真给我丢脸了！你是何三宝的大徒弟，何三宝在咱机车厂什么口碑，还用我说？杨建国，我跟你说过不止一次，缓不过那口气儿、绷不住那股劲儿你就换个岗位，换个凑合事儿也能混日子的岗位！"

杨建国的脸羞得青一阵白一阵。宋卫国想给他个台阶下，劝道："师爷，您这话过了，大师兄也就是这一阵有点……"

杜立德却火了，毫不留情地大声说："你闭嘴！我就是要敲打敲打他，把他敲打醒了。既然顶着我的长徒孙的名分就别凑合事儿，要干就漂漂亮亮地干出样儿来。八级钳工不是混出来的，是干出来的。一时一刻都不能马虎，不能将就，没这份恒心，还不如早点退休下岗算了。"

杜立德这番话，让杨建国十分丢脸，仿佛被当众扒得一丝不挂。

杜立德没有理会杨建国的感受，说完一番话，领着宋卫国等人继续到别的班组检查工作去了。杨建国走也不是留也不是，后来也只好继续跟在他身后，一路默不作声地陪着。虽说默不作声，但他的脑子没闲着，他粗粗地回顾了自己这半年来的狼狈不堪，觉得确实是荒废了不少的功力和心劲，无论在对孩子、对徒弟们还是对工作上，都有些漫不经心，隐隐地有些后悔。

在工序上检查和验收了一圈，已到下午的下班时间。

这时，何向华笑吟吟地向杜立德一行人走来，他是刚从厂机关商量完进口德国设备的事。半年多没见何向华了，大伙都觉十分亲热。

几句寒暄之后，何向华向杨建国和宋卫国发出邀请，请他们一起到家里坐坐去。杨建国和宋卫国自然不推辞，侯玉凤等人推说有其他事情，便各自回家。

到了何向华家，杜红似乎早有准备，已在厨房里忙活了好一会儿。不久，六个下酒菜就摆上了桌子。

杜立德转身进到内屋，取出一瓶珍藏多年的剑南春白酒，道："今儿也没有旁人，向华也回来了，咱们就把这瓶好酒给消灭掉。"

杨建国下午刚挨过批评，加之上次何向华调走时，他就在这儿喝多耍了酒疯，觉得不好意思，说："师爷，我就不喝了，如果我再喝酒，我就没脸当您的长徒孙了。"

一旁坐着的何向华和宋卫国相视一笑。杜立德已不像下午在车间时那般严肃，慈眉善目地说："难得向华回来，该喝还得喝，别喝多就行。"

杨建国害怕自己控制不住又喝多闹事，坚决表示真的不喝。

何向华也不硬劝，对杜立德说："爸，你就别劝大师兄，戒一段也好，身体要紧。"杜立德不再坚持，转过头问宋卫国："宋飞是怎么回事？"

不提这事还好，一提这事宋卫国心里就不舒服。他简单地把宋飞退学和上技校的前前后后讲了一遍，并长长叹了一口气，说为这事都快愁死。

没等何向华开口，杨建国心直口快地表达了自己的想法："宋卫国，你还别小瞧了宋飞，就冲那天晚上他跟我说的那几句话，将来指定错不了。你也别不服气，将来你儿子肯定比你强。"

宋卫国无奈地说："比我强那是应该的，如果上了大学不是更比我强？"。

"事情已经到了这一步，你也得想开了。"何向华劝道。

何向华又对杨建国说："大师兄，我听说杨浪在北京也挺好的，这孩子能吃苦，你也别担心。"

杨浪的所有情况，杨建国基本上都从罗娟那儿获取，知道些大概。只是杨浪每次与罗娟通话，从来不叫他接电话，作为老子他自然放不下面子往上贴。虽然有时心里也后悔，但一想到杨浪的表现，就觉得自己没法跟他亲近。

现在听到何向华提这事，便没好气地说："我倒是想，人家根本不把我放在眼里，就好像自个儿是从石头缝里蹦出来似的。"

听了两人的对话，杜立德端起酒杯，缓缓地酌了一口，说："儿孙自有儿孙福。你俩都不用闲操心，以我看，两个孩子都不错，长大不管干什么都能出息。"

杨建国和宋卫国只好答是。

又有一段时间没有见面，众人的话就多起来。杨建国和宋卫国在言语中都表示了厂里目前的状况不太好，好长时间都没发奖金了，工资也经常拖欠，特别是年轻人都有些人心浮动，工作不好搞。

何向华却不这么认为，他倒挺乐观，说："咱厂当前是有不少的问题，不过我看这次高厂长是动了真格了，我相信咱厂将来一定能好起来。"

杨建国有些不相信地说："你哪来的那么大信心？除非你回来当这个厂长，否则白搭。"

何向华话锋一转，说："我这信心就在你们俩身上。"

杨建国和宋卫国面面相觑。宋卫国反问："你这是夸我俩还是损我俩呢？"

何向华瞄了二人一眼，说道："当然是夸你们了。咱们厂的研发设计力量虽然不如以前，但是底子还在，只要厂里重视，这一块就能稳住。高厂长学习邯钢管理经验，能走出这一步挺好的。邯钢管理的模式其实已经接近现代化项目管理，只要制度建立起来，一切问题都将迎刃而解。"

"这和我们有什么关系？我们就是基层班组长，能起多大作用？"宋卫国不解地问。

何向华一本正经地说："以我看，你们的作用是给咱厂树立起精益求精、一丝不苟的工匠精神，我认为这是最重要的。其实手艺到了你们这分上，不会有多大差别，差别就在于把工作做完美的责任心，而这份责任心，往高里拔那就是工匠精神。如果厂里有一大批像你们俩一样的工匠师傅，还发愁什么？"

杨建国笑了笑，说："向华，虽然我知道你给的这个二尺五的高帽子是假的，但我还是挺高兴的，只是我受之有愧，你看早晨还让师爷给训了一通。"

宋卫国也笑着说："再有十年八年，我们这帮人就该退休了，想那么多干吗。"

何向华却不这么认为，趁着酒劲他滔滔不绝地给两人讲起自我突破、自我超越的工匠精神，并说将来项目管理的标准化、程序化是一种全新的车间生产生态。何向华讲得是热血沸腾，两人却听得似懂非懂、云里雾里。

宋飞从大学退学，回到厂里读技工学校，最想不通最不甘心的还是侯玉凤。她难以接受儿子放着大学不上，放着干部不当，却要回到厂里当一辈子普普通通的工人。

还有一些本不应该关注的人也分外关注此事，那就是与侯玉凤同一个班组的林继红。她是一个热心又多事的女人，屁大的一个事儿经过她传播都能扇起斗大的风。

林继红与刘海燕是同一幢楼的邻居，关系不错。一次闲聊中，听刘海燕说，宋飞好像去北京找过彭薇表白并且被拒绝，她便第一时间把这个消息添油加醋地告诉了侯玉凤，并断言宋飞的前途肯定是被彭薇给毁的。一听这事，侯玉凤哪里接受得了，当即准备找王三妹和彭明选算账。

侯玉凤气呼呼地去找王三妹，在路上正遇到宋卫国，三言两语把事情叙说一遍。宋卫国一听就认为是谣言，强硬地把侯玉凤骂了回去。宋飞晚上回家，听说母亲要找彭薇的父母论理，坚决地说自己退学完全是自愿的选择，与人家彭薇一丁点关系都没有，如果母亲非要找彭薇父母胡闹，那他就离家出走，永远不回这个家。

此话把侯玉凤给吓住了。她真怕宋飞年轻气盛做出傻事，虽然仍心不甘情不愿，也只好暂忍作罢。

再说技校校长徐漫水其实也是一个挺有想法的人。

为培养好这批技校生，在机械工程制图方面身怀绝技的他亲自任代课老师。他的理念是，滨江机车厂的将来一个主要的专业方向是自动化加工与制造，机械工程制图是这个专业的基础，如果连图纸都不会画或者看不懂，别说操作数控机床，就是普通机床都上不了手。同时，他要求选他课的学生采取双选，他的课考试成绩底线是80分，要是考不了80分，就要被清出自己的课堂。当然，不具备这种自信的学生，可以到别的班去上课。

宋飞早就听说徐校长在这方面的绝活，便第一个报了名。

进入技校以来，宋飞在机械制图、加工方面的潜能被充分激发。他忽然觉得当时与杨浪一起在厂里耳濡目染的那些东西，很快就与理论和实践结合了起来。兴许是天赋使然，他觉得技校的那些专业知识简单又易懂，特别是徐校长的授课让他解渴过瘾。作为学有余力的学生，他还主动找到一个自学充电的好地方，那便是厂里的图书馆。因为那里有专业制图和机械加工方面的许多杂志资料，他对上面的内容十分感兴趣，往往看上一两遍就能记个差不多。

在徐漫水组织的专业测验中，宋飞接连两次都得到了100分的满分。特别是在一个论述题上，他不但吃透了课本上的内容，还能将图书馆学术资料上前沿性的东西进行巧妙的嫁接和展示。这让徐漫水十分吃惊，由此他看到了宋飞身上在机械加工和制造方面的过人天赋。

为了培养宋飞在这方面的能力，徐漫水对宋飞采取了开放教学方式，无论是考试还是教学的内容，完全不同于其他的学生，而且一有时间，他就会带着宋飞一起探讨一些更为专业的知识和问题。为能够与校长进行更深入的对话，宋飞的学习和研究便更加用功，有时还会主动找到杨建国和宋卫国学习和求教。

对此，宋卫国不冷不热，因为他在骨子里还是有些不痛快。但杨建国却十分支持他，或者说从那天在车间宋飞找到他，说了那番心里话，他就觉得这个孩子是一块好料子。特别是近些日子的接触中，他觉得宋飞确实对机械有着不同一般人的悟性和痴爱，于是指导起他来也十分尽心，就连赵老五、马二生等人都有些嫉妒。当然，杨建国的心里也隐隐地痛，因为他看到宋飞，就会禁不住想到杨浪。对于自己亲眼看着长大的杨浪，他知道他也有这方面的天赋，只是他没走这道，而是选择做北漂受罪，想起来就扎心。

有徐校长开小灶，自己又肯吃苦，加上杨建国悉心的倾囊相授，宋飞进步飞速。

很快，工厂一年一度的"火车头杯"职工技能大赛如期举行。

宋飞积极要求参加比赛。本来，并没有技校生参加大赛的先例，但鉴于宋飞的优异表现，经徐校长与厂办协调争取，宋飞获得了代表技校参加比赛的资格。

宋飞果真不负众望，代表技校队获得铆钳组第三名。围观的职工与技校生们十分热情，但面对这个场面，宋卫国却只是苦笑，因为如今儿子的模样真不是他与妻子所盼所想。

宋飞将要上台领取奖牌，宋卫国却怎么也高兴不起来，他神情黯然地来到车间，一声不吭地换了工作服准备回家。

张俊生有些奇怪地问："师父，宋飞马上要领奖了，你怎么回来了？"

宋卫国敷衍道："我有点事儿，先走了。"

张俊生不解地说道："师父，什么事儿也得看了孩子领奖再说呀！宋飞真厉害，铆钳第三、车铣第五、切焊第七，全能总成绩第九名。"

宋卫国惨然地笑了笑，自言自语说："这就是命。"便失落地走出休息室。

走出车间，宋卫国无处可去。他忽然想去老厂区墓园里看看，于是就在师父何三宝的墓前枯坐了许久。

他反思了近半年自己像过山车一样的生活变化，特别是向师父诉说了宋飞退学回来上技校后自己心中的郁闷。但说着说着，就觉得杜立德那句"儿孙自有儿孙福"特有道理。就像宋飞目前这个情况，他真的无力改变他的想法，只能低头。

晚上，宋卫国回家里时，疲劳的宋飞已进入梦乡。

侯玉凤背靠着枕头怔怔地望着窗外的夜色，宋卫国端着水杯进来，递给她。侯玉凤接过，拿起床头柜上的药片，就着水喝下。

宋卫国拿起桌上的奖牌，这是宋飞今天刚刚领回来的。他拿在手中端详，心中有股说不出的滋味。

侯玉凤突然一把从他手中夺过奖牌，生气地扔到地上。

宋卫国弯腰捡起，苦笑着安慰："玉凤，你这口气多会儿才能消呀？"

侯玉凤没好气地说："消不了，一辈子都消不了！"

宋卫国轻轻推开宋飞的房门，宋飞打着鼾声，睡得正香。

第四届北京大学生流行音乐节如期举办。这是北京大学、清华大学、中国人民大学、北京科技大学、北京理工大学等京内八所著名高校间的音乐盛会，各学校均极为重视，这不仅是呈现各校音乐水准的大舞台，某种程度上也成为各校向外宣传的一张特殊名片。

本届音乐节由北京理工大学承办。侯明杰邀请杨浪参加"钢花乐队"，就是为了在这场赛事中一雪前耻。

彭薇本来没打算来凑这份热闹，但经不住李云鹃的游说。不知为何，李云鹃最近忽然对哲学和流行音乐兴趣浓厚，不但冷不丁拽几句富于哲理的话，而且自己还买了一把吉他，没事的时候缠着彭薇教她几段。用李云鹃的话来说，就是感觉自己的中学时空全部被学习填满，缺了不少的情趣，她现在要好好地玩一玩，把缺的那些补回来。

这天，彭薇正在阅览室里看书，李云鹃走过来在她身边坐下，拿出两张门票，悄声问："晚上七点，要不要去看？"

彭薇头都没抬，回道："不去。"

李云鹃不动声色地又从包里掏出一张海报，放到桌子上，海报上写有北京科技大学"钢花乐队"，还写着乐队成员介绍。李云鹃笑着说："你再看看，没准儿就想去了。"

彭薇拿起海报，只见乐队成员合影中杨浪赫然在列，下边乐队成员介绍中写着——特别加盟成员：杨浪，来自北京现代音乐学院，主音吉他……

彭薇怔怔地看着杨浪的照片。

李云鹃得意地问："怎么样，心动了吧？"

彭薇羞涩起来，笑着说："你又不是我肚子里的蛔虫。"

音乐节晚上七点正式开始，现场人山人海，舞台上的霓虹灯随着震耳欲聋的音乐节奏闪烁。台下的学生随着台上乐队的演唱而摇摆、律动，现场十分火爆。

在这晚的表演中，杨浪果然不负众望。作为主音吉他手的他在歌曲间奏中表演了一段难度极高的SOLO，间奏末尾还潇洒地扔下吉他，从地上拿起唢呐对着麦克风吹起来，强烈的民族曲风与之前的摇滚节奏形成极大反差，但又不显突兀、不失协调，台下掌声雷动。

彭薇听得十分入迷，同时眼前不断浮现往昔的画面：杨浪在滨江边和厂区花园里，忘情地为自己弹唱那些原创的歌曲。

李云鹃也听得入了迷，不无羡慕地对彭薇说："太帅了，有范儿！彭薇，我觉得杨浪真有音乐人的潜质，说不定还真能干成点事！"

彭薇揶揄道："他这点雕虫小技，啥时就入了李大小姐的法眼？"

李云鹃回道："此刻呀，就在此时此刻。我们人类往往因无知而无畏，对于没有认知的东西，往往会充满偏见和世俗的狭隘……"

见李云鹃又往哲学上拽词，彭薇用双手捂起耳朵，表示不愿听。

李云鹃已经兴奋起来，兴奋得有些忘乎所以，高声调侃道："彭薇同学，以我看杨浪跟你分手也是为了追求音乐梦想。你真的舍得与他分手吗？"

彭薇一听这话，白了李云鹃一眼，转身挤出人群。

回到宿舍，彭薇心情复杂。这次再见到杨浪，李云鹃和其他人看到的是他的色彩和风光，但她读到的却是杨浪一边驻唱、一边上课、一边还兼顾乐队排练的不易，她觉得该找个时间看看他，去他租住的那个地下室看看。因为，眼下北京冬天已经来临，自己的宿舍已供暖好几天，他住的那个地下室暖和吗？具体地址，上次宋飞来京喝酒时杨浪无意中提起过。

杨浪他们的演出获得巨大成功，北京科技大学"钢花乐队"可谓出尽风头。当晚，侯明杰等乐队成员十分兴奋，与杨浪一起喝酒庆祝到深夜两点多。

侯明杰对杨浪的帮助十分感激，大家一起喝着大酒，说了不少肝胆相照的话。第二天，侯明杰将一沓钞票递给杨浪，告诉他"九月琴社"那个郝哥出来了，现在他跟人合伙投资了一个音乐制作公司，想请他给公司写几个曲子，这是订金。

杨浪明白，这是侯明杰在给自己创造机会，如果想长期在音乐圈里混，录制和发行原创音乐是必经之路，现在正好可以试试水，便愉快地答应了。

在北京现代音乐学院的学业挺忙，去三里屯酒吧的驻唱也在继续，现在又有了歌曲的创作任务，事业上杨浪也算顺风又顺水。但有一件事让他心里有些烦，那就是与张晓培之间的关系。

从北京回家以后，张晓培对杨浪的情感愈深，不但隔三岔五给他打电话，语气暧昧，还好几次半夜三更与蓝大个、二毛等人喝酒到烂醉，借着酒劲向他倾诉思念，哭得稀里哗啦，叫她挂电话不行，不挂电话更不行。张晓培还在电话中通知他，她已经报了北京广播学院的司仪培训班，下个礼拜就来北京找他。

张晓培的这句话，在杨浪心里产生了不小的负担，他真怕张晓培突然袭击"地宫大厦"。

杨浪想到了弟弟周晖。半年来，周晖承包了几家公司的废旧书刊杂物的处置，还为好几家出版社代销打折书从中赚取差价，不但自己买了部寻呼机，赚了好几千块钱，为了打工自由方便，还在学校附近与同学合租了一间民房。

杨浪把内心的顾虑告诉了周晖。周晖一听，说自己同住的同学有了女朋友，前几天刚搬走，现在就他自己住。第二天，杨浪便收拾了行李，搬到周晖的住处。

事情正如杨浪所料。

不几天，张晓培所报的北京广播学院的司仪培训班开班，她不动声色地来到了北京。其实她心中已经有一个主意，那就是在滨江开一家婚庆公司。这次来北京一来要学习学习司仪知识，了解一下市场行情，二来是就对自己若即若离的杨浪，这次她必须要一个结果，这就是她的性格。

这天，北京下了入冬后的第一场雪。鹅毛大雪里，张晓培办完培训班的入班手续，便急不可耐地跳上驶往魏公村的公交车。地上一片茫白，公交车的雨雪刷频繁地左右刮擦，但车窗玻璃上仍然一片模糊。路上的行人明显减少，步行的路人举着伞艰难前行，更多的人身着厚厚的羽绒服紧扣防风帽，在风搅雪里匆匆而行。

下了公交车，一股强烈刺骨的风搅雪迎面袭来，冰冷如刀割一般袭击在她的脸上，冷风瞬间把羽绒服像吹透了似的，让她冷得有些发麻。她顶着风雪，一步一步向杨浪住的"地宫大厦"走，在大片的雪花与呼呼的寒风里，走着走着，不争气的眼泪就忍不住流下来。眼泪是为杨浪流的，也是为她自己个儿。走在漫天风雪里，她想到杨浪那个阴暗潮湿又没有暖气的斗室，真的心疼；还有她为了追求爱情，在火车站、地下室及与蓝大个等人喝醉的种种委屈，她为自己的悲壮和执着流泪。

但更意外的事情是接下来发生的，当张晓培拉着行李顶着风雪来到"地宫大厦"时，迎面碰见了一个人。这人不是别人却是彭薇。原来彭薇按照计划，也是这天来看望杨浪，只是比张晓培早到几分钟。她扑了个空，因为房东告诉她，杨浪前几天搬走了，具体搬去了哪里不得而知。

彭薇抬头看见张晓培，惊讶，尴尬。

"张晓培？你……怎么来了？"

张晓培挺直了腰杆，反问："杨浪不在吗？我找他。"

彭薇失落地说："他搬走了。"

张晓培生气地问："搬哪儿去了？"

彭薇又失落地摇头。

张晓培愕然愤恨，心中又气又急，忍不住狠狠地爆粗口道："这个王八蛋，打传呼不回，现在还不吭声就搬家，存心躲我！"

第十章

彭薇见到张晓培一脸愤怒的表情，心里陡然生出不少怜悯。

从滨江到北京的火车要八九个小时的车程不说，还是这满天的风搅雪，一个女孩子拎着个偌大的行李箱，身着略显单薄的羽绒服，一路而来也算够狼狈。同时，彭薇心里也暗生佩服，与自己相比，张晓培毕竟敢想敢做，敢于大胆地追求自己的幸福，不像自己心里明明苦着，却连一句大声的骂街都做不到。

都这么遇上了，也不必再躲闪。

彭薇决定带张晓培一起去酒吧找杨浪，她希望杨浪有个明确的表态和了断。

此时，天已黑下来，风雪渐渐缓了。只是有雪的照映，加上明亮的路灯衬托，夜并不显得黑，四处一片灰茫茫的白。北京街头的车流拥挤，速度难以快起来，红色的车尾灯汇聚成宽阔的光带，为寒夜平添了鲜丽的色彩，几条红色的光带向前延伸着，一眼望不到头。

两人来到"简单日子"酒吧，中央的地台上一位女歌手正在忘情地放歌。

彭薇问服务员杨浪几点上台，服务员告诉她杨浪三天前已辞职，去向不明。原来为避免麻烦，杨浪确实从这里辞职了。在侯明杰帮助下，他找到大学附近一家少儿音乐培训机构，担任吉他老师。这件事，他原来没想告诉周晖，但因为作息的改变，无法隐瞒，才告诉了他。

张晓培更加来气，又欲张口大骂，却见彭薇平静得像个没事人一般，于是也便没有骂出口。

彭薇笑了笑，装作洒脱地说："晓培，这一路挺辛苦的，不如我们进去喝杯咖啡再走！"

张晓培点头，跟着彭薇走进大厅，找了张卡座坐下。

坐定，张晓培还是不能从愤怒中解脱，忍不住愤愤埋怨："他搬家不告诉我也不告诉你，你说他是什么意思？"

彭薇没接她的话，却问："你是专门来找他的？"

见彭薇镇静自若，张晓培心情也渐渐平复，回道："也不是，我报了北京广播学院的司仪培训班，顺便过来看看他。你俩怎么样？他这人就是黏黏糊糊，没个痛快劲儿。"

"我们……没什么呀，就是同学而已。他住的地方没暖气，我……"彭薇的语气显得很平淡。

"可不是，前一阵儿我来住了一下，冻死我了。我说我给他掏钱租个有暖气的楼房，他这人死要面子，不同意。这还是搬走了，有本事他在里边死扛呀！"张晓培故意提高嗓门显摆着说。

彭薇端起咖啡杯呷了一口，专注地看着正在弹唱的女歌手。其实，听到张晓培说与杨浪在地下室里住过，她心里生出难以抑制的疼痛，但却不想让张晓培看出来。

调整好自己的情绪，彭薇又平静说："其实，在我和杨浪之间也没什么，只是在机车厂，看着他弹吉他唱歌的时候我的心里觉得特别的安宁，考试的压力，爸妈的吵闹，对外婆的怀念，全都忘了。我就像坐在一个大花园里，花园的房子里有人弹钢琴，琴声是属于我的，芬芳是属于我的，周围的一切一切都是属于我的……"

张晓培听她这么一说，扑哧笑了，道："好，你别作诗了，你是不食人间烟火的仙女，就像……就像《神雕侠侣》里边的小龙女，可惜他杨浪不是杨过！"

　　彭薇冲着张晓培笑了笑。

　　彭薇说："也许吧！那你觉得他像谁？"

　　"他……他像张无忌，对感情黏黏糊糊、腻腻歪歪，拿不起又放不下。我知道我是什么角色。彭薇，我本来不想破坏你们俩……我……嗨，算了，不说了。"张晓培大大咧咧地说。

　　彭薇淡然地说："你也别这么说，就算没有你，我们也走不到一块儿。我知道你心直口快，你想说什么就说。"

　　张晓培于是毫不客气，单刀直入地说："彭薇，说真的，杨浪不配你，我觉得我们俩才般配。"

　　彭薇心中一惊，苦笑了一下，问："就因为我考上了清华大学？"

　　张晓培说："清华大学在大家的眼里是神一样的存在，你将来完全有光明和无限的前程，哪里像我和杨浪，一个是高考落榜生，一个初中毕业生，这就要王八配绿豆，本就是天生的绝配。"

　　彭薇端起面前的热咖啡轻轻呷吸，不接话，只是定定地看着张晓培。

　　张晓培见彭薇不吭声，接着说："自从你们高考前我在老厂区见到他，我这心就收不住了，我的心里全是他。我知道你们的关系，可我还是不管不顾地爱上了他，我就想把他从你手里抢过来！"

　　静听着，轻呷着，彭薇完全没有想到张晓培居然敢这么大言不惭，将自己的不择手段讲得如此理直气壮，竟一时无语反驳。

　　见彭薇仍是不说话，张晓培继续激动地说："这些话不该和你说的，我也不知道为什么，忍不住就说出来了。我喜欢他，我搅和你们俩的事儿，真不是为了报复他，我是真喜欢他，真在意他，所以才想起了过去的那些事儿。彭薇，我是不是很傻？人家都觉得我傻，我爸我妈，还有二毛他们，都觉得我傻乎乎的。有时候我也觉得自己傻，明摆着不可能的事儿，我就是要……要去飞蛾扑火。"

说着说着，张晓培就想起了自己诸多的委屈，竟伤心地抽噎抹泪起来。

彭薇感觉自己好像被感动了，内心莫名地有些怜悯张晓培。带着些许违心，她夸赞说："晓培，你不傻，你这是率真，单纯……"

二人走出酒吧，彭薇鬼使神差地告诉张晓培，杨浪的新住处周晖应该知道，如果要找他可以给周晖打传呼。

彭薇一说出这句话，就有些后悔，但已无法收回。

张晓培听后，内心欣喜，但却装出佛系的口气，道："算了，随缘吧！他不想见我，我也别去招他烦。"

彭薇为自己的失口后悔，但想想这样也好，感情这种事情，"命里有时终须有，命里无时莫强求"，也只能听天由命了。于是，她向张晓培友好辞别："晓培，有空就来学校找我玩。"

张晓培有些惭愧地笑了笑，说："我还是不见你为好，在你面前感觉自己特别自卑、特别渺小。"

张晓培这句话，让彭薇心中感到自己仿佛真的有些高大，但内心仍止不住些许空虚和苦楚。

语毕，二人各怀心事告别。

事有凑巧。那天与彭薇喝完咖啡后，参加北京广播学院培训的张晓培正琢磨着如何才能找到周晖，命运就径直把周晖送到她的面前。

事情是这样的，这天她刚刚吃过晚饭从饭堂出来，路上就迎面碰见一个人。谁？正是在食堂外摆地摊的周晖。地摊上摆着各种贺年卡和圣诞节小礼物等小东西，有几个学生正在挑挑拣拣。

周晖并没发现张晓培，仍起劲地吆喝着："贺年卡明信片，圣诞节礼物，清仓甩卖；贺年卡明信片，圣诞节礼物，清仓甩卖……"

张晓培走过去，轻拍一下周晖的肩膀，周晖扭头一看是她，吓了一大跳。

张晓培三言两语介绍了自己所参加的培训班。周晖兴奋地告诉他现在大学里流行过圣诞节，别看不起这是小本买卖，但赚头不小，进货二三百块，能赚四五百块。

几句寒暄之后，周晖问张晓培："见我哥没？"

张晓培说："没有，人家不想见我，我也别去招人家烦。"

周晖故意笑问："我哥哪那么大的魅力，怎么就惹得你和……那个谁都……"

"谁？你说清楚。"张晓培急切追问。

周晖看了她一眼，说："还有谁？彭薇呗！"

提起彭薇，张晓培没有隐瞒，主动把自己与彭薇在酒吧的事说了一遍，听得周晖瞪大了眼睛。

周晖问她打算什么时候回滨江。

张晓培告诉他，自己的婚庆服务社元旦将正式开业，所以待不了多长时间。

周晖想起前两天吴志宏邀请他元旦聚餐的事儿，便提议说："不到10天就是元旦了，要不你晚回去两天呗，元旦中午，吴志宏吴大哥约大家一起吃饭，我哥和彭薇都去。"

张晓培想了想，说："我就不去了，一来去是给人家当电灯泡，没意思，二来我也不喜欢吴志宏这个人。"

周晖一听，调笑说："这是什么话？其实，你也是主角，我和吴大哥才是真正的电灯泡。"

张晓培放低了嗓门，有些神秘地说："你也别嘴硬，你也喜欢人家彭薇，我说的没错吧？"

张晓培能这么说，周晖完全没有思想准备，装糊涂地说："你可真能胡扯。"

"女人的直觉特别准，那天在老厂区，你看她的眼神早就泄露了你的心思。"张晓培得意地说。

周晖反击道:"哎呀,真没看出来,你还是个神探福尔摩斯!"

张晓培说:"那可不。周晖,机车厂的姑娘都是肥水不流外人田,你努努力,也许有机会。"

周晖回敬:"你扯远了!你们好好演戏,我就当一个观众看着就行了。"

收摊回租住房的路上,周晖想着今天在广院的巧遇,觉得世界真是太大又太小。假如张晓培不是为了追求哥哥来广院培训,又假如自己今天不是考虑到广院的学生舍得花钱来摆地摊,哪里就会遇上。还有就是张晓培一句话点醒了他:自己喜欢和暗恋着彭薇,连张晓培这样毫不相关的人都看得明明白白,为什么彭薇和哥哥却好像没有察觉似的,他们是真的无感,还是装聋作哑?

周晖想不清楚,越想也越有些糊涂。

回到租住屋,杨浪已把臊子面的臊子炒好,单等周晖回来下面开饭。

吃着香喷喷的面条,周晖忍不住把在广院巧遇张晓培的事说了一遍。没想到,杨浪听后并不惊奇,只是轻描淡写地说张晓培来北京的事他昨天就知道了,是宋飞打电话告诉他的。

周晖一听这话,建议道:"哥,这就是你的不对了,甭管你俩什么关系,人家大老远来了北京,你应该去看看人家,毕竟一个院儿长大的。"

杨浪不以为然,说:"那又怎么样?机车厂子弟在北京打工的多了,我都要去看他们?"

见杨浪并没有见张晓培的意思,周晖便把张晓培与彭薇见面的事一五一十地说了,这令杨浪十分意外。张晓培这种动不动就直接找上门的做法,让杨浪十分不舒服;同时,他也想不出来,口无遮拦的张晓培会对彭薇说哪些过分的话。于是,他心中就烦乱得厉害。

放下饭碗,杨浪决定马上去找张晓培。经过这段时间考虑,加上张晓培闹这么一出,如果与张晓培真的在一起了,日子也一惊一乍地不会轻松。于是，他决定跟她说清楚两件事：一是不能伤害彭薇；二是自己心底里并不爱她张晓培。

周晖自然不知道这些，笑吟吟地把地址告诉了杨浪。

外面正是月朗星稀，张晓培做梦也没想到杨浪会来培训班找自己。她喜出望外地迎出来，请杨浪到宿舍坐坐。但杨浪坚持不进她的宿舍，让她穿厚点，说去外面走走。

见杨浪不肯进屋，张晓培不高兴地反问："你怕什么？我一个姑娘家都不怕，你有什么怕的？"

杨浪没有好气地说："有话说没有？没的说我走了。"

张晓培负气道："那你走吧！"

没想到杨浪真的转身就走，张晓培气得也向楼门口走去，但刚进去又出来，向杨浪跑过去一把将他拉住，生气地嗔骂："杨浪……你真混蛋！"

杨浪冷冰冰地说："我怎么就混蛋了？我不欠你什么吧？！"

张晓培觉得杨浪太不近人情，大声质问："你……你既然不喜欢我，第一次我来北京你怎么不拒绝我？你到底什么意思？"

杨浪冷冰冰地说："张晓培，你大老远的来北京看我，说实话，我心里感激，我是不好意思伤你的心，没别的意思，你别误会！"

张晓培强压心中的怒火，问："你……我……我是活该，谁让我喜欢你，可人家彭薇怎么你了？你为什么……"

"你少扯彭薇，咱俩的事儿和她没关系。"杨浪极不耐烦。

张晓培挖苦说："那你来找我干什么？跟我再强调一遍，咱俩什么关系都没有，以后别纠缠你、别烦你，是这意思吗？"

听到张晓培说得挺明白，杨浪语气稍微和缓下来，说："是的，就是这意思。张晓培，我真的是挺混蛋的一个人，我不值得你对我好。"

"值不值得不是你说了算，是我说了算。杨浪，你可以放下彭薇，但是我放不下你，不管你接受还是不接受！"张晓培甩下这句话，径自转身向楼门口跑去。

一个人被丢在原地，杨浪看着张晓培背影消失在楼门口，心乱如麻，骂了一句："神经病！"

吴志宏约大家元旦到家里聚聚，他有自己的盘算。最近他刚刚换了一套大房子，装修得十分豪华。之所以请周晖、杨浪和彭薇聚餐，一方面向他们展示自己通过拼搏赢得的财富，更重要的是他要让彭薇看到他的成功，打动她的芳心。

在吴志宏眼里，他需要跨越的第一道障碍是杨浪。虽然杨浪现在只是土坑里的一只小蚂蚱，但是彭薇心里有杨浪，他必须彻底把杨浪的形象击碎，才能俘获芳心。

从周晖的口中得知，杨浪现在担任一家少儿音乐培训机构的老师。这天，吴志宏早早便来培训机构门外守候。

杨浪刚下课，就被吴志宏拉上了轿车。他先请杨浪吃了西餐牛排，后来又把他请到一家洗浴中心。

杨浪起初并不愿意去，但经不住一番劝说，便硬着头皮去了。

洗浴中心这种场所，杨浪是第一次来，有些局促不安。

吴志宏显然是这里的常客，在浴池里他亲热地对杨浪说："兄弟，我们男人这么拼命工作为了什么？不就是为了享受？好兄弟，我们要有福同享，你说对不对？"

杨浪进门时看过价目表，知道这里消费挺高，心中不安，说："吴大哥，我也帮不上你什么忙，还让你破费……"

吴志宏豪气地说："我当你是自己兄弟，需要利益交换吗？你不要有任何想法，只顾好好享受，放飞自己就好了。"

年轻服务生端来一个托盘，上边放着两杯红酒、一碟干果，吴志宏端起一杯递给杨浪。

吴志宏感慨地说："人生苦短，什么崇高理想、伟大的抱负，这都可以有，最重要的是不要忘了享受当下。来，兄弟喝酒！"

喝了一会儿，聊了一会儿，吴志宏神秘地对杨浪说，下面的节目是压轴戏，我安排好了，你听服务生的就行，哥哥就不陪你了，咱们各自活动。

说完，就率先进了一个包间。

不明就里的杨浪被服务生带进另一包间，只见一名衣着暴露的漂亮女技师推门而入，杨浪十分吃惊。

女技师温柔地说："吴先生安排的，今晚我陪你。"说着，就要脱上衣。

十九岁的杨浪哪里见过这个架势，吓得连话都说不出了。

他慌忙穿好衣服跳下床，在漂亮女技师异样的眼光里，拉开门冲到了大街上。

此时，大街上雪花飞舞，寒风凛冽。杨浪仰望着雪花飞舞的夜空，冰冷的雪片打在他热热的脸上，很快消融。

他感觉眼眶湿了，仿佛是流了眼泪，心里有说不出的屈辱和愤怒。

其实，他并不知晓，今天他侥幸地逃过了一劫。原来，吴志宏早已收买了刚才那位漂亮的女技师，她的包中带着一台袖珍录像机，准备全程摄录他们在一起的淫乱之事。

两天后，到了29日，这是吴志宏约大家聚餐的日子。

两天来，杨浪的内心一直做着思想斗争。从洗浴事件来看，他觉得吴志宏是那里的常客，那么淫乱苟且之事肯定做了不少。在他心目中吴志宏已不是原先那个形象高大的大哥，便不想与他再多接触。但同时他又有些担心，如果让彭薇单独赴约她能不能应付得了？

其实从本意上，彭薇也不想参加这次聚餐，是吴志宏告诉她杨浪已经答应参加，她才答应的。

令人意想不到的是，周晖爽约了，他说自己临时另有安排。

吴志宏的房子在美丽的玉渊潭旁一个高档小区内，三室两厅，足有160多平方米。

彭薇和杨浪如约而来。一进门，吴志宏似乎把给杨浪在洗浴中心找小姐的事忘在脑后，好像从来没有发生那件事一样。他热情地带着彭薇和杨浪参观偌大的豪宅，颇具显摆地介绍着。

杨浪耐着性子听着，彭薇礼貌性地赞扬着。虽然杨浪能听出彭薇赞扬中的客套，但心中仍不舒服。虽然，吴志宏的豪爽和大气，尤其是面前的这幢豪宅让他自惭形秽，特别是想到魏公村那个阴暗逼仄的地下室，包括现在与周晖挤在10平方米左右的民房里，他都觉得自己像个小丑，特别是当着自己喜欢的女孩的面，被一个比自己更为强大的男人无情地显摆和倾轧。

吴志宏似乎看出了杨浪的不舒服，便让他先在客厅玩会儿CS电脑游戏，却让彭薇到厨房帮他打下手。这种安排，让杨浪觉得自己多余了，但又不好反对，便操起鼠标键盘在客厅不管不顾地打起游戏来。没打几下，他的寻呼机发出振动响声，拿起来一看，是张晓培留言："晚上火车回滨江，玉渊潭公园等你，速来！"杨浪看了一眼，心烦地扔下寻呼机，继续打游戏。

厨房里，吴志宏戴着围裙炒菜，彭薇在一旁帮忙打下手。

吴志宏对彭薇说，自己现在虽然在川崎公司的待遇不错，但觉得待遇再好也是给别人打工，这种寄人篱下的日子过腻了。

彭薇笑着问他是不是有什么新打算。

吴志宏告诉她自己正筹划在滨江市投资一家机电公司，并问彭薇爸爸彭明选在滨机厂的职务，如果可以想请她爸爸与自己一起干。

彭薇说自己的爸爸只是转向架车间一名普通工人，可能根本就给他帮不上什么忙。吴志宏却相当认真地说："我听说过你爸，咱厂的模具工佼佼者，以你爸的技术完全可以当任工段长或者车间主任。说实话，滨江机车厂就是一个吞噬人才的黑洞，这种大国企的作风如果不改，迟早要被淘汰。"

彭薇说："你可过奖了，我爸没你说的那么厉害。要说手艺我爸的确不差，其他方面……他真的不行。"

……

两人边聊边炒菜，很快五六个菜就端上了桌。

三人围坐餐桌旁，吴志宏拿出一瓶红酒，倒了三杯。

彭薇见也给自己倒了一杯，便推辞道："我不喝。"

吴志宏却正色说："过节嘛，喝点，红酒喝一点不会醉。"

杨浪坐在桌前，不说喝也不说不喝，伸出筷子就夹了一个鸡翅，大口地吃起来。

彭薇白了他一眼，笑着挖苦："不干活还抢着吃，好意思吗？"

杨浪头都没抬，边吃边说："那你做饭不是为了给我吃？"

彭薇有些生气地说："嗨，你……这里就你一个，没别人吗？"

吴志宏见两人斗起嘴，笑着举杯说："来，咱们在北京的滨江人喝一口，元旦快乐！"

三人举杯相碰，各自抿了一小口。

吴志宏感慨道："人生真是如白驹过隙，从滨江机车厂出来的时候我二十五，一晃又是五年，我都三十岁啦！"

杨浪埋头吃饭，没接茬儿。

彭薇接话茬儿，问："吴大哥，第一次见你是在咱们厂的工人俱乐部，当时是你的乐队在那儿第一次演出吧？"

吴志宏说："没错，当时我刚分配到机车厂，闲着没事儿就找了几个人组了乐队。哎，那场演出你去看了？"

彭薇道："我去了，当时大概是杨浪带我去的。"说着，她用胳膊碰了碰埋头吃饭的杨浪，说："嗨，你也说两句，别顾着吃。"

杨浪抬起头，说："对，是我带你去的，当时唱的第一首歌是费翔的迪斯科曲《恼人的秋风》。"

　　吴志宏一听，哈哈大笑起来。说："没错，没错，是《恼人的秋风》。当时那件蝙蝠衫还是和何向华借的。当时乐队的条件也差，最后一首歌，郝中南的鼓还给敲破了，哈哈哈……"

　　彭薇转头问杨浪："郝中南就是老黑他哥吧？"

　　杨浪满不在乎地说："是，老黑的鼓就是他教的，那架破鼓还在他家小南房扔着。"

　　谈起辉煌的往事，吴志宏禁不住举杯轻哼起来："谁娶了多愁善感的你，谁看了你的日记，谁把你的长发盘起，谁给你做的嫁衣。这歌写得真好……青春多么的美好呀！来，为你们的青春韶华，为我已经逝去的青春，干一杯！"

　　彭薇也有些感慨："吴大哥，只要保持一颗青春的心，青春就不会逝去。"

　　吴志宏高兴地说："说的好，与你们在一起，我就好像找回来了自己的青春。来，喝！"

　　三人举杯相碰，又各自抿了一口。

　　听着这些事情，杨浪心中泛起许多莫名不快，他越来越觉得自己今天来纯粹是个错误。他特别有些生彭薇的气，本来是担心彭薇的安全才来的，谁料人家热聊得像一家人似的，显得自己是这么的碍眼多余和自作多情。

　　想到这儿，杨浪站了起来，说："我还有点事儿，先走一步，你们慢慢吃。"他把"你们"两个字咬得特别真。

　　彭薇显得有些意外，飞快瞄了杨浪一眼，也站起来告辞："吴大哥，我也吃得差不多了，我也先回学校了。"

　　吴志宏站起来挽留说："嘿，你俩把我晾在这儿算什么？太不够意思了吧？哎，杨浪，咱刚进入状态，你这不合适吧？"

　　杨浪见脱不了身，心一横，实话实说："我真有事儿，张晓培今天要回滨江，说好了要去送站。"说完，一回身对彭薇说："你就别裹乱了，你再陪吴大哥待会儿。"说着便走到客厅门口，穿上了外套。

吴志宏见状，装出不情愿的样子，玩笑道："杨老弟，你不够意思，一次又一次地撅我面子，记得以后喝酒必须补上。"

杨浪笑了笑，拉开门就走了。

彭薇也想站起来走，却被吴志宏拉着进了餐厅。

拉着彭薇的手时，吴志宏忽然觉得她的手是那般的柔若无骨，同时闻到了一股沁人心脾的香味，这是习惯了风月场所的他很少闻到的，仿佛空谷幽兰之香。吴志宏一口干尽杯中的酒，色眼迷离地盯着彭薇。

彭薇见吴志宏抓住了自己的手不放，再看他色眯眯的眼神，就想拿衣服走人，但吴志宏此时哪里肯放手。

趁着酒劲，吴志宏突然一把将彭薇抱在怀里，眼神迷离、欲火中烧地说："彭薇，我喜欢你，真的，第一眼见到你我就……"

彭薇激烈地挣扎，反抗道："吴大哥，你干什么？你放开我！放开我……你再这样，我喊人啦！"

吴志宏却搂得更加紧了，双手在她身上胡乱地摸着，说："薇薇，我现在身家上千万，将来我的公司还要上市，只要你跟我……你就别装了，跟我不比跟他杨浪强！"

彭薇哪里是吴志宏的对手，虽然不断挣扎，但仍被吴志宏紧紧裹在怀里。吴志宏一把抱起彭薇，快步向客厅沙发走去，彭薇挣扎、撕扯，并大声呼救。

欲火烧身的吴志宏哪里管得了这些，他粗暴地将彭薇摁倒在沙发上，强行亲吻着她的脸，疯狂地撕扯她的衣服。彭薇奋力反抗，并不断呼救……

就在这时，"咚"的一声脆响，杨浪用脚踹开了客厅阳台的玻璃门。

原来，走到楼下后，杨浪才发现自己把传呼机落在了吴志宏家的沙发上，便转身上楼来取，却在门外意外地听到彭薇的呼救声。因为房门已被牢牢地反锁了,他便从阳台破窗而入。

欲火难忍的吴志宏此时像一头发狂的野兽,甚至没有听见杨浪破窗而入的声音,只顾发疯一般撕扯着彭薇的衣裳,同时把自己也脱得只剩下内裤。杨浪见状,愤怒得像一头发疯的狮子,冲上去抓起茶几上的花瓶就猛地向吴志宏的头部砸去,顿时鲜血迸射。

吴志宏头部血流不止,倒在了地毯上。杨浪在他身上不住地踢打着,边踢打边骂:"王八蛋,衣冠禽兽,老子弄死你……"

杨浪对吴志宏拳打脚踢一顿暴揍,吴志宏仅穿着内裤,满面是血,酒也醒了一半,连忙跪地求饶。

杨浪毫不理会,拳脚不停往吴志宏身上招呼,吴志宏在地上痛苦地打着滚。惊魂未定的彭薇怕闹出人命,上前拦住了杨浪。二人丢下满地打滚的吴志宏,开门迅速离去。

第十一章

二人下楼后，顺道就走到了玉渊潭公园。

受到突如其来的惊吓，多亏杨浪及时赶到才逃过一劫。彭薇内心充满感激和委屈。一路上，她紧紧地挽着杨浪的手臂，一刻也不愿松开。此刻，她感到挽着杨浪，就挽住了安全和温暖。

在玉渊潭湖边的冬青树丛前，彭薇回想起刚才惊悚如噩梦般的经历，委屈地扭身紧搂杨浪，把头贴在他的胸膛，不住抽泣。

看着彭薇满脸泪水，杨浪十分心疼。这是自己与彭薇相识以来，第一次看见她哭得梨花带雨、楚楚可怜。看她紧紧地依偎在自己的胸膛上，杨浪内心男人的责任感和保护欲油然而生。

轻轻地抚摸彭薇柔顺的秀发，杨浪反思刚才所发生的事，深深为此前对彭薇的冷漠和无情而后悔，为自己在感情上的自私和狭隘而自责。他忍不住动情地安慰道："好了，好了，别哭了。以后我再也不离开你，一辈子守着你，谁也不能欺负你。"

听到这样温暖的话，彭薇抬起婆娑的泪眼，破涕为笑，说："真的？你再说一遍。"

这句话完全是杨浪情不自禁脱口而出的，经彭薇这么一问，他反而犹豫了，闪躲着她的目光，有些耍赖地说："真的，我不想再重复。"

彭薇泪眼灼灼，任性地说："我想听，我要你说！"

杨浪怔怔地看着彭薇，欲言又止。蓦地，彭薇深情地反身抱紧他，微微递上自己湿润的双唇，芳芬如兰的气息让杨浪再也无法控制自己，他一把揽住彭薇柔软的腰身，忘情地与她热吻在一起……

这是一对相爱的人第一次如此亲密接触。他们忘情地激吻，仿佛周围所有的东西都已变为空气，花树冬青，湖水行人，还有明媚的冬日暖阳统统被他们遗忘。全世界都是他们的，仿佛全世界的花儿都为他们而灼然盛放。

无巧不成书。杨浪完全沉浸在柔情蜜意中，他把一件重要的事情忘在了脑后：张晓培与他约定见面的地点也在玉渊潭公园。

原来张晓培打完传呼后便一直在公园苦苦等待杨浪，虽然她明白可能会是一场空空的等待，但她还是不甘心地来了。百无聊赖，她在公园门口买了一串糖葫芦，边走边在冬青树旁边的亭子里溜达，恰恰就撞见了他们两人忘情热吻的一幕。当下，她气急败坏地将手中的糖葫芦重重摔在地上，眼泪汪汪地拎着行李箱逃出了公园。

一对相爱的人儿只顾温存，并未发现气急败坏的张晓培。

一阵温存之后，彭薇想起约了王教授咨询出国当交换生的事儿，提出要回学校。杨浪心中不舍，但还是蹬起自行车送她回学校。在路上，彭薇坐在车后座，双手紧紧环抱住他的腰，把脸腻腻地依偎在他的背上，幸福在心头一圈一圈荡漾。

到了清华大学西门，杨浪与彭薇吻别。此时，杨浪的传呼机收到一条留言，是侯明杰催他速到九月琴社谈歌曲创作合同的事儿。他不敢马虎，飞身上车离去。

杨浪气喘吁吁来到九月琴社，郝经理与侯明杰正在喝茶聊天。郝经理开门见山地说，杨浪所写的三首歌创作风格太过前卫，每首只能出价

500元，问他愿不愿意，如果愿意可以马上签合同。

自己原创的歌曲能卖钱，虽然并不多，毕竟是劳动所得，是一个好的开端，杨浪自然没有理由拒绝，拿过合同就要签字，侯明杰却使眼色制止了他。杨浪心领神会，拿起合同佯装犹豫不决，侯明杰便与郝老板讨价还价起来，笑着劝他再给涨一涨。一来二去，郝老板让了步，说价格涨不了，但可以再给杨浪一单生意：他公司的一名歌手新做了一张专辑，在制作上有些问题，让杨浪给重新混录，报酬另计。

搂草打兔子，又得到一单生意，况且杨浪觉得这事并不太难，于是应承下来。侯明杰又为杨浪争取到一单买卖，自然也分外高兴。

真正进入这单生意，杨浪才发现自己把这件事想简单了。

他认真地把那张专辑听了好几遍，发现诸多不和谐的地方，有的是歌曲配器不对，有些是副歌节奏不合适，加上那名歌手也没有多少经验，一遍一遍改起来挺费事。花了四五天时间好不容易修改完毕，他的电脑音频合成软件却出了问题，一启动就黑屏死机，根本无法完成混录工作。几天来工作上焦头烂额，他也没顾上打电话联系彭薇。

周六晚上，彭薇主动约他第二天到通惠河郊游。杨浪这才想起他们快一周没见面，连忙答应。

周日一大早，彭薇精心打扮梳理一番，心情大好走出宿舍准备赴约。

刚走出没几步，却听到有人喊她的名字，一回头，竟是西装革履的吴志宏捧着一大捧玫瑰花向她走来。彭薇厌恶地瞪了他一眼，转身就走。

吴志宏快步追上来，一脸卑谦可怜，道歉说："彭薇，对不起，真的对不起，那天我是喝多了，我……"

彭薇气愤地警告："你少跟着我，要不我喊人了。"

吴志宏脚步迟疑了一下，继续用谦卑乞求的口气说："彭薇，我真的没有要侵犯你的意思，我就是喝多了酒。我知道我没脸求你原谅，我来只想跟你说一声对不起。"

"滚，我再也不想见到你！"彭薇恨恨地扔下这句话，便拔脚快步走了。

看着彭薇的背影消失在远处，吴志宏一脸懊丧地将鲜花扔进了旁边的垃圾桶中。

来到通惠河河边，杨浪已到，见杨浪一脸焦躁，彭薇也未提说碰见吴志宏的恶心事儿。聊了几句，杨浪说出了电脑黑屏无法完成音频合成的苦恼。没想到彭薇听完后，自信地告诉他，清华大学的同学中有许多软件编程高手，搞定这事没问题。杨浪一听这话，脸上阴云顿消，高兴地抱起彭薇在她光洁的额头香香地吻了一下。与此同时，内心敏感的他心头也泛起一丝自卑，他担心自己与彭薇难以走远，因为毕竟处境和未来都差距悬殊。

从北京回滨江机车厂的路上，张晓培生了一路的气，万万没想到彭薇与杨浪都竟然是在欺骗自己。想想自己追求杨浪这么久，都没有与他如此亲密，特别是想起自己与彭薇在酒吧里说的那些感激的话，觉得自己十分可笑。但想着想着，又渐渐地想通了。毕竟人家有那么多年的感情基础，再说自己本来就是一个入侵者，只是抢夺失利而已。同时，她还是觉得杨浪和彭薇在一起长不了，分手是迟早的事情，这是她的直觉。

回来没几天，张晓培的婚庆服务中心正式开业。地址选在父亲张再德承包的豪华酒店的底商内，取名"培正婚庆服务中心"。老黑原名叫郝建春，他完全不像在厂里后勤处烧锅炉的爸爸那般老实巴交，脑子比较活泛，看中了这个商机，就借了些钱入了股份，当起张晓培的搭档。

服务中心开业第二天，张晓培与老黑一合计，晚上把宋飞、二毛、蓝大个等人叫到一起吃烤肉喝啤酒以示祝贺。除过说一些恭喜发财的话之外，二毛好奇地问起张晓培与杨浪的感情进展。张晓培大大咧咧地把那天在玉渊潭公园看见的场景说了一遍，众人听得十分愕然。尤其是宋飞最不自然，居然把正在吃着的鸡翅掉在了地上。

众人愕然，张晓培却表情坦然，一副没心没肺的样子与众人一起聊天畅饮。开始她还是笑容满面，喝着喝着就高了，后来吐了一地，破口大骂杨浪太无情、彭薇太虚伪。

宋飞从夜市上回来，也喝了不少的酒，胃不舒服。其实，他心里更不舒服。他以为自己内心对彭薇的感情已经一笔勾销，但当听到玉渊潭公园的事情时，心底还是泛起酸酸的醋意。他知道，自己仍爱着彭薇。

回想从西南交大退学到技校生活以来，宋飞的内心总体是踏实宁静的。如果说，生活中每个人都要选择一种最舒适的奋斗姿态，那么此时的他在这段日子里基本上已找到。技校的平台虽然窄小，但他通过与徐校长的交流、参加比武以及与杨建国等老工匠进行学习探讨，他找到了自己的兴趣点和存在的价值。好比一群在水中游泳的人，大家的目标都是安全上岸，但大家的泳姿不同、速度不同，所选中的登陆点也不尽相同，也许他所选的泳姿是最笨拙的，速度是最缓慢的，登陆点也是坎坷不平最为艰难的，但这恰恰是他感觉最舒服的，也是最适合他的。唯一遗憾的是，他以为自己已经把彭薇放下，但是事实证明是自己欺骗了自己。

事已至此，唯有在事业上奋斗不息。

接下来的日子，宋飞把更多精力投入学习和研究中。他在技校的工厂车间里给自己找到了研究的方向——为液压弯管的油缸增加增压泵机，排除液压弯管机油压低的常见故障。在他的带动下，蓝大个和二毛也参与了进来，但校工厂的宋老师感觉这事是天方夜谭，听完宋飞大胆的设想，他只是笑笑地敷衍了几句。

对于宋飞在技校的这些情况，宋卫国是了解的。特别是技校的徐校长当着他的面夸了好几次，说宋飞可能还真是个好苗苗，要上心地培养培养。也正因为这句夸奖，让他的心中更加不甘起来。他心底里还是巴望着儿子能当个干部，改换门庭，谁想宋飞就不争气，非要走当工人的老路。在心底里，他和妻子侯玉凤一样，都希望有一天宋飞幡然醒悟，回大学复课或者复读高三都行，只要能再次进入大学的校园。

所以，对于宋飞在技校里的这些折腾，他既五味杂陈，又哭笑不得。

滨江市下过一场大雪。

滨江机车厂前段时间所承担的 AC500 的新型电力机车项目基本告一段落。事是干得不错，但铁道部只给了一个通报嘉奖，后续并没有什么订货量，前段时间批下来的微薄的资金也随着任务的结束而停止。工人们工作的热情仿佛被一场大雪浇灭，不少人又回到了几个月前软塌塌的状态，特别是赵老五、马二生等人，怪话又渐渐地多起来。

杨建国这段时间生活也挺困难。原来薛丽萍在世时是两个人都挣工资，他们一家五口生活还算可以，但现在只剩下他一个人挣钱，而周晖上大学、罗娟上高三都需要用钱，虽然杨浪在北京漂着没张口向自己要过钱，但他不能不为杨浪考虑。他让罗娟给杨浪寄过几次钱，虽然杨浪没收，但作为父亲他心里有数，将来他成家娶媳妇都需要钱。虽然自己账头上目前还存着一笔钱，共 26750 块，但那是薛丽萍出事后厂里给的死亡赔偿金。这笔钱肯定不能动，将来要给孩子们成家用。还有就是自己的徒弟赵老五、马二生两人家庭确实困难，还得时不时地给点接济。七七八八下来，杨建国每月的工资都捉襟见肘。

厂里很多人的情况都和杨建国差不多，工厂不景气，大家都缺钱。

不少人悄悄在车间里干私活赚外快，还有些胆大些的人偷偷溜出去给私人公司打工。有的工人家里人口众多生活困难，买不起新鲜的蔬菜，就背着熟人到菜市捡拾丢弃的烂菜叶。穷则思变。经过激烈的思想斗争，杨建国找到了一条生财之道——用报废的金属边角料做成工艺品小摆件去街边摊上卖。因为他的手艺确实不错，也有不少人去买。但好景不长，有一天他摆摊就碰上了刘海燕老师，顿觉得脸上无光，再也不出摊了。

就在厂里无活、工人们为钱发愁的时候，何向华为大家带来了希望。

远在巴基斯坦考察的何向华给高学明发来电报：经过艰苦谈判，已为滨江机车厂争取到300辆RW200型电动机车订单。

当办公室主任王舜田把电报呈给高学明时，他紧锁的眉头一下舒展开了。

高厂长马上召集一众部门以及车间负责人开会，宣布了这一振奋人心的消息。他动情地鼓励大家，一定要把全厂职工的生产积极性完全地、彻底地调动起来，以确保订单生产为首要目标，一切为了保生产，一切为了保生存，以艰苦奋斗、精益求精的滨江机车厂精神，大干、苦干一百八十天，再创滨江机车厂的辉煌！

众人把巴掌拍得山响。

从厂里开会回来，车体车间主任洪宝力就马不停蹄地召集杨建国、宋卫国等一众班组长和工段长开会。同时，他手里捏着一份车间调度员拟制的工作排班表。

一番简短的动员后，洪宝力扫视了众人一圈，说："这个排班表你们都好好看看，有问题赶紧提出来，最晚明天下午提交。"

任务来得确实突然，但有活来自然是好事，众人打心眼里高兴。但是一看排班表，班次的安排实在太满，几班人几乎没有喘息的时间。于是，有些人不满地说："一个月调休一天，洪主任，这也闹得太紧张了吧？"

洪宝力据实说："一天也是我们几个车间主任和厂里争取来的，按照高厂长的意思，一天都不能歇。"

宋卫国也觉得时间太紧任务又重，担心地说："洪主任，你也知道，现在的青年工人可和我们那会儿不一样，这要是没个说法，恐怕不好说呀！"

一听这话，已经得到高学明"尚方宝剑"的洪宝力颇有底气地说："这大家放心，啊！加班费双倍，这回咱厂里也是豁出去了，提前发两个月的加班费。让你们赶紧把排班表提交上来，也是这个意思。"

众人一听这话，乐了，纷纷表示，如果厂里有这个政策，那就另当别论了。多劳多得，行！

说干就干。大部分人的积极性很快被调动了起来。杨建国按照车间的安排，与众人一起三班倒、连轴转，即便如此，因任务重时间紧，人手仍然十分短缺。

很快，这一情况反映到了高学明的耳朵里，高学明指示王舜田，凡是从车间工段调到非生产部门的，全都回原岗位协助生产。可是即便如此，人手还是不够。各班组都催着洪宝力赶快想办法增加人手，纷纷叫苦任务难以完成。情急之下，杨建国想到了一个主意：从技校生中选一批有基础的孩子，先来应个急，也算是提前进入实习期。

高学明给徐漫水在电话中把情况说了一遍，徐漫水虽然觉得可行，但也不敢一口应承，他把宋飞、老黑、蓝大个等学生叫到办公室征求意见。

一问，宋飞他们欣然同意。徐漫水就亲自到高厂长办公室作了专门汇报。二人商定，共抽出20名品学兼优的技校生支援车间生产，除宋飞、老黑、蓝大个五六个人从技校新生中抽调外，其他人全部从毕业班中抽调，并按照一定比例，给他们付劳动报酬。

大事面前看担当，利益面前见人品。就在高学明火烧眉毛地为人手发愁的时候，个别工人却有自己的小九九，因为他们不少人在外面偷偷摸摸地干着私活，并且想方设法请假以摆脱加班。这个算盘打得最精明的，要数王三妹与彭明选夫妻俩。最近彭明选在一个私营企业里揽了一个不小的活儿，并且收了人家的订金。车间调度哪里会知道这些，按照厂里规定就给彭明选派了三班倒。眼看自己的活儿也到了关键期，彭明选心一横，让王三妹从医院给他开了一张请假单。

王三妹一时编不出个好病来，干脆给彭明选开了一个冠心病二期的诊断书。

彭明选接过一看，就有些不高兴，因为自己才是40多岁的人，哪有那么严重的病，这不是在咒自己吗？但又想了想，看在钱的分儿上，只是气愤地骂了王三妹几句也便作罢。

这时，有人在屋外敲门。彭明选打开门，一看来人西装革履气度不凡，但是并不认识。

来人不是别人，却是吴志宏。他见彭明选并不认识自己，就笑容可掬地自我介绍道："彭师傅，您不认识我了？我是吴茂达的儿子，吴志宏。"

吴茂达在厂里可是大名鼎鼎的人物，不光因为他当过滨机厂多年的总工程师，最关键是现在可是远近闻名的大款。彭明选本就是个爱财之人，一听是吴总的儿子，立马笑逐颜开地把吴志宏请进屋。

王三妹见家里来了贵客，殷勤地端茶倒水。

吴志宏这番上门是精心做过功课的。他了解到，彭明选夫妻为了赚钱，都偷偷在外面打着工。得知他们的手艺不错，自己将在滨江市注册的茂田机电公司正需要这样的技术骨干。当然，更重要的是，他们的宝贝女儿是彭薇。

吴志宏进门后采用的是迂回战术。他先关切地问起彭明选在厂里的情况。彭明选是一个挺能藏事的人，没有说出自己的真实处境。

王三妹见彭明选扭捏作态，委屈地诉苦道："论手艺，转向架车间谁能比得过我家老彭？干了十多年班组长还不提拔，不就是因为我家老彭没学历嘛！那些个提拔的人家舍得花钱上夜大、上职大，我们俩口子供彭薇上大学，没那个花销，唉，只能老老实实地当工人。"

吴志宏一听这话，随声附和："咱们厂这点特别不好，干什么都是论资排辈，要不就是只看重学历不看能力，这样下去，像彭师傅这样的优秀技工怎么能留得住？"

彭明选想制止王三妹，但王三妹没有停下来的意思，她咂嘴说："可不是，好技工走了不少了，彭薇他爸也是因为爷爷那辈儿就在厂里干活，这才舍不得，要不早走了！"

话说到这个分上，吴志宏便高谈阔论起自己在北京的公司，有些炫耀地介绍起自己在北京的事业，同时邀请彭明选到自己将要开张的新公司担任技术负责人，还承诺出高薪。彭明选喜出望外，虽然此前没见过吴志宏，但他在北京开公司赚了钱的事儿，在厂里早就传开了。

对于吴志宏抛来的橄榄枝，夫妻二人喜出望外。但彭明选毕竟是个有城府的人，他压抑着内心的喜悦，表示事情是好事情，只是厂里不一定能放他，他要先做做工作再说。

吴志宏看出夫妻二人已动心，也不故意点破，只是央求让他们一定要想方设法成全自己的想法，在新事业上打拼出一片天地。事情谈完，将要告别时，吴志宏看似无意地夸起彭薇来，并告诉他们自己曾两次邀请她参加了公司的商务活动……

吴志宏离开后，彭明选率先回过神来。

彭明选故意问："这小子什么意思？听说他在北京的外企当总经理，这跑回滨江干什么？"

王三妹想了想，说："他会不会是看上咱家薇薇了？听他说话的口气好像对咱薇薇有意思。"

彭明选有意说："不会吧？咱家薇薇虽说配得上他，可也差着岁数，起码差了七八岁吧？"

王三妹试探性地问："反正我觉得……他要真对薇薇有意思，你觉得怎么样？"

彭明选闷了一会，面露喜色地说："我觉得这未必不是好事。他爸是离休的厅级老干部，在铁道部不少单位都有人脉，后台很硬。薇薇要是跟了他，往后出国、分配什么的，这都不是问题。哎呀，真要是有这好事儿，我当个工段长、车间主任那不就是……"

夫妻俩越说越兴奋，憧憬着热聊到深夜都毫无睡意。

第十二章

上技校没多长时间，就可以进厂实习，宋飞十分期待。特别是他最近迷恋上油缸加增压泵搞革新的事，不但经常到图书馆学习专业资料，就连吃早饭时都不忘向父亲宋卫国请教问题。

侯玉凤本来就看不惯宋飞痴迷于工人这行的样子，对他有些不理不睬，加上又听说儿子马上要进厂实习了，心中便愈加悲凉。因为她一心想让宋飞上大学的火苗一直没有熄灭过。再加上前一段时间，她一直劝宋飞要不听话进高三再复读一年，要不就考个职工大学，将来勉强还有希望当个干部。

可是，宋飞压根就听不进去。为此，她已经好几天没理睬宋飞。

宋卫国原本也不支持宋飞往工人行里钻，但见宋飞如此痴迷，没办法，也不想太打击他的积极性，于是偶尔也给他点拨点拨。

这天，父子两人吃着饭又讨论上了。宋飞讨论得十分投入，宋卫国已经吃完饭进了卫生间，宋飞才意犹未尽拿起馒头准备吃。

没想到，这时侯玉凤从房间出来，上前三下五除二就把宋飞面前的盘碗给收拾了。

宋飞忙抬手阻拦："妈，我还没吃完呢！"

侯玉凤却没有好气地说:"有本事上大学食堂吃去,我家没你的饭。"

一听这话,宋飞凑过去无赖地说:"妈,您这是算跟我开口说话了?"

侯玉凤白了他一眼,端着盘碗向厨房走去。宋飞起身从侯玉凤身后将她搂住,辩解说:"我爸初中毕业,不照样……"

侯玉凤生气地吼道:"你少跟我说这些,松开!"

宋飞口气央求道:"妈,您得想开了,上不上大学、当不当干部,这都不重要,重要的是……"

侯玉凤却把每个字都咬得真真地说:"你妈就觉得重要,要不你别叫我妈!"

"哎呀,我妈心真狠呀,要文凭不要儿子。"宋飞故意调皮地说。

侯玉凤却不依不饶认真地回道:"你知道就好。"

宋飞这才收回一脸的调皮,一本正经地说:"可我不能不要我妈,您放心,三年之内您儿子一定给拿下机电自动化专业的本科文凭,行不?"

侯玉凤仿佛不相信自己耳朵似的,转身诧异地看着宋飞,惊喜地问:"你答应考职工大学了?"

没想到,宋飞却正色道:"咱厂的职工大学那多小儿科?我要考滨江理工大学的机电自动化专业。"

侯玉凤大吃一惊,以为宋飞准备补习再次参加高考,连忙表态坚决支持他的决定,并鼓励他现在到一中插班补习还来得及,好好复习一下,明年一定能够如愿。"

没想到,宋飞却说他并不是考滨江理工大学的全日制,而是要参加自学考试拿一个硬邦邦的本科学历。

侯玉凤看到宋飞态度出现大转弯,打心眼里觉得高兴,只是她心里仍嘀咕,自学考试的文凭不知道国家承认还是不承认。她也没有再与宋飞理论下去,又麻利地给宋飞把早餐摆上,直接就给教育处闻处长打了个电话。闻处长告诉她自考的大学文凭是比职工大学和函授文凭都硬,是国家承认的学历,工厂自然也承认,如果能拿到这个文凭,将来厂里提拔干部时，会重点考虑。

一听这话，侯玉凤才算放下心来，心情也像雨过天晴，变得朗然舒爽。晚上躺在床上，侯玉凤把这事告诉给宋卫国，宋卫国自然十分高兴，暗暗佩服儿子比自己有追求。

接过为杨浪修改音频软件的事，彭薇才想起这几天正是学校期末考试的关键时候，一来绝大多数同学都全心投入考试，没有心思搞这事，二来杨浪要求一周后必须交货，又不能耽误。两难间，彭薇找到李云鹍商量主意。李云鹍近来正痴迷于一个叫作"水木清华"的网络社群。"水木清华"四字，据说原指清华大学的一处景观，出自晋代诗人谢混的《游西池》中的诗句：

惠风荡繁囿，白云屯曾阿。景昃鸣禽集，水木湛清华。

李云鹍介绍，网友们不用见面就可以在里面自由讨论各种话题，虽说上网的人大多素未谋面，但里面各类高手颇多，几乎能够解决人们在人生中遇到的所有难事。

说干就干。李云鹍陪着彭薇登上"水木清华"BBS，将杨浪遇到的问题写成了求助网帖，一时间论坛中各路大神纷纷跟帖围观，支招留言。此处果然是藏龙卧虎地，发帖第二天便有一名计算机系大二学姐自告奋勇：报酬分文不取，但求解锁技能。三天后，这名厉害的姐姐便将修改一新的音频制作软件交到彭薇手中。

彭薇将信将疑，千恩万谢地告辞学姐，便飞快来到北京现代音乐学院找杨浪。

四天来，软件修改的事一直没着落，杨浪内心颇为焦急。此间，已参加完期末考试的周晖几次给他打电话，询问订回滨江火车票的事，杨浪没心思考虑这个问题，加之彭薇表示一定要等杨浪一起走。周晖着急也没用,只能就这么先耗着。周晖只是一个大一的新生,这方面本来也没有多少经验。

杨浪喜出望外地从彭薇手中接过软件,三步并作两步来到学院录音棚里,轻动鼠标启动软件,电脑屏幕上顺利地显示出一条红色压缩的完成线。这是一条令他振奋的线条,杨浪用稍微有些轻颤的手打开音箱开关,点击音频播放键,瞬间音箱里响起音乐的前奏,音色优美纯厚。

成功了。真的是太棒了!杨浪激动地一把将彭薇揽入自己怀中,在她圆润光洁的额头重重地亲吻下去。彭薇幸福地依偎着他,脸上泛起红晕,仿佛听到自己咚咚的热烈心跳……

完整地听过一遍歌曲,杨浪感觉整体效果不错,于是便给郝经理汇报了情况。郝经理十分高兴,让他直接与那个男歌手对接。

男歌手的头发染着时髦的金黄色,留着一撮修剪精致的山羊胡,身着杨浪无法叫出名字的名牌,身上洒着浓烈的香水,无名指戴着硕大的黄金戒指,说话时总高高地翘起留有长指甲的小拇指。态度起先有些傲慢的他戴上耳机,闭眼凝神听了两遍,脸色和目光渐渐变得软和了,一脸兴奋地喊了起来:"太好了,这版真是太棒了,杨老师我要好好地谢谢你!"

冷不丁地被人第一次尊称为老师,杨浪感觉有些不自在,连忙谦虚说:"您别这么称呼,我也是刚刚学习制作,能得到您的认可我就很高兴。"

一身香水味的男歌手转身就给了杨浪一个亲热的拥抱。接着,他打开随身携带的一个软包,豪气地从中抽出一沓钞票,真诚地说:"一点小意思,你必须收下。"

目测这钱可真不少,但杨浪没有贸然去接。男歌手见杨浪犹豫不接,利落地拉过他的手,直接把钱拍在了他的手中,说:"放心吧,没毛病!这是我个人的心意,郝哥给你的报酬与这没关系。再说,如果我们这个歌火了,这点钱是小 Case!"

话说到这分上，杨浪只得收起钱连声道谢。

送走男歌手，把钱掏出来一数，乖乖，整整3000块。杨浪不禁感慨起来，这个数目如果放在滨江机车厂肯定就是父亲大半年的工资，而自己一周时间就轻易到手了。这就是差距，这便是体制内与体制外的差距，这便是工厂与娱乐圈的差距，这更是滨江与首都北京的差距。于是，他暗下决心，一定要在娱乐圈里努力打拼，争取早日出人头地。

当杨浪的心中因感慨而激情澎湃时，腰间的传呼机响了。是周晖打来的，电话中他沮丧地告诉杨浪，自己现在就在北京西站。因为春运人山人海，他上午排了三个小时的队连一张火车票都没买着，售票人员说，春节前回滨江的火车票已经售罄。听完这话，杨浪并没有太在意。他觉得还有两个人可以帮忙，一个是郝经理，另一个是侯明杰。

杨浪的估计过于乐观了。一联系郝经理和侯明杰，他们也表示现在春运正盛，一票难求，只能帮忙给问问。此时，杨浪才感到他、周晖、彭薇如何回家过年成为面临的最大问题。

彭明选夫妻听说李云鹃已回到滨江，打电话问彭薇订的是什么时候的车票。彭薇自然不能说等杨浪的事儿，只说考完试，就一直订不上票。彭明选夫妻一听就急了，思来想去，就想到了吴志宏身上，于是客气地给吴志宏打了个电话，把订票的事说了一遍。

其实此时，吴志宏正在滨江市，他正与张晓培的父亲张再德谈项目合作的事。原来，他早就看中了滨江是全国机电设备生产的重镇，产业链完整、齐备，他希望借重张再德在滨江机车厂以及滨江市的良好人脉与社会关系资源，携手再在滨江创立一家机电公司，把握住市场先机，将来在行业占得一席之地。财大气粗的张再德正愁找不到合适的投资项目，二人一拍即合。

张晓培提醒张再德多留个心眼，但他却颇有把握地告诉女儿别为自己操心，同时劝张晓培别折腾那个什么婚庆公司，干脆来自己公司当办公室主任。张晓培倔强地表示自己一辈子也不会去他的公司任职,她就要靠自己打拼出一片天地。张再德大度地哈哈一笑,表示尊重她的选择。

对于给彭薇订票一事,吴志宏满口答应,并告诉王三妹,他一定会把事情办妥,让她把心放在肚子里。

吴志宏果然有些道道。第二天,他就托铁道部的一个关系户顺利地弄到了一张回滨江的软卧票。

吴志宏知道这是讨好彭薇的天赐良机。给彭明选回过电话,他就开车来到了清华大学,准备把车票送到彭薇手中。

大学已放假,校园里冷冷清清。彭薇拎着饭盒从食堂出来,与在这里等待她的吴志宏碰了个正着。吴志宏殷勤地递上车票,说:"薇薇,回滨江的车票,明天晚上的,软卧,到时候我送你去车站。"

彭薇见是他,十分厌恶,冷冷地说:"我不回,用不着。"

彭薇快步向宿舍走去,吴志宏转身快步追上去,说:"我没别的意思,就是想帮你一个忙。"

彭薇抬起头,杏目圆睁,凛然正视着他,义正词严地说道:"我和男朋友杨浪一起回滨江,不必你瞎费心。"

看着彭薇远去的背影,吴志宏神情愤恨,悻悻而去。

吴志宏受了气,憋在心里没地儿可撒,直接就给彭明选打电话诉苦。

王三妹一听说彭薇不领吴志宏的情,还等着要跟杨浪一块儿回滨江,气就不打一处来,诧异中带着恼怒地看着彭明选。

彭明选也挺生气,怒其不争地说:"人家吴志宏给她买软卧她不回,非要……你说这闺女是不是中了邪了?!"

盛怒之下,王三妹不容分说拎起桌上的电话听筒,就要拨动号码盘。彭明选赶紧拍了拍电话机的插簧,阻止了王三妹。

王三妹怒问:"你干什么?"

彭明选吝啬地说："长途，一分钟七毛呢！你这火气说起来肯定没完，明早你上车间打不就完了，不花钱。"

王三妹听他这么一说，更来气了，骂道："滚一边儿去，闺女都要跟人家跑了，你还在乎这点钱？"

王三妹一把推开彭明选，拨通了彭薇的联系电话。宿管阿姨喊彭薇接电话时，彭薇正在宿舍给杨浪织毛手套。她匆忙跑出来接电话，一听是王三妹，她刚亲热地叫了一声"妈"，便被王三妹斥责声打断。

话筒那头，王三妹生气地质问："我问你，人家吴志宏好不容易给你买好了火车票，你为什么不回来？！你别骗我了，你是不是跟杨浪那小子在一块儿呢？薇薇，你是清华大学的，啊，清华大学的呀！你怎么能跟一个小混混在一块儿呢？薇薇，你是不是要逼你妈去死呀？！"

彭薇没好气地说："妈，吴志宏他……他不是一个好人，我不想跟你说了，反正我现在不回！"说完，生气地撂下电话去了图书馆。

话还没说完，就被彭薇撂了电话，王三妹一肚子气无处可泄。她突然想到了杨建国，便大骂："都怪杨建国那个混蛋儿子。"说着，她就拿起衣架上的外套，准备出门找杨建国理论。

彭明选见状，一个箭步冲上去将她拽住，说："你就消停消停吧！再说了，这也不关人家杨建国的事儿呀，你这不是找骂去吗？"

王三妹蛮不讲理地说："他儿子勾引咱家闺女，他难道没有责任，他不应该管吗？"

彭明选说："什么勾引不勾引的，他还说你闺女勾引他儿子呢！你怎么这么不懂事儿？这种事儿能说得清吗？"

王三妹脸气得涨红，反问："怎么说不清？我闺女清华大学的学生，能勾引他一个小混混？他杨建国要是不管，我就找……"

彭明选怼道："你找谁？找车间主任？找厂长？"

王三妹支吾了几声，蹦出这么一句："我……我报警！"

彭明选骂道："我看你脑袋真是让驴踢了，本来没影的事儿，你这么一闹，传开了，你说对谁好对谁不好？啊！他一个小混混他怕什么？他巴不得呢，咱家彭薇的名声那不就是毁了？你动动脑子行不行？"

王三妹一琢磨，觉得彭明选说的也有道理，于是便软下来，脱下外套挂上衣架，颓丧地坐在了沙发上，重重地叹了一口气，幽怨地说："我怎么生了这么一个没出息的闺女呀……"

话分两头。彭薇在图书馆里也看不进去书，就给杨浪打了传呼，留言说自己心情不好。杨浪刚从郝经理那里交完差，又领到800多块的报酬，心情不错，就提出中午一起吃饭。

杨浪来到清华大学西门一家约好的餐厅，彭薇已到了一会儿。说起回家买票的事，杨浪说目前还正在想办法。彭薇没忍住就把母亲向她发火的事说了一遍。杨浪听着听着，脸就阴下来，忍不住骂了一句："吴志宏这个人模狗样的东西！"蓦地站起来，痛下决定道："薇薇，咱也别受这个窝囊气，干脆今年咱们仨就坐飞机回滨江，我下午就去订票。"

彭薇心痛地看着杨浪，叫了起来："那得多贵呀，一张票要一千块钱呢，太土豪了吧？"

杨浪笑着说："那我们就土豪一把，咋的？前几天咱们帮那歌手搞定了音频合成的事，赚了三千多块，咱们就把它给造了，怎么样？"

彭薇也有些心动，但仍嗔笑杨浪："看有几个钱把你给烧得，大手大脚的，你爸要是知道了，非打烂你屁股不可。"

杨浪一脸调皮地说："这不也要感谢您彭大小姐嘛！咱们这才叫能挣会花！再说，我的屁股被打烂了，心痛的人不还是你吗？"

"我才懒得管你呢！"彭薇故意嘴硬地说道，但眼里透溢出幸福的光彩，杨浪这句话让她很开心。

吴志宏在彭薇那里又吃了一个闭门羹，心中极度不爽。第二天，归拢了手头七七八八的事，觉得也忙得差不多了，他想起自己父亲近来腿疾加重，也该回去陪他过年了，于是便打电话订了回滨江的机票，一问第二天航班仅余一张头等舱，没犹豫就订了下来。

第二天，吴志宏开车来到飞机场，在候机大厅里正巧看见了杨浪、彭薇和周晖三人，他们正又说又笑在一起开心地吃着泡面，并未发现不远处的自己。吴志宏异常吃惊，做梦都没想到他们三人居然也会选择坐飞机，而且偏偏还与自己一个航班，心里很不得劲。

杨浪三人沉浸在第一次坐飞机的新奇与兴奋中，并未注意不远处的吴志宏。吴志宏快速地躲进贵宾厅，找了个隐蔽的角落坐下，越想心里越别扭，一狠心，他掏出了手机，给张晓培和彭明选各打了一个电话，假装关心地告知了杨浪和彭薇的航班信息，并嘱他们安排好接站。

打完这两个电话，吴志宏幸灾乐祸地偷瞄杨浪三人。

估摸三人已登机停当，他才匆匆登上飞机。头等舱与普通舱有帘布挡阻，让吴志宏避免了不少尴尬，只是一想到了他们就在自己的身后，尤其彭薇身边还陪着杨浪，他心里极度不爽。

彭薇、杨浪和周晖均是平生第一次坐飞机。换登机牌时，彭薇是中间位置，杨浪和周晖在左右两边，杨浪的位置挨着舷窗。认真听完乘务员如何扣安全带、安全逃生的讲解示范，周晖准备给彭薇系上安全带，却发现彭薇已悄悄与杨浪调换了位置，坐到舷窗边。周晖忽然觉得自己有些多余，于是心中掠过一丝失落，欣赏风景的兴致散去，谎称自己累了，便靠在椅背上装睡。

飞机腾空而起，向厚厚的云层冲刺而去。彭薇因内心紧张，闭眼本能地紧抓住杨浪的手。飞机刺破云层，渐渐保持平稳飞行。彭薇这才睁开眼睛，她看到了一片赏心悦目的画面：飞机上方的天空是清澈湛蓝，太阳干净明亮的光线射进舷窗，能够感觉到微微的暖意；远处的云海美轮美奂，有的如童话里的城堡，有的如惊涛拍岩的巨浪，有的如一望无际的羊群，还有的如一泻千里汤汤而去的海浪……彭薇出神地望着窗外的景致，忽然觉得这些景致很像起伏跌宕的人生图景，禁不住回想起自己与杨浪的感情波折，更觉得如今走到一起的不易，便更紧地用双臂环

第十二章

抱住杨浪的左臂，激动的泪水悄悄从眼角滑落。

飞机确实很快。一小时四十分钟的行程真的不觉得长。乘务员发放过简餐和饮料后半小时，飞机便降落在了滨江机场。为了防止遇上杨浪他们，吴志宏赶紧从头等舱第一个下了飞机，并在卫生间躲了起来。

杨浪、彭薇和周晖三人拎着行李箱兴奋地向旅客出口走去。边走杨浪边提醒二人，为避免惹麻烦，如果家人问起就口径一致，说是坐火车回来的，千万别说坐的是飞机。二人均点头同意。说着，杨浪便向一个工作人员打听回市区机场的大巴。

没想到，这时接站处有人大声地喊着他们三个人的名字。杨浪他们循声望去，只见张晓培站在出口大门一侧向他们挥手。

三人还没回过神，张晓培已上前伸手抓住彭薇的行李箱拉杆，热情地说："来，来，我帮你拉着。"

彭薇连声婉拒："不用，不用，不沉，我不累。"

杨浪大为意外，奇怪地问："张晓培，也太巧了吧，你怎么知道我们是这趟航班？"

张晓培大大咧咧地说："这你别管，反正有人告诉我。走，赶紧走，我的车还在车道外停着呢，别让人家给贴了罚单。"

杨浪与彭薇面面相觑，周晖撇嘴笑笑，只好跟着张晓培向停车场走去。

彭薇觉得也不能太冷落张晓培，毕竟人家是好心来接站的，于是说："晓培，谢谢你来接我们。"

张晓培却颇为豪气地说："谢什么？咱们是好朋友，好哥们儿，好姐们儿，对不对？"

彭薇刚想再客气客气，还没开口，又听见有人厉声地喊着自己的名字。

杨浪等人吃惊地扭头一看，只见王三妹与彭明选正气喘吁吁地向他们跑过来。

彭薇慌忙迎上去，吃惊地问："妈，爸，你们……你们怎么来了？"

一脸恼怒的王三妹也不说话，挥手欲打彭薇，彭明选一把将她的手拉住。

彭明选生气地训斥道："三妹，你干什么？这是什么地方？"

王三妹不客气地责问："薇薇，你怎么这么没出息？啊！人家吴志宏给你买的卧铺，你……"

彭薇突然厉声道："妈，你别和我提这个人！"

彭薇的态度让彭明选夫妇吓了一跳。彭明选不解地问："薇薇，你怎么回事儿？跟你妈吼什么？"

这时，张晓培快步上前解围："叔，婶儿，我开车来的，我送他们回去，要不你们也挤挤？"

没想到，王三妹却毫不领情地说："用不着，你们走吧！"说着，一把抢过行李箱，拽起彭薇的手，快步向机场大巴停靠点走去，彭明选急忙跟上。

杨浪苦笑了一下，没吭气。看着张晓培和周晖把行李麻利地放在车上，他一把拉开车门，重重地坐到了副驾驶的位置。

见杨浪一副天地不理的样子，张晓培便与周晖说笑起来，并热情地介绍了自己生意的概况，还告知这几天安排个饭局，给他们三个"北京人"接风洗尘。

张晓培的轿车很快在机车厂东家属区外停下。周晖走到车后拿行李箱，杨浪左顾右盼地看了一会儿，感慨地说："一点都没变。"

张晓培接过话茬说："这才半年时间，你以为能怎么变？"

杨浪也不接她的话茬，径直抓起行李箱拉杆，也不与张晓培打招呼就快步走进小区。周晖急忙向张晓培道过谢，也跟着走了。

回到家里，半年没见儿子了，杨建国自然喜不自胜。罗娟见两个哥哥回来也十分开心，就要张罗着给二人做饭。周晖说他们三人已经在飞机上吃过了。说者无心，听者有意，杨建国一听三人，还坐的是飞机，

第十二章

187

便阴着脸追问怎么回事。周晖对口误后悔不已。杨浪一看无法隐瞒，便如实把情况说了一遍。杨建国一听三人机票就花了3000多块，咋着舌心疼不已。

但同时，他又为杨浪在北京能够自强自立地养活自己，略感欣慰。

第十三章

　　见杨建国因心疼钱而不断咋舌，杨浪麻利地打开背包，拿出了厚厚一沓钞票，对杨建国说："爸，您别这么心疼，这叫能挣会花。这三千块钱，您拿上用。"

　　杨建国吃惊地问："你干啥能赚这么多钱？没走歪门邪道吧？"

　　周晖在一边解释道："爸，我证明，我哥走的是正道。我哥现在可厉害了，给歌手写歌、制作专辑都能挣大钱，比我强多了。"

　　杨浪见杨建国迟疑着不肯接钱，便说："有挣就不怕花，钱不是省出来的。爸，您就拿着吧。"

　　杨建国的心里忽然愧疚起来，想着几个月前还打过杨浪耳光，与儿子还怄了那么长时间的气。看来自己真是有些死脑筋，跟不上时代的形势，低估了年轻人的梦想和潜力。

　　即便如此，杨建国终究是好面子的，他不能在儿子们面前表现出软弱的一面，于是虎起脸道："这是什么话？该省也得省。行，这钱我就拿上，都给你们存起来，以后你们娶媳妇儿都还是你们的。"

　　周晖这时不怀好意地瞅着杨浪，调侃说："爸，您可别有这心思，我们娶媳妇儿用不着您花钱。是吧，哥？"

杨浪知道周晖话里有话，伸手欲打他。周晖夸张地左躲右闪，嘴里仍不断道："你看，你看你看，做贼心虚，想多了呗，我可没往那方面想。"

杨建国也听出了周晖的道道，知道他指的杨浪与彭薇的事情，便关心地问："老大，你跟爸说句实话，你和那个彭薇到底是怎么回事儿？"

杨建国一问，杨浪便想起昨天在机场时彭明选夫妻给自己甩的脸子，有些赌气地说："我知道我配不上人家。爸，这事儿您就别问了，没意思。"

周晖在一旁有些着急地说："什么配得上配不上的？哥，你要是这么说我真看不起你。"

一听这话，杨建国的表情严肃下来，语重心长地说："老二，这找对象就得找门当户对的，要不……以后麻烦着呢！"

周晖仍不服气地反驳："什么门当户对？彭明选和王三妹不也是机车厂的工人，他家门头怎么就比咱家高了？"

杨建国没有争论，语气幽幽地说："人家彭薇现在是清华大学的大学生。"

周晖更不服了，争辩说："清华大学怎么了？关键是人家彭薇并没看重这个，人家也没计较我哥不是大学生呀！"

杨建国知道周晖还是太天真，提高了调门说："她现在不计较不代表将来不计较，再说了，彭明选两口子咱可惹不起。"

周晖还想争辩，杨浪打断了他的话，用厌烦的口吻说："行了，行了，我的事儿我自己会处理，你俩别吵了。"

杨建国不再说话，戴起围裙进厨房剁起肉馅来。他想孩子们好不容易聚齐了，他要给大家好好包一顿饺子吃。

杨浪叫过罗娟，打开行李箱，取出一件漂亮的天蓝色羽绒服，这是他在北京西单商场专门给罗娟买的礼物。罗娟十分高兴，急忙接过衣服就换上了。

这件衣服的款式很新颖，做工精细，特别是明亮的天蓝色特别衬罗娟的皮肤。罗娟今年高三，确实也是大姑娘了，衣服十分合体，穿上后亭亭玉立，愈显青春靓丽。

罗娟十分喜欢，禁不住在杨浪和周晖面前转着圈让他们欣赏。周晖连声夸衣服好身材更好，杨浪也笑笑地夸赞挺合身。

包饺子杨建国很拿手，加上三个孩子帮忙，很快热气腾腾的饺子就端上了餐桌，另外还拌了四个凉菜。一家人几个月来都没有在一起吃过饭了，气氛颇为亲热。但当杨建国了解到杨浪一边学习一边搞音乐创作、周晖在学习上赢得奖学金又倒腾图书赚钱的事，深知"要想人前显贵，必先人后受罪"的他忍不住老泪纵横。这老泪里有对两个孩子的疼爱和肯定，也有对亡妻薛丽萍的思念和歉疚。

罗娟见状，忙上前劝慰父亲。杨建国也觉出了不妥，慌忙收住眼泪，不断给三个孩子夹菜，劝他们都多吃些。杨建国的眼泪也让杨浪想起了妈妈，他起身走到薛丽萍的遗像前，把半碗饺子恭恭敬敬地呈了上去。

饭毕，罗娟早就麻利地把两个哥哥的房间收拾停当，大家各自回到卧室里休息。不表。

午休起来，杨建国上班去了，周晖主动张罗着为罗娟辅导起功课来。杨浪想起郝经理约他再创作几首歌的事，于是拿起了纸和笔，在上面写画琢磨。干起活来，时间过得飞快。五点多的时候，宋飞来找杨浪，说蓝大个、二毛为他和周晖专门摆了一桌，请他们务必赏光。

周晖知道宋飞这话里面有客气的成分，他明白他们真正想请的人是哥哥杨浪。罗娟见到宋飞，表现出异常的兴奋和热情，飞快地扔下书本，就给宋飞倒水递凳，一口一个飞哥地叫个不停，完全把正在给他悉心辅导功课的周晖忘在了一边。通过几个小时的辅导，周晖发现罗娟在功课中有很多的盲点，换句话说就是她的学习成绩很差，心里就特别着急。但看眼前的罗娟似乎并无感觉，内心就更加焦躁，便对宋飞说："你

第十三章

们去吧，罗娟还有半年就要高考了，我得好好给她补补课。"

一听这话，宋飞和杨浪便明白了什么意思。两个就要准备出门，罗娟很想跟着出去，但还是被周晖拉到了书桌前。

晚餐就安排在滨机厂不远处的那个酒馆。二毛和蓝大个早就点好了菜，见杨浪和宋飞如约而来，二人显得十分兴奋。二毛举起啤酒杯，感慨地说："来，来，欢迎杨老大回归，咱们先干一杯。"

众人举起酒杯，一饮而尽。

喝开酒，寒暄的话自然少不了。你提一杯我提一杯，一会儿便酒过了三巡，大家心里的话也就慢慢地吐了出来。

先是蓝大个有些忍不住，他提起一杯酒，对杨浪说："老大，你现在在北京混得风生水起，兄弟我为你高兴，但也有一个事为你发愁，彭薇和张晓培两个大美女，你到底跟谁好？"

杨浪一听提起了张晓培，心里就有些不痛快，他瞪了蓝大个一眼，有些耍浑地说道："你真是咸吃萝卜淡操心，张晓培跟我一点关系也没有。"

蓝大个也不着急辩解，一口干了那杯酒，语气不轻不重地说："你这话的确没啥毛病，只是这个张晓培心太实人太傻，一个姑娘家放下面子两次到北京追你，被拒绝心里不在意不说，竟然亲眼看见你和彭薇在公园抱在一块都能原谅，我真是佩服她！"

这句话一出，杨浪吃惊地看着蓝大个，忙问："你说什么？她说在公园看见我俩抱一块儿了？"

蓝大个正色地说："何止看见你们抱一块儿，还看见你俩亲嘴了！"

二毛的酒也喝了不少，附和道："浪哥，这是真的，张晓培两次从北京回来，都特别伤心，跟我们喝酒诉苦，喝着喝着就哭了，哭得一塌糊涂。"见杨浪的脸色有些难看，二毛又端起一杯酒，仗义地说道："浪哥，事归事，兄弟归兄弟。这样，人家张晓培对你也没死心，你说，你要是想甩她，我们哥几个给你出出主意。"

杨浪默不作声地端起酒杯和二毛重重地碰了一下，一口气喝了一大半。

这时，宋飞也开口劝道："杨浪，这事儿我劝你还是赶紧处理清楚了，别惹麻烦。"

"什么惹麻烦？你们都琢磨什么呢？我和张晓培一毛钱的关系都没有。"杨浪用眼睛直愣愣地盯着宋飞。

宋飞也不生气，用关切的语气问："那和彭薇呢？你们怎么样了？"

杨浪忽然有些不胜其烦，心事重重道："再说吧，我们……走一步看一步吧！"说着抓起酒杯，将那小半杯酒一饮而尽。

酒场散了。杨浪拒绝了他们三人的陪同，独自一个人来到彭薇家门口的街心花园边坐下。雪花纷纷扬扬地落下来，让他的脸上感觉到丝丝的冰冷。抬头不远处，是彭薇亮着灯的家，杨浪禁不住想起自己与彭薇在山坡上数星星、在花坛边弹吉他、在厂外的小山沟月夜漫步的时光。这些场景仿佛就在昨天，但又恍若隔世，竟让他有些亦真亦假无法触摸的茫然。

其实就在杨浪茫然凝望彭薇家温暖的灯光时，彭薇家里正在剑拔弩张。原来，自从机场接站回来，王三妹便叨叨个没完没了。她一会儿数落彭薇不该和杨浪这个拈花惹草的小混混搅和在一起，一会儿又数落彭明选不该抠抠搜搜连搭个出租车都算计，竟然搭车搭了一半嫌钱贵，拉着自己倒了好几趟公交，害得他们差点没赶上接站。后来，她又逼着彭明选深夜到银行里取出1200块钱，说明天一定要把机票钱还给杨建国。

彭明选说这样恐怕不妥，也许杨建国压根就不知道这回事，如果贸然前去还钱，会让大家脸上都不好看。但王三妹却顾不了那么多，坚定地说管他知道不知道，这样做就是要给他们父子伤伤脸，让他那个混蛋儿子离薇薇远点。彭明选拗不过王三妹，只好答应明天一大早去银行取钱。

彭薇在自己书房，听着母亲的唠叨，不胜心烦。当听到母亲要把机票钱还到杨家时，担心她真会做出过分的事情，便从卧室走出来，不满地瞪着她说："你能不能不闹？杨浪帮我买机票是因为我帮了他的忙，人家给他的酬谢也有我的份儿。"

王三妹哪里肯信这样的话，霸蛮地说："怎么回事儿我不管，反正这便宜咱不能沾他的。"

"你们……你们太过分了！"彭薇愤懑地走进房间，将房门摔得山响。

也就是彭薇摔门进屋的时候，杨浪正茫然地望着她们家看起来十分温暖的灯光。一家人剑拔弩张着，屋里气氛紧张，三人一夜无语。

彭薇的泪水打湿了枕巾。也不知道什么时候，她哭着哭着终于昏昏睡去。第二天一早，她起床梳洗完毕，也不吃王三妹早就准备好的早饭，给李云鹃打了个电话，约她一起到母校滨江一中去看看。

李云鹃也正有此意，爽快地答应了。

外面雪花纷纷。见彭薇要出门，王三妹关心地递给她一把雨伞，但彭薇没接也没说话，转身就出了门。

天空飘着雪花，母校的操场一切仍是那么熟悉和亲切，但此时彭薇毫无欣赏的兴致。李云鹃看出彭薇有心事，关心地询问，彭薇便将机场接站和父母吵吵还钱的事情说了一遍。

李云鹃听得十分认真。她深深理解彭薇内心的彷徨与痛苦，心疼地看着她。

"我现在才体会到杨浪的那种压力，这种压力不仅来源于他自己，还有周边的、世俗的……唉！你说，为什么会这样？人们为什么会那么看重虚名？"彭薇停下脚步，不解地问李云鹃。

李云鹃低头想了想，一本正经地说："是啊，这可能就是社会的规则。什么事都有代价，都有成本，想追求一个清华大学的女生，代价和成本更大、更高。"

"可我们彼此相爱呀！为什么爱情在世俗面前就这么不堪一击？"彭薇伤心地说。

"梁山伯和祝英台、朱丽叶和罗密欧不都彼此相爱吗，结果怎么样？"李云鹃反问。

"这可是两码事！你别再给我泼冷水了好不好，我已经很……担心了。"彭薇略显有些紧张地说。

李云鹃忙改口笑说："其实也不尽然，你现在最大的问题是要选边站队。你这爱情很麻烦，前有你爸妈阻拦堵截，后有张晓培追兵纠缠，换我，早就缴械投降了。"

彭薇用厌烦的眼神看了看她，嗔怒道："你能不能不说这个，成天拿这事儿笑话我，你以为我想这样？"

李云鹃见彭薇真的急恼了，正色说："你要是嫌烦，那就快刀斩乱麻。"

"怎么斩？事儿不在你身上，你说得倒轻巧。"彭薇语气忧愁地说。

"哲学上有个观点，那就是鱼和熊掌不能兼得。舍得舍得，不舍不得。你舍不得你妈你就斩杨浪，舍不得杨浪你就舍你爸妈，看你想要什么。"李云鹃颇有哲学意味地说。

彭薇白了她一眼："行了，你别拽词，本小姐都想要，鱼和熊掌全要！"

李云鹃笑骂道："你真是贪得无厌的女人！"

接着，二人便在雪花纷飞的校园操场里，追逐嬉闹起来……

这几天张晓培一直在琢磨一个事，她想用铝合金焊接一组六个心形的花架，最好能伸缩又方便拆卸，她想在婚庆仪式上，新郎新娘手拉手从这样的花洞里穿行而过，应该效果不错。她把这个想法告诉给合伙人老黑，老黑觉得挺有创意，但同时觉得工艺要求可能太高，一般人还真搞不了。

二人商量来商量去，只觉得两个人合适，一个是杨浪，一个是杨建国。

老黑以为这么一说，张晓培会知难而退，把这件事放一放，没想到张晓培一点也没有犹豫，表示愿意亲自登门去找他们帮忙。

就在彭薇与李云鹃在雪花乱飞的校园闹成一团的时候，张晓培拿着花架的图纸冒雪来到杨浪家。杨浪昨晚创作歌曲搞得挺晚，这会儿刚起床在上卫生间。

听到有人敲门，正在准备午饭的杨建国上前开门，见是衣着时髦的张晓培站在门外，他并不认识，便问："你……是？你找谁？"

张晓培十分大方地自我介绍道："杨叔，我是张晓培呀！您不认得我了？"

周晖与罗娟闻声从各自的房间出来，看着张晓培上门，面面相觑。

罗娟本来对张晓培就没有什么好印象，冷冰冰地说："你怎么来了？我大哥不在。"

张晓培不恼不怒，笑着说："我不是来找你大哥，找你二哥行不行？"

"找我？张晓培，咱别开玩笑，有事儿你说。"周晖一听，有些吃惊用手指着自己问。

张晓培却并不理他，而是带着央求的口吻对杨建国说："杨叔，其实我是来找您的，想让您帮个忙。"

杨建国更是一脸疑惑，问："找我？我能帮你什么忙？"

张晓培便拿出手中的图纸，向杨建国介绍起自己的想法，还表示只要能帮他加工出来，只要他开个价，多少钱都没问题。

一听是这事，罗娟觉得张晓培是狐狸给鸡拜年，冷若冰霜地说："我爸天天加班，哪有空给你弄这个。"

周晖觉得罗娟说话太直接，便训斥让她赶快回房间做卷子。

杨建国接过图纸看了看，觉得工艺确实有些难度，但对自己来说并不算什么事儿。但他不想因这事将来在厂里落下干私活的瓜落。忽然，他想到曾经有个徒弟手艺不错，现在在外面单干机械加工，既然有买方有卖方，不如就做个两全其美的顺水人情。于是，他对张晓培介绍说："这样吧，我确实太忙没时间，不过我给你推荐个人。二道河那边有家鑫鑫机加工厂，老板薛军以前也在咱们厂干过，是我的徒弟，你去找他，提我，准保给你弄妥了。"

张晓培一听，笑逐颜开，当即对杨建国千恩万谢，说完一番客气话，就准备离开。

此时，午饭已基本准备停当，摆上了桌面。出于礼貌，杨建国客套地挽留张晓培道："要不一块儿吃吧，菜都准备好了，一会儿就得。"

没想到张晓培来了个就坡下驴，一点没把自己当外人，竟爽快地说："行，杨叔，那我帮您炒菜。"说着，便主动转身走进厨房忙活起来。

张晓培与杨建国的对话，杨浪在卫生间听得是真真切切。他没想到张晓培真不把自己当外人，但一想到昨晚蓝大个他们说的那番话，心里好像还有点对不起她。

从卫生间出来，杨浪见杨建国、罗娟和周晖都还在那里愣神。罗娟嫌弃地剜了杨浪一眼，周晖瞅着杨浪向张晓培努了努嘴。杨浪心领神会，怏怏地向厨房走去。

杨浪见张晓培麻利地炒着菜，带些嘲讽的口吻说："张晓培，你可真行，一点不把自己当外人。"

张晓培回头见是杨浪，也不生气，笑答："原来你在家呀，我又不是母老虎，看把人给吓的。告诉你，你可别臭美，今天你有口福吃我的辣椒炒肉，全是沾了杨叔的光，杨叔可是我的大恩人！"

杨浪又好气又好笑，在一旁冷眼看着她在厨房上蹿下跳地忙活。杨建国看不过眼，主动给张晓培打起下手。

这时，门外响起一阵急切的敲击声。

罗娟开门，发现是王三妹顶着一身湿湿的雪花站在门口。

罗娟礼貌地叫了一声"王婶儿"，王三妹却并不应她，凶巴巴地问：

"你爸在不？"

罗娟有些不高兴地说："在，您进来吧！"

王三妹走进客厅，杨建国急忙从厨房里出来打招呼："呦，三妹，你找我？"

王三妹并不应声，端直从口袋掏出一沓钞票递给杨建国，冷漠地说："杨建国，这是你家老大给彭薇买机票的钱，你收着。"

杨建国一时反不过神，语无伦次地说："这……三妹，不用，你看你……"

见这场景，杨浪大步从厨房里走过来，客气地对王三妹说："王婶儿，您可能误会了，我没给彭薇掏机票钱。"

王三妹冷着脸，反问："不是你掏的，那是谁掏的？"

杨浪心平气和地说："婶儿，彭薇帮我修复了制作软件的问题，我要是找别人，也得花钱，机票钱其实是她挣的。"

王三妹根本不信他的话，绝情地说："我不管你们是怎么回事儿，反正这钱我家薇薇是不能要。"

说着，王三妹就将钱扔到桌上，转身就走。这时，她意外发现张晓培系着围裙站在厨房门口，面色一下子变得更加阴沉。

杨建国反过神，抓起桌上的钱拉住王三妹的胳膊，诚心诚意地说："三妹，我们都是多年的邻里邻居，杨浪就是给彭薇买了票，不也是应该的嘛。三妹，你拿回去。"

王三妹一把甩开杨建国的手，扫了张晓培一眼，愤怒地说："杨师傅，你和我家老彭关系一直不错，我也一向挺尊敬你，可你现在是怎么管教孩子的？怎么就由着他胡闹？"

杨建国委屈地问道："我怎么了？我让谁胡闹了？"

王三妹转身环视了一下众人，夹枪带棒地说："今儿个你家是该在都在，不该在的也在，那我就把话说清楚。"

张晓培听她话里带刺，也没客气，厉声问："你什么意思？什么叫不该在的也在，你说谁呢？"

王三妹见张晓培主动搭腔，便阴阳怪气地说："我说我呢，怎么了？关你什么事儿？"

张晓培也没给她面子，不客气地说："就关我的事儿了，你别指桑骂槐的……"杨浪见二人吵了起来，便呵斥让张晓培闭嘴。

王三妹被气得满脸通红，恼羞成怒地瞪着杨浪，问："杨浪，你俩不是挺好的吗，你还缠着我家薇薇干什么？你觉得你配吗？啊！"

杨浪的自尊心受到重重一击，咬着牙冷冷地说："我确实不配。"

王三妹得寸进尺，继续刻薄道："你明白就好。杨浪，真想对彭薇好，你就离她远点。这人呢，都得有个自知之明……"

罗娟一听这话，有些听不下去，插言道："王婶儿，你太过分了，我大哥怎么就不配薇姐了？不就是上个清华大学吗！怎么了，这就高人一等了？"

杨建国厉声喝止了罗娟，心中也来气，恼火地说："得得，王三妹，你别数落我，我就知道你要来退这个钱，我拿上，啊！我儿子我管教，不过一个巴掌拍不响，你也……"

王三妹一听杨建国这么说，冷笑着反问："什么叫一个巴掌拍不响？你意思还是我家闺女勾引你儿子了？"

杨建国还没接话，张晓培却冷冷地一笑，轻蔑地说："喊，你以为……"

就在这时，谁也没想到杨浪做出了一个惊人的举动，他一个箭步冲上前，一把将张晓培扳搂到自己怀里，装出一副亲热的样子，得意地对王三妹说："王婶儿，可能您误会了。你看到了吧，张晓培才是我的对象，我和彭薇只是普通朋友关系。你也亲眼看见了，这下放心了吧？"

这一幕让众人都惊呆了。但没想到张晓培却并不配合，一把推搡开杨浪，毫不客气地说："杨浪，你少拿我当挡箭牌，你就是喜欢人家彭薇，她也喜欢你，她就是缠着你，你俩在北京玉渊潭公园还亲嘴了，我亲眼看见的。你敢说没有？！"

张晓培这些话像个炸雷，把众人都炸呆了。杨浪羞红着脸尴尬不已，气急败坏地说："张晓培，你胡扯什么？你给我滚蛋！"

张晓培毫不畏惧，大声驳斥："我就不滚！你怕什么？你俩光明正大地谈恋爱，你有什么怕的？"然后，扭头轻蔑地看着王三妹，说："王三妹，我告诉你，我也喜欢杨浪，我在你家彭薇后边等着呢，你回去劝劝你家闺女，赶紧和杨浪分手！"

杨浪一听这话，欲挥手打张晓培，杨建国却一把捎住了他的手腕，骂："你干什么？给我一边待着去！"

杨建国觉得张晓培的话真解气，也理直气壮地说："王三妹，你听见了吧？想嫁给我儿子的姑娘多的是，排大队呢！……"

王三妹气得浑身发抖，嘴唇颤抖着说："好，好，你儿子有本事，有能耐，你们这一家子，我算是见识了，好好作吧！"说完，气呼呼地摔门而去。

见王三妹已走，杨建国一回头瞪着杨浪，严厉地问："你跟我说实话，是不是把人家彭薇睡了？你要是……"

杨浪羞恼地说："爸，你胡扯什么呢？我们什么事儿都没有。"

张晓培在一旁乐了，幸灾乐祸中透着作弄说："杨叔，他是有贼心没贼胆儿。"

杨浪恼怒地瞪了她一眼，狠狠的。

杨建国没再吭声，摘下围裙扔到桌上，冷着脸进了卧室。

王三妹从杨浪家出来，越想越来气，她下定决心，必须让彭薇跟杨浪一刀两断。

当她回到家时，彭薇已经和李云鹃在外面吃过饭回家，心情郁郁地窝在沙发里看电视。王三妹冷着脸进来，看到彭薇那副模样就来气。她快步上前，直直地用手指戳着她，毫不留情地骂："你这么大姑娘了，怎么不懂得要脸？啊！你……"

彭薇异常惊诧，委屈地反驳："妈，您说什么呢？我怎么不要脸了？"

王三妹恨铁不成钢地说："你明知道杨浪和那个小骚货是怎么回事儿，为什么还和他来往？你是不是跟他……"

彭薇又惊又急，问："我们俩怎么了？你去找人家杨浪了？"

王三妹咬牙切齿地说："我刚才去杨建国家了，那个小骚货张晓培也在……"

彭薇大吃一惊，责怪道："你……妈，你……你去人家家里干什么？你到底想怎么样嘛！"

王三妹怒气冲冲地说："我去还他机票钱。闺女，杨浪真不是个好东西，他和那个张晓培混一块儿，你怎么还……你……你让妈……多丢人呀！啊！"

彭薇一听这话，自信地辩解："妈，杨浪不喜欢张晓培，他就是拿张晓培搪塞你，杨浪喜欢的是我，爱的是我。"

王三妹一听这话，怒不可遏，抬手"啪"的一下，狠狠地给了彭薇一记耳光，嘴唇气得哆哆嗦嗦："你还要脸不要脸？啊！你一个清华大学生和一个初中都没毕业的小烂货争一个小混混，你……你……"接着就放声大哭起来。

彭薇用手捂着火辣辣的脸，泪水夺眶而出。她一把推开大门，冲了出去。这时，外面正是满天横竖乱飞的雪花……

第十四章

在横竖乱飞的雪花中，彭薇一路奔跑，泪水混着雪水从她的面颊涌流而下。

一路奔跑，一路哽咽。

彭薇不知该到哪里去。她来到楼下的街心花园，洁白的雪花已将花园的道路完全覆盖，这里杨浪曾多次深情凝望她的神情仿佛还在眼前。她试图找寻一个熟悉的脚印或者守候的姿势，却发现什么也找不到。

顶着漫天的雪花，她来到厂外以前与杨浪经常散步的那条山沟。路上山上一片茫白，因下雪的原因，天空显得分外的灰暗，抬头仰望苍穹，漫天飘洒的雪花倾落得让人无遮无掩，它们果断砸落在山上、树上、地上，所到之处尽被掩埋与覆盖。

彭薇渐渐放慢了脚步。这条小道曾经春天开满野花，夏夜洒满月光，秋晨黄叶铺地，冬日虫鸣声声。她和杨浪曾无数次地漫步这里。在这里，他们谈人生、谈理想、谈音乐、谈文学，在这里他们心心爱慕、悄悄牵手、款款情深。而此时此刻，命运却让她一个人来到这里，熟悉的路上没有熟悉的身影，只有呼呼的北风、狂乱的雪花和悲伤孤独的她。

委屈、愤懑和怨恨在风雪里渐渐冷却，她知道无论如何明天的太阳都将正常升起,她清楚现在自己已走在人生的十字路口。她回想与杨浪认识以来的快乐与煎熬,回想母亲打她一嘴巴之后的放声大哭,也回想李云鹃那句"鱼和熊掌不可兼得"的忠告。十九岁的她蓦然明白,现在的自己必须要作出选择,非 A 即 B,没有中间路线可走,她也根本无法如愿成为那个"贪得无厌的女人"。

　　选择总是最艰难的。彭薇内心动摇不定,她一时无法清晰给出自己 A 或 B 的答案。此时,她想到了自己深爱的姥姥。记得姥姥常说的一句话:"谋事在人成事在天。"与杨浪的感情,她觉得自己现在已经谋到不能再谋,深深的无力感只能让她把决定权交给缘分交给苍天。想到这儿,彭薇下定决心:现在就去找杨浪,如果上天有眼杨浪仍在坚定地等待着自己,哪怕与父母断绝关系她也在所不惜;但如果此时杨浪真的与那个张晓培在一起,只能说明他俩有缘无分,她会果断选择放手,一刀两断,相忘于江湖。

　　打定这个主意,彭薇的眼泪便已收住,她脚下的步伐也变得轻松。她脚步飞快,好像急着要去观看一个与自己并无瓜葛的戏剧结局。

　　路程并不太远,但当彭薇到达杨浪家单元门口时,天已黑尽。

　　昏暗的路灯将彭薇的身影长长地投射在雪地上。看着自己黑乎乎夸张变形的影子,彭薇心中莫名地有些颤抖和慌张。此时,她才发现自己其实并没有纯粹看戏的洒脱。

　　命运总是如此残酷。彭薇徘徊在单元楼门口前,内心莫名泛起恐惧与担忧,她后悔如此草率地来到这里,她很想马上逃走,可是又能逃到哪儿去呢?这个选择能够逃掉吗?就在她犹豫不定的时候,最担心的事情终于发生了:只见杨浪与张晓培并排有说有笑地从单元的楼口走了出来——他们正准备参加老黑安排的饭局。

　　两人抬头看见了在门口雪中静立的彭薇,三人都大吃一惊。

　　彭薇悲愤交加,脸色骤变,眼泪不由自主地涌流而下。

她悲怆地想,难道这便是命运帮她作出的选择?可能,也是姥姥在冥冥之中为自己找到的答案。

"彭薇?!你……"杨浪惊诧地失声喊了出来。彭薇的心瞬间被击碎,只能看见杨浪的嘴巴一张一合,根本听不到他的一丝声音。

张晓培也呆愣在了那里。彭薇无言地泪流满面。杨浪试图给她擦拭眼泪,彭薇一闪身躲开,哽咽、无助、失神,什么话都说不出来。

杨浪不知所措地呆在了原地。彭薇重重地抹了一把眼泪,仰天深深地吸了一口气,语气悲壮地说:"杨浪,苍天有眼。不能埋怨你,更不能埋怨我,这是上天的安排,我们分手吧!"

说完,不等杨浪回应,她坚定地转身,冲进了横竖乱飞的雪花中。

呆望彭薇在纷飞的雪花中跑开,杨浪心如刀割。他真想跑上去追彭薇,抱她吻她安慰她,但一想到王三妹白天到他家里还钱时说的那些过分的话,想想彭薇现在已是清华大学的高才生而自己只是民办大学的走读生,心中就泛起一层又一层的凉意。他知道自己深爱彭薇,但这又能怎么样?他不能要求彭薇为了爱情而抛弃家人。还有,刚才王三妹当着家人的面大肆撒泼,为反击王三妹他违心地说出自己的对象是张晓培,话一出口他就后悔不已,觉得自己背叛了彭薇,但现在看来,这也许正是上天最好的安排。

想到这儿,杨浪心中不再为自己的言行追悔,见张晓培仍呆愣一旁,他一把拉起她,没心没肺地说:"走,咱喝酒去!"

张晓培吃惊地望着杨浪,眼中难以置信的疑惑很快变成意外的惊喜。

一路上杨浪也不说话,急行军一般朝着喝酒的地方快步而行。这种快让张晓培有些跟不上,她不时小跑几步,才能跟上杨浪。

到达吃饭的地点,老黑、宋飞、二毛和蓝大个已经到齐,啤酒也已倒上。

杨浪也不说客套话，上前端起一杯酒一饮而尽，又拿起酒瓶准备倒酒。

宋飞一把摁住杨浪的手，说："这还没上菜呢，你少喝点！"

杨浪重重地瞪了他一眼，蛮横无理地说："松开！"

张晓培心知肚明，对宋飞说："让他喝吧，一醉能解千愁！"

宋飞松手，杨浪倒满酒，再次一饮而尽。

服务员端着托盘进来，放下两盘凉菜。

二毛招呼众人："来，来，吃点菜。"

杨浪见众人并不动筷子，而是奇怪地盯着他看，蛮横地问："都看我干什么？觉得我特别难受是不是？看我笑话是不是？"

张晓培见气氛有些冷场，轻声劝杨浪："你看你，刚喝了两杯就说醉话。"

岂料杨浪冷笑着自嘲说："醉话？！哥几个，我真的没事儿，刚才我爸还骂我，骂我认怂了。彭薇我的确高攀不起，你们也早就看出来了，是吧？"

宋飞接过话茬儿，吃惊地说："杨浪，彭薇对你是真心的，你要是因为她妈闹腾就放弃，我还真看不起你！"

杨浪瞄了他一眼，冷笑着说："我用不着你看得起。你不也爱她吗？你不怂，你去追她呀！"

此话一出，二毛等人都面面相觑。

这话让宋飞很不舒服，但他还是忍了，软语圆场道："我知道她喜欢的是你……得得，我不跟你说。来，来，大伙儿喝酒，干一杯！"

酒过三巡，菜过五味。杨浪已是面色通红，渐露醉态。但是，他仍不断地提酒端杯。众人见状，也不再提起他与彭薇的事，更不说他与张晓培的事，只是七长八短地论起他们在滨机厂的那些美好时光，也聊了现在的快乐与无奈。

但是，已明显喝多的杨浪心中并没有放下这个话题。他又一次端起杯酒，分外悲壮地说："哥几个，你们也不用来劝我。说实话，今天和彭薇分手，我其实一点也不难受，我觉得解脱了、轻松了，真的。我这人平时是争强好胜，可我知道有些事儿你不能去争，就说我和彭薇，你们说，我怎么争？我把彭薇争过来，让她们母女俩反目成仇？我已经没了妈，让她也没了妈，这有意思吗？"

这番话，与其说是杨浪在说服众人，不如说是在说服自己。

见大家都不接话，醉眼蒙眬的杨浪扫视一圈众人，忽然一把将张晓培搂进自己怀里，露出夸张的亲昵表情，大声宣布："这才是我的女人。今儿个我杨浪给你们宣布，张晓培，啊，和我从幼儿园到初中就在一起玩儿的张晓培，她……她是我的女人……"

宋飞等人尴尬地笑笑。

张晓培一下子涨红了脸，气恼地一把推开杨浪，恼道："真是酒壮怂人胆，你清醒的时候再跟我说！"

杨浪被张晓培推了个趔趄，差点摔倒。他摇摇晃晃还想拉张晓培，却抓不到她的手，满嘴醉话地说："我现在就……就……很清醒。我妈死了以后，对我……对我最好的人就是……就是你……妈，妈，我想你呀！……"

说着说着，"哇"地就吐了出来。

老黑见杨浪已喝吐，又想明天就是大年三十，于是宣布散场。宋飞和蓝大个主动提出送杨浪回家，但杨浪耍酒疯拒绝了，执意要张晓培陪自己一醉方休。

张晓培倒也大方，先让众人回家，独自带着杨浪到自己的店里醒酒。

出租车到了店铺门口，张晓培一手扶着杨浪，一手拉开店铺卷闸门。因杨浪已软如烂泥，张晓培只得抱扶着他进入店内。这一幕，恰恰被杨建国的爱徒赵老五撞见，他也是刚从麻将场子回来。赵老五还想再看个究竟，张晓培已麻利地拉关了卷闸门。

大约十一点左右，杨浪基本酒醒。张晓培将杨浪送回家中，周晖已睡，杨建国和罗娟见杨浪没少胳膊少腿，责备了他几句才安心睡去。

第二天，是大年三十。

杨浪一觉醒来，已是上午 10 点多，见杨建国、罗娟和周晖正忙活年夜饭的事儿。杨建国也没再数落他。

滨机厂是一个继承了中华民族优良传统文化的万人大厂。多年来，春节是大伙最看重的节日，并形成"打一千，骂一万，三十晚上吃顿饭"的传统，尤其是把大年三十晚上这顿饭看得分外重要，称之"团年饭"。除过团年饭，给长者磕头拜年也是他们大年初一的必修课。自打记事起，杨浪每年都会在杨建国和宋卫国的带领下，与周晖、罗娟和宋飞一起去给杜立德老师爷磕头讨吉祥。

由于厂里最近生产任务比较重，除夕夜正好轮到杨建国带赵老五上夜班。自从上次杜立德夹枪带棒地骂过他之后，他自知不能马虎，于是匆匆吃过年夜饭，便向车间走去。

杨建国到车间时，赵老五已经换好工装，还给他沏好了茶水。

接过茶杯杨建国刚要喝，赵老五却冷不丁问："师父，杨浪现在到底和谁搞对象呢？彭明选家的闺女还是张再德家的闺女？"

杨建国一愣，反问："你操心这个干吗？"

迟疑了一下，赵老五神秘兮兮地说："昨天晚上我瞅见杨浪和张再德家的闺女深更半夜……"

"我知道，昨晚他们聚会了，人家张再德家的闺女把他送回家的。那闺女大大咧咧的，我觉得挺好。"杨建国没等他说完便打断了他。

赵老五并没就此打住，继续问："那和彭明选家的闺女吹了？"

"吹了，就冲彭明选那两口子，我也没法儿认这个儿媳妇，吹了好。"杨建国有些愤愤地说。

赵老五左右瞄了瞄，见四下无人，却压低嗓子问："倒也是。哎，师父，我有件事不知道当说不当说。"

杨建国漫不经心地说："说呗，别神神道道的。"

赵老五仍压嗓子说："您也知道，我妹和张晓培是卫校的同学，这个张晓培上卫校的时候，哎呀，那可……了不得，据我妹说，追她的男生，校内校外的足有一个加强排。"

自昨天张晓培与王三妹的一番对决，说实话杨建国觉得这个女孩还真不是一般人，甚至有些欣赏她的胆识和诚恳。对赵老五扯的这些八卦，他并没往心里去，便不屑地逼视着他，问："就这些？"

赵老五并不闪躲师父的目光，面露难色地继续说："我还听我妹说，卫校那一片有个小流氓叫江龙。这个江龙把学校里边追张晓培的全给收拾了，最后愣是缠着张晓培跟他好上了，天天一大捧玫瑰花，天天下馆子。"

听到这话，杨建国端着茶杯的手僵在了那儿。见师父不言语了，赵老五又小声地补充："师父，我没别的意思，我就觉得这个张晓培可能靠不住。"

杨建国沉默了好大一会儿，抬起头，低声问道："那个张再德跟他老婆到底离了没有？"

赵老五答道："没离！听说张再德在工会的时候就和厂医院的钟大夫好上了，因为这个钟大夫还离了婚。他老婆哮喘，半口气，天天病恹恹的，什么也不管。"

杨建国重重地将罐头瓶做的那个茶杯往机台上一蹾，没有好气地说："这么一个家庭，这闺女能好得了？不行，两家都是坑，不能让老大出了那个坑，又掉进这个坑。"

赵老五见师父动了气，也不敢多言语，低眉顺眼地向机台走去。

初一一大早，杨建国从车间回来，见家中薛丽萍的遗像前供着果品和香火，知道孩子们已经尽过了孝心。他简单地冲了个澡，刚换上干净衣服，宋卫国便打电话过来，催着一块赶早给杜立德磕头拜年。

一众人带着早已准备好的礼物来到何向华家。杜红早已把瓜子、糖果等摆放停当。何向华去给高学明拜年了，不在家。杜立德一身新衣，在沙发上正襟危坐，面露慈祥地看着众人。杨建国、宋卫国和侯玉凤急忙走到杜立德面前，毕恭毕敬地鞠躬，齐声道："师爷，过年好！"杜立德高兴地抬手连答"好好好"，并招呼他们在自己身边坐下。

接着，杨浪、宋飞、周晖、罗娟依次跪拜，向杜立德磕头拜年。杜立德拿出早已准备好的红包，一一分发给他们。施礼完毕，杜红客气地安顿孩子们坐下，端起果品让众人品尝。

众人开心地聊了一会儿，何向华就回来了。一看杨浪他们都在，他便从书房拿出一套四本书递给杨浪。杨浪接过一看，是罗曼·罗兰的《约翰·克利斯朵夫》，不明白他为什么要送书给自己。

何向华见他不解，说道："我不解释，你先看，看完了你就明白了，有想法儿再跟我说。"

随后，他又拿起一本《德国·工匠精神渗入公民灵魂中的国度》送给宋飞。宋飞接过书一看，正是前几天一本前沿杂志上介绍过的，当时就想买，只是没有途径，现在终于得到了，心中十分高兴。

何向华也送给周晖一本书，是写松下电器创始人经营之道的书，周晖也很喜欢。

三个人都有了书，唯独没有给罗娟。罗娟噘起嘴不满地问："何叔叔，我的呢？"

何向华笑着说："你的先不给，考上大学再给你。"

罗娟故意反问道："我要是考不上呢？"

何向华严肃地说："考不上，何叔叔给你两巴掌！"

一听这话，屋子里的人都乐了。

这时敲门声响起。杜红去开门，发现是高学明和王舜田站在门外，王舜田手里还拎着大包小包的礼物。

何向华急忙迎到了门口，杨建国和宋卫国一见高厂长大驾光临，知道该走了，慌忙起身告辞，杜立德也没再挽留。

高学明见众人的举动，笑容可掬地看着他们，轻轻点头算是打招呼。

出了门，侯玉凤长长地舒了一口气，说："吓死我了，怎么在这儿碰上了他？"

罗娟有些鄙夷地说："这有什么可怕的，他不就是个厂长吗？"

侯玉凤白了她一眼，说："孩子，你敢空口白牙说大话，也是因为你还年轻。"

宋飞也觉得侯玉凤有些小题大做，顺着罗娟的话，说："妈，罗娟说的没错。高厂长是人，咱也是人，在地位和人格上是平等的，咱也真没必要躲他怕他。"

侯玉凤不以为然地说："我们走的桥，比你们走的路都多。孩儿们，你们还嫩着呢。"

见宋飞与自己的观点一致，罗娟向宋飞投去赞赏的目光。

一刀两断、相忘于江湖，其实又谈何容易？

自从与杨浪分手后，连着好几天，彭薇内心痛苦不已。她忍不住胡思乱想，她想假若自己考上的不是声名在外的清华大学，仅是一所普通的民办大学或干脆是技工学校，与杨浪可能就不会如此坎坷。假设父母不是这般短视市侩，是否会另有结果？又假如那天自己没有打那个赌，不曾恰遇杨浪与张晓培并肩而行，事情又会如何？然而，事实没法假设，正像过往无法更改一般。

深深的无力感和孤独感填满彭薇的内心，憋得她喘不过气来。父母的关心，让她心生厌恶。想起现在杨浪与张晓培在一起，又心痛如割。她觉得自己置身一座无助的荒岛，没有人能解救自己。经过多日思考，彭薇为自己找到了一条自救之路——争取学校去美国作交换生的机会，换个环境，放下包袱，充实自己。

心中有了主意，但父母的所作所为还是让她无法释怀。虽说是新年，但她觉得这个节日好像与自己已毫无关系。于是，她把自己关在房间里，潜心研学起功课来。

大年初一的下午，彭明选接到了吴志宏的一个电话。这个电话让他和王三妹都有些怦然心动。原来，吴志宏约他们去参加一个重要的饭局，地点是滨江市最高档的滨海国际大酒店，时间是初三的晚上。届时，不仅市政府一些领导要参加，而且滨机厂的刘副书记、王舜田、闻处长和技校的徐校长都会悉数出席。吴志宏尤其提到，彭明选现在已有函授大专文凭，还当了多年的班组长，之所以这么安排，就是让他接触接触高层领导，争取在职务上更进一步。

吴志宏虽然没有特意点名要彭薇参加饭局，但彭明选夫妻早已心领神会。鉴于彭薇对吴志宏老有莫名的过激反应，他们自然也不能把这事说破，只告诉彭薇是参加一个同事的聚会。

彭薇经不住父母的软硬兼施，想想一家就三口人，又是大过年的，如果自己出国作了交换生，相处的机会就更少。于是，她勉强答应赴宴。

这次赴宴，彭明选和王三妹内心一直既兴奋又紧张。兴奋的事自然不用多说，令他们紧张的是到时候有那么多的领导，自己夫妇只是普通的工人，到时候不知该说啥。带着这种紧张又兴奋的复杂情绪，他们打车来到了酒店的门口，正碰上在酒店门口迎客的王舜田。

王舜田主动迎过来打招呼，热情地把他们领进包间。滨江厂的刘副书记和技校徐校长已到。彭明选夫妻都有些紧张，进门问过好之后，显得局促不安。倒是彭薇最为自然，礼貌地向众人打了招呼，不卑不亢。

王舜田介绍说彭薇是滨江机车厂第一位考上清华大学的子弟时，刘副书记和徐校长脸上的颜色变得和蔼生动起来，对彭明选说话的语气也变得客气了不少。

他们落座后，服务员按照安排不断上菜。菜肴极其高档，许多菜彭明选夫妻见都没见过。彭薇对一桌子的美味佳肴提不起兴趣，只是心中颇为疑惑，看来今天的客人大多数都是领导级别的，不知父母为什么会在邀请之列。

彭薇正在疑惑，刘副书记抬起腕表看了一眼，问王舜田："哎，小吴呢？"

听到小吴这两个字，彭薇神色一下子有点紧张。

"去迎开发区的王主任了，马上就到。"王舜田忙答。

"王主任可是市委常委，他这面子够大呀！"刘副书记笑了笑，容光焕发地说。

一听这话，彭薇更紧张了，她凑近王三妹，悄声问："妈，到底是谁请客？"

王三妹却一虎脸，压低嗓子说："你问那么多干什么？老实坐着。"

话音未落，只见吴志宏恭敬殷勤地进来了，身边还有一个中年干部模样的人。

彭薇当即脸色骤变，嘴唇发抖。吴志宏瞟了彭薇一眼，神情吊诡。

彭薇内心暴怒，但强压怒火，低头对王三妹说："妈，我去一下洗手间。"

王三妹并未在意，只是嘱咐她快去快回。

彭薇伸手想拿外套，但犹豫了一下，还是没有取衣服，快步逃也似的走出了包厢。

逃出欢闹的包厢，彭薇感到巨大的屈辱。她回想起吴志宏对自己非礼的场景，心里难过不已。外面正下着大雪，她迎着雪流着泪，失声痛哭，一路奔跑……

然而，欢闹的包厢里，彭明选夫妻并没有因为女儿的不辞而别而影响情绪，反复与众人交叉敬酒。心知肚明的吴志宏也来个揣着明白装糊涂，端着酒杯对彭明选夫妇说着溢美之词，同时谎称自己因与杨浪有些不睦，可能让彭薇对自己有些成见。一听这话，彭明选夫妻心中的疑团顿时解开。他们也说了几句杨浪的不好，并请吴志宏在北京多多照顾彭薇。

吴志宏喜不自胜，与他们夫妻喝过交心酒之后，又像一条灵活的鱼穿梭于众领导之间，谈吐不凡，应对自如。

彭明选夫妻望着他灵活的身影，内心涌起许多的喜欢和热望。

第十四章

第十五章

  彭薇从包厢里逃出来，一路哭着来到李云鹃家。
  李云鹃见她大过年哭得梨花带雨一般，忙问咋回事。彭薇也不隐瞒，把吴志宏的不轨之事说了一遍。李云鹃十分吃惊，问她当时为什么不报警，彭薇说当时杨浪动手暴打了他一顿，怕有个三长两短，所以心中害怕没有报警。
  李云鹃连声唏嘘，深为彭薇父母不明事理、眼里只有权钱气愤。她鼓励彭薇加把劲，力争与自己一起通过雅思考试去国外作交换生。这样，一来可以开开眼界学习知识，二来可以远离家人好好静静。
  彭薇认为她讲得有道理。在家中勉强熬到初六，她便提前返校了，理由是准备出国作交换生，学校要求早早复课。彭明选夫妻虽然不太懂交换生的选拔方法与程序，但听说可以到美国去，自己又可以不用掏钱，觉得脸上十分有光，自然没有反对。
  回学校后，彭薇果然一心扑在英语专业学习上。做交换生，不仅各科学习成绩要名列前茅，而且要有通过雅思或托福的成绩，之后学校还将组织极其严格的面试，所以彭薇分外用功。虽然杨浪的事情还常常让她挂怀，但充实的忙碌里她也能够做到尽量不想或者少想。

吴志宏的确是一个会办事的主儿。饭局上，他重点向滨江机车厂刘副书记介绍了彭明选的情况，重点说了两点，一是当了十多年的班组长技术过硬，二是爱学习还有函授的大专文凭。刘副书记自然知道什么意思，当场表态回去给关照关照。开发区王主任也是个官场老手，乐于成人之美，也乐于为吴志宏站台，他主动提出赞助一杯酒，也算给彭明选的好事加把柴。彭明选一听，格外兴奋，主动拿起一个高脚杯，把白酒倒满，一口就闷进了肚子。

刘副书记办事情挺利索，初七一上班，就直接找到高学明聊天，有意地提起彭明选的事。高学明是一把手，管不了那么具体，加之再有三年他就该退休了，便顺手给了刘副书记一个人情，并表示看好了就及时提拔重用，但具体的岗位要人事部门来拿意见。刘副书记向人事部门一了解，目前装配车间制管工段长的岗位正在物色人选。

事情顺利。一个月后，机车厂转向架车间主任张怀义便把任命书交到了彭明选手中。就这样，彭明选摇身一变，当上了装配车间制管的工段长。

这可是彭明选多年来的愿望，如今一朝得以实现，他便飘飘然起来。当领导后，他的脾气仿佛也就跟着长了，变得爱训人起来。无论是原来一起当班长的麻杆，还是进厂帮工的二毛和蓝大个等人，他逮住谁就训谁，反正好像全世界都欠他什么似的。

对于彭明选突然升任工段长，杨建国和宋卫国都颇为意外。他们没想到，水平与自己有不小差距、人品口碑也不咋的的他怎么就干上了这个位置。最不服气的要数杨建国的爱徒赵老五，他觉得工段长这个位置无论凭手艺还是凭资历，都非杨建国莫属。

当然，能当上工段长，彭明选和王三妹知道他们应该感谢谁，于是在心里对吴志宏的佩服和感激又深厚了一层。当然，事情之所以这么漂亮，吴志宏这顿酒之外还作了后续文章，只是他没有让彭明选和王三妹知晓。那便是，饭局第二天，他特意又去了刘副书记家里一次，送上了

第十五章

215

一份不菲的礼品。

　　杨建国得知张晓培与北城有名的混混江龙谈过恋爱，心中就给她打上了差评。
　　杨建国把这事告诉给杨浪。杨浪嘴上说不在乎她的过去，但心里却比谁都清楚，江龙乃是滨江一个混社会的浑人，绝非善类。提起过往，张晓培倒十分坦诚，告诉杨浪自己上卫生学校的第二年，正逢端午节，江龙的妈妈心脏病发作晕倒在街上，她正好路过便给其做了个心肺复苏。自己救了江龙的妈妈，江龙非要感谢她，便和自己结拜成干兄妹。只是，事情过去好几年了，目前他们已没有任何瓜葛……
　　听到这些乱七八糟的过往，杨浪的眉头禁不住皱了起来。
　　过了初八，郝经理打电话催创作歌曲的事，反正也准备得差不多了，杨浪便收拾了行李回了北京。周晖没有急着返校，因为他发现罗娟的成绩的确很差，还有几个月就要参加高考，他真替罗娟着急，遂决定给罗娟好好补补课。对这个安排，罗娟却不领情，认为自己天生不是学习的材料，劝他别瞎子点灯白费蜡。周晖不顾罗娟的反对，坚持每天给她补课，并带着她一起在刷题中查漏补缺。
　　杨浪一回北京，就进入了紧张的生活节奏。对年前创作的两首歌郝经理基本满意，同时又约他再写三四首，将来争取能推出一个专辑。每周定期去现代音乐学院上课，同时还继续兼任一个中小学生音乐培训班的音乐老师。这些七七八八的事，算起来平均每月也有两千多块的收入。手头的钱还算宽裕，于是他就在北五环的清河租了个单间，从与周晖合住的地方搬了出来，自己一个人住。
　　之所以选择在清河租房子，杨浪有自己的考虑。说实话，虽然这段时间一直挺忙，但一有空闲，或者每次与张晓培通过电话，他心中就忍不住生出纠结与懊悔。纠结的是，自从知道了江龙与张晓培有过交往之后，他就像吃了一只绿头苍蝇一般，想起来就恶心；但又一想自己作为男人，应该大度些，不该太在意张晓培的过去，加之每次张晓培在电话中总是一副天真无邪没心没肺的样子，又让他觉得自己有些小气和阴暗，可从本心来讲，他确实不愿意假装出什么都不在乎的坦然。还有就是懊悔的情绪一直折磨着他，自从那天与彭薇分手后，他感觉自己对不起她，因为他们的感情里，彭薇从未有过二心，而自己无论出于什么样的理由和原因，最终还是伤害了她。清河，首先与清华大学都有一个"清"字，地理位置上也很近，这种近让他在心里感觉彭薇就在身边；其次就是清河在海淀区的房租算便宜的，一居室每月只需500多元；还有这里距郝经理的新开张的演艺公司也不远，工作起来更加方便。

说话间，1997年的8月份就将过去。通过认真的准备，彭薇和李云鹃托福考试都不错，并顺利通过了清华大学秋季学期交换生的选拔。不久，她们就收到了美国威斯康星大学麦迪逊分校的通知书，邀请她们入校进行为期一年的交换生生活，学费校方全免。

出国前，彭薇最想见的人还是杨浪。思来想去，她没有直接给杨浪打电话，而是把自己的行程告诉了周晖。周晖十分高兴，当即表示要去机场为她送行。

这天，是彭薇登机出国的日子。在北京国际机场的候机大厅，从周晖口中得知消息的杨浪并没有出现。细心的周晖为彭薇与李云鹃办理好了登机牌和行李托运，王三妹与刘海燕在一旁聊着闲话，但眼中满含不舍之情。

眼看就要过安检了，还是不见杨浪的踪影。彭薇禁不住多次向入口处张望，无果。

就在彭薇与母亲王三妹拥抱告别的瞬间，她忽然看见杨浪脚步匆匆向她们走过来，但当他发现王三妹后，又快速地向旁边闪退在一处广告牌下，并默默地注视着她。彭薇眼泪一下子奔流而下。

王三妹与刘海燕都是背身，并没有发现杨浪。李云鹃发现杨浪，惊奇得刚要开口，彭薇用眼神制止了她，拉起她果断地步进安检口。

快走出候机大厅，杨浪并没有打车离开，而是来到机场附近的大路上，仰望着天空一架又一架的飞机从头顶掠空而过。两个小时里，虽然不能确定彭薇乘坐的是哪架飞机，但他相信必然是其中的一架，这是他为彭薇送行的一种特殊方式……

彭薇在清华大学就读的是电气工程与自动化专业，它是清华大学最老牌的工科专业之一，在世界电气工程领域享有盛誉。主要研究方向有高压电、柔性输变电、电工新技术、电力系统、电力电子等，对口就业方向为国家电网、各大发电企业等，是专门研究220V以上强电的工科院系。彭薇所到的美国威斯康星大学麦迪逊分校，创建于1848年，位于美国威斯康星州的首府麦迪逊，是一所世界顶尖的著名公立研究型大学。彭薇一入校，就被它浓厚的学术氛围、一流的科研实力和强大的校友网络、多元的文化生活和优美的自然环境所吸引，如饥似渴的彭薇仿佛一块干燥的海绵，在这里尽可能抓住一切时间吸收着这里的学术、语言养分。由于她和李云鹏均获得了全免学费的指标，相关的花费省去了不少，所以只要时间允许，她们都会与同学一起尽量多参加一些人文交流活动，使交换生的生活变得丰富多彩起来。

也可能对陌生环境的新奇，也可能是学术任务的压力，出国的一年中，彭薇时常会反思和检视自己与杨浪的情感。冷静反思诸多的细节和过往后，她感觉到自己和杨浪骨子里均属于冰的性格，而张晓培的性格热情、积极又执着，属于火的性格。所以，可能在某种程度上，他们俩可能更合适。

通过反思，得出这个结论，彭薇心中就生出不少的悲壮和淡定。

有了这种淡定，彭薇释怀了不少。在美国期间，她不再有扭捏和纠结，每隔一段时间，她还会主动给杨浪打个电话，关心他的生活和创作情况。

在彭薇留学的这一年里，大家都发生了挺大的变化。

杨浪完成了六首原创歌曲的创作任务，还存了五六千块钱，郝经理正筹划给他出张专辑。

另一边，滨江机车厂大干163天，终于圆满完成了国际订单。宋飞等人因为工厂帮工期间积极肯干，受到厂里的表彰，宋飞还被技校破格发展为中国共产党党员；徐校长还帮他办理了一张滨江理工大学的听课证，随时可以去旁听学习。张晓培的业务有了新的发展，原来的培正婚庆服务中心正式更名为培正礼仪庆典服务公司。周晖也有好消息，他不但又一次获得奖学金，而且还与两名校友一起组织北大、清华的学生专门编辑了几本针对高中学生的习题集，销路不错，他赚了钱，给自己买了一部手机。

十个指头伸出来不会一样齐。这一年里，也发生了另外几件事情。

罗娟如期参加了高考，但成绩连自费大学专科的分数线都没上。罗娟却一副无所谓的样子，说自己本来就想上技校，在选专业的时候她也挺有主意，直接报了焊工，她说因为母亲薛丽萍就是这个专业，这叫女承母业。吴志宏经过筹划运作，在滨江市高新技术开发区成立了一家机电公司，该公司的三个股东分别是他、日本商人井上太郎和张晓培的父亲张再德，取名"茂田宏达机电股份有限公司"。这个公司一起步就挺猛，用高福利和高薪水的方式，从正处于水深火热中的机车厂挖走了一批人才，其中中层干部就有近10人，老工人有70多人。就连彭薇的母亲王三妹也跟风辞职了，到了这个公司上班。

转眼之间，时间就来到1998年7月，宋飞从技校顺利毕业。因为他在校期间不但入了党，比武中得到好名次，还作为年轻骨干提前进厂，圆满地完成了重大生产突击任务，于是，他和蓝大个、二毛等人被直接定为了四级技工，这让同学们都十分羡慕。

还有一件事在等着宋飞，那就是这年铁道部给了机车厂五个去德国德累斯顿技师学院培训的名额,学制为四个月,厂里边选了四个人,厂党委研究决定,再从技校应届优秀学员中选派一个,技校校务会上,众领导一致推荐宋飞。

当徐校长把这个消息告诉宋飞时,他却犹豫着不想去。因为经过努力,他的自学考试已经通过了八门,只差三门就可能拿到本科文凭了。而这三门考试,其中有两门课的考试时间都在他将要参加的培训期间。

侯玉凤和宋卫国一听宋飞不想出国培训,一下就急了。因为他们知道这可是千载难逢的好机会,为了得到这次名额,不少人都托关系走门路,包括王三妹的二姐夫也托了彭明选帮忙,但是连围都没入;还有就是杨建国的爱徒赵老五也有些想法,但是也只能望洋兴叹。

消息像长了翅膀一样,很快在厂里传开。

侯玉凤和宋卫国正在给宋飞做思想工作,杨建国就拎着一瓶酒带着收拾得清爽利落的罗娟上门贺喜。

杨建国高兴地拍着宋飞的肩膀,夸道:"小子,你真给你大师伯长脸,当初我没看错你!"

把客人让进门,宋飞知道杨建国已戒酒,便给他敬了一杯茶,并随手递给罗娟一罐可口可乐。

上技校近一年,罗娟出落得更加漂亮了,人也成熟懂事了。但让侯玉凤印象挺深刻的还是前不久发生的一件事。那天,侯玉凤给技校生们上焊工示范课,十几个女生,都扭扭捏捏地不敢上。

罗娟可真是大方麻利,二话不说,换上焊接服、戴上焊接帽,按规范检查电路,操起焊枪焊接,动作娴熟又利索。对于这件事,侯玉凤在心里给罗娟打了两种分数:作为将来一名好工人,完全可以打九到十分;但作为一个高素质的姑娘家,甚至将来宋飞当了干部,如果选她当儿媳妇,只能打五分,因为她太过粗鄙,没有多少内涵,也不太讲究个人形象。

罗娟打开可乐喝了一口,有意调侃道:"飞哥,听说德国姑娘可漂亮了，身材又好，你也别光顾着学习，找个德国妞回来，立马能把咱全厂都震了。"

杨建国知道罗娟心里喜欢着宋飞，故意笑着斥责："你这丫头胡扯什么？"

侯玉凤笑吟吟地接过话茬，说："也不算胡扯，他都二十一岁了，也该琢磨这事儿了。"

没等宋飞张口，宋卫国却说："找对象也不能找外国姑娘，肯定还是回来找。宋飞，我可警告你，别给我带一个洋姑娘回来，我可不认！"

宋飞有些哭笑不得。杨建国一听，哈哈大笑起来，半真半假地说："要我说，我家罗娟就跟你挺般配的，你俩干脆……"

罗娟一听这话，一下子羞红了脸，小声反对道："爸，你才胡扯呢！"

宋卫国夫妇面面相觑。

宋飞也尴尬地笑了笑，忙把话题转到了其他事情上。

罗娟心中的秘密被说破了，羞红了脸催着杨建国回家。宋飞的脸也红了，急忙起身相送。

望着三人走出门外，宋卫国觉得杨建国的话确实不无道理，便试探性地问侯玉凤："我觉得罗娟和宋飞真挺般配的，你觉得呢？"

没想到侯玉凤却有些不高兴，说："你少扯，罗娟怎么配得上咱儿子？"

宋卫国奇怪地问："怎么就配不上了，罗娟长得又好看，脾气又好……"

侯玉凤没好气地说："一边待着去！别杨建国说风你就跟着下雨。"

宋卫国更不解："我真觉得挺好。你看，罗娟亲爸本来就跟咱是亲师兄弟，这亲上加亲，不是挺好嘛！再说，你不前几天还夸她能干吗？"

侯玉凤一撇嘴，道："好个屁！你真是眼窝子浅。宋飞德国学习回来，再拿上自考本科毕业证，将来肯定是干部，你别给我瞎张罗！"

宋卫国觉得侯玉凤真是异想天开，反驳道："什么干部不干部的，他是找媳妇儿，不是找干部！"

话不投机半句多，侯玉凤气哼哼地走进了内屋。宋卫国孤零零地点燃一根烟在客厅抽起来。

又有一段日子没有杨浪的消息，张晓培心中有些担心。宋飞要出国了，老黑、二毛与蓝大个等合计着给他送行的事，张晓培知道后提议，反正宋飞也要从北京出国，不如自己开车直接把大伙一起拉到北京，约上杨浪和周晖一起给宋飞送行。众人都觉得这是个好主意，只是老黑说大家一起去阵势大固然好，但花费太高有些不值当。张晓培一听这话，十分豪爽地说，来回开自己的车，食宿由她全包，绝不让大伙花一分钱。众人知道这两年张晓培生意做得挺好，赚了不少钱，虽然嘴里都说过意不去，但心里却十分开心，积极做着准备。

四人开了十多个小时的车，华灯初上之时，他们顺利来到了北京。发小和朋友们一道同来，又是给宋飞出国庆祝，杨浪自然不敢怠慢。他早早给周晖通报了消息，并在自己租房的清河附近给众人登记好了宾馆，还在一家叫作"西门烤翅"的大饭店订下一个包间。

周晖一听十分高兴，同时他还给大家带来了一个好消息，那就是彭薇前不久刚刚结束了交换生的生活回国了，索性把她一起请上。

杨浪想了想，没有敢同意，因为这次是张晓培做东。

众人在宾馆简单梳洗一番，便在杨浪的引领下来到饭店。细心的周晖早就到位，而且酒菜已全部摆放停当。

为宋飞送行，他自然被安排在了主位，杨浪在他左手边，老黑在他右手边。见众人都已坐定，杨浪站起身端杯提议："宋飞能够从我们一万多人的滨江机车厂脱颖而出，被选送德国学习深造，这是我们大家的骄傲和自豪，让我们一起举杯，祝宋飞一路平安，早日学成回国！"

众人一听觉得十分有道理，便纷纷举杯。

宋飞颇为感动，说道："感谢，非常感谢哥几个大老远来给我送行，我先干为敬。"说完，便将酒一饮而尽。

见宋飞喝得十分干脆，众人也都不含糊，仰脖就把酒给干了。接下来，众人便互相敬起酒来，一时间七七八八下来，大家都喝了好几杯。

见大家都提过了酒，张晓培扫视了众人一圈，站起来说，自己要敬四杯酒。众人一听，一下子来了精神。第一杯酒她敬给了老黑，说自己能从个体户发展成了公司，还赚了些钱，最应该感谢的就是老黑。她把第二杯敬给宋飞，说他今天是主角儿，表示最真诚的祝福。她把第三杯敬给了二毛与蓝大个，祝他们正式进机车厂上班，级别还比其他人高定了一级。三杯敬酒头头是道，众人皆觉得有理，一次又一次响起掌声，酒喝得也痛快。

提到第四杯酒时，她深情地看着杨浪说："杨浪来北京也差不多两年了，已经为两名歌手完成专辑制作，出售自己创作的歌曲也有好几首了，重要的是他在北京摇滚音乐圈也小有名气……为了实现杨浪的音乐梦，我愿意拿出这两年的所有积蓄，为杨浪出一张专辑！"

此言一出，众人皆十分惊愕，又都十分感动。只有二毛忍不住咋舌："天哪，这得需要多少钱呀！"

杨浪做梦也想不到张晓培会这样，连忙制止："张晓培，你疯了吧？你的钱也不是大风刮来的，你的好心我领了……"

张晓培却并不与他辩论，看着众人说："不管多少钱，这张专辑我出定了，这桌上，铁砧乐队、平行线乐队的人马差不多都到齐了，你们说，这事儿办不办？！"

除了杨浪，众人都很感动和亢奋，全部齐声叫好。

杨浪觉得有些被裹挟的感觉，站起来想制止，张晓培却分外动情地说："杨浪，酒桌上我不想跟你较真，音像社我都联系好了，我有谱我才说这话……再说，咱们在座的每一位都有和你一样的音乐梦。现在，就只有你一个人去追这个梦，你的这个梦，也是我们的寄托。我知道我投这笔钱可能一分钱都收不回来，但是为了这个梦，为了你的梦，为了我们大伙儿的梦,我认了!"

慷慨激昂的一番话,听得众人热血沸腾。大家都把巴掌拍得山响,纷纷给张晓培竖起大拇指。

这番话有情有理,想想自己这近一年来为折腾专辑吃过的苦、受过的累和遭受的白眼,想想前天郝经理正式告诉他出专辑的计划流产的场景,杨浪感觉自己拒绝张晓培的底气在慢慢消退。

见此情景,宋飞不失时机地站了起来,提议预祝杨浪的首张个人专辑大火大卖。

众人又一次纷纷举杯。在大家热切的目光里,杨浪红着脸端起了酒杯。

四个月后,杨浪的音乐专辑如愿自费出版,取名《飞翔的痕迹》,共收录了他原创的12首歌曲。杨浪倾其所有把自己一万多块存款全部投了进去,其余的7万多块钱由张晓培支付。然而专辑虽然出了,但销路并不看好,仅仅销售出去不到300张,这还是周晖做过大量推销后的业绩,库房里现在积压着大量的存货。对此,杨浪心中喜忧参半,虽然有一点成就感,但更多的是焦虑感。

再说宋飞在德国德累斯顿技师学院的学习生活,完全可以用"如饥似渴"四个字来形容。初到异国他乡,他没时间领略欧洲如画的风景,白天和同伴一起向德国老师学习观摩,学习过程总是笔不离手、本不离身,随时记录德国老师教学中的点点滴滴和自己的切身感受,恨不能将专业的知识全部都吸收消化。尤其是德国老师的细致、严谨和求实态度,时刻深深地感染着他和同伴们,他们也时时处处地感受到了德国百年经典的精工精神和工匠传承。可惜的是,时间太短了,短得让人有些遗憾。

四个月的培训眨眼就过去了。宋飞和同伴们深感学习机会的宝贵和自己能力的不足,他们多么希望能多留一段时间,多么希望能再一次来这里加钢淬火、学习深造。

带着收获的兴奋与喜悦，宋飞回来了。按照行程安排，他们还是先回到北京。宋飞没有与同伴们一起直接回滨江机车厂，他要单独在京逗留几天，因为在回国前，他与彭薇联系好了准备聚聚。

宋飞本想与彭薇单独见面，但彭薇却提出让他联系一下杨浪，最好三个人一起见面，人多热闹。

张晓培张罗着给自己出专辑这几个月来，一想起彭薇，杨浪就有一种做贼一样的负罪感。有好几次想联系彭薇见面，最终都放弃了。在清河住着，距清华很近，有好几次他都在清华大学附近转悠，希望能够偶遇彭薇，给她道道自己的心声，但都未能如愿。

现在宋飞学成归来，自己的专辑好歹也算出来了，于是，接到宋飞的电话，又听说是彭薇点的将，自然十分开心。他与彭薇一商量，就把聚会的地点又定在了"西门烤翅"。出门前，他还特意带了几张新出版的音乐专辑《飞翔的痕迹》。

三个老朋友坐在一起，不一会儿，谈话就变得亲切自然起来。特别是这几年来大家各自都经受了不少历练，也都成熟和练达不少。

宋飞出国四个月，对德国的技师学校赞赏有加，他激动地给二人介绍起国外先进的教学理念和他们所倡导的职业精神。他印象最深的是德国工人认死理的一丝不苟和近乎苛刻的精益求精，他感觉这种精神与师爷杜立德那一辈的工匠精神有相似又有很大的不同，就像是已经是融入他们血液的一种生活方式。

宋飞侃侃而谈。彭薇也深有同感，频频点头，还不时插话谈及自己在美国作交换生的经历。见二人聊着共同的话题，热烈地互动，杨浪心中有些许失落。想想，从高考到现在，两年多来彭薇和宋飞顺风顺水、步履铿锵，也算是小有成就，但自己却只是风风雨雨、劳劳碌碌，下一步也还是摸着石头过河、前路漫漫、眼前茫茫。

彭薇看出了杨浪的不自在，主动向他索要CD专辑。其实，周晖已

第十五章

经悄悄送给彭薇两张，彭薇也已认真地听过好几遍。彭薇接过CD，精到地谈起对专辑中每首歌的理解和感受，解析客观又精准，让杨浪十分惊讶。其实，在美国的一年里，彭薇忙里偷闲是做过功课的，她在歌曲欣赏方面下了不少功夫，特别是认真地研究和关注了一些与杨浪创作风格颇为类似的大师作品。

后来，三人聊到将来。

宋飞说他回厂后，要坚定地下到车间去，好好在技术方面钻一钻。

彭薇说自己虽然已经进入了大三，但是还没想好，将来可能考研，也可能直接选择上班。之所以这般犹豫，其实是她正在经受着一个无法摆上桌面的困扰，那就是近一年多来，吴志宏十分照顾他的母亲王三妹。自从王三妹到他的公司工作以来，不但活安排得很轻松，工资还给得挺高，王三妹时常把这些挂在嘴上；同时，吴志宏还不断通过电子邮件向她示好，回国这段时间还托人几次把玫瑰花送到自己的宿舍。她十分讨厌他，但无法躲过他无处不在的纠缠。

轮到杨浪发言，说到自己的将来时，他不知道如何回答这个问题，因为论事业，算起来现在自己在北京已漂了快三年，吃苦的事没少干，虽然出了一张CD，但并没有多大影响。说白了，他觉得在这一行想混出来并没有那么容易，特别是这段时间张晓培一直筹划着让他在滨江开一个个人演唱会，他认为这有些扯。一是他觉得自己的名气还不够大，原创的高质量作品也还是太少，二是他不想再让张晓培给自己投资了，因为投进去的是钱，欠下的是还不清的人情。

还有一个难以启齿的重要问题让他十分纠结，那就是在感情方面他左右为难。在目前的生活中，彭薇和张晓培两个人，他觉得缺一不可，因为一个是自己的天，一个是自己的地。他既需要踏踏实实在大地上行走，更需要时常仰望苍穹，欣赏美丽的星月和令人心旷神怡的蓝天白云。

彭明选走马上任工段长已经一年多时间了。滨机厂的效益还是上不去，甚至工资还有些下降，不少人都没有多少心思干活，特别是又有几十个年轻的工人被吴志宏挖走了。大伙人心浮动，加上任务又不饱满，干起活来便有些吊儿郎当不太当回事。尤其是他手下的老班长麻杆和青年工人二毛、蓝大个最为突出，不是迟到便是早退。彭明选当上官后，把芝麻大的权力用得淋漓尽致，只要谁给他仨瓜俩枣地送礼，他就想方设法给谁安排轻松的活，还给多记工时。而对从来不孝敬他的人，他总是想办法打击报复。他最瞧不上眼的就是老班长麻杆和青年工人二毛和蓝大个，他们不仅不给自己送礼，还常常迟到早退违反纪律。虽然他自己也经常迟到和早退，甚至常常利用上班时间偷偷到澡堂子泡澡，但他认为这是领导干部应该享受的权利，自己是工段长这样做理所当然，其他人坚决不能开这个口子。于是，只要他们迟到早退或偶尔溜澡堂子，他就会毫不留情地严厉批评，并坚决扣罚奖金。

这天，麻杆又迟到了五分钟，彭明选对他劈头盖脸就是一阵猛批，并宣布扣除50块钱的奖金。

麻杆怀恨在心，但并没有当场发作。他准备等待机会，好好治一治彭明选的臭毛病。

这天，彭明选照例盛气凌人地给大家安排完活儿，训了一通话，阴沉着脸背抄着手走了。走到半道，他一拐弯就溜进了澡堂子。这一切，都被尾随其后的麻杆看得真真切切。

麻杆暗喜，立即把这个消息告诉给了二毛和蓝大个。

三人一合计，趁着彭明选哼着曲儿舒舒服服泡热水澡时，二毛蹲着身子悄悄进入浴室，用螺丝刀打开衣柜，把彭明选的衣服一股脑装进塑料袋给拎了出来，径直送到了新任车间主任的办公室。

彭明选泡完澡找不着衣服，恼羞成怒，责备看门老头老赵没有帮他把衣服看好。老赵也是个不受气的主儿，对彭明选盛气凌人的样子早有不满，也没给他面子，指责他本来就不应该上班时间来泡澡，丢了衣服纯属活该。彭明选气得与老赵吵了起来。

第十五章

正当两个吵得不可开交，麻杆、二毛和蓝大个带着新上任的车间主任来了。厂里的刘副书记已经退休，这个车间主任姓周，多年来一直受到刘副书记的排挤和打压，加之他上任以来，已多次接到工人举报说彭明选收受部下礼品、处事不公、假公济私，也早有收拾他的想法。

违反厂规，并当着部属的面给抓了个现行，彭明选颜面扫地。

回到家里，他越想越别扭，越想越觉得无法在厂里待下去。

王三妹见状，并不给他宽心安慰，而是火上浇油地把滨江机车厂的不是数落了一遍，同时劝他不如来个此处不留爷自有留爷处，让厂里刮目相看。

彭明选一想也对，当即翻出吴志宏的联系方式，拿起听筒就给吴志宏打电话。

第十六章

宋飞与彭薇和杨浪一起吃过饭的第二天，意外地接到了何向华的邀请。何向华对宋飞的学成归来表示祝贺，并特意安排他到铁科院参观。这当然是求之不得的好事。在参观过程中，宋飞详细汇报了自己在德国学习中的感受和思考。何向华听得频频点头，肯定了他的不少想法，鼓励他回到滨机厂后一定要脚踏实地好好干。

宋飞正兴致勃勃地参观铁科院的尖端项目成果展，接到彭薇的信息。彭薇问他什么时候回滨江，并说火车票好像不太好买，如果方便，请他帮自己买票，然后一起回滨江。这事被何向华听到，何向华主动把这事给揽了过去，第二天就派人将两张北京到滨江的火车票送到宋飞的手中。

宋飞脸上特有光，彭薇自然也十分开心。因为，现在她已经放了寒假，本来还想等一等杨浪，但那天吃饭时听说张晓培正在筹备着为他在滨江开个人演唱会的事儿，再一想起前年寒假他们一起回家引起的轩然大波，便选择了与宋飞同行。

绿皮火车快速地奔驰在铁轨上，宋飞思绪万千。单独与彭薇进行一段旅程，一直是他的梦想。现在，这个梦想忽然实现了，蓦然降临的幸福竟然让他有些不知所措。他能做的便是一路对她无微不至地关照。从进站背行李，到验票找座位，再到洗水果接开水，他都殷勤备至。

还清晰记得两年多前彭薇对自己的拒绝，再想想现在的自己与未来的彭薇将有天壤之别，宋飞再未提说喜欢之类的话。关于宋飞退学的真正原因，彭薇没有主动去问。两年多来，他们都成长和成熟了不少。好的是，二人都有共同出国留学经历，一路上，聊得最多的便是这个话题。

心知肚明，又心照不宣。双方都知道给对方留余地，聊天亲近又友好。

在火车站站台，宋卫国、侯玉凤和彭明选、王三妹正好碰了个面。

侯玉凤嘴快，说昨天就得知宋飞和彭薇同路而归的事。而王三妹压根就不知道这个消息，心中就有些不舒服。看见宋飞与彭薇大包小包，分外亲近地从车厢里出来，侯玉凤和宋卫国十分高兴，但王三妹却阴沉着脸，也不上前接行李。彭明选自从给吴志宏打了那个电话后，没几天就跳槽到茂田公司上班了，吴志宏不仅给了他一个车间主任的位置，上下班每天还安排专车接送，工资也高出了机车厂的两倍还多。看到女儿，心情颇好的他急忙热情迎了上去。

为了欢迎女儿回家，彭明选早订了一个饭馆的小包间。

在包间里，点的菜很快上齐，一家人边吃边聊。

王三妹显摆地说："你爸辞职去小吴那了，人家直接给安排车间主任，已经过去上了几天班。专门给安排小轿车，天天接送。"

彭薇知道父亲跳槽去了吴志宏那，一脸的不高兴，只顾低头默默吃菜。

"薇薇，这马上就大四了，毕业以后你有什么打算？咱现在就得谋划谋划。"彭明选关切地问。

彭薇头没抬，说："服从分配就是了。"

王三妹着急了："服从分配也得有人帮你张罗，要不然分个不好的单位，一辈子可就耽误了。"

彭明选见彭薇并不上心，又关切地问："那你是想搞科研还是想进机关？你要是想回滨江也行，滨江这两年发展也不错，以后更不会差。其实我和你妈希望你回滨江，我们俩就你一个闺女，在身边……"

一听这话，王三妹马上打断他："行啦，行啦！回滨江能有什么出息，肯定是要留北京，咱俩退休了去北京不是更好！"

彭薇知道父母又拐弯抹角给自己递话，直截了当地说："爸，妈，咱家什么情况我清楚，毕业分配的事儿你们千万别给我托关系、走后门。我知道你们想找谁帮忙，我特别讨厌这个人，你们要是找他……"

王三妹一脸疑惑，着急地追问："不是……薇薇，吴志宏到底怎么得罪你了？你说出来，你看，现在你爸你妈都在人家的公司上班，人家真帮了咱家不少……"

彭明选见彭薇总是这个态度，十分不解，关切地问："薇薇，到底怎么回事儿？你怎么这么烦他？"

彭薇不愿多言，她声音不高但态度坚决地说："你们别说了，我就是讨厌这个人，你们和他有瓜葛我管不了，反正我不想和他有任何关系，更不喜欢别人在我面前提起他，包括你们俩。"

彭明选、王三妹见彭薇如此决然，彼此交换了一下眼神，彭明选暗暗示意王三妹闭嘴。

但是，王三妹却没有停下来的意思，话锋一转，又责问她彭薇与宋飞到底是怎么回事，并提醒她要远离这个宋飞。

彭薇解释这次同行只一个巧合，平时他们之间并没有什么联系。

王三妹哪里肯信，反问："怎么就这么巧，他去找你了？"

彭薇据实回答："是去学校找我了，正好我也准备回来，就一起买了票呀。"

王三妹仍然不信，正色警告："我可警告你啊！杨浪不行，宋飞也不行，我都看不上。"

彭薇听罢，冷笑了一下，不再搭言。

宋飞学成归来，宋卫国和侯玉凤也十分高兴。他们特意请杜立德、杨建国和罗娟来家里一起吃饭。

大家都对国外的情况挺好奇，一人一句地问这问那。只要有人提问，宋飞都热情作答。他谈到德国工人认死理的一丝不苟和近乎苛刻的精益求精，与师爷杜立德身上的工匠精神真是如出一辙，杜老爷子笑容满面十分开心，大家纷纷给他敬酒，他来者不拒。

话题聊着聊着，就转到了杨浪身上。罗娟心直口快地告诉众人，张晓培正在给哥哥筹办滨江个人演唱会的事。杨建国一脸愁苦，他对这件事不看好，包括杨浪现在所走的这条路，他总觉得不踏实，不如宋飞这条路走得稳当。

见杨建国满腹心事的样子，宋卫国、侯玉凤就给他宽心，说杨浪这个行业是个挣大钱的道儿，困难肯定有但都是暂时的，万一孩子成功了就是大出息。杜立德也劝他别想太多，趁着年轻让孩子在外面能蹦多高蹦多高，如果将来真混不下去了，就回滨江机车厂来，他又不傻，将来也能干出点名堂。众人都觉有理，一致附和，杨建国这才稍稍宽心。

日子是不禁过的。罗娟高中毕业进的技校，学制也是两年。现在已开始为期三个月的进厂培训实习生活，一般上午接受理论培训，下午进车间实习。

在进工厂这件事的节奏上，罗娟与宋飞基本保持了同步。但不同的是，宋飞是从国外培训归来，自然被高看一眼。其实，他在回国之前，厂里已给他安排好了工作岗位。那就是滨机厂的重要部门——装配车间。而罗娟仅仅属于实习而已，距真正成为一名工人还有一段不小的距离。

这天一大早，宋飞接到通知来到装配车间报到。车间周主任带着各位工段长和二毛、蓝大个等人，专门在门口欢迎他。

周主任热情地对宋飞说："你是咱们厂第一个还没毕业、还没入职，各车间主任就都抢着要的技校生，你这金凤凰能落到我们装配车间，是我们的骄傲，我代表车间全体同志对你表示最真诚的欢迎。"

场面如此隆重，宋飞有些不好意思，赶忙说："周主任您千万别这么说，我一定好好干，不辜负领导和大家的期望。"

周主任笑了笑，继续说："以前在技校也好，在德国培训学习也罢，那都已经是过去了，我希望你从今天以后，再接再厉，争取更大的成绩。"

宋飞谦虚地说："谢谢主任的鼓励，我一定好好干。"

这时，周主任向在场的人大声宣布："现在我正式宣布，宋飞同志从今天起担任我车间制管工段制管一班班长，大伙儿鼓掌！"

此话一出，宋飞一下子愣住了，众人热烈鼓掌。

宋飞一时没回过神，像接了个烫手山芋，连连推辞："不，不，我这刚上班怎么能当班长呢？不行，不行，这个班长我不能干！"

周主任用玩笑的口吻说道："你不干班长，是不是嫌官太小了？那我把车间主任让出来给你。"

众人哄笑起来，宋飞尴尬得脸一下子红了。

见宋飞脸通红，周主任又才笑着说："跟你开个玩笑。小宋，你就别谦虚了，这是高厂长的意思。行了，今天的欢迎仪式就到这儿，大伙儿散了吧！"

众人听令散去。二毛和蓝大个亲热地迎上来，领着宋飞向制管一班的工作区而去。

刚走出没几步，周主任又叫住了宋飞。周主任说，车间团委书记小李请了产假，想让他先代理一段时间，还说近日工会和厂团委号召各车间成立青年突击队，自己琢磨了一下，装配车间就由他当这个队长。宋飞一听头都大了，为难地说这才上班第一天，啥情况都不了解，真不知道该如何开展工作。

周主任却并不着急，笑着说："不了解不要紧，下午你去厂团委开会，开完会你就都清楚了。"

宋飞本想来车间基层好好练练技术，抽空把自学考试剩下的课程尽快过完，所以本心上并不想担任什么领导职务，便再次推辞，说自己太年轻，刚上班就担任班长、队长和团书记，担子太重真心挑不动。

然而，他的推辞并没有改变周主任的态度。周主任用和蔼但又不容商量的口吻说："小宋，你是党员，又是厂里重点树立的优秀青年典型，你不担这个职责说不过去。代理车间团委书记也好，青年突击队队长也好，都没什么工作量，不影响你本职工作，好好干吧！"

说完，他亲切地拍了拍宋飞的肩膀，亲自领着宋飞向制管一班工作区走去。

对于张晓培给自己张罗个人演唱会的事，杨浪内心矛盾。一来他觉得自己的作品还不够厚实，虽然通过郝老板签了四五首歌，但都没能火起来，总之，自己在音乐圈里还是名气太小；二来前不久出的个人专辑，花了十多万，到现在CD才卖出去两三百张，亏是肯定的了，钱大部分又都是张晓培出的，本来就欠人家的，现在再折腾一场演唱会，如果砸了，窟窿就更大了。但是，张晓培的态度十分坚决，似乎理由也很充分。她说正因为出专辑的事赔了，才筹划了这场演唱会，经过她的周密筹划和准备，现在已经谈了好几家赞助商，到时一定能够火起来，狠狠赚一把；再说操办这场演唱会，不仅是因为自己现在手上有钱有这个实力，关键是已经得到滨江市开发区领导的大力支持，这个演唱会也不完全是为杨浪一个人办的，到时宋飞、二毛、蓝大个和自己都可以上台，大家都能实现爱音乐爱摇滚的梦想。

杨浪犹豫难决，找周晖商量。周晖举双手赞同，并夸赞他艳福不浅。

杨浪又找侯明杰商量，侯明杰认为这个演唱会的确存在较大风险，但确实也是一件意义非凡的大事，鼓励他认真准备，同时还说届时会带着钢花乐队到滨江给他倾情助阵。于是，杨浪虽然心中别扭着，但还是被众人裹挟着一步步往前走，为演唱会做着各种准备。

张晓培已正式成立了培正广告传媒有限公司，该公司也是承办演唱会的主体单位。她通过吴志宏和开发区王主任的关系，已拿到了文化部门的演出许可证。为把这次演唱会打造成1999年滨江市文演工作的一部重头戏，她主动与杨浪给写过歌的"感悟乐队""星期八乐队"和"风乐队"等大牌乐队取得联系，并许诺了不菲的出场费，他们全部答应助阵。当然，张晓培是商人不是慈善家，投入钱是为赚更多的钱。为了扩大影响力多多售票，她对这次活动进行了精心包装，不仅在广播和电视投放了演出信息，还印发了大量精美的街头传单；不仅在滨江开发区人气最旺的家具城悬挂了十米多高的巨幅广告，还把滨江主要街道的路灯广告牌换上了演唱会的海报。在立体包装和打造下，演唱会的信息铺天盖地，杨浪在普通民众的印象里很快成为在北京小有名气的本土摇滚明星。

这年春节是2月16日，演唱会定于2月10日举办。由于临近春节，又经过多天预热宣传，加上多年来滨江从未举办过此类活动，虽然票价不菲，但演唱会的门票却销售火爆。除了预留的部分贵宾赠票外，居然一票难求。

万事俱备，只欠东风。2月5日，在张晓培的催促下，杨浪才忐忑地回到滨江。

进入市区，杨浪看到家具城巨大的喷绘广告上印着自己弹吉他演唱的画面，两侧写着"摇滚巨星""著名唱作人"。

杨浪吃惊地看着张晓培，不踏实地问："咱能不能别这么夸张？没必要整这么大阵仗。"

张晓培却说："不都这样吗！你不这么整，人家赞助商凭什么把广告投给咱？"

杨浪道："什么巨星，什么著名唱作人，这不是胡扯嘛！"

张晓培早有预备，不慌不忙地拿出几份演唱会赞助合同摔在杨浪面前。其中有一份合同明确写着，如果这次滨江的演唱会圆满成功，还将邀请杨浪与另外几位知名摇滚歌手赴德国巡演。她阴着脸:"你真想打退堂鼓也无所谓,不就是赔人家一百多万吗,我还赔得起,只要你高兴就行!"

杨浪被将了一军,皱起眉,换了一副口气说:"晓培,我真没想到你搞这么大阵势,一开始你说在滨江理工大学礼堂办……"

张晓培说:"我也没想到门票预售会卖得这么火,所以后来才改在体育馆。杨浪,你是演艺圈的人,人怕出名猪怕壮的逻辑在你们这圈行不通。你这么保守、低调,当初去北京闯干什么?不就是想闯出一番天地来?"

杨浪嘟囔:"我去北京可不是想当什么摇滚歌星……"

张晓培正色说:"我知道,我知道你的梦想是音乐制作人,可不管是台前还是幕后,提高知名度这总没错吧?李宗盛、周治平都是音乐制作人,人家也没像你这样拒绝开演唱会吧?"

杨浪有点心虚地说:"我怎么能和人家比?我跟人家差着十万八千里呢!"

张晓培却认真地说:"在我眼里,你一点都不差。杨浪,咱别较真了,行不行?你要是真不想办,我立马登报,取消演唱会。"

事情到这分上,杨浪知道已没有退路。同时,他心中感受到了一种巨大的压力。他明白,事已至此,就像滚着石头上山,没有什么选择,只能硬着头皮往上推。

演唱会的事情已经没有退路,但杨浪心里却有着难以言说的彷徨。他独自来到滨江边。这是一个无雪的冬天,江边结着薄薄的冰碴儿,像狗牙一样参差不齐地镶嵌在水边。杨浪掰起一块薄冰碴儿,置于掌心,它很快就无声地化为了冰水。凝视掌心滴滴答答滑落的冰水,杨浪忍不住想起彭薇,想起他们在这里一起弹琴说笑的美好时光。

然而,三年多时间过去,许多东西已经物是人非。他禁不住悲从中来。现在所拥有的和追求的东西，是自己原本想要的吗？回答不了自己这个问题，他弯腰捡拾起一个石块，奋力向江心扔去，仿佛要将所有茫然和无措远远扔开。

当那个石块在江中溅起水花时，杨浪听到有人在叫自己的名字。他循声望去，却是彭薇与李云鹃，二人正从不远处向自己走来。

杨浪看到彭薇与李云鹃很是吃惊。相反彭薇却很淡定，她走到杨浪面前开玩笑地说："大歌星，你多会儿回来的？"

杨浪脸一红，有些不自然地回答："昨天晚上。"

李云鹃见二人这种状况，调皮地作了鬼脸，道："你俩聊着，我就不当电灯泡了。"

说着就要走，彭薇一把拉住她，娇嗔道："你讨厌。万一张晓培在附近，我可说不清了。"

听到这话，杨浪吃惊地看了一眼彭薇。

李云鹃却笑着说："你刚才不是口口声声说已经放下了吗？既然你心结都解开了，身正不怕影子斜，不用怕别人怀疑，我就不陪你们了，我先撤！"

彭薇嗔怪地白了她一眼，说："都是你的理，也行，那你先回吧！"

李云鹃向公交车站走去，杨浪与彭薇继续在江边漫步。

心中有许多的话，但杨浪却语塞了，竟一时不知如何说起。

彭薇见杨浪默不作声，就主动聊起演唱会的事儿，直夸张晓培敢想敢干，把宣传搞得红红火火、像模像样，如果换了自己肯定做不到。彭薇这是心里话，但在杨浪听来却另有一番滋味。杨浪心中是矛盾的，他既希望彭薇关心自己演唱会的事，毕竟这是一件大事，但也不希望她关心这件事，甚至如果她压根就不知道这件事最好。因为他们之间隔着一个活生生的张晓培。

江边的沙滩还是那般柔软，江水静静流淌，刚才石块激起的涟漪已消失得无影无踪，仿佛根本就没有发生过什么。彭薇就在身边，这是

第十六章

杨浪曾日夜想念的人啊，然而他却无法拥抱、无法倾诉，内心被荒凉与悲伤一层一层地侵袭着。为了掩饰内心的凌乱，杨浪一屁股坐在了沙滩上，用双手捧起细沙，堆起沙堡来。

彭薇也大方地坐在了沙滩上，她和他一起堆起沙堡来。边堆她边鼓励杨浪一定要认真准备，争取把人生的第一个演唱会办得漂漂亮亮，坚持自己的梦想，在音乐的路上大胆地走下去。听到鼓励的话，杨浪的内心平静了不少，心中的那些茫然和无措一下子荡然无存了。好像冥冥中他等待的竟是这句话。

杨浪感激地望着彭薇，那般的饱含深情。好久没有与她这样亲近地交流了，也不知彭薇下一步如何打算。杨浪关心地问：“你马上要上大四了，毕业以后怎么办？”

彭薇望着他，回答：“到时候再说吧，走一步看一步。你呢？”

杨浪回道：“暂时还没有长远目标，郝哥的公司要和我签约，我已经答应了。”

彭薇高兴地说：“那太好了，恭喜你。不过……这样的话，那你……”

杨浪知道彭薇想说什么，便问：“你的意思是，我和张晓培怎么办？对吧？”

彭薇说：“是啊，张晓培对你付出挺多的，你也应该……”

杨浪反问：“你觉得我应该回报她，放弃北京，回滨江，是吗？”

彭薇看着杨浪的眼睛，说：“我觉得应该这样，你这人从来都是只考虑自己的感受，不顾别人。”

杨浪苦笑了一下："也许是吧！"

杨浪将堆砌起来的沙堡推毁，站起身来。彭薇也起身，拍了拍手上的沙子，两人向公交车站走去。

自从与彭薇在江边邂逅之后，杨浪对演唱会的态度变得积极起来。

他认真地做起准备，他要将它打造成自己音乐事业的辉煌盛事。

张晓培自然喜不自胜，更加紧锣密鼓地进入临战前的准备。体育场、乐队、赞助商，还有酒店里客人的人吃马喂，等等，一脑门子的事情，每天她的电话都响个不停。虽然忙得脚不沾地，但张晓培特别享受这种全世界都围绕她转的感觉。同时，她考虑得十分周全，除了给滨江市开发区的头头脑脑留足贵宾票以外，还把20多张赠票交给了周晖，让他邀请宋飞、彭薇、罗娟、李云鹃等人前来捧场。值得一提的是，这次演唱会对她帮助最多的数两个人，一个就是在滨江人脉颇广的吴志宏，另一个就是吴志宏的合作伙伴日本商人井上太郎，六个赞助商中有三个都是他们给介绍的。

1999年2月10日，晚上七时，演唱会正式开始。

看台上，人头攒动，观众们举着荧光棒随着乐队强烈的节奏声摇摆、律动。体育馆中央的演出台上霓虹闪烁，垫场的"风乐队"主唱抱着麦克风杆粗犷地嘶吼着，瞬间将现场众人的情绪点燃。

看台的一个角落，彭薇与李云鹃以及周晖说笑着。看台前排，宋飞、二毛、蓝大个以及罗娟都亢奋地跟唱。看台贵宾室，吴志宏与井上太郎一边喝着啤酒一边欣赏。

一段火辣辣的热舞暖场后，随着主持男嘉宾富于煽动性的解说，杨浪在全场排山倒海的欢呼声中闪亮登场。现场安静下来，随着主音吉他手侯明杰拨动电吉他，琴弦架子鼓声暴烈响起，杨浪走到麦克风杆前激情开唱，现场再度被点燃。

杨浪连唱了五首歌，时而嗓音清亮、深情吟唱，时而火力全开、粗犷劲爆。观众们一次次被打动、激发和感染，许多人忘情地跟唱起来。彭薇看着风流潇洒的杨浪，微笑着涌出了热泪。

然而就在这时，一个意外情况出现了。导演组告诉张晓培，演唱会所安排的压轴节目演不了，因为原来安排的"星期八乐队"主唱喝多了。这可怎么办？救场如救火，张晓培迅速将宋飞、二毛、蓝大个三人叫到了候场室。广告宣传中浓墨重彩地渲染了压轴节目，如果取消，如何向观众交代？张晓培当即决定：由"铁砧乐队"上场灭火。蓝大个、宋飞、二毛都面露难色。张晓培自告奋勇由自己担任主唱，大家的斗志也瞬间被激发出来，立即拉起老黑就朝排练室而去。

由于是临时准备，时间太过有限。他们选定的曲目是"铁砧乐队"最拿手的《海阔天空》。这首歌来自香港 Beyond 乐队，也是"铁砧乐队"曾经练得最多唱得最好的歌。

轮到"铁砧乐队"上场了。当主持男嘉宾介绍，即将上场的这支乐队是本场演唱会特邀的神秘嘉宾，他们都是土生土长的滨江本地人，他们便是勇于挑战自我、实现人生梦想的滨江机车厂青年职工摇滚乐队时，现场掌声稀稀落落，观众交头接耳，十分诧异。

追光灯下，张晓培等人穿着便服登场。

张晓培的台风落落大方，她如实介绍"铁砧乐队"诞生于1993年，当时他们还都是初中三年级的学生，加入乐队的时候她只是滨江机车厂医院的收费员。随后她又一一介绍了主音吉他手宋飞、节奏吉他手二毛、贝斯手蓝大个、鼓手老黑和特邀键盘手侯明杰。

朴实和真实最能打动人，介绍完毕，台下观众响起了热烈的掌声。

熟悉的旋律前奏在侯明杰和宋飞等人的完美演奏下，飘然而出。

今天我，寒夜里看雪飘过，怀着冷却了的心窝漂远方，风雨里追赶，雾里分不清影踪……

张晓培沙哑低沉的嗓音点燃了全场，气度风范完全不输明星大腕。台下喝彩声、呐喊声、掌声混成了一片。

彭薇明显看出了他们这是临时串场，但看着张晓培介绍乐队成员的落落大方，很是钦佩。日本商人井上太郎饶有兴致地欣赏着张晓培等人的演出，眼中透射出分外的喜欢。杨浪已经猜出是怎么回事，看着台上的张晓培和宋飞等人，近年来的过往像放电影一样从他的眼前飘过，禁不住热泪滚落。

演唱会获得了圆满成功。杨浪带着张晓培及侯明杰等到酒吧里祝贺。一件大事完成，众人都十分放松，一杯接一杯地喝着酒，旁若无人地高声聊天、玩笑。

然而，他们并未注意，不远处有一群人也正在喝酒，并不时把不怀好意的眼神瞄向这边。这群人不是别人，为首的正是滨江恶名远扬的流氓江龙。

不一会儿，流氓江龙在一帮小弟簇拥下，手中盘着两个钢球朝着众人走过来。

张晓培见一脸横肉的江龙已经到了眼前，心中顿生慌张，急忙起身赔笑道："呦，呦，龙哥，没想到在这儿碰着你了。"然后一指杨浪等人，客气又大方地说，"龙哥，都是哥们儿。你坐，咱们一块儿喝点。"

江龙一脸傲慢，斜眼看了众人一眼，阴阳怪气说："好，好，咱也认识认识北京过来的大艺术家。"

一听话茬不对，张晓培赶忙拉过一把椅子，请江龙坐下。江龙的无端而至，让杨浪等人一下子警觉起来，他们感到此人来者不善。

江龙骄狂地盘着手中的两个钢球，左右活动活动了脖子的筋骨，用挑衅的口吻说："娟子，介绍介绍呗，哪个是你男朋友？"

张晓培知道他是来找碴的，连忙回道："我没男朋友，都是哥们儿。来，龙哥，我给你倒上。"说着，便殷勤地拿起酒杯给江龙倒酒。

没想到，江龙接过酒杯的同时趁势一把将张晓培搂到了怀里，淫笑着说道："没男朋友就好，哥还喜欢你，你还跟哥搞对象呗！"

张晓培又急又恼，却不敢发作，在江龙怀里边挣扎边说："龙哥，你肯定喝多了，先松手，松手。"

江龙哪里肯放手，继续淫笑着说："怎么的，发达了不认你龙哥了？

第十六章

忘了当年龙哥对你的好了？"

在滨江一中上学时，杨浪就听说过江龙的恶名，只是一直没见过面。还听说江龙是滨江市有名的混混，欺行霸市、敲诈勒索，无恶不作，曾因盗窃罪、故意伤害罪和打架斗殴多次进过班房。见江龙如此嚣张跋扈，杨浪忽地站起来，强压着怒火说："龙哥，我是晓培的男朋友，请你放尊重点！"这时，二毛、侯明杰等人也全都站了起来，怒目瞪着江龙；江龙身边的五六个小弟操起了家伙，随时准备动手。

张晓培乘机从江龙怀中挣脱，焦急地劝道："杨浪，你们别这样，坐下，龙哥我熟，都是自己人。"

江龙哪里会把杨浪放在眼里，斜睨起眼挑衅道："怎么的，小子？不服气，是吧？！"

杨浪并不想把事惹大，压低嗓音用央求的口吻说："龙哥，我真的是张晓培的男朋友，以前你俩有什么事儿我不管，她现在是我的女朋友，希望你给我一个面子。"

此话一出，江龙发出一阵狂浪的狞笑，一指小马仔手中的一瓶洋酒说："小子，给你一个面子？可以，你给我把这瓶酒吹了，我就给你这个面子。"说完，一脸鄙夷地斜视着杨浪。

众人瞠目。张晓培还欲上前劝阻，杨浪已探身抓起那瓶酒，盯着江龙的眼睛一气儿把整瓶酒喝了下去。一口气吹完酒，抹了抹嘴，杨浪强压胃中直朝上蹿的酒气，真诚地说："龙哥，兄弟喝完了，谢谢你的酒。"

但江龙并未善罢甘休，又一脸无赖地说："没说喝一瓶呀！龙哥的面子怎么会那么薄呢？来，再拿一瓶。"说着，就从身旁小混混的手中接过另一瓶酒，强横地递到杨浪面前。

杨浪气得双拳紧握。张晓培见情况不妙，又想上前劝解，江龙却将她一把推到一边，差点儿摔倒。

江龙瞪着牛蛋般的眼睛逼问杨浪："你到底喝，还是不喝？"

杨浪怒不可遏道："你别得寸进尺！"

霸蛮的江龙强横地说："老子今天就得寸进尺了！"说时迟那时快，他挥动酒瓶就向杨浪头上砸去。"砰"的一声，杨浪的额头顿时血流如注。

酒吧服务员一看大事不好，赶忙躲在吧台内报了警。

鲜血从脑门上涌流下来，杨浪也顾不了许多，抓起手边的酒瓶就向江龙砸去，江龙闪身躲开，他身后的小弟们一哄而上扑了过来，蓝大个与侯明杰等人也没客气，悉数加入打群架的行列。

现场一下子变得十分混乱。江龙手持半截酒瓶追打杨浪，穷凶极恶地叫嚣："老子给你面子，老子今儿个弄死你个小王八蛋！"

杨浪在闪躲中脚下不慎被吧椅绊倒，身子仰面摔下。江龙手持半截酒瓶恶狠狠地向他胸口插去。情急之下，杨浪抓起一旁的电吉他防卫，吉他顶部的尖头"扑"的一声插进了江龙的胸口，一时鲜血喷溅，江龙手里的酒瓶也"哐当"一声掉落在地，他的身子慢慢地瘫软下去……

第十七章

江龙死了。

这是杨浪进入看守所后第三天才知道的事情。

演唱会的喜悦和光环已荡然无存。在关押室的凳子上，头上缝了数针的杨浪洞睁着无神的双目，怔怔地望着窗外。他做梦也没想到，自己转瞬之间就沦为了杀人犯。

然而，现实是坚硬的。江龙冰冷的尸体已经进了太平间，警察反反复复地录他的口供，并让他指认了那把带血的吉他。周晖、罗娟在杨建国的带领下，已经隔着看守所的铁窗看过他。罗娟泪水婆娑，周晖悲痛叹息，只有杨建国表现了出人意料的刚强。隔着看守所的玻璃窗，他拿起电话的听筒问杨浪："疼吗？缝了几针？"

杨浪沮丧地回答："没事。缝了三针。"

杨建国盯看着杨浪的眼睛说："那人死了，估计得判刑。"

杨浪听到这话，低下了头，沉默不语。

杨建国却表现出异乎寻常的血性和坚强，忽然提高了调门，向杨浪大吼道："儿子，你抬头，看着爸！"

杨浪一愣，茫然地抬头看着杨建国。

杨建国继续大声地说道："儿啊，爸都知道了，没事儿，啊！把人欺负急了，就得这样。那些个烂人，你就是认怂，他也不放过你。"

杨建国这番十分爷们的话让杨浪十分诧异。

周晖与罗娟也面面相觑，分外吃惊。

杨建国接下来用十分硬气的口吻说："孩子，人不犯我、我不犯人，爸不怪你。不过，往后你干什么事儿都要冷静点，别冲动，三思而后行，对不对？爸也不说什么了，法院怎么判咱认了，毕竟人家也是一条人命，你也别觉得委屈！"

这番话，说得杨浪心中热乎乎的。他第一次觉得父亲是如此的理解和支持自己，这般有血性有情义。周晖和罗娟也很感动，觉得父亲这番话有担当有气魄，既安慰了哥哥，又教育了哥哥。

杨浪过失杀人，全因自己而起，张晓培内心十分悔恨。杨浪被警察带走的当天晚上，在父亲张再德的陪同下，她来到了杨建国家中，当着他们父女三人的面长跪不起，痛哭流涕。杨建国心中本来就对张晓培没有多少好印象，现在儿子因她这个祸水而锒铛入狱，自然不会有好脸色。只是当着张再德的面，他也不能太过发作。张再德知道事情的分寸，真诚地道了歉。事已至此，杨建国也只能作罢，当然这个春节也变得没有什么过头。年三十的晚上，祭奠薛丽萍时，他对着她的遗像说了许多后悔的软话，也感叹人生在世许多的无常与无奈。

这个春节彭薇自然也没有过好。自从杨浪进入看守所，她几次想去探监，但看守所规定只允许直系亲属见面，她没能见成。虽然周晖两次都及时告诉了杨浪的情况，但她心中仍放心不下。眼见要开学了，便托李云鹃为自己请了一周假，她要等法院对案件的判决下来后再回学校上课。对彭薇这个决定，王三妹和彭明选起初坚决不同意，但见彭薇全然一副雷打不动的样子，也只好作罢，只盼着案件利利索索尽快结案。

这个案子并不复杂，法院的判决很快下来了：杨浪因防卫过当，致

第十七章

245

人死亡，被依法判处有期徒刑三年。

当杨浪被两名法警押上囚车时，彭薇在囚车旁为他送行，泪流满面哽咽地说："好好地活着，后边的好日子还长着呢！我——我们都等着你回来。"说这句话时，她特意强调了"我"字，语气十分真切。

杨浪强忍泪水，感激地向彭薇摆了摆手，转身弯腰进了囚车。

因为属于轻刑犯，杨浪服刑的地方就在滨江市监狱。

说起来，杨浪是幸运的。他所在的监狱里有一个犯人名叫刘洪军，当听说他是因失手杀死了混混江龙而入狱时，竟对他既感激又佩服。原来这个刘洪军进监狱之前，曾多次受到江龙的欺侮和敲诈，对江龙恨之入骨，没想到杨浪却意外地帮助自己铲除了仇家，自然是喜不自胜。如此一来，这个刘洪军对杨浪便十分关照。刘洪军是一众囚犯的头儿，见头儿都如此厚待杨浪，众人当然更不敢造次。

机会总是给一些有准备的人。入狱不久，杨浪一众人等被安排到监区内一个名为新生机械加工厂的地方劳动改造。这个工厂系滨江市监狱狱办企业，主要业务是加工各种五金制品以及为其他企业配套加工零件。车间内，负责生产的副厂长孙树斌也是一名服刑人员，因为懂技术，被监区特聘为生产副厂长。他意外地发现杨浪的机械加工制造手法娴熟老到，十分惊奇。当了解到杨浪是滨江机车厂的子弟，上过一段时间的技校，父亲是滨机厂的铆钳师傅时，便不露声色地开始关注他。

直到有一次，孙树斌在验收二监区送过来的产品时，发现残次品较多，十分不满意。当询问负责生产的二监区厂长郭浩然时，他却告知是因为产品批量太小，更换专业刀头费用太高，只能将就生产。在二人为难之际，杨浪正好路过，知晓了此事，便大胆地提出自己可以对现有刀头进行技术改进，既能达到产品要求，又可节省费用。

二人一琢磨，反正又不用经费，让他试试也无妨。不出五天，杨浪还真就把刀头加工改造完毕。一试，乖乖，真是十分的好用。从此，两人对杨浪刮目相看。

新改造的刀头十分好用，孙树斌十分高兴。当晚，他专门把杨浪叫到自己的办公室，特意开了一瓶啤酒，给杨浪和自己都倒上。

杨浪知道监狱有明文规定不准饮酒，自然不敢端杯。

见杨浪一副规规矩矩的样子，孙树斌便笑着说："没事儿，就意思一下。来，喝一口。"

见孙厂长如此说，杨浪才渐渐放下心。快两三个月没有喝酒了，说实话还真是有些馋。

两人喝着酒，轻松地聊起天来。孙树斌讲起了自己的故事。原来，他曾经在滨江开了一个机械加工厂，规模不小。当然他也早知道杨浪的爸爸杨建国是滨江机车厂最牛的铆钳师傅。几年前，他的加工厂率先在滨江引进了先进的生产项目管理体系，那套系统当时是香港一家高科技公司专门给他们厂定制设计的，硬件、软件加起来花了近一百万，每一道工序基本上全部实现了数据化、标准化……可谓事事顺水又顺风。但马有失前蹄，人有祸福事，后来自己时运不济，却走进了监狱。再问及进来的原因，孙树斌只是摇头，闭口不答。杨浪也不便多问。

在历史的长河里，每一个个体都是十分渺小的。命运像一把无形的手，以它特有的方式调整和把控着时代的每一个音符。在这些时代的音符里，每一个个体都以各自不同的方式沉淀着过去，拥抱着当下，迎接着未来。

几家欢乐几家愁。就在杨浪入狱四个多月后，中华民族迎来一件盛事——澳门回归。此举将洗刷中华民族百年耻辱，迈出实现祖国完全统一的重要一步，成为彪炳中华民族史册的千秋功业。春节一过，机车厂便围绕迎接澳门回归组织了丰富多彩的活动，有演讲比武、文艺晚会，有篮球比赛、门球比赛，还有系列的岗位比武活动。正式入厂上班的罗娟被车间抽去参加了舞蹈节目。别看她学习上不太行，但乐感不错的她跳舞还真行，优美的舞姿把不少人的眼睛都看直了，尤其是宋飞和侯玉

第十七章

凤看了她的表演，心里都默默地给她加了分值。在青年突击队队长宋飞的带动下，赵老五、蓝大个、二毛等人也积极参加了迎回归岗位比武竞赛，宋飞顺利获得"岗位能手"称号，其他几个人也都取得了不错的成绩。

2000年4月1日，铁道部李副部长再次莅临滨江机车厂检查指导工作。

事隔四年，这是李副部长的又一次重要视察，这次他没有带何向华。在高学明、王舜田和闻处长等人的眼里，李副部长的这次视察，带着不少敏感的信号。因为，按照规定高学明两个月后将到达退休年龄，虽然此前组织征求他个人意见时，他曾积极表示如果组织需要，自己将十分愿意再为厂里的建设多服务几年；还有就是刘副书记退休已经快一年，这个职务的缺儿一直没有补配。明摆着，这次视察怎么看都带有考察调研的意味，它将深远影响未来厂班子的布局和配备。

高学明等人的猜测没错，李副部长确实为此而来。但是，在他的内心，还有一个秘而不宣的想法，那就是他十分清楚铁道部的上层改革已经在强势推进，而且计划将滨江机车厂所属的车辆总公司整体划拨出来，隶属给国资委。身为这次改革大潮中的一叶扁舟，滨江机车厂接下来将不可避免地受到狂风巨浪的冲击与洗礼。作为从滨江机车厂一步一步成长起来的一个领导干部，在改革的狂风巨浪到来之前，他特别想到这片热土上看看自己的老部下、工作过的老厂房，想与大伙儿坐一坐、叙叙旧，更重要的是给他们鼓鼓劲、加加油。

李副部长来厂里这天，高学明等一众厂党委领导早早就在办公楼前迎接。

李副部长没有先到办公楼听汇报，而是直接来到了车间视察工作。当他来到一工段铆钳一班的工作区时，杨建国正率领班组成员在工装台上紧张地工作。李副部长能亲自来到自己的班组，杨建国颇感意外。在洪宝力的一声招呼下，杨建国急忙跳下工装台，一手油污，不好意思与李副部长握手。

李副部长却一点也不在意，主动向他伸出手，笑着问杨建国："怎么，杨师傅好像不欢迎我这个老厂长？"

杨建国有些局促，急忙把油手在工作服上蹭了几下，双手握住李副部长的手，涨红着脸答："哪能呢！老厂长，我们巴不得您天天来！您来一次，我们工人工资就翻一倍，工友们盼着您一年来个三头五回的呢！"

众人一阵哄笑。

李副部长爽朗地笑着说："这和我来不来没关系，这都是咱们国家铁路大提速带来的好市场、好前景。怎么样，现在一个月能挣多少钱？"

杨建国回答："加上奖金，像我这种级别的平均一个月拿个两千四五，刚入厂的学徒工也能拿一千五六。"

李副部长听后，笑着鼓励大家说："不错，不错，再努努力，差不多赶上北京白领的工资水平了。"

随后，李副部长与除高学明之外的一众厂党委领导成员以及中层干部代表进行了座谈，听取了大家对厂领导和滨江机车厂未来发展的意见和建议。对于每名同志的意见他都认真倾听，重点记录。

当大家掌声热烈地请他作重要指示时，他客气地表示这绝对不是指示，仅仅是与大家伙儿一起谈谈心、交交底。他语气真切、语重心长地说："这两年，咱们厂总体发展态势不错，但从整个车辆行业来看依然不具备竞争优势。为什么？就是因为研发力量不足，产品太单一。同志们，马上就21世纪了，日本的新干线、欧洲的高速铁路已经发展了近三十年，而我们国家的高速铁路还没有起步。没有起步不意味着没有规划，最近部里重新制订了高速铁路网发展规划，递交给了发改委，国务院也已经在组织有关专家论证……"

一番讲话，听得在座的人切身感受到自己与祖国发展的脉搏紧密相连，内心充满了光明和希望，同时也觉得自己身上的担子沉甸甸的。

到厂里第一天，李副部长马不停蹄地视察各车间、与工厂代表座谈，十分的忙碌。虽然高学明一路都鞍前马后陪同，但并没有捞着向他单独汇报思想的机会。第二天，高学明做好了充分的准备，专程到招待所给李副部长汇报思想，李副部长却没有给他机会，提出让他陪自己一起去看看杜立德老师傅。

八十多岁的杜立德对老厂长的到来，自然十分欢喜。杜红和杨建国都在。杜立德知道李副部长在厂里时馋自己做的饸饹面，于是亲自下厨就给他忙活起来。杜红和杨建国见状，急忙到厨房给杜老打起下手。

见客厅没有了旁人，高学明又一次开口打听厂里下一步的人事安排。这事太过敏感，他也不好直接打听，便旁敲侧击说总公司那边他谈过话了，他向组织推荐了何向华担任下一任厂长，也不知道这个意见合不合适。

李副部长没有正面接招，只是十分郑重地说："向华这几年在铁科院主持研发工作，积累了不少工作经验；你这几年带着全厂职工经历风雨、爬坡过坎也不容易。只是人事问题是总公司的事，我不便干涉，总公司方面怎么决定，你们一定要坚决服从。"

这几句话，并不是高学明想要的，但他知道也没有办法要到更直接的话，于是连连表示："那当然，那当然。"

杜立德从厨房出来，香喷喷的面已做好。李副部长端起碗闻了闻，真香！一口气就吃了三碗。

吃完饭后，李副部长就提前回京了，说是部里紧急通知，第二天要召开一个重要会议。

送走李副部长，一直十分关注自己前途和命运的王舜田凑到高学明跟前，悄声问首长有没有透漏重要信息。高学明情绪不高，白了他一眼，说："老王，你就是这个老毛病，对这些事情太敏感。视察也好，考察也好，咱做好本职工作就是了，其他的一概不打听，不信谣，不传谣，这是组织纪律。"

王舜田脸上讪讪的，但仍笑着回道："对，对，您批评得对，以后我一定改正。"

宋飞从德国回来上班近一年时间了。他发现制管车间的工艺流程不太规范，于是查阅了大量相关资料，总结各位老师傅的丰富经验，自己动手绘制了一个《制管工艺流程》的小册子，并交给车间周主任审定。

周主任一看，觉得十分到位，便送到了厂办主任王舜田那里。王舜田也觉得不错，呈送给高学明过目。高学明觉得这个册子十分实用，便指示让机关多印一些，并送给技校作为参考教材，同时告诉王舜田，可以把宋飞借调到机关技术装备处工作，让他更好地发挥特长。

自己的车间培养出了人才，车间周主任自然十分高兴。当他把工厂想调他到技术装备处工作的事告诉宋飞时，没想到宋飞却婉言谢绝了。他说自己就想在基层工作，好好地当个技术工人；另外自己自考的毕业证还没有拿到手，也不符合进机关的条件。

周主任劝了半天，宋飞就是一根筋地坚持自己的想法。高学明听到情况汇报后，便没有再强求。当侯玉凤知道宋飞拒绝了厂里让他当干部进机关的机会，却要一门心思留在车间时，肺都快要气炸了。她真想不通自己的儿子是搭错了哪根弦，放着人人羡慕的机关干部不当，却固执地想当一辈子工人。宋卫国劝她别着急，想开些。侯玉凤却气不打一处来，又说起三年前宋飞从大学退学的事情，还迁怒于宋卫国的基因，骂他之所以有今天这样的结果，完全是宋卫国不求上进没给孩子带好头。宋卫国见她一副泼妇不可理喻的样子，只能唉声叹气，吃下这个瓜落。

彭薇回到学校后，还惦记着杨浪。

每过一两个月她都会给他写封信，鼓励他一定要鼓起勇气，绝不可意志消沉。杨浪几乎每封信都回，及时汇报自己在狱中取得的成绩和进步。只是两人的信中，都在刻意地回避着一个字眼——"爱"。

2000年5月份，大学一年一度的毕业季临近，清华校园与其他大学校园一样，弥漫着激扬青春和真情告白的气息。

校园里，各类推介会和招聘会琳琅满目，让人眼花缭乱。彭薇觉得时间真不扛过，还有两个月她将与这所校园作别。几天前，父母电话中告诉她，他们正在托人走关系，准备让她进入国家部委或其下属的研究所。一听这话，她断定此事与吴志宏有关。父母俩人均从滨江机车厂辞职委身吴志宏的企业，自己差点被他强奸侮辱，现在却要这么一个人面兽心之人摆布自己的前程，彭薇心中十分的悲凉。她在电话中严词拒绝父母的做法，但同时又心中迷茫，她真不知道自己应该如何选择。还有，一想起杨浪身陷囹圄的突然变故，她感到生活中充满了太多的不确定性，有时候真不知道明天和意外哪一个会先来。

没过几天，受清华大学邀请，铁道科学研究院副院长何向华来到校园里做学术报告。其实，准确地说此时他已经是滨机厂厂长兼总工程师，因为就在他准备上台作报告的十分钟前，已接到部里的正式通知，要求他一周后到滨机厂上任。

何向华的学术报告主旨是"中国高速铁路构想与规划"。他从1996年以来，大家乘坐火车回家速度一次比一次快的感受，给师生们详细介绍了随着国家改革开放的步伐，中国铁路网实现三次战略性大提速的台前幕后，讲述了从最初的平均时速六十公里跃升到目前平均一百六十公里的不平凡历程。接着，他重点给大家讲解和展望了中国将与世界接轨，筹建多条高速铁路的宏伟计划和美好前景……

台下的师生不少人听得热血沸腾，大家的国家尊严感和民族自豪感油然而生。

报告会后，何向华拒绝了清华大学的宴请安排，提出要与滨江在清华的几个"小朋友"共进午餐。

彭薇十分惊喜，赶忙通知了李云鹃和专程来他们学校听报告的周晖，一起陪同何向华。

进餐时，周晖还沉浸在刚才报告的内容之中，兴奋地问何向华："何叔，刚才您说的高铁宏伟蓝图距离实现还有多长时间？我们这代人能赶得上吗？"

彭薇与李云鹃一听，忍不住笑了起来。

何向华正色答道："你小子对我们这么没有信心？亏你还是机车厂子弟。"

周晖不好意思地辩解："不是没信心，我是着急。就说我刚才这批书，为了赶时间，多花了五千多走航空，要是铁路能又快又准点地发货，谁也不想多花冤枉钱。"

何向华说："一口吃不成胖子，建高铁这需要统筹规划。我们的方案已经由铁道部上报给了发改委与国务院，我觉得，两三年之内我国的第一条高速铁路就会进入实质筹备阶段。"

彭薇有些好奇，问："那您认为哪个地区会最先建高铁？"

何向华却反过来问三人："这要看区域之间的人口、经济等各方面的规模是否符合条件。你们觉得哪个地区会先吃螃蟹，先拔头筹？"

李云鹃说是沈阳到大连，彭薇却说肯定是上海到南京，只有周晖认为应该是北京到天津。

何向华问周晖为什么选择北京到天津。周晖有理有据道："因为距离短、投资小，而且这两座城市经济实力强，又是直辖市。第一条高铁肯定要有试验性质，而且京津之间地形也不复杂，不像东北有冻土带，也不像江南水网密布，这都是优势条件。"

何向华十分赞同地说："虽然我也说不准哪个地区率先开建高铁，不过你说的非常有道理。从试验角度，从投资角度，以及从人口密度与经济实力角度，京津地区是首选。周晖，你小子头脑挺清楚呀！怎么样，毕业有什么打算？"

受到表扬，周晖十分开心，想了想答："分配个好单位我就去，不好我就开公司，自己干。"

何向华沉稳地笑了笑，说："你这个想法很市侩，不过也可以说是目标明确。"接着，他又看着彭薇和李云鹃，问："你们俩呢？"

彭薇答："正在考虑。"

李云鹃也答："我也是正在考虑。"

何向华用目光扫了三人一圈，认真地问："你们都没想着要回滨江，要回滨江机车厂？"

一听这话，周晖以为何向华在开玩笑，一脸顽皮地说："何叔，您不是开玩笑吧？人家俩人都是清华的高才生，回机车厂能干什么？设计机车、客车？大材小用了吧？"

何向华却十分认真地说："我今天讲的这三次铁路大提速仅仅是开端，我们未来的目标是建设全国高速铁路网。以后铁路机车、客车行业会迎来飞跃大发展，滨江机车厂必然会在这样的飞跃中脱胎换骨。我觉得回滨江、回滨江机车厂一定有你们发挥才能的机会。"

周晖敏感地问："何叔，那你会不会调回去？"

何向华这才换了一种口吻，坦诚地说："我也是刚刚得到的任命消息，现在正式以滨江机车厂厂长兼总工程师的身份邀请你们加盟滨江机车厂。请你们认真考虑。我热切地期待着你们回家，期待着你们为国家高速铁路的事业贡献自己的智慧和力量。"

周晖三人都十分吃惊，连忙向何向华表示祝贺。何向华看三人犹豫不决的样子，趁热打铁道："孩子们，关于滨江机车厂的情况我就说这么多，你们都是优秀学子，对于咱们国家未来的铁路事业都有自己的判断，我希望在回到滨江之前能收到你们明确的回复。"

彭薇与李云鹃相视，沉默。

周晖想了想，问道："何叔，我是学经济管理的，我回去能干什么？卖车吗？"

何向华用筷子亲热地做出欲敲打的样子，对周晖说："你能不能不用'卖'这个字眼？你小子越来越不着调了。"

周晖不好意思地笑着说:"好,好,是营销,产品营销,对吧?咱们厂不都是部里给分派订单吗,还用卖……哦,不对,还用跑销售吗?"

何向华正色道:"听你这话就知道你压根不关心机车厂的发展,现在部里指派的订单只是很小的一部分,这些年各路局订购机车、客车早就是市场化竞标。有市场当然需要市场营销人才,你周晖算不算人才呢?"

"我当然算,我这四年大学可真没闲着,给我爸买了房不说,我自己也赚了不少。"周晖骄傲地说道,同时用男人特有的自信的眼神看了彭薇一眼。

何向华笑骂道:"你小子从小就有蔫主意。怎么样,跟我回去还是留在北京?"

周晖又一次深情地看着彭薇,问道:"这……哎,彭薇,你什么意思?回吗?"

李云鹃早就感觉到周晖对彭薇的心思,故意奇怪地问:"你问人家干吗?"

周晖抢白道:"问问怎么了?"

何向华怕逼得太甚,适得其反,便说:"你们都别着急答复我,这是人生的大事情,一会儿都给父母打个电话,和他们商量商量,下周三之前给我回话。"

没想到,彭薇却迅速地表态道:"何叔,我和你回机车厂!"

周晖与李云鹃都分外吃惊,面面相觑说不出话来。

为了事情更加稳妥,何向华劝道:"彭薇,你能这么快表态,何叔很高兴,还是和你爸妈商量一下再说。"

彭薇却已决心已定,再一次坚定地说:"不用和谁商量,我自己的事情我自己能做主。"

见彭薇表态如此坚决,周晖一下子也坚定了信念,表态道:"何叔,那我也回,我自己的事情我也能做主。"

何向华内心十分高兴,满面笑容地说:"行啦,你们都不要急着做决定，都好好考虑一下。那咱就这样。临走前，我还有很多事情要处理，我先走了。"

三人起身送别了何向华。李云鹃悄悄凑在彭薇耳边问："你真要回滨江？为了杨浪？"

彭薇却自言自语地说："不为谁，大概就像宋飞以前说的，还眷恋机车厂那片土地，我们的魂，我们的根在那里……"

送完何向华和周晖，彭薇与李云鹃不约而同地走上了操场外的林荫道上。虽然都没有说话，但彼此都很清楚，此刻她们的内心并不平静。

走了好一会儿，彭薇突然冒出这么一句："我想好了，与其让那个混蛋安排我的职业，还不如我先跳出来，自己决定自己的命运。不是为了赌气，也不是为了杨浪。就像何叔叔说的，机车厂的未来非常光明，我为什么不给自己一个机会呢？至于考研，工作了以后也可以考，不耽误。"

李云鹃反问："你能顶住你爸妈的闹腾？"

彭薇抬起头，沉静地说："四年前顶不住，那是因为当时还太年轻，太脆弱。现在的决定关系到我一生的命运，我不能退缩，也不能妥协。机车厂曾经留下我太多美好时光，一时的暴风雨不算什么，过去之后就能看见彩虹。"

李云鹃用手指点了一下彭薇的头，笑着说："暴风雨还没来，你倒是先唏嘘感慨一番了。彭薇，我支持你，无条件支持你。"

彭薇扭过头，看着李云鹃的眼睛问："那你怎么样，回去吗？"

李云鹃爽快地回答："当然回去，我们是闺蜜，我们是战友，咱俩永远在一起并肩战斗！"

彭薇打电话回家，告知了自己准备回滨江机车厂上班的打算。王三妹差点就疯了，对着电话大吼大叫起来，坚决表示不同意。彭薇没等她发完脾气，就把电话挂了。

周晖把电话打回家里后，杨建国十分高兴，同时听说何向华要回来当厂长，更是喜上眉梢。只是罗娟听说二哥要回厂里，一口咬定一定是为了追彭薇才回来的。杨建国觉得她是胡扯，她却说，自己曾偷偷看过二哥的日记，他给彭薇写了很多的情诗。杨建国表示不信。

铁道部的红头文件很快下来了。

一个文件是关于把铁道部所属的车辆总公司整体拆分出来，成立中国中车集团有限公司，定性为国务院国有资产监督管理委员会直接管理的中央企业。同时，成立北车股份有限公司（北车集团）和南车股份有限公司（南车集团），滨江机车厂划归北车集团。另一个文件，就是正式任命何向华为滨江机车厂厂长、党委书记兼总工程师。

接到这两个文件，高学明有些沮丧。其实，这个结果他是早有预感的，只是不愿意不甘心面对罢了。第三天，北车集团的一名副总带着集团的命令，来滨机厂宣布了何向华的正式任命，并明确了工作交接的相关事项和要求。

何向华入主滨机厂后，高学明正式退休。为了发挥他的余热，何向华专门聘请他担任厂顾问委员会主任。因为，经过几天与退休老同志和广大职工的交流，他感到要引进和推行项目管理体系，离不开老同志的支持，特别是高学明在老同志中的影响很大。

忙忙碌碌、风风火火了几十年，突然退休了，没事了，高学明感受到从来没有的失落。特别是一些与他走得比较近的人，忽然人走茶凉起来，走路都躲着他，这让他十分气愤。虽然何向华力推的这个项目管理体系自己并不感兴趣，但是自己不用担什么具体的责任，还能有一定的话语权，于是他便答应了何向华的邀请，出任厂顾问委员会主任一职。

自从彭薇挂了自己的电话，王三妹隔三岔五打电话，反复告诉她一定不能冲动，说吴志宏已经给她联系得差不多了，虽然国家部委暂时进不去，但滨江市委已经初步同意接收她。还说吴志宏说了，如果她实在不想进政府，可以直接进他的公司担任总经理助理，每月工资能给一万多。

彭薇听着这事就恶心，但王三妹还在电话里反复摆排着吴志宏的各种能耐和恩惠。彭薇实在忍无可忍，便愤怒讲述了自己那年差点被吴志宏强奸的经历。

王三妹在电话那头，惊愕得半天没说一句话。

第十八章

王三妹把彭薇受辱之事给彭明选说了一遍，彭明选惊得眼珠差点掉出来。他火冒三丈闯进吴志宏的办公室，指着吴志宏鼻子质问有无此事。吴志宏居然并不否认，只是佯装愧疚地说那天纯属酒后失态，之所以对彭薇不礼貌，是因为内心太喜欢……

彭明选哪里听得了这种解释，霍地站起来，狠狠地抽了吴志宏一记耳光。

吴志宏自知理亏，也不敢还手，只是捂着脸冷冷地笑着，彭明选理都没理他，摔门就出去了。

王三妹没想到彭明选真会动手打吴志宏。这样一来，夫妻二人心知肚明，已无法在茂田宏达公司继续上班。王三妹数落彭明选，真不该如此冲动，现在一下子两人都丢了工作；彭明选斥责王三妹这种想法软骨头，说打这个畜生一耳光都是轻的。夫妻二人意见不一，各自睡去无话。

躺在床上，彭明选睡不着觉。回想起这两三年来的经历，很是感慨。自从第一次诚惶诚恐地参加吴志宏组织的那次饭局，到后来当上工段长，再到自己下海在茂田宏达公司当上车间主任。原本他以为是自己的本事，现在才知道是用女儿的委屈换来的，顿感羞愧难当；加之，虽然现在工资是高了不少，但在吴志宏的鼻息之下，工作起来并不是那么痛快，特别是自己还违心地从滨机厂给茂田挖了十多个骨干技术人员，想想这事就觉得对不起养育了自己的滨江机车厂，更觉得对不起女儿彭薇。不知为什么，今天打了吴志宏之后，他突然觉得自己的腰杆硬气了，虽然工作丢了，但他觉得自己从此刻开始活得像个男人。

　　躺在床上，王三妹也睡不着觉。她一心想让女儿有个好前途，吴志宏的出现及对她家庭的恩惠，她是受用的，特别是吴志宏积极表现出对彭薇的爱慕，让她看到了生活将要发生脱胎换骨变化的曙光。她认为自己是有眼光的，当初坚决反对彭薇和杨浪在一起，现在果然就应验了——杨浪混着混着混进了监狱。应该说，吴志宏与彭薇是绝配。只是这个吴志宏，毛手毛脚地太急躁，本来两情相悦的事怎么能用强呢？甚至她觉得，女儿彭薇是有些矫情了，作为女人这种事情迟早是要发生的，真没必要这么做贞洁烈女；不过如果当时吴志宏得逞了，可能还是好事，女儿也许就死心塌地跟了他吴志宏，可惜呀，可惜……乱七八糟地胡乱想了一夜，到后来她也只能认命，她认为自己和彭薇都没有享福的命。再想到彭薇说毕业后回滨机厂的事，她只能一声叹息。事已至此，彭明选一耳光把他俩的工作抽没了，把自己心中的那束光明也抽没了。唉，不说也罢，只能认命了。不过，反过头再想想回到滨机厂倒也安稳，如果正像彭薇所说，是新厂长何向华邀请她回来的，那倒也可以，回来好歹是个机关干部，说不定还会有不错的发展，只是这个结果与自己数年来的期盼相去甚远，也白瞎了数年来自己清华才女母亲的风光和荣耀。

　　这一夜，夫妻俩都没有睡好。第二天，彭薇的电话来了，语气兴奋地告诉他们说，已接到厂办的正式通知，要求一周后报到，自己准备后天就回滨江，因为自己东西不少，希望他们去接站。

　　接到这个电话，彭明选和王三妹没表现出兴奋，也没表现出反对。只是王三妹在放下电话前有些激动地说了一句，说彭明选十分生气狠狠地打了吴志宏一记耳光,并说他俩现在都下岗了,因为已经从茂田公司正式辞职。

挂掉电话,彭薇深深地舒了一口气,同时热热的眼泪长长地流了下来。

父母的这个态度令她十分意外,也令她十分感动。这一刻,她觉得自己的腰杆一下子挺直了,因为此后她将与这个可恶的吴志宏彻底摆脱干系。掏出昨天已经开好的毕业工作派遣证,望着抬头处赫然写有"中国北方车辆股份有限公司滨江机车厂"的字样,再看落款处"清华大学"猩红的公章,恍若梦境。

四年前,为了自己憧憬的美好未来,以学霸的姿势冲杀进清华园这个学霸的海洋,她才觉得自己也只是个普通的人;四年后,经过水木清华的浸润和美国留学的经历,她渐渐明白一个人的来路和去路密切相关。正如宋飞说的那样,在滨机厂长大的孩子,都会眷恋机车厂那片土地,因为大家的魂和根都在那里。初进清华园的那刻,高傲的她绝不会想到,四年后还会回到滨机厂工作,但此时她觉得只有滨机厂能够更好地实现自我价值,也最能让自己静心安神。这种思想的改变有太多的因素:既有何向华如导师般的培育和牵引,又有宋飞、周晖等人的陪伴与激励,也有父母工作如过山车般的变故,当然也有杨浪……

对了,有些日子没有去看望杨浪了,虽然他俩一两个月会通上一封信。杨浪在简短的信中,谈及最多的是自己在监狱里的改造;彭薇谈的最多的,是对他真诚的鼓励。想到杨浪,彭薇便蓦然想起清华校园"情人坡"旁那两排傻傻又孤独的路灯,想起位于魏公村居民区地下室那个凌乱又逼仄的"地宫大厦",想起他后来租住在北五环清河的那个单间,还有三里屯那个名为"简单日子"的浪漫酒吧……杨浪出事前,是回滨江开演唱会的,自然也没有向这些地方好好告别。三天后,自己将与北京这座城市告别,她决定在内心带着杨浪一起,好好地向这些曾经的过往辞别。

接下来两天,除了与同学吃了两顿"散伙饭"外,她把主要的时间都给了以上的几个地方,静静地、慢慢地、心情复杂地向这些地方作别。时光流转,物是人非,彭薇作为主人公之一不断地努力回忆着剧本的一个个情节,又像游离于物事之外的旁人,沉静地笑看世间的花开花落和阴晴圆缺。一路走过,彭薇最深的感悟是:心有多宽,路有多远;活在当下,不负此生,不负我心。

一周后,彭薇与周晖正式到滨江机车厂报到。李云鹃因身体不适,请了一天假。

何向华亲自接见了彭薇和周晖,对他们的正式入职表示了真诚的欢迎和感谢。彭薇被安排在设计室工作,周晖则被安排在了销售处。何向华是个细心的人,两名年轻人报到的这天,他做了两件事:一件是带着彭薇和周晖一起去看守所探视了杨浪;另一件就是主动登门,对彭明选和王三妹说了感谢的话,感谢他们同意彭薇"下嫁"滨机厂,并描绘了滨机厂的美好前景。夫妻二人顿觉脸上有光,心中也宽慰了不少。

这么快去看杨浪,是彭薇始料未及的。她还没有来得及把自己回滨机厂的事告诉他。不过,这又有什么关系呢?自己回机车厂有他的因素,但又不全是为了他,告诉或迟或早又有什么分别?杨浪由于加班加点忙于技术革新铝镍合金刀头的事,又加上在监狱里生活条件自然不如家里舒服自在,看上去消瘦又憔悴。

周晖是第一个与杨浪讲话的,他简明地介绍了何向华是新任滨江机车厂厂长的情况,又告知自己和彭薇已大学毕业,正式入职滨机厂。何向华则沉稳又关切地告诉杨浪,人都有下雨天没带伞的时候,只有在暴风雨里边经历过,才会看见不一样的彩虹;跌倒了不可怕,要勇敢地站起来,好好表现争取减刑,欢迎他出来后回厂里工作。这句话,听得杨浪差点流泪。

彭薇从周晖手里接过话筒,眼眶含泪看着杨浪。两人四目相对,都是欲言又止。

周晖和何向华相视一眼，会意地转身走到了会见室的门外。

"你为什么要回机车厂？"杨浪不解地问彭薇，目光灼灼。

"何叔叔说机车厂前景很好，完全可以发挥我所学专长，我就回来了。你怎么样？"彭薇故作轻松地回道。

杨浪一听这话，表情变得自然了不少，也略显轻松地笑着回道："挺好，天天在工厂劳动，就好像回到了机车厂一样。"

彭薇盯着他的眼睛，关切地问："那你出去以后怎么打算？真的就放弃做音乐了？"

杨浪眼里的笑意冷却了，说："不是我要放弃做音乐，大概是音乐把我放弃了。那几年就像一场梦。"

彭薇盯着杨浪认真地说："我在信中也提过，其实……如果你以后回机车厂工作也挺好的，我觉得你在机械加工上的天赋不比音乐方面差，你照样可以大有作为。"

杨浪不置可否地说："也许吧！我不想说这就是命，我不信命，不过能清醒地认识自己也是好的。"

彭薇肯定道："对，要清醒地认识自己，想要什么，想干什么，干什么才会快乐。所以，你要是放不下那个音乐梦，其实你完全可以坚持，不要因为当前的境遇改变。"

杨浪却笑了笑说："我已经放下了，我觉得我在机床边干活，听着它们的嗡嗡声，好像更快乐。我不唱歌，我不弹琴，它们好像在唱，在弹。"

彭薇也露出了笑容，略加思索，佯装信口问道："如果这真的能让你快乐，我觉得你是又发现了一个自我，就好像……算了，不说了。张晓培经常来看你吗？"

此时提到张晓培，杨浪忽然觉得有些扫兴，有些不太情愿地说："来，一个月来两次。"

第十八章

听罢，彭薇心里忽然感觉发慌。她有些仓皇地说："何叔叔还在外边等，我就不和你多说了，你一定要保重身体，别太累了。"

杨浪顿了顿，神情有些低落地说："你也保重，以后别过来了。"

彭薇却道："以后来不来由我不由你，我们还是朋友，我想张晓培也不会介意。好了，我走了，再见！"

彭薇放下话筒，转身出去。

看着彭薇的背影出去，杨浪长舒一口气，内心荡起茫然。

第二天，彭薇和李云鹃来到技术室上班。何向华告知她们先进设计室工作，计划在一年内把设计室和技术处下边的规划科、资料中心整合起来，成立独立的处级研发中心。到时候，经过一年的锻炼时间，希望她们两人在研发中心能够独当一面。

接着，厂里就对彭薇、周晖、李云鹃在内的几十名新入职职工展开岗前培训。培训仍由教育培训处闻处长负责，还请厂里工龄最长、资格最老、获得荣誉最多的杜立德老师傅给大家讲什么是工匠精神。杜立德从解放前自己参加工作讲起，深情地讲道：工匠精神说复杂十分复杂，说简单又简单明了，就如"一条螺丝，标准是拧五扳手，从来都是多拧两下，绝不少拧一下"。说到底就是兢兢业业干活，一丝不苟地工作，多用心思，刻苦钻研。一番话说得大伙心潮澎湃、心服口服。

何向华准备力推的生产车间项目管理体系，在滨江机车厂引起了冰火两重天的礼遇：以杨建国、侯玉凤、麻杆等为代表的一众班组长组成的中老年工人坚决反对，特别是下料班组一名叫张振洲的组长跳得最欢。因为作为技术过硬的老师傅和老工人，平时有徒弟孝敬着，可以通过对手下人的工时安排，控制和笼络人心，而如果全部实现了新的管理体系，他们这些老同志将和年轻人坐在同一条板凳上，他们担心在地位上靠边站了不说，还可能受到年轻的人倾轧和反击。只不过，杨建国和侯玉凤考虑到何向华的特殊关系，心里虽有一百个不愿意，也不能挑头闹事，相反张振洲、麻杆等人成为反对派的主力，私下里撺掇、联络一众人高唱反调。

同样是这件事，年轻人却表示坚决的拥护，其中宋飞、张俊生、屈正财、二毛、蓝大个、罗娟等青年工人表现得最为积极，因为在宋飞的影响和带动下，他们也开始接触和学习现代企业管理的相关知识，他们感觉到此举是企业由大向强的一条必由之路。特别是宋飞在这方面认识最为深刻，因为在德国学习期间，他专门了解了日本新干线和欧洲高速铁路专线的相关资料，生产车间项目管理体系是欧洲高速铁路产业链中的基本和通行的做法，目前机车厂在做大做强甚至将要走向世界，必须要这么做。

青年工人代表的座谈交流会上，何向华觉得宋飞这一两年变化不小，谈吐有观点有视野有想法，对生产车间项目管理体系也有自己的独特认识，便将他留下单独交流。

"小宋，你再说说对生产车间项目管理体系和将来厂子发展的想法。"何向华和蔼地说。

"我觉得生产车间引进项目管理系统太有必要了，而且应该是尽快上。因为据我了解，现在各车间的生产流程特别混乱，压根就没有一个科学的流程规划。具体到班组问题更多，一道工序需要多少个工时完成，完全由班组长随意安排……"

天空飘起小雨，宋飞仍侃侃而谈。

二人各撑起一把伞，一路交流一路向厂区东家属区的街道上走着。他们的话题已从项目管理体系延伸到滨机厂的发展和未来上。当谈到国家铁路未来的发展远景时，何向华介绍说："目前的铁路提速只是一个过渡阶段，不论是路轨标准还是电力配备、机车配置，都无法实现真正的高速机车运行，所以，我们国家必然要建设高速铁路专线……"

宋飞一听，十分兴奋地问："您的意思是像日本新干线和欧洲高速铁路那样的专线？"

何向华肯定道："没错，这是我们的发展目标，也是必然趋势。就像我们回来之前在咖啡馆讨论的那样，这需要一个过程。在这个过程中，怎么利用好现有铁路，先把高速机车、客车设备制造这块搞起来，先跑起来，积累经验，这才是客观现实的问题。我们厂的目标、定位，也要符合这个实际……"

"那我们是引进还是自己研发制造？"宋飞好奇地问。

"考虑到研发实力和成本，铁科院给部里的建议是先引进，通过引进消化吸收先进技术，然后再研发制造我们自己的高速机车。"报告当时是何向华主持起草的，他的语气十分肯定。

"那是要引进德国的还是日本的？法国的阿尔斯通、加拿大的庞巴迪技术也不错。"宋飞有些急迫地说。

何向华没想到宋飞懂得还真不少，便笑着说："看来你小子很关注这方面的消息呀！"

宋飞自信地说："那当然，干一行爱一行，我专门托同学订了世界轨道交通装备杂志，最新设备我都了解。"

何向华用表扬的口吻说："好，很好。咱们年轻工人里边多几个像你这样的，咱们厂何愁不起飞？"

宋飞直言："其实厂里像我这样的青工挺多的，车体车间的赵建军、苏利明，我们车间的康宝军、谭宏宇，都挺能钻的，技术上都很有两下子。"

何向华高兴地说："你们这些优秀青工散落在各车间班组，我觉得是有点浪费人才，应该给你们成立一个专门的机构，让你们最大限度地发挥才能。"

宋飞接着问："如果这样当然好，不过就像您说的，要慢慢来。何叔叔，咱们厂什么时候引进高速机车生产线？有规划吗？"

何向华如实相告："当然有，这次把彭薇、李云鹃引进来，就是想让她们负责这方面的技术规划……"

忽然提到彭薇这名字，宋飞的心头一颤。是啊，彭薇又回来了，自己却还没有去看过她。不是没时间，也不是有意回避，就是心里有点说不清道不明的东西。

一来二去，与孙树斌接触多了，杨浪总觉得孙树斌的背景并不是他所说的那么简单。尤其他有意无意地提起杜立德老爷子和厂里的不少人事过往，如果没有与滨江机车厂有过密切关联的人，是绝对不可能掌握这些信息的。

杨浪的怀疑十分有道理。原来，这个孙树斌不是别人，正是杜立德老师傅在民间的一个高徒。

事情还要从近三十年前说起。事情发生在1972年，当时孙树斌才16岁，他的父亲是滨江市沙河镇五七干校的食堂管理员。干校有个机加工厂，工人们都是下放的干部，多数都不懂技术。那年春天，干校从机车厂把杜立德请了来，让他教机加工技术。当时，孙树斌没考上高中，也在厂里干活，因为他聪明好学，杜立德便收他为徒，手把手地教他手艺，不出三年，天资聪慧的孙树斌就把活儿干得像模像样了。后来孙树斌跟一个下放干部的闺女好上了，这女孩怀孕，吵着跟他结婚，杜立德也劝他应该对人家负责。但年龄尚小的孙树斌并不想跟她结婚，闹得很僵，后来这个女孩就自杀了。女孩自杀后，杜立德就彻底不认他了。从1976年干校解散开始，他们就再也没有见过面。

说起来，孙树斌是一个放浪又能干之人。

干校解散后改成了技校，后来孙树斌的父亲承包了学校食堂，自己又承包了机加工厂，生意越做越大，钱挣得越来越多……他就在损友的带动下去赌博，一输好几万，十好几万也输过。1986年，因为这个他第一次进了监狱。从监狱出来，他从事机械加工行业又很快翻了身，发了家，挣了更多的钱，但又忍不住去赌博，五年前一次豪赌输了将近二百万，事后却发现是庄家使诈出老千，他便带了几个弟兄去找人家，

第十八章

庄家自然不承认，他就追打人家，那人情急之下跑出酒店让车给撞死了。就这样，他又给判了七年。

当然，杜立德当年收孙树斌为徒的事，滨江机车厂绝少有人知晓，就连宋卫国和杨建国都不曾听说。当时杜立德收徒弟那会儿，只有一个目击者，那便是年轻的彭明选。自孙树斌做出丑事之后，杜立德专门叮嘱了他，对外人绝对不能提及此事。

第十九章

  自从愤怒地打了吴志宏一个耳光，彭明选和王三妹就丢了工作。
  从茂田公司办完离职手续的第二天，彭明选就张罗着找工作的事，当然回滨江机车厂是不可能了，当年自己那么牛气地"炒了老板鱿鱼"，现在咋好意思厚着脸皮提回厂的事？
  可是，几十年来天天上班下班的，一下子没有了工作就像突然没了娘的孩子，让人没着没落。接连找了十来天，彭明选去了五六家公司应聘，均吃了"闭门羹"。人家要不嫌他没有学历，要不嫌他年龄大，反正横挑鼻子竖挑眼，把他打击得够呛。自从进滨江机车厂以来，特别是近十来年当上班长后，应该说彭明选的日子还是挺滋润的，工资虽然有涨有降的，但自我感觉地位还挺高，身边总有一帮人围着，偶尔还能喝五吆六蛮神气；到茂田公司这一年多，又有了车间主任的头衔护身，虽然人少点，大家也不太讲究上下级关系，但好歹自己也算是管理层。但是，现在他才发现，这些原来都是暂时的表象。现在自己彻底下岗了，生门生路地去找工作，在人家的眼里自己也就是一个年近半百、两鬓斑白的下岗职工，并没有什么与众不同。他忽然感觉到，自己曾经的荣耀感和成就感不是自带光环的高超能力带来的，而是滨江机车厂和茂田公司这样的平台给予的，骑在高头大马上时好像感觉自己是那么的高大和不可一世，现在下马之后才发现，其实自己该多高还是多高，并没有感觉中那般高大、优秀和威猛。

王三妹也偷偷地出去找了两三次工作，也不够理想。不是工资太低，就尽是一些勤杂岗位，她也深受打击。住在家属院，每天上班下班的喇叭按点响起，彭薇亦投入了忙碌的工作。早上送完女儿，两个年近半百的人便窝在家里大眼瞪小眼，窝心又窝火。加上王三妹又是心中不藏话的主儿，唠唠叨叨个不停，一会儿嫌彭明选不该这山望着那山高从滨机厂裸辞，一会儿又嫌他没有城府太过冲动不该打人家吴志宏那个耳光。

彭明选听得心烦意乱，到街道上躲清静。看到街面上店铺林立，生意红火，再想想自己流落街头的悲摧，他横下了一条心：反正都下岗了，求人不如求己，不如拿出这几年的积蓄，自己开店当老板。思路决定出路，有了这个心思，他就在街上找起了门面房。几天后，还真碰到一家生意不错的五金店，老板是外地人，家中突然出了变故，正在忙着转让店面。回家找王三妹商量，王三妹也表示支持，于是二人认真地把店面的底细摸了一遍，便拿出了所有积蓄，盘下了这个店面，当起了五金用品的个体户。

对于这件事，彭薇起初表示反对，觉得父母应该回到机车厂继续稳稳当当上班，而不该年纪一大把了还冒险去创业。但经过三四个多月的运行，五金商店的生意还真不错，虽然起早贪黑地辛苦些，但收入竟然比在茂田公司还多些。夫妻二人觉得早知如此赚钱，真该一开始就下海单干。彭薇了解到这些情况后，也不再反对。一家人，相处也算融洽和谐。

美丽的彭薇如一朵圣洁的白莲花落在了机车厂的湖面，清香又悦目。不但人长得漂亮，还是清华大学才女，又是技术室的女干部。很快就有人来给她介绍对象，第一个就是已任职多年的教育处闻处长。男方名叫刘彤华，也是今年刚入技术装备处的大学毕业生，他的父亲不是别人，正是从厂里退休没几年的刘副书记。闻处长直接找了彭薇，还专门找了彭明选夫妇。彭薇推说自己还不想谈恋爱，彭明选和王三妹对这个刘副书记也没啥好印象，便也搪塞几句了事。

这件事，让周晖的心中颇为不爽。应该说，他毕业回到滨机厂非常重要的原因就是因为彭薇。虽然自己的大哥与她有些说不清道不明的情愫，自己只能压抑着内心强烈的情感，小心翼翼地暗恋着她，不能说破，但又深深依恋。但现在不同了，居然有外人来开始打彭薇的主意，这是他绝对不能允许的。虽然他知道彭薇不可能喜欢那个刘彤华，但如果再蹦出来一个王彤华或李彤华怎么办？于是，他想方设法保持与彭薇的工作接触，强调和深化自己对彭薇默默的和深沉的爱。

形势发展迅速，何向华之前的设想很快落地：设计室和技术处下属规划科、资料中心整合成立了独立的处级研发部，技术处副处长陈远新担任部长。同时，在何向华的努力争取下，北车集团公司将大秦铁路重载机车的研发项目交给厂里，这是对滨机厂研发实力的高度信任，也是厂里赢得以后重载列车订单的重要机会。

为了确保这个项目的顺利推进，何向华亲任项目组的总协调人，并成立专项重载机车研发组，钦点彭薇为制动管路的研发组组长，李云鹃为负责电路组的组长，同时给他们二人各配备了两名技术骨干。毕业不到半年，就被赋予了研发组组长一职，彭薇和李云鹃感受到的是认可和鼓励，还有责任和压力，于是工作起来更加认真负责。

默默关注着彭薇的还有另一个人，那就是宋飞。他不仅担任着装配车间制管工段制管一班班长、车间的突击队长，并且已通过自学考试获得滨江理工学院的本科文凭和学士学位。四年过去，在北京昆明湖的一幕，他终难忘记。那次从北京回来，虽然已知道与彭薇情深缘浅，但仍时时想起彭薇。

彭薇毕业选择滨江机车厂，是他怎么也没想到的。如果说，半年前他对彭薇的爱已经死心，但这半年来却常常又燃起希望。只是，一想到彭薇是清华才女又是技术人员，而自己仅有自考文凭，身份是工人，心中就泛起难以名状的自卑。因此，近半年来，他和彭薇在路上碰了几次面，竟没能在一起好好说几句话。

这天，彭薇项目组在制管方面遇上了难题，她主动找宋飞讨教。

宋飞自然毫无保留地拿出了自己收集的大量资料，不但有滨机厂所有型号机车与客车标准空压泵与制动管的材料参数与承压系数，还有其他厂相关机车型号压力设备资料。他与彭薇一起分析问题的原因与对策，二人加班加点，不知不觉已到深夜。两人从彭薇的办公室出来，月亮已爬上了树梢。望着那轮弯月，就又勾起了宋飞对北京那些日子的回忆。

四年多过去，发生了太多的事情。宋飞想来想去竟不知从哪句话说起，已完全没有刚才讲起制管专业时的滔滔不绝。

完成了工作，踏进清冷的月光里，彭薇的心思也有些莫名地敏感起来。不知为何，她这时却突然想到了杨浪，他在干什么呢？在里面还好吗？一时想着，竟然失了神。

两人在昏暗的路灯下一路同行，无语了好一会儿。宋飞正在想着如何打破沉默，没想到彭薇却率先开了口："宋飞，没想到我们兜兜转转又都回到了机车厂。哎，你觉得杨浪出来后能进机车厂吗？"

宋飞心中一惊，他没想到彭薇会在这时候提到杨浪。想了想，他答道："我看悬，即便他想来，张晓培这关也不好过。"

"这是为什么？张晓培为什么不会让他回机车厂？"彭薇仿佛不知道宋飞的心思似的，追问道。

宋飞依实答道："你想想，张晓培的公司现在做得那么大，她能让杨浪回机车厂？"

"也是，他一出去就能当大老板，怎么会回机车厂当工人？"彭薇语气悠悠跟着重复道。

宋飞听到彭薇这语气，心中就明白了八九分，换作劝慰的口气说："不过，也说不准，杨浪的脾气拗，他要是想回来，谁也拦不住。我觉得杨浪在机加工方面天赋比我高，他要是能回来，一定比我干得好……"

彭薇还沉浸在自己的情绪里，竟没听出宋飞心中的那些醋意。

技术革新铝镍合金刀头，杨浪受到了监狱的特殊表扬，经监狱领导班子研究决定并向市人民法院报送材料后，杨浪获得了减刑半年的奖励。能得到如此丰厚的回报，是杨浪之前不曾想到的。这半年来，张晓培与看守所的领导进行了接触和沟通，还主动与杨浪所在的监区结成了警民共建关系，一来二去已与孙树斌和郭厂长混得挺熟。

这一天，杨浪正在新生机械加工厂的车间里认真地干活，孙树斌走过来告诉他有人来看他。一进会见室，只见张晓培端端正正地坐在桌边椅子上，老黑站在一旁陪着她。

杨浪吃惊地说："你干什么？你怎么来这儿了？"

张晓培笑着反问："这又不是阎王殿，也不是男澡堂子，我不能来吗？"

老黑在桌边摆着装满熟食的盘子，又倒了几杯饮料。

杨浪更加摸不着头脑了，问："到底怎么回事儿？你怎么来这儿了，这是不允许的。"

张晓培却挑了一下眉毛，有些得意地说："我的公司与你们二监区现在是警民共建合作单位，监狱领导特批我可以随时出入新生机械加工厂。怎么的，还需要你批准？"

杨浪更加吃惊了，问老黑："真的？"

老黑嘿嘿一笑，回道："没错。我们公司每年为五名刑满释放人员解决就业问题。还有，公司的户外广告支架设备都由新生厂来做。"

几句玩笑的话之后，孙树斌和老黑就自觉地掩门而出，屋内就剩下杨浪和张晓培二人。杨浪心中是矛盾的，既有对张晓培的感激之情，也有自尊心受到的伤害，一想到自己的这次减刑有可能与张晓培有关，他的内心就莫名地懊恼。

张晓培却并不知道这些，她还沉浸在自己的成就感当中，用自信的口吻对杨浪说："这次减了半年，你表现好的话，说不定还能再减个半年，你很快就能出去了。"

杨浪心里烦乱，说："你能不能不操这个心？"

张晓培却并不生气，柔声说："杨浪，你进来是我对不住你，我……"

杨浪内心更加烦乱，有些不讲理地说："什么对不住我？张晓培，我再跟你说一遍，跟你没关系，没一毛钱关系，明白吗？"

"你说没关系就没关系了？"张晓培看着杨浪，"都怪我，要不是我横插一杠子，你怎么会……"张晓培眼眶含着泪说。

杨浪也觉出自己态度有些过分，强压烦乱安慰她："别说过去的事儿了，行不行？我说过，翻篇了，都已经翻篇了。"

张晓培流着泪，回道："好，翻篇了，不说了。杨浪，等你出去咱们就结婚，我把公司交给你，你来干。"

一提这事，杨浪自己也不知为什么内心就升腾起无名之火。他推开张晓培，抓起饮料瓶倒满一杯，自顾自地一口喝尽。

张晓培被这个举动吓了一跳，问："怎么，难道你不想和我结婚？"

杨浪懊恼地说："你要是觉得因为欠我，所以才想和我结婚，咱还是别这样，你不欠我什么。"

张晓培心中有些气愤，反问："你怎么会这么想呢？你进这儿前我们是在干什么？不是搞对象，是逗闷子玩吗？"

杨浪回道："晓培，我知道你对我好。你现在是公司老板，和以前不一样了，你没必要……"

张晓培却正色道："什么公司老板？怎么就和以前不一样了？难道就

因为我当了公司老板，赚钱了，我就变心了，你这么看我吗？"

杨浪辩解说："不是。我是觉得……"

"你别说了，你什么心思我还不知道吗？当初你对彭薇就是这种心思，对不对？杨浪，我不是彭薇，我是张晓培，我什么脾气你知道，别说三两年，就是十年八年，一辈子，我都等你！"张晓培一番动情的话，让杨浪觉得自己的灵魂好像被脱光了衣服，感到无比羞愧，但又无言以对。

第二十章

何向华到滨江机车厂上任不久，工作卓有成效，不但整合成立了单独的技术研发部，而且争取到北车集团公司的大秦铁路重载机车研发项目。为确保该项目顺利推进，何向华亲任项目组总协调人，并建立专项重载机车研发组，让彭薇担任制动管路研发组组长，李云鹃担任电路组组长。

信任和责任是巨大的，彭薇和李云鹃工作自然分外卖力。与这项工作同步推进的还有生产车间的项目管理体系。而这个工作推进并不顺畅，杨建国和侯玉凤等人顾虑与何向华的特殊关系，心中虽有老大的不愿意，也只能压抑失声；而那个叫张振洲的组长则联合了麻杆等一伙"反对派"人员，在车间搞了一次规模不小的罢工。

幸亏有杜立德老师傅和厂顾问委员会主任高学明及时出面劝阻，罢工一事得到平息。事后，厂里其他班子成员建议"乱世用重典"，最好把挑头闹事的张振洲、麻杆等人统统除名，来个杀鸡给猴看；即便不这样，也要把他们离调工作岗位，来个编余待岗，让他们尝尝苦头。但何向华却没有采纳这两种意见，而是出人意料地组织了一场特殊的展览，效果不错。

这天，机车厂正门敞开着，正中立着一块木牌，上写："即日起，所有职工上下班经厂史馆再到所属部门与车间，考勤打卡在厂史馆完成。"

当工人们鱼贯而入厂史馆考勤打卡时，才发现偌大的馆内摆放了若干产品工件，有大有小，排成若干列，每一件都贴着标签，上边写着生产日期、所属车间、所属工段。顶棚处挂着一块横幅，上写"滨江机车厂残次、报废、不合格工件展览"。

职工们排着队在几条通道上前行，指着通道两侧的不合格工件说说笑笑。麻杆与张振洲等人俯身凑近一个个工件，仔细看着上边的标签，然后又拿起工件仔细看了看，羞臊地看了看左右，脸都绿了。原来，在百十个次品中，车体车间就有33个，而张振洲和麻杆包揽了下料工段的全部次品，多达14个。同时，杨建国所在的铆钳一班也榜上有名，为展览贡献了4个产品，这个数字虽然不算多，但也足以让杨建国心里羞臊一番。

车体车间作为次品大户单位，一把手洪宝力看完展览脸也绿了，立即展开众工段长和班组长会议，重重地敲打了众人一番。不少人虽然心里有些不服，但自己生产出的残次品直愣愣地摆在那里，确实也是无话可说。

残次品直愣愣地摆展了四天。第五天清晨，何向华早早来到厂史馆，各车间和工段的班组长悉数被通知到齐。

何向华环视了众人一周，见杨建国、宋卫国、张振洲、侯玉凤、麻杆等人都站在前排。他阴沉着脸，直奔主题地说道："大家每天上下班从这里走过，我不知道大家是什么心情，作为厂长，作为总工程师，我是很羞愧。"

张振洲等人面带愧色低下头去。

"我们每年都喊口号，把提升质量意识作为我们的发展之本、立厂之本，每年大会小会的不断强调，行政楼、车间里，各种标语随处可见，可事实是什么？"何向华接着说。

言语间，他走到一处展架前，展架上放着两个轴瓦，一个锈迹斑斑，一个崭新，闪着青光。

何向华指着生锈的轴瓦，有些动情地介绍说它生产于1986年，是厂里生产的现存历史最久的残次品。然后，他又拿起另一个新轴瓦，有些痛心地说："这块轴瓦生产于三个月前，也就是咱们厂引进生产项目管理系统之前生产的。这说明什么？同样一个工件，从1986年到现在，我们的生产设备更新换代好几茬，可依然没有杜绝残次品，这是为什么？同志们，我们都扪心自问，我们的脑子里真有质量意识吗？我们的质量意识提升了吗？"

众人像被刺痛了一般，不禁面面相觑。

何向华稍微停顿了一下，继续说："厂里初步统计，我们每年因为不合格产品损失的成本是一千一百多万。一千一百多万呀，同志们！如果把这些钱给我们的工人师傅们发奖金、发福利，大家不是更开心吗？"

众工人交头接耳，议论纷纷。

何向华话锋一转，十分严肃地反问："摆在这里展览的只是冰山一角。我想问问大家，有谁对这些残次品、不合格工件负责过吗？生产了不合格的产品大家还是工资、奖金照拿，这合理吗？这些姑且不论，如果这些不合格工件组装成机车、客车出了厂，造成事故，造成旅客生命财产损失，谁又来负责？"

张振洲等人再次羞愧地垂下头。为了形成鲜明的对比，何向华还高度赞扬了车体车间一工段铆钳二班，因为宋卫国所带领的这个班组16年没生产过一件不合格产品。这话一出，众人钦佩的眼光全都投向宋卫国。

见火候已差不多，何向华走到一整片不合格厢体侧墙前，指着厢体焊缝中的一根焊条，口气严厉地说："这根焊条我想大家也都注意到了，这块侧墙不合格包括两个方面，我想大家都清楚，一是下料不合格造成焊缝过于宽，二是焊接过程不合格，塞焊条糊弄，滥竽充数。像这样违反操作规程、违反工艺纪律的行为难道不是我们滨江机车厂的耻辱？如果大家认为这种行为是必然的、合理的、正常的,那我立马停止执行生产项目管理制度。有谁敢站出来说吗?"

说着,他扫视了一下众人,见众人并无反对之意,便接着道:"各车间执行生产项目管理、职工安全健康管理制度至今已经两个多月,这段时间,我们的工件合格率是百分之九十七,生产效率提升百分之三十四,没有一起生产事故发生,各车间、各工段都有生产台账,大家不相信可以去查。这说明什么?这不正说明这两套体系是行之有效的吗?"

一番话,听得众人纷纷点头,互相又是一阵交头接耳。何向华咳嗽了两声,从兜里拿出保温杯,拧开盖子喝了两口,提高了嗓门,总结性地说:"我想再说两句,滨江机车厂之所以能屹立百年,正是因为我们的工人师傅们坚持工匠精神。什么叫工匠精神?就是一丝不苟、精益求精。可最近这些年,我们厂的工匠精神似乎不起作用了,弱化了,丢失了。如果我们厂不能重新树立起工匠精神,再科学的流程、再完善的管理、再先进的设备,照样会被时代的发展淘汰!散会!"

语毕,何向华果断转身离去。各车间代表被孤独地留在原地,大家神色凝重、各怀心事,默默退场离去。

吴志宏、张再德和井上太郎共同持股的茂田宏达公司成立以来,业务一直开展得还不错。但因为何向华断然拒绝了他们合资合作的想法,准确地说是拒绝了吴志宏表面寻求合作、私下欲鲸吞国有资产的图谋,这让吴志宏一直耿耿于怀。于是,他又心生一计:曲线救国。一方面,他利用彭明选、王三妹等人,从滨江机车厂挖走不少技术骨干和熟练工人;另一方面,他通过收购手段欲将滨江机车厂的合作单位——畅途仪表公司——收归帐下,因为这家公司专门生产各种车载仪表,多年来滨江机车厂的所有仪表都由他们来提供。

经过多轮谈判,眼见收购畅途仪表公司的方案即将达成,如果工作推进顺利,那么茂田宏达公司的前景将不可限量。随着方案应声落地的一天天临近,吴志宏在考虑着另一件事,那就是如何将日本商人井上太郎排挤出圈外。因为如果这次收购成功,这块蛋糕将硕大美味,他实在不想让井上太郎坐享其成。

在吴志宏的棋盘上,张再德是一个比较好拿捏的棋子。因为他家底厚实,性格豪爽,虽然有些好色,在外面养了"小三",与老婆水火不容地闹了好几年,但绝对是一个好掌控的生意伙伴。特别是现在的合作模式他挺满足,张再德虽然出了不少钱,但又不怎么参与经营管理和决策,这样挺好的,不像那个井上太郎有些认死理,不太好糊弄。

虽然讨厌一个人,但在表面上却能做得滴水不漏,这是吴志宏的本事。这天,与井上太郎讨论完关于收购畅途仪表公司的事情,两人就在办公室里边喝咖啡边闲聊起来。聊着聊着,井上太郎主动提出把公司的广告业务交给张晓培来做。吴志宏心里一激灵,他知道这个井上太郎心里还打着张晓培的主意。

于是,他心中一喜,故意笑着调侃道:"看来井上先生很喜欢这位张小姐呀!"

井上太郎的脸一红,低头不好意思地说:"我是喜欢她,不过……"

吴志宏怂恿道:"他那个男朋友在监狱服刑,你完全有机会,为什么不主动一些?"

井上太郎的眼睛一亮,但很快又害羞起来,说:"我……她似乎对她的男朋友很痴心。"

吴志宏却不以为然地笑着说:"痴心?井上先生,中国有句老话:精诚所至,金石为开。还有,张小姐是生意人,生意人都很看得开,你明白吗?"

井上太郎有些委屈地回道:"我约过她,但是都被她拒绝了。"

吴志宏亲切地拍了拍井上太郎的肩膀,说:"先生,你现在给了她这么一大笔业务,你认为她还会拒绝你吗?"

心动不如行动。谈话间，吴志宏就掏出手机给张晓培打了个电话，说了想把广告业务交给她做的事儿，并邀请她共进晚餐。

因为父母这两天离婚的事闹得正紧，让张晓培不胜心烦。接了吴志宏电话，她就爽快地赴约了。

张晓培到饭店雅间内，桌上菜肴已摆放停当，井上太郎、吴志宏也已就位。

见到精致打扮而来的张晓培，井上太郎越看越是心生喜欢。还没顾上吃几口菜，他就有些猴急地开口表态："张小姐，你们公司的方案我已经看了，非常好，茂田宏达公司的公共关系事务就拜托你了。"

张晓培知道井上太郎是公司的大股东，于是十分开心地端起酒杯，笑盈盈回道："您太客气了，我应该感谢您的信任。井上先生，我敬您，感谢您将这么重要的事务交给我的公司来做！"

说完，两人各自举杯，轻轻一碰，喝了一口。

吴志宏面带微笑，心里有些不屑井上太郎的猴急之举。他佯装生气地笑问："张大小姐就不感谢我？"

张晓培却有些不吃他这一套，看了一眼井上太郎，笑着反问："你吴总是二老板，感谢井上先生就是感谢你嘛，这你还挑理？"

三人相视而笑，气氛一下子更加轻松愉快起来。

吴志宏知道张晓培有些酒量，于是端起酒杯，说："晓培，可能你不知道，茂田公司非常重视公共关系，总部和下属各分社、控股公司的公共关系事务都是由日本精诚公关事务所来统一打理，这次能外包给你的公司，是靠井上先生向总部竭力争取，非常不容易，你得好好谢谢人家。"

张晓培爽快地说："那必须的。"于是，她麻利地拿起分酒器，把酒斟满，举杯道："井上先生，来，我再敬你一杯！我干了，你随意！"

张晓培再次一饮而尽，井上太郎与吴志宏相视一笑。

第二十章

酒过三巡,三人都喝了不少,尤其张晓培喝得最多,并已略有醉态。

饭毕,三人来到楼下吴志宏早就订好的歌厅包间里继续喝酒唱歌。吴志宏大大方方地给自己点了一个衣着暴露的陪酒小姐,一起猜拳行令。井上太郎自然没有点小姐,张晓培对男人点小姐的事也司空见惯,视而不见地手握话筒唱着歌。井上太郎趁着酒劲把张晓培搂在怀中,有些头晕的张晓培也没有强烈反抗。四人又是一阵子摇骰行令,又喝了不少。只是吴志宏始终喝得较少,头脑十分清楚。

玩到晚上十一点左右,井上太郎已醉,张晓培提出要回家。吴志宏说已在饭店开好了房间,让张晓培送井上回房间醒醒酒再说。张晓培确实也喝得不少,腿脚也有些绵软,便吃力地搀扶着井上太郎走进酒店房间。

进了房间,醉眼蒙眬的井上太郎迫不及待地向张晓培表白:"张小姐,我喜欢你,第一次见到你,我就喜欢上了你,你知道吗?"

张晓培忽然想起心上人杨浪,心中酸楚地说:"知道,你的眼神暴露了你的心,可惜咱俩相见恨晚呀!"

张晓培吃力地扶着井上太郎在沙发上坐下,抓起茶几上的茶壶倒茶。

张晓培将茶碗递给井上太郎时,酒壮色胆的他突然一把抓住张晓培的手腕将她拽进怀里,茶碗摔落。井上太郎将张晓培摁倒在沙发上,在她脸上、脖颈上疯狂地亲吻起来。张晓培拼命地挣扎,厮打……

这么一闹,张晓培的酒已清醒大半。她将醉酒的井上推倒在地板上,愤怒她冲上去就是一顿拳打脚踢,边打边骂:"臭流氓,王八蛋,敢欺负老娘!小鬼子,狗杂种,你是活腻歪了!"

井上太郎挥动胳膊招架了几下后不动了。张晓培抓起桌上的茶壶,揭开盖子,将壶里的水全都倒在井上的脸上,井上依旧不动。张晓培俯身在他的脸上啪啪拍了两下:"嗨,嗨,臭流氓,小鬼子,死了?"

井上太郎却喃喃道:"我……喜……喜欢你……"

"啪"的一声,张晓培狠狠地抽了井上太郎一记耳光,怒骂:"回你家喜欢你妈去吧！臭不要脸，跑滨江来耍流氓，你也不看看老娘是谁！"

说完，张晓培又踢了井上两脚，随后整了整衣服，拿起茶几上的坤包，走了。

以上情景，被一个人看得真真切切。他就是吴志宏，此时他正在另一个房间通过笔记本电脑屏幕监视着这一切，并记录下了这段丑陋的视频。电脑屏幕前，他的脸上露出得意的奸笑。

彭明选盛怒之下打了吴志宏一个响亮的耳光后，他们夫妇就双双离开了茂田宏达公司。经过一段时间的犹豫和彷徨，夫妻俩拿出所有积蓄在滨江五金批发城开起一个小店，起名"通达五金线缆"。

对于这件事，彭薇是不太支持的。她多次劝父母还是回厂里上班，由她给何向华去说，但彭明选坚决不同意，他的观点是"好马不吃回头草"。

高调辞职离开机车厂，如今破落成单打独斗的个体户。因为有这道坎，几个月来彭明选每次到五金城上班，心里总是有些虚，老怕遇上机车厂的熟人。

怕什么就来什么。这天，彭明选正用拖把擦洗店门口的台阶，抬头与手里拎着浴霸从对面灯具店里走出来的杨建国碰了个迎面。

"老彭！你在这儿干吗呢？"杨建国瞪大眼睛，吃惊地问。

彭明选脸上一下子尴尬起来："啊，那个什么，我……你来买浴霸？"

杨建国不依不饶地追问："我问你在这儿干吗呢？"

彭明选知道糊弄不过，便红着脸实情相告，将吴志宏对彭薇不轨、自己扇他耳光和创业的事说一遍，杨建国听后直竖大拇指。杨建国夸彭明选这件事做得很男人，告诉他自己家里最近正在装修新房，需要五金材料就来找他。彭明选自然十分高兴，说出自己的这些秘密，心中也一下子释然不少。

生活中，总是很难预料哪一块云彩会下雨。几天后，发生的一件事让彭明选的小店几乎陷入倒闭边缘。

事情是这样的。一天，有个西装革履、腋下夹着手包的中年男子走进小店，拿出一张名片递给彭明选。彭明选一看来人名为何大宽，是滨江市某建筑公司的副总经理，派头十足，一看就像成功人士。

彭明选知道这个是个大买主，自然不敢怠慢。三言两语下来，对方介绍说自己正在做滨东县万尚天成小区的装修工程，需要一大批五金材料，但因为楼盘一期的钱开发商刚给他结了一半，二期土建完成后一期的钱才能结清，所以彭明选要是愿意，可以先签合同供货，三个月后拿钱。说着，他从手包里拿出几张纸递给彭明选，上面是所需电缆型号和数量。

大买卖上门，彭明选自然喜不自胜。但对方提出要先供货后结款，他也不敢贸然应允。精明和设防是彭明选的性格之一，他眼珠一转计上心头，热情地表示这店是自己与别人合伙开的，需要跟人家商量商量才能答复。

那个何大宽一听这话，既不争辩，也不劝导，只是爽快又沉稳地来了一句："行，最晚明天你答复我。"便飘然离去了。

彭明选喜忧参半，将这桩买卖告诉王三妹。夫妻两人一合计，大买卖上门机会难得，做成了能好好赚一把，但供货需求不小，而且需要前期垫资，风险也挺大。为了把事情做稳妥，夫妻俩决定双管齐下：一方面抓紧时间组织货源，因小店开张时间不长规模太小，还紧急从批发商那里赊了三万多块钱的货；另一方面，第二天一早，彭明选就乘大巴车到滨东县，现场考察万尚天成楼盘工地，以探究竟。

当彭明选辗转找到万尚天成楼盘工地时，已是上午10点多。

楼盘工地上几栋楼已经盖到了四五层，脚手架外边围着丝网，若干工人正在脚手架上干活。楼盘外围着隔挡板，上边写着广告标语。

彭明选先绕着工地走了一小圈，发现这个楼盘还真不小，不时有零星住户过来看房或打听消息。

见彭明选在工地上东张西望，工地入口处的活动板房里走出一名矮瘦青年，不客气地询问："你找谁？"

彭明选在路上早想好了台词，朗声道："我找何大宽何总？"

矮瘦青年的语气一下子变得客气不少："何总去开发商那儿了，你有事儿跟我说，我是工长。"

彭明选拿出很沉稳的样子，轻描淡写道："哦，也没什么事儿，何总是我的朋友，他说能给我弄两套特价房，我过来看看。"

矮瘦青年不再细问，来了一句"那你随便看"，便转身欲进活动板房。

"哎，小兄弟，前边一期门窗还都没安，都卖出去了吗？"彭明选想进一步了解实情，问。

矮瘦青年转过身，回他："一期早就卖完了，门窗和外墙装修是别的施工队承包的，马上就进场干活了。只要钱到位，快得很。"

看来工地是没什么问题了。彭明选毕竟是精明人，为以防万一，离开工地后匆匆吃了一碗面条，又到滨东县城建局，通过熟人查实何大宽的建筑公司是备过案的，这才踏实地坐上返程的大巴。

三天后，彭明选满怀热望签了合同，在两天内履约提供了七万多块钱的五金材料，其中有三万多还是自己赊来的。

十五天很快过去，彭明选心中莫名地感到不安。他忍不住拨打了何大宽的手机，意外发现他的手机关机了。拨打名片上的其他电话，却一直无人接听。

彭明选瞬间就炸了毛，他恼怒地摔下电话，抄起手包就向滨东县而去。

到了万尚天成楼盘工地，发现这里已经人去楼空。他一脚踹开活动板房的门，里面空空如也。

彭明选又急忙来到滨东县城建局，一问才知道，何大宽已于10天前失联，目前，局里已接到 20 多起相关诉讼，正在全力追查此人。

七万块钱就这样打了水漂，彭明选蹲在城建局门外的墙角放声哭了起来。这时王三妹打来电话，他只说了一声"完了，人跑了！"就直接挂掉了电话。王三妹不停地打过来，他不胜心烦，直接把电话给关了。

流着泪水，彭明选像行尸走肉一般踏上回滨江的大巴。路上，他几次都有轻生的念头，但就是下不了决心。

好几个小时联系不上彭明选，王三妹一下子慌神了，赶紧把这个情况告诉给了彭薇，一直忙于工作、此前毫不知情的彭薇大吃一惊。

可是，现在毕竟不是埋怨和责怪的时候。她不敢马虎，立即打电话给杨建国，宋飞和罗娟看完电影归来正遇上这事，因张晓培有私家车，罗娟紧急给张晓培打了个电话。很快众人到齐，他们分头开始寻找彭明选。

第二十一章

众人经过一番寻找,最终在滨江汽车站一家小饭馆找到了醉酒的彭明选。

原来因为失落和心烦,从滨东县一回来他就来到小饭馆喝闷酒,喝着喝着就多了。因为心里不痛快,彭明选又唱又闹,小饭馆的老板把他送不走也劝不住,只好报了警。当警察正要把醉酒的他往警车上搀扶,众人就走到了跟前。

张晓培一看,出警的人员中有一个她正好认识,便上前跟他解释了一番,王三妹、彭薇等家属也表达了歉意。知道了事情原委,警察的态度一下子变得友善起来,象征性批评提醒了几句,就把胡言乱语的彭明选交给张晓培一行。

回家路上,王三妹不停数落彭明选,哭诉开五金店开张以来的各种委屈,还破口大骂何大宽骗走了他们七万块的血汗钱。何大宽张晓培是认识的,还曾经给培正公司做过宣传灯箱。张晓培说,这个何大宽其实人并不坏,估计是开发商欠了他的钱,给逼得没办法了才选择跑路。

彭薇心里很不是滋味,劝不住王三妹,也叫不醒彭明选,一想自己刚上班时间不长,现在在钱上也帮不了啥忙,内心难过得掉下了眼泪。

宋飞有些心疼地看着彭薇，并悄悄地碰了碰她的手。

众人也纷纷表示，没有过不去的坎，一定会帮助王三妹夫妻渡过难关。

第二天一早，彭明选酒醒后，知道了醉酒的事后十分后悔。

早饭刚过，王三妹就匆匆跑到二姐家借钱，二姐直接给了她三万块钱的一个存折。当她回到家时，发现彭明选手中已有四万块现金，一问才知道，是杨建国和宋卫国刚刚送过来的。夫妻二人十分感动，深深觉得还是亲戚和师兄弟心近给力。

彭明选吃了亏上了当，张晓培和彭薇却迎来了好事。

张晓培的好事有些出乎意料。那天，她把色胆包天的井上太郎暴揍了一顿，心想生意肯定要黄了。没想到这个井上太郎不走寻常路，没过几天，竟带着鲜花上门给张晓培赔礼道歉，还奉上了挨揍前提到的那份合同。张晓培颇为吃惊，但见肉已送到嘴边，不吃白不吃，就假装不太乐意地将合同签了下来，其实心里早就乐开了花。

彭薇的好事，准确地说是滨江机车厂的好事。2001年春节前夕，北车集团与铁科院的专家组对滨江机车厂重载机车项目设计方案进行了评估，一次通过。整个项目的领衔人是何向华，而列车制动管路研发则出自彭薇之手，而且她还参与了这个型号为RW500型客车的其他技术方案。RW500型客车是最新研制的全空调全软卧客车，除了在技术层面完全符合第四次铁路大提速的标准要求外，还在内饰与乘坐舒适度方面做了全新的设计。虽然彭薇从清华大学毕业才半年多时间，但可以说这款客车凝结了她大量的心血和智慧。从总体的技术方案来讲，她绝对有一定的发言权和贡献率。

为了做好新产品的前期宣传和推介工作，厂里安排彭薇和周晖赴各铁路局介绍这款客车的性能。经过半年多在厂里共事，周晖对彭薇的工作能力更是刮目相看，内心又生出不少的情愫。

已走了几个铁路局，他们二人配合得十分默契。彭薇讲解技术性能如数家珍，周晖推销表达口吐莲花。这种感受让周晖十分享受，这是一种珠联璧合如犹夫唱妇随的佳境，他喜欢这种感觉，他不可抗拒地更加倾爱彭薇。

由于各铁路局都比较热情，推介会结束后，一般都会有酒会接待。唯一让周晖感到心疼和不解的是，在酒会上，彭薇的性格就会变得豪爽，仿佛变了个人似的，对别人来敬酒几乎也不多推辞，关键还不让他代酒。

到了最后一家是昆明铁路局，彭薇喝多了。彭薇酒醉后，周晖照料得无微不至，整夜都守着她，没敢合眼。

第二天清晨，彭薇换了一身衣服，又恢复以往的端庄优雅，坐在桌边和周晖一起吃早餐。

周晖深情微笑着问："昨晚的那个彭薇是你吗？"

彭薇的脸上泛起了红晕，不好意思地笑笑："从来没见过我那样，是不是？"

周晖没有直接回答，反问："什么时候学会喝酒的？"

彭薇一边调制着羹碗中的酸奶，一边说："在美国做交换生的时候，当时很苦闷，我和李云鹃就时不时地喝点酒解闷儿。"

"那后来，在工厂的聚会中，怎么没见你喝过？"

"当然是想在你们面前保持淑女形象呗。"

"彭薇，你变了，变得完全和以前不一样了。"

"变好还是变坏了？"

"不能用好与坏来评价，你变得开朗、达观、洒脱了。"

"那说明就是变好了呗！"

两人你一言我一语地聊着吃着。

但周晖的心中已无法盛装自己的心事，表达有些闪烁其词："彭薇，我们……那个什么……以前你和我哥……"

彭薇倒是十分利落："你想说什么？直接说。"

周晖支支吾吾地说："其实……我一直是挺喜欢你的，因为你和我哥……所以我一直也不敢对你……"

彭薇没等周晖说完，微笑着直愣愣地反问："你这算是对我表白吗？"

周晖抬起头，盯着她眼睛，真诚回答："是，我知道你会拒绝，但我还是想告诉你。"

彭薇又反问："我的清华大学学历对你没有压力？"

周晖脸一红，又真诚地说："说实话，真有一点，不过你现在变得和以前不一样了，我想，对你表白也不会对你造成负担。"

彭薇脸色十分平静，有些自言自语道："我不知道你们为什么会把我想得那么高高在上，不可接近？男孩子喜欢我，难道我不应该高兴？是我有负担还是你们有负担？"

周晖连忙补充道："说实话，我们，我说的我们是指我哥还有宋飞，你在我们心里，一直是优雅、知性、清纯……"

彭薇扑哧一声笑了，脸上露出平静和无奈之色，像说给周晖，又像说给自己："别这么夸我好不好？我记得我和你说过，这都是你们给我的设定，你们认为成绩好的女孩就应该是优雅、知性、清纯，就应该不食人间烟火，对不对？"

周晖小声说："事实上你也确实如此。"

彭薇并不看周晖的表情，空空地盯着眼前的空气，表达着自己的内心："你们都是把自己对女孩的美好想象强加在了我身上。现在想想，我真的不喜欢你们这样，我不想带着这些符号，我就是一个很普通、很平凡的女人，直到我去美国，我才让自己释然。我也和你说实话，我真的不喜欢过去的自己，过去的那个彭薇让我失去了很多快乐，所以我才要改变。你们是不是不愿意接受这样的一个我？"

周晖连忙说："当然不是！"

彭薇收回空空的目光，仿佛也收回那个神游物外的自己，说："周晖，谢谢你对我能有这份情。对于你，还有宋飞，我觉得你们都是很好的人，也许友情太浓真的会冲淡爱情，你能明白我的意思吗？"

周晖的心中一阵扎针般的疼痛，那是一种深深的失落和无力感："那你觉得对我哥是……爱情？"他有些失神伤悲地问。

"大概是吧！与你哥在一起那种感觉……与你们不一样。不过，既然命运错过了，我现在也能坦然面对，就像人们常说的，我们有缘无分。"彭薇好看的眼睑抽动了几下，她仿佛坚强了起来。

周晖有些酸楚说："那……祝福你早日遇到自己的白马王子。"

"谢谢，我也祝福你早日牵手自己心爱的姑娘。"彭薇仿佛已从刚才的情绪中挣脱出来，语气中有着能听得出来的洒脱。

第二十一章

又到一年春节。1月23日，大年三十。这是万家灯火、万家圆满的日子。晚饭过后，机车厂家属区内特别热闹，四处鞭炮炸响，烟花腾起。

杨建国家里还是传统的老节目——包饺子。虽然杨浪不能回家，但罗娟和周晖都懂事地陪在左右，还有张晓培也来陪他过年。说起来，杨建国对张晓培的态度可以说是180度大转弯。杨浪刚入狱那会儿，他十分烦她，认为她就是个丧门星。但近两年来，张晓培的所作所为感动了他。无论是对狱中儿子的关照、对他老寒腿的关心，还是生意上的风生水起，他对她都没得挑。特别是这个丫头无论做什么事都能放下面子，那一股不达目的不罢休的恒劲让他感动。而这股劲儿正是杨浪身上所缺少的，他俩确实也般配，杨建国近来常常这样想。所以这时候，张晓培自然是这个家庭中不可或缺的一员。

在这件事情上，罗娟也变化挺大，从开始的严重抵触，到现在的和平接受。虽然内心她还是更喜欢彭薇一些，不过她也认识到大哥与张晓培结婚也许是最现实最合适的。周晖更不用说，当然支持张晓培。因为对彭薇的喜欢，是一件他实在无法控制的事情，虽然自己的表白被拒绝了。

一家人在一起，聊的自然是家事。

包着饺子，杨建国提醒张晓培要劝她的父母破镜重圆，别再闹别扭。张晓培十分委屈，说自己真是没办法，因为父母已经闹了快十年，难。周晖关心的是年后培正公司操办"市机电行业职工技能大赛"的事儿，因为这项活动是市级技能大赛的一件盛事，他鼓励张晓培一定要办出特色。张晓培却自信地说，培正公司实力雄厚，不仅要办好这次比赛，而且公司已与协会签了十年合约，十年内协会所有的活动都将由培正公司组织。周晖听后，十分佩服。

聊着聊着，众人便聊到了杨浪身上。在近两年的服刑期里，因表现突出他已被减刑一次，减去了六个月的刑期，这么算起他还有六个月就可以刑满释放。他将来的工作怎么办？杨建国的想法很单一，那就是进厂里上班。这事他曾经提过，何向华已同意。但张晓培却认为，目前培正公司的规模不断扩大，急需杨浪帮她打理公司业务。罗娟和周晖也倾向于杨浪与张晓培开公司，但也知道父亲与张晓培的意见相左，只是模糊表态要尊重大哥个人意愿。

虽然事情议而未决，但气氛倒也和谐平顺。

窗外的烟花不断腾蹿而起，绚烂地照耀夜空。远近各方，爆竹声声。

众人忽然都沉默下来，大约他们的心中又升起了莫名的忧伤。这个莫名，来自身陷高墙的杨浪。

第二天，大年初一。按惯例，杨建国带着孩子们来何向华家里，给杜立德老师爷拜年。他们进屋才知道，宋卫国带着宋飞已早到一步，而何向华带着宋卫国出门给其他人拜年去了。

杜立德老人面色红润，精神矍铄。大家互道新年问候后，宋飞、周晖、罗娟三人跪地磕头拜年，杜立德高兴地给他们一一递上红包。

众人的到来，令杜红十分开心。她热情地摆出各种水果和小吃招呼着大家。这时，彭明选夫妇带着礼物敲门而入。

彭明选夫妇此番来是有想法的。五金店开了不到一年赔了个底掉，说实话现在眼前是一抹黑，或者说是很迷茫，想回厂吧，开不了这个口，因为之前毕竟是那么绝情；不回厂吧，现在欠了那么多的外债，咋还？通过开店这件事，他们也看清了亲情的重要性，打断骨头连着筋啊，所以他们也是真诚地想来看看杜立德这位师叔爷，给他老人家拜个年。

彭明选真心诚意地走到杜立德面前，深深地鞠了一躬，恭恭敬敬地问候："师叔爷过年好。"

杜立德是个直脾气，拍了拍身边的一把椅子，招呼道："好，坐，快坐。"彭明选顺从拘谨地在杜立德身边坐下。

"明选，你说你年前是瞎折腾什么？五十岁的人了，五十知天命，懂不懂？"彭明选刚坐定，杜立德就责备道。

杜红赶紧上前解围，对杜立德说："爸，大过年的，您说这个干吗？"

彭明选惭愧地笑笑，对杜红说："没事儿，师叔爷是长辈，什么时候都说得着。"

杜立德瞪了彭明选一眼，问："听你这口气是缓过神儿来了，这后边怎么办，想好没有？"

彭明选慌忙站起来，回道："我和三妹也都有手艺，师叔爷，您放心，我们能找着工作。"

杜立德一听，提高嗓门有些霸道地说："还找什么工作，回机车厂丢你们的人了？"

王三妹一听这话，红着脸接过话头："不是……师叔爷，我们实在是没脸回去。"

杜立德霸道地说："什么脸不脸的，不吃回头草的马肯定不是好马。我和向华说一声，你们回来！"

彭明选内心大喜，但仍面带惭色地说："师叔爷，不给人家向华添麻烦了。"

杜立德看出了彭明选的心思，故作生气，一拍椅子扶手："什么麻烦不麻烦的，嫌麻烦你们就别认我这个师叔爷。"

这时王三妹也连忙起身，和彭明选一起感动地向杜立德再次鞠躬致谢："那太感谢师叔爷了，谢谢您！"

杜立德老人哈哈大笑起来，大度地说："谢什么，见外。"

彭明选忽然想起杜立德让自己寻找孙树斌的事儿，便如实相告，曾四处托人寻找，还是没信儿。杜立德叹了一口气，摆了摆手，表示没信儿就算了，心想也许他早就不在滨江了。

年过得很快，初七一收假，彭明选和王三妹都返回厂里上班。彭明选被安排在车休车间下料工段，与那个曾带头闹事的张振洲分在了一起。只是，这个张振洲已回过味来，在工作上尽心尽力了不少。

张晓培全力投入市机电行业职工技能大赛的筹备上。何向华对这次赛事颇为重视，春节前就指示王舜田要做好相关准备。王舜田笑着说，厂里已有好几年不参加这个比赛了。因为不少工人参加比赛获奖后，就被其他厂家高薪挖走了，怕引起技能人才的流失，高厂长干脆就取消了这项比赛。这一取消，就是四五年。

这件事何向华是知晓的，当年他就觉得这是一种短视行为。无奈，当时自己也是人微言轻。现在，他是一厂之主，这件事必须办！他不但承诺参加大赛的优胜者统一浮动一级工资，而且主动提出愿意无偿为比赛提供场地和设备。这可是帮了张晓培大忙了，她的心中生出万分感激。

由下而上，很快，参加比赛的人员名单就确定了。张振洲、侯玉凤、王三妹等老师傅悉数参加，宋飞、罗娟、二毛、蓝大个等新生代骨干也赫然在册。只是杨建国、宋卫国等老工匠主动放弃参加，他们想把机会更多地留给年轻人。

关注这次比赛的还另有其人，那就是新生机械加工厂负责人孙树斌。在他的推荐下，并经过严格的筛选讨论，监狱领导同意由杨浪代表新生机械加工厂参加比赛。

比赛分为三天。第一天主要是开幕式和部分项目预赛。现场主席台上，何向华、王副市长、开发区的官员以及省市机电行业协会的相关领导就座。主席台后立着一块偌大的广告牌，上写"滨江市第十届机电行业职工技能大赛"，联合主办方为滨江市工业和信息化局、滨江市机电产业协会，协办单位为滨江市机车厂、滨江市培正广告传媒有限公司。裁判员席位，杜立德以及机电行业协会聘请的专家、老师傅就座。

张晓培作为大赛活动的主持人，随着她的解说，伴着雄壮的《运动员进行曲》乐曲声，各代表队依次入场。观众席上掌声雷动，大家纷纷叫好。

当介绍到滨江监狱下属的新生机械加工厂时，杨浪独自举着新生机加工厂的牌子入场，表情淡然。观众席上的人不少都认识他，看到杨浪孤身入场，他们先是诧异，随后猛烈鼓掌。

杨建国看到杨浪走进场地，表情复杂，眼眶含泪。

彭薇与李云鹃看到杨浪入场都惊愕不已，李云鹃碰了碰彭薇的胳膊。

李云鹃调笑："大小姐，有何感受？"

彭薇压抑着内心的激动，淡然一笑道："挺好啊！只要出发，总会到达；只有出发，才会到达。他能来参赛，说明突破了自我。"

宋飞、罗娟等人看到杨浪入场也是万般惊讶。

入场式后，比赛正式开始。杨浪所报的铆钳车铣焊项目，三个单项、一个五项全能，与宋飞所报项目惊人相似。不过第一天只是预赛，二人并未相遇。

鉴于杨浪的刑期已不足一年，为了鼓励他好好比赛，监狱经研究特许，当晚允许他回家中住一宿。

杨浪意外地回到家中，众人欣喜不已。宋飞与罗娟的感情已日渐深浓，也正好在他家。一番交流后，宋飞执意要请杨浪出去喝酒。杨浪如实相告不能违反规定，但提出让宋飞和罗娟陪自己去趟老厂区。

三人骑着自行车很快到了老厂区。杨浪三步并作两步，来到职工墓园薛丽萍的墓碑前，扑通一声跪倒在地，喃喃道："妈，我来看您啦！……"

说着，他将热热的额头抵在坚硬冰冷的墓碑上，良久不动。

罗娟忍不住流下了泪水，宋飞在旁边轻轻地拢着她。

过了很久，杨浪起身，一声不响骑上自行车向家属院驶去，罗娟和宋飞匆忙飞身上车，相随而去。到了东家属区街道，迎面碰上了彭薇。其实，这并不是巧遇，而是罗娟悄悄给彭薇发了一条信息，她已在这里守候多时。

彭薇兴奋地上前招呼："杨浪，你们……"

罗娟用开玩笑的口吻说："这大黑夜的，先认出大哥，看来薇姐就惦记我大哥。"

彭薇亲热地轻拍了罗娟一下，道："你这小丫头，嘴上越来越不饶人了。"接着反问，"你们干什么去了？杨浪，你没回……"

宋飞上前解释："新生厂特批他回家住一晚。哎，咱们找个茶馆喝点茶怎么样？我请客。"

罗娟却重重踩了宋飞的脚面一下，嗔道："拉倒吧！咱俩撤，让大哥和薇姐说说话。"

宋飞这才醒悟，忙道："好，好，你们聊，你们聊。"

见宋飞与罗娟骑车拐进街口，杨浪才问："你加班了？"

彭薇轻轻嗯了一声。她觉得自己有千言万语，却一时不知从何说起。

两人推着自行车一路默默地走着。感慨的话，心酸的话，思念的话，还有鼓励的话，在两个人的心里翻滚、升腾、交织……

杨浪暗暗下定决心——出狱后，要回厂里上班。

接下来还有两天的比赛。杨浪的心中鼓满了力量，这其中有和家人团聚的渴望，更有彭薇对他的鼓舞和期许。

最终，杨浪力挫群雄，夺得铆工、车工两个单项第一和全能项第一名的好成绩。宋飞获得钳工第一名和多项二、三名的好成绩。就连罗娟也获得了焊接组的第二名。

看到孩子们上台领奖，杨建国和宋卫国激动得热泪盈眶。

看到杨浪胸前金灿灿的奖牌，彭薇滚烫的泪水也滑落而下。

作为大赛的主持人，张晓培此刻心情十分复杂。应该说，杨浪这次能够参加比赛，与张晓培的公司和监狱良好的互动不无关系。但让她失落甚至气愤的是，杨浪那晚被特许回家后，并没有主动找她。在内心深处，她把这件事当成了杨浪对自己感情的试金石。辗转不安地等了一夜，杨浪一点表示都没有。后来，她还听老黑说他与彭薇见过面，心中更是愤恨不已。

第二十二章

杨浪收获的三枚奖牌让彭薇泪水滑落,也让孙树斌激动不已。因为此事让新生机械加工厂一战成名,实力跻身全市机电行业前列。

监狱的奖励很快到位:杨浪具有重大立功表现,再次减刑五个月。

这也是他的第二次减刑。

接到减刑的好消息,张晓培决定放下心中的愤恨和担心。因为还有一个月,杨浪就要出狱了。她主动出手,要把两个重大的问题解决在杨浪出狱之前:一是婚事,二是工作。

张晓培到二监区时,专门带了不少礼物,算是对新生厂取得好成绩的祝贺。监区领导亲自接待了张晓培,并对杨浪月底前将提前释放表示祝贺。

从监区出来,张晓培接到孙树斌电话,说杨浪已在会见室等她。

在会见室见到杨浪时,张晓培忍不住上前拥抱他,但杨浪却一闪身躲开了。

张晓培又想拥抱杨浪,她刚一起身,杨浪却又挪到一旁。张晓培心中有些生气,但还是强压怒火问:"我是老虎吗?看把你给吓得!"

杨浪低声回道:"这里有人呢,别这样。"

张晓培不再追究,直截了当地问:"马上就要离开这里了,你想好没?是陪我一起创业,还是回厂里?"

杨浪低下头,用手抠着指甲,道:"晓培,对不起,我还是想……"

张晓培知道他想说什么,瞬间就爆发了,她忽地站起身,激动地说:"是,是我自愿的,你没让我等,你什么都没许诺过我,都是我自愿的。那你就不能回报我一点?不去机车厂就坚决不行吗?难道我不是为了你好?你心里有什么坎儿过不去的?怕别人说你吃软饭还是不愿意跟我在一起?你要是不愿和我在一起,你早说啊!我何苦……"说着哽咽不止。

杨浪完全没想到她反应如此强烈,赶忙解释:"晓培,我们……其实……"

以往的委屈一下子都涌上心头,张晓培无法克制自己的激动:"你别跟我说我们其实不合适,当初……算了,我不提过去,我现在就是一个小老板,挣了点钱,我就没资格跟你谈恋爱了?……"

杨浪小声道:"我不是这个意思。"说着,低头抠着指甲。

张晓培眼泪汪汪,抬起头问:"那你是什么意思?你以为我是因为对不起你、亏欠你才等你,才想跟你在一起,才想和你结婚?没错,当初是因为我你才来的这儿,以前我也觉得对不住你,可根本的问题,还是因为爱你呀!"

杨浪听完张晓培的一番话,停止了抠指甲,回道:"在这儿近两年,很多事儿我也想通了、看开了,你对我的感情我也知道,其实我也挺享受这份感情、这份爱。真的,能有一个女人无怨无悔地对我这么好,我不能再拿过去的那种自卑去伤害你。不过,你应该最了解我,我最怕被别人勉强,你也知道我不会敷衍,我勉强答应了你,最后一定是咱俩都不愉快,都不高兴。你既然包容了我这么多,为什么就不能包容我回机车厂呢?!"

张晓培听到这一番话，心情渐渐也平复下来。

她柔声问："那你为什么一定要回机车厂呢？"

"机车厂的工作让我心静，让我快乐，就好像当初我弹吉他唱歌一样，我喜欢。"

"不是因为彭薇？"

"你就这么信不过我？"

"我……那我们结婚吧！出去就结婚。"

"好的，我们结婚。"

张晓培听到这话很激动，起身将杨浪紧紧地抱住。

过了一会，张晓培又有些不放心地问："你真的愿意和我结婚？"

杨浪抚摸着她的秀发，道："真的。晓培，不管别人怎么说，怎么评价你，我知道你对我好，你从来都是支持我，从来都不勉强我，你只是……"

情到浓处皆真言。在杨浪的怀里，张晓培喃喃道："我只是怕彭薇，怕彭薇又抢走你！"

"像我这样的，现在谁会抢呢？"杨浪苦笑道。同时，他的心里有些隐隐的痛。

张晓培幸福地蜷在杨浪的怀里，继续柔声撒娇："你怎么又自卑了？你在我心里永远是最好的，弹吉他最好，唱歌最好，什么都最好……"

虽然杨浪没有答应与自己一起创业，但却爽快地答应了婚事。这件事让张晓培大喜过望，因为在她的心里，这件事儿比工作重要得多。

张晓培一刻都没有耽误，一从监狱回来，他就直奔杨家。她兴奋地告诉杨建国，自己已经和杨浪商量妥当：杨浪只要一出来，他们就去领证结婚。说着，她拿出一个存折，说自己把结婚的钱都准备好了，杨建国一分钱都不用花。

这件事让杨建国感到很突然。虽然两年来，他在心目中早已把张晓培当成了儿媳妇，但真要在月底就结婚，他完全没有思想准备。同时，张晓培还告诉他，杨浪已决定出来后进厂工作，她也初步同意这个打算。

杨建国不敢马虎，拉上张晓培就去找何向华说进厂的事儿。

罗娟见张晓培火急火燎地走了，一边收拾碗筷，一边不解地问周晖："前两天还死活不答应大哥进机车厂，这么快就又要结婚了。二哥，你分析分析这是怎么回事儿？"

周晖一脸淡然："她是担心哥和彭薇旧情复燃呗，后来哥肯定是跟她保证什么了。"

"不可能，大哥的脾气你又不是不知道，他可从来不跟别人许愿。"

"同意跟她结婚这不就是保证？"

罗娟一脸羡慕地说："这倒是。说实话，我现在真佩服也挺喜欢张晓培的，你说人家现在是大老板，哥又是个服刑犯，人家还这么死心塌地要跟他，这才是爱情。"

周晖似乎并不认可，反问："你别说人家，你说说你和宋飞怎么样了？"

罗娟一愣，一脸无辜："什么我和宋飞怎么样了？你什么意思？"

周晖斜了她一眼，说："你就别装了，你和宋飞看了几次电影？吃了几次饭？人家都给你数着呢！"

罗娟又羞又急，连忙解释："瞎嚼舌头？我和飞哥什么关系都没有，二毛跟你说的吧？"

周晖并没听解释，而是一脸认真地说："你别管谁说的。娟儿，宋飞是个好人，甭管他对你有没有那种意思，你都要主动点，女追男也不丢人！"

罗娟听后，低声叽咕："你得了吧！你别操心我，赶紧操心你自己吧！"

转眼就到了月底。

第二十二章

这天，是杨浪出狱的日子。负责管理他的王管教把一张释放证明书交到他手里，还有一张存折，这是他两年来在新生加工厂里的工资。把这两张纸握在手中，杨浪心潮澎湃。

王管教也已接到升任二监区教导员的任命。他鼓励杨浪从今天起，把这两年的生活彻底翻篇，不要认为这两年是耻辱，而是一种成长和历练。

杨浪专程看望了刘洪军，还与孙树斌拥抱惜别。孙树斌叮嘱杨浪，出去后暂不要告诉杜立德关于自己的消息，将来有一天，他会专门拜访。

走出监狱高墙的黑漆大门，杨建国、罗娟和张晓培已在门外等候，他们身边还停放着一辆红色的豪华奥迪轿车。

车上，三人就说起筹备婚礼的事。罗娟说家里已经准备好了新房，本来张晓培要自己准备，杨建国没有同意。张晓培说自己已经安排好了工作，计划着先出去度个蜜月，回来办酒席请亲朋好友喝酒。

杨浪一脸平静地听着，既没有兴奋，也没有反对。但当杨建国说工作的事儿已给何厂长说好，过两天就能上班时，杨浪向他投来感激的目光。

出狱第二天，杨建国领着杨浪去看杜立德。老人家特别开心，未说一句责备的话。临出门前，他语重心长地对杨浪说："树不可长得太快，一年生的可以当柴，三年、五年生的可以做桌椅；十年、百年生的才有可能成为栋梁。进厂后，你要向下扎根，才能向上生长。我相信你！"

为了庆贺杨浪的归来，宋飞、二毛、蓝大个和老黑为他接风，地点就安排在厂门口一家名为"眼镜"的夜市烧烤摊，这是杨浪入狱前他们经常聚会的一个地方。两年过去，这里的生意和以前一样火爆。时间仿佛在这里停止了一般：老板还是戴着那一副厚厚的眼镜，在烟熏火燎的孜然味中翻烤着大把大把的羊肉串，桌边三五成群的哥们儿吆五喝六地喝着啤酒侃着大山……

好朋友们又聚到了一起。几只扎啤杯一碰,大家一起开心地一饮而尽。

二毛兴奋地倒满酒,高声提议:"哥几个又聚一块儿了,今晚咱得连干三个。"

没想到,杨浪却说:"我不喝了。"

蓝大个觉得有些败兴,说:"杨浪,兄弟们盼今儿个可盼了两年,好不容易等你出来了,给你接风,你别……扫兴呀!"

"我就是不想喝了,没别的意思。你们喝吧!"杨浪固执地说。

"还为那事儿膈应呢?"二毛用胳膊肘碰了杨浪一下,问。

杨浪不语。宋飞解围道:"算了,算了,不想喝就不喝了。杨浪,回来你想去哪个车间?"

"哪个车间都行,看人家安排。"杨浪淡然地说。

蓝大个一扯宋飞袖子,道:"当然是来咱们车间,咱们哥们儿还一个班组,一块儿上下班,一块儿干活,多带劲儿!"

这时,二毛却无遮无掩地冒了一句:"张晓培那么大的公司,你不去当老板,非要进厂当工人。杨浪,我真是越来越看不明白你了。"

杨浪不以为然地笑笑,打开桌上的一听易拉罐饮料,自己喝起来。

蓝大个接过二毛的话头,说:"你以为都像你呢!杨浪要是能听张晓培的当初也不能主动和彭薇吹了。老黑,你说,是不是?"

老黑嘿嘿一笑,说:"为了进厂的事儿张老板没少跟他闹,吵完就跟我诉苦,就骂他没良心。"

二毛听出了他话里有话,逼问:"老实交代,到底怎么回事?"

老黑顿了顿,解释:"这几年我没少跟着张晓培出去谈业务,再刁钻的客户她拐弯抹角的都能拿下。就譬如说,吴志宏多难缠的人,对张晓培却一点办法都没有。可她就是搞不定杨浪,你们说,是不是得服他?!"

宋飞他们一哄而笑,举杯相碰。杨浪听到"吴志宏"这三个字,心中像吃了一只苍蝇一样恶心,但仍表现出一脸淡然,说:"这有什么服的?甭管什么客户都和她有经济利益,我俩是搞对象,是要结婚的,又不是做买卖谈生意。因为她是大老板,有钱我就必须听她的,那我成什么人了?"

众人举起杯赞同杨浪的观点,并预祝他新婚快乐。杨浪木然地端着杯子,与大家碰了一下。不知为何,彭薇和吴志宏就在他的眼前交替浮现……

日子一天天地过着,很快一周就过去。

杨浪已经正式到厂里报到。在何向华关照下,他被分到了车体车间,并直接被任命为维修二班的班长。这样的安排,何向华是与车间主任洪宝力商量过的,因为下一步厂里新引进的机器设备马上就会到位,而且都是数控机器,听说杨浪在新生加工厂里就曾是维修骨干,所以才做出了这个令众人意外的决定。同时,厂里还把赵老五、张俊生等人安排到了维修二班,他们都是将来引进动车组生产将要培养和储备的技工骨干。虽然杨浪在里面的资历还比较浅,但在前不久的比武大赛中他一人就拿了五项全能冠军,众人也便没有什么异议了。

结婚的事也在紧锣密鼓地推进着。或者说,这件事杨浪一直被一种力量裹挟着在走。准确地说,是被张晓培的积极主动裹挟着。

杨建国与张再德已经见过面,商量了婚礼事宜。杨浪和张晓培也已在民政局领了结婚证。如果说,在出狱前杨浪答应结婚只是一时冲动,出狱后这段时间对于结婚还是颠顸的,那么到了这个地步,他必须要认真地对待这个问题了。然而,这时他才发现,一切都晚了!木已成舟,已无法更改。

这天晚上,当他真正意识到这个问题的时候,感受到从未有过的孤独。算起来自己出狱这一周多来,还没有见过彭薇。张晓培早早高调地传出要和他结婚的消息,也许这成为阻拦他们见面最强大的武器。可是，可是，他自己竟然也没有主动去找过她。当然了，自己去找她，又意义何在？两人见面又能说什么呢？道歉吗？请求原谅吗？还是婚变？！

杨浪回答不了自己，他只能认命。他觉得自己被捆住了手脚落入张晓培一手编织的网中。脑中像过电影一样，眼前浮现出张晓培在火车上、地下室、探视间的一幕又一幕，仿佛慢慢为自己找到了一个理由：这是一个爱着自己并能够为自己放弃一切的女人，她应该得到幸福，而自己应该成全她。

想到这儿，杨浪感觉到自己的眼角热热地——他流泪了。两行热泪为了自己的委曲求全而流，也为悼念自己与彭薇的爱情而流……

第二十三章

心有灵犀，随着杨浪与张晓培婚事的一步步推进，彭薇的心翻江倒海般地疼痛起来，且一日甚过一日。

如果说，此前她对杨浪的爱情还有些幻想和茫然，或许说还放置在一个她伸手就能触及的地方，但随着张晓培高调装饰婚房、领取结婚证和如期赴昆明、三亚两地度蜜月，坚硬的现实一步步告诉她，触手可及的那个地方不再有自己的爱，心爱的人已经不属于她，那里只有冰冷、虚无和疼痛。

在彭薇的心里，蜜月是一个浪漫又奔放的词汇。这缘于在国外做交换生那年，在外文资料上她看过这样一个故事：

相传，英国古代的多顿族中曾流行"抢婚"风俗，即任何一个多顿男子都可以抢自己中意的姑娘为妻。为了避免自己心爱的人被反复抢夺，于是不少男子一将妻子抢到手，就迫不及待地携新人外逃隐居。

外逃后很多夫妻游荡山野，食宿都无着落。在这过程中，旅途中的人们认识了蜂蜜。那时的英国野蜂窝随处可见，蜂蜜唾手可得，于是大家纷纷吮吸蜜汁充饥。这一发现被流传开后，抢婚外逃进入山野的青年男女，纷纷以蜂蜜充当食物，终生厮守。

　　时间一长，多顿人"抢婚"的风俗危及了社会秩序，迫使多顿首领不得不作出规定：凡成婚 30 天以上者不得再卷入抢婚之列，并发给新婚对牌，以备查验。从此以后，外逃的新婚夫妇多在 30 天后自动回到家乡，过上平安幸福的生活。而他们在外面靠吸吮蜜汁为生的 30 天，被人们称为"度蜜月"。

　　当时读完这个故事，她第一个想到的人就是杨浪。她想，如果有朝一日，新婚之夜，她要把这个故事讲给杨浪听，而且还要他创作一首关于蜜月的歌。然而，现在一切都变得虚无，心底这个故事，她还能讲给谁听？

　　作为好闺蜜，李云鹃知道彭薇心中的痛。在厂里一天一天地忙于工作，但杨浪婚事的消息还是一波一波地袭来，特别是二毛、蓝大个、林继红等人，都是十分热心的宣传员和推销者。李云鹃明白，这些事情肯定早已进入了彭薇的耳朵，但她不能主动去提及，因为她明白彭薇是坚强的，更是脆弱的。

　　滨江的八月，秋雨绵绵。

　　杨浪与张晓培的婚礼在滨江车城国际大酒店如期举办。大厅门口，杨浪西服革履与穿着婚纱的张晓培迎接前来的客人，杨建国与张再德与张晓培的母亲也都笑迎各自的亲朋好友。

　　这场婚礼，张晓培原打算在体育场办，她的计划是租两架直升机，新郎和新娘从空中索降，并且要合唱杨浪的原创歌曲《永远爱》。但她的提议被杨浪否了，他不想那么张扬。在他的眼里，张晓培这些所有的张扬，只是表演给一个人看，那就是彭薇，他不能允许张晓培这么做。

　　蓝大个、二毛、老黑、老镲等人围坐一桌，他们一边高声地聊着天，一边又心领神会、挤眉弄眼地小声说着话，唏嘘着杨浪、彭薇和张晓培之间的过往和情缘。

这时，罗娟和宋飞也来了，他俩的加入才止住了一伙人的议论。

"嗨，嗨，快看，情敌聚首，冤家聚头。"突然，二毛用嘴吃惊地努向大厅，一脸兴奋地向一伙人喊起来。

众人向厅口看去，只见彭薇与李云鹃走到厅口。出水芙蓉般的彭薇分外端庄俊俏，她上前落落大方地祝福杨浪与张晓培。

令二毛等人完全没想到的是，打完招呼，彭薇和李云鹃就向他们这一桌走来，并在罗娟的身边坐下。

二毛一下子又兴奋起来，好奇十足地问："彭薇，刚才你和他俩说什么了？"

彭薇优雅又好看地一笑："没说什么呀，就是恭喜他们。"

蓝大个起哄道："这不对呀！小说里写的也好，电影、电视剧里演的也罢，你彭薇出现，杨浪他应该拉上你的手，他应该逃婚才对！"

众人再次哄笑。

彭薇仍然落落大方，不以为意中透出妩媚，笑着说："你俩没个正形儿，小心张晓培收拾你们。"

一众人正在说笑，只见吴志宏满面春风地出现在大厅。杨浪见到是他，脸上一下子冷峻起来，露出嫌弃之色。

吴志宏仿佛视而不见，仍堆笑上前拱手："恭喜、恭喜……"说着，便伸手要与杨浪握手，杨浪却侧身将手藏到背后。吴志宏略一迟疑，与迎上来的张晓培热情握手。

"妹子，终于修成正果，恭喜你呀！"吴志宏满面春风道。

"吴大哥这么大老板，百忙之中赶来，我特别荣幸。里边请，里边请。"张晓培边说边把吴志宏往大厅里边让。

吴志宏从包里拿出一个大红包递给张晓培，客套道："我还有点事儿，就不进去了，特地过来给你们道声喜。"

张晓培也不客气，接过递给一旁的伴娘，道："开发区的谢主任、何厂长都来了，你不过去和他们坐坐？"

吴志宏双手合拢，致谢道别："不过去了，我真有事儿，再次祝福你们。不好意思，我先走了。"

看着吴志宏转身离开的身影，张晓培有些不满地看了看杨浪，小声埋怨："你也太……至于吗？"

杨浪仍是一脸嫌弃之色："至于，我就是不想理他！"

接下来，婚礼正式开始。临时客串主持人的老黑身着燕尾服走上台，拿起话筒动情又投入。随着一声拖着长音的"有请证婚人"，何向华一身西装革履，胸口别着证婚人的花牌走上台。

在众人热烈的掌声中，何向华接过话筒，情绪激昂地说："今天参加杨浪与张晓培的婚礼还能担当证婚人，我特别高兴，也十分激动。在这个场合也许不适合回忆过往悲伤的事情，但今天我还是想说，杨浪，与他的父亲杨建国，也就是我的大师兄，还有他的弟弟周晖，他的妹妹罗娟，他们一家人走到今天，特别的不容易……"

台下，杨建国、周晖和罗娟各自表情沉重……

婚礼继续进行，在舞台上一拜天地、二拜父母之后就是夫妻对拜。

"亲一个，亲一个，亲一个……"在二毛等人的带头起哄下，众人的声浪一浪高过一浪。

杨浪在台上看到台下彭薇还在，目光显得呆滞迟疑。

张晓培似乎并没在乎这些，她微笑着主动走到杨浪身边，揽着他的腰，两人拥吻在了一起。

掌声雷动，欢叫声此起彼伏。

彭薇看着他们拥吻，身体有些微微发抖，脸上掠过一丝哀伤的神色。闺蜜李云鹃察觉到了这些，在桌子的掩护下，紧紧地握住彭薇微微颤抖着的手。

彭薇的细微反常，同桌的宋飞早就看在眼里，但无奈罗娟就在身边，他也只得佯装视而不见。

终于，婚宴开始了。在二毛、蓝大个等人吆五喝六的划拳行令声中，善解人意的李云鹃果断拉起彭薇礼貌地告别。

她们端庄地款款走出大厅，走出酒店。外面凄冷的绵绵秋雨下得正紧，彭薇不顾一切地冲进横竖乱飞的冰雨中……

张晓培大婚，心情大爽。按照婚礼的流程，他们挨桌开始敬酒，但令她没想到的是，他们刚刚敬完何向华等领导的一桌酒，父母那一桌就发生了意外。

原来，杨建国、宋卫国等人被安排与张晓培父母同桌。儿子大婚，戒酒已有五年的杨建国十分高兴，就开戒了，三五杯酒下肚，话忍不住多起来。张晓培的父亲张再德也是好热闹爱面子之人，也多喝了几杯酒。但张晓培的母亲白秀华却因始终对张再德爱理不睬，气氛有些尴尬。

酒意渐浓的杨建国，把这些尴尬看在了眼里，端起一杯酒不知深浅地劝道："杨浪和晓培能走到今天我特别高兴，他俩都是好孩子，不用说。老张、晓培妈，你俩也是老夫老妻了，都过了大半辈子了，过去有什么磕磕绊绊的就让它过去了，是不是？你俩老是别别扭扭的，孩子们也跟着闹心，是不是？"

没想到，张晓培母亲白秀华白了张再德一眼，一推杨建国手中的酒杯，委屈地说："老杨，我也不跟你客气。今儿个我能跟他一块儿来是冲着晓培，冲着我闺女、女婿，他姓张的什么德行你们都知道，狗能改得了吃屎？"

众人面前，受到这种辱骂，恼怒的张再德脸憋得暗红，指着白秀华半天说不出话来，突然他手中的酒杯掉落，身子直直地后仰摔倒在地……

张再德是突发脑出血。

当他醒来时，已是三天以后。医生从他的脑部抽出大量溢血，虽然暂时脱离危险，但出现了偏瘫和偏盲。

张再德戴着呼吸面罩痛苦地躺在病床上。白秀华坐在床边，又爱又恨。她没想到前不久还和她置气斗法的老公，瞬间就差点与自己阴阳两隔。事情的发生太过突然，她忽然感到人的生命竟然是那般脆弱和渺小，有时轻得就像一根羽毛，一不小心就会飞上天去。在张再德昏迷不醒的这几天里，她想了很多，甚至做了最坏的思想准备。蓦然间，她感到生死如天、情仇似烟。她决定放下执念，不计前嫌，与自己所爱的这个男人好好地度过未知的余生。

突如其来的变故，让张再德也深受打击。已偏瘫在床的他，对美色和钱财也已看淡。在妻子白秀华的劝说下，他决定把自己的公司全部转交张晓培打理。

对于这个决定，张晓培并未推辞。她知道父亲这病凶多吉少，业务交给自己打理是迟早的事情。于是，也没有多少心思享受新娘子的快乐，便进驻父亲的龙江工贸公司进行清点接盘。

再说那天给张晓培送完婚礼的红包，吴志宏就冒雨迫不及待地回到茂田宏达公司。他拎起一台笔记本电脑，直奔井上太郎的办公室而去。

他之所以这般匆急，是因为他急切地想做一件事。而这个时机，他已经等待太久。

吴志宏径直把那台笔记本电脑放在井上太郎的面前，用戏弄的口吻说道："井上君，今天是张晓培小姐的婚礼，虽然你没去现场贺喜，不过有一件礼物她让我送给你。"

井上太郎一脸迷惑，不解地问："什么礼物？"

吴志宏不怀好意地笑了笑，用右手食指在电脑回车键上重重摁了一下，电脑屏幕上立即出现那天井上太郎在酒店房间将张晓培摁倒在沙发上疯狂撕扯她的衣服、意欲强暴的视频。

看着电脑屏幕上不堪入目的画面，井上太郎大惊失色。他狠狠地瞪着吴志宏，咆哮起来："无耻！太无耻！吴志宏，这是不是你干的？"

吴志宏却不慌不急地冷笑道："井上君，别管是谁干的，总之是有这样的事情发生，对吧？"

井上太郎暴怒："你混蛋，无耻！你想干什么？！"

吴志宏冷冷地说道："井上君，你是不是考虑一下出让茂田会社在我们合资公司里的股份？"

手段虽然卑鄙下作，可是效果不错。井上太郎惧怕自己的丑闻在业界曝光，只好委曲求全答应了吴志宏的条件：茂田公司出让在茂田宏达公司所占百分之三十的股份。而回购人正是吴志宏。

接下来，事情办得十分顺利。

由于张晓培刚接手父亲的公司，对井上太郎转让股份一事不敢马虎。三人见面后，井上太郎亲口告诉她，此举完全是由于茂田总部有一笔巨额投资失败，为收缩在世界各地的投资才出此下策。张晓培也没有多想，三人便按程序进行了变更。同时，因井上太郎辞去了茂田宏达公司的董事长一职，吴志宏成为最大股东，自然接替了这一角色，并将公司名字变更为"宏达机电设备集团有限公司"。

参加杨浪和张晓培的婚礼归来，宋卫国和侯玉凤连着好几天都在讨论宋飞的个人问题。

按照宋卫国的想法，他觉得这个问题已经水到渠成。因为在他看来，宋飞和罗娟十分般配，而且私下里他与杨建国已沟通过多次。但侯玉凤还是心有不甘，在他眼里，儿子宋飞虽然不是正规的大学生，但已拿到了自考的本科文凭，而且在厂里工作干得风生水起，当干部是迟早的事情；而罗娟这孩子虽然长得挺水灵，从小也是看着她长大的，没什么毛病，但将来可能不会有多大出息。总之，她觉得罗娟有些高攀。还有一点让侯玉凤有些不太舒服，那就是自从罗娟分到她们二工段焊接一班以来，侯玉凤好几次旁敲侧击，提醒罗娟没事多加学习，最好也报个自考什么的。但罗娟竟大大咧咧地告诉她，自己就不是学习的材料，这让她很生气。现在没过门就这样，过了门可能就更没治了。

夫妻两人意见不合，为此也没少吵架。可是，现实摆在了这里。杨浪一个没妈、坐过牢的孩子都结了婚，自己规规矩矩的儿子却还没着落。对于这件事，宋卫国有些为难。不说吧，侯玉凤责怪他对儿子不关心，说多了，侯玉凤又旧事重提，说他对薛丽萍还念念不忘，在孩子身上寄托旧情。

事情在一个周二的下午出现了转机。

那天下午，秋日的阳光从车间窗户泻进来，暖暖地投射在一班的工作区。

穿着防护服的侯玉凤蹲在地上正焊接一块车体，忽然觉得左下腹部疼痛难忍。她赶紧捂着腹部，巨大的疼痛让她的额头渗出豆大的汗珠。

旁边的罗娟见状冲上去，半蹲下扶着侯玉凤。

侯玉凤脸色煞白，扶着罗娟的身子想站起来，却疼得无法起身。车间其他的人都慌了神，一时也不知如何是好。

朴实健壮的罗娟没有多想，背起侯玉凤就向外走去。本想在街上拦一辆出租车，但那天偏偏一路上都没能打到车，罗娟硬是将侯玉凤背到了医院，差点没累个半死。事后诊断，侯玉凤得的是急性阑尾炎，如果晚点送诊可能性命难保。

当宋卫国和宋飞闻讯赶到时，罗娟已经交了住院费并在手术同意书上签了字。由于送医及时，手术非常成功。罗娟的担当之举，让宋卫国、宋飞和侯玉凤都十分感动。

深夜，宋飞送罗娟回家。

在家属区，月亮的清辉洒在人行道上。罗娟与宋飞并肩而行，想起下午自己在侯玉凤手术通知单上冒充病人亲属签字的事，她禁不住脸红了。但是，此时在清朗的月光里，整个世界只有她和宋飞。说心里话，她深深地爱着宋飞，爱他的英俊儒雅，更爱他的积极向上。多次梦里，她都梦见自己成为他幸福的娇娘。然而，他心爱的宋飞哥哥到目前为止都没有正式向自己表白过，更别说是求婚了。还有，想着想着，她就有

第二十三章

些生气，因为他想到了那天大哥结婚时，宋飞望向彭薇的那种眼神，那种富含关切、疼爱又无助的眼神。

宋飞哪里知道这些，他还单纯地沉浸在一片感动之中。因为在他的心目中，罗娟是一个一天比一天出落得灵秀又懂事的亲妹妹。

"娟儿，真的谢谢你。"他的语气充满家人般的亲切。

生气中的罗娟却不吃这一套，语气冷落地问："这一路你都说好几遍了，能说点别的吗？"

"你知道我笨嘴拙舌，不会说。"

"不会说就别说。"

"娟儿，其实……其实……我以前一直把你当妹妹一样……"

"我知道，现在呢？"

"自打那天你在大赛中获了奖，我就觉得……觉得你……"

"觉得我怎么了？长大了？不是你妹妹了？"

"我觉得你挺好看的。"

"那你以前觉得我丑？"

"不是，就觉得你是妹妹，也就没在意这些……"

"哼，你在意别人，当然不会在意我。"

宋飞明白罗娟吃了那天的醋，但一时又不知如何接话。

罗娟见宋飞也说不出什么新意，不再理睬他，径直向自家的楼道走去。

宋飞有些犹豫地喊了一声："娟儿……"

罗娟转身看着他，道："干吗？"

宋飞鼓了鼓勇气，但最终还是说了句："谢谢你。"

罗娟失望地撇了撇嘴："喊，就知道你说这仨字儿，回去吧。"转身走进楼道，把神情懊丧的宋飞独自晾在了楼道外。

婚礼举办完20多天后，张晓培与杨浪的婚姻生活亮起了红灯。

这段时间以来，张再德的病情有了些好转，可以在白秀华搀扶下在病房里缓慢走动，但仍然要在医院静养治疗。杨浪和张晓培轮流到医院照料张再德，杨建国也抽空去探望过几次。

张晓培十分繁忙，既要打理自己的培正公司，又要处理茂田宏达公司的一些业务，时间总是安排得满满当当。但最让她不舒服的是，新婚以来，只要不到医院照料张再德，杨浪几乎是天天到厂里加班加点到晚上十点左右才回家。有两次，她专门从繁忙的工作中抽身，回家做好饭等杨浪回来共进晚餐，但打电话杨浪却始终没有接。这些事情，让刚刚怀孕不久的她很不踏实。甚至，她都有些后悔，杨浪回来的那天晚上，自己不应该那么主动与杨浪在一起，否则就不会这么快受孕。

杨浪这段时间确实也很忙，他是维修班的班长，因为毕竟进厂时间很短，对大多数设备的性能与原理还不是太懂，他必须尽快把这些东西弄得清清楚楚。再说，厂里进口的一批数控机床马上就要到位了，他也要尽早掌握一些关于数控机床的知识，以便胜任本职。当然，他骨子里也有些怕早回家，因为他不想听张晓培那些让他辞职的唠叨和逼迫。还有，前段日子，未经他同意，张晓培就直接给他买了一辆丰田霸道原装进口越野车，最近老逼他去学习驾照，对此他也不胜心烦。

这天，张晓培打电话他也没听到，又是晚上十点十分回到婚房。杨浪一脸疲惫地径直向沙发走去，张晓培不悦地看着他。

"换鞋，换衣服！你进厂换工作服呢，进家就不懂换鞋、换衣服？"张晓培向他吆喝道。

杨浪转身走到门口，换上拖鞋，接着又脱下身上的工作服换上便装。

"给你买手机干什么使的？不懂得接电话？"张晓培不客气地质问。

杨浪一愣，有些不好意思地解释："太忙了，没听见。"

张晓培更生气了，凌厉又委屈地说："杨浪，你刚进厂，新鲜，可我也是你的新媳妇儿呀！那些个机器是死的，可我是活的呀！你是不是更应该新鲜我，不是新鲜那些机器？"

杨浪低声嘀咕:"这不是加班嘛!"

张晓培不客气地反问:"谁让你加班了?你自己安排的吧?"

杨浪见她如此不可理喻,也有些来气:"张晓培,你什么意思?我晚回来一会儿,你就……"

张晓培不依不饶地说:"什么晚回来一会儿,你看看现在几点了?我六点半炒好菜、做好饭等你,现在几点了?你心里有我吗?你知道你成家了吗?"

杨浪欲言又止,转身快步走上楼梯。

张晓培更加生气,愠怒地将餐桌上的饭菜一股脑地倒进了垃圾桶。接着,她就忍不住干呕起来,对着垃圾桶呕吐不止。

杨浪听到动静,走下楼来。一问才知道,张晓培已经怀有身孕,顿时心生忏悔。想想自己确实也是有些过分,于是软硬相济地说了许多好话,才算把张晓培的怒火熄灭。两人说了一阵温情的话,折腾了一回,才头脑昏昏地睡去。

这时,已到深夜三点。

婚姻像一双漂亮的鞋子,合不合脚,只有穿它的人知道。

杨浪与张晓培的结合,在宋卫国和彭明选眼里羡慕不已。特别是杨建国把自己将要当爷爷的消息在车间一经公布,更令他们眼热。

彭薇这些日子,心情一直比较灰暗。或者说从那天硬着头皮冒雨参加婚礼之后,她的心情就越来越潮湿。她尤其不敢看闺房墙壁上挂的那一把吉他,这是属于她一个人的秘密。吉他是她当年从九月琴社郝老板手里买的,正是杨浪亲手制作众多吉他中的一把,这件事多年来她一直瞒着杨浪还有闺蜜李云鹃。它既有当年对杨浪音乐梦想的支持与陪伴,也有对自己少女情怀的追忆和纪念。

应该说,这段时间工作都很忙,或者说她有意让自己繁忙起来。她怕看到那把吉他,怕与自己的灵魂对话。在夜深人静的闺房,她的思绪会疯狂地回到从前：在北京飘雪的寒冷冬夜，她幸福地搂着杨浪结实的腰身，把脸踏实地贴在他的后背上；在音乐节的舞台上，人山人海，霓虹灯随着震耳欲聋的音乐节奏闪烁，主音吉他手杨浪闪亮登台，嗨翻全场；在玉渊潭公园湖边，杨浪抚摸着她的秀发，温柔地说要一辈子守着她，两人忘情激吻……

心绪难宁中，她为自己的清高和谦让羞愧。对于张晓培，她没有恨，甚至有些佩服和喝彩。因为彭薇隐约觉得，也许爱情就应该像她那样不择手段和不顾一切。

然而，一切都晚了，她的身边已经失去曾经心爱的人，只留下一把冰冷的吉他。

彭薇一直是父母眼中的骄傲和光环，然而随着杨浪的结婚，她感觉到了父母心中一些微妙的变化，那就是他们会时不时变着戏法提醒她，应该找对象了，甚至还给她开始点将，譬如周晖或者宋飞。

这事让彭薇厌烦不已，她无法走出心里的一片狼籍，或者说，她根本就不愿意走出来。她愿意等待，虽然不知道会等到什么时候，也不知道在等待什么。

侯玉凤在医院住了没几天，康复出院。

急性阑尾炎差点要了她的命，躺在四周一片茫白的病房里，她也感觉到了命运的无常和生命的脆弱。这段时间她对罗娟有了重新认识，从那天罗娟一路把自己背到医院捡回一条命，到专门调整上班时间悉心周全地照料自己，她对罗娟越来越满意。她想，也许这才是未来儿媳该有的样子：听话孝顺、朴实耐劳。

侯玉凤一出院，就催促问宋飞和罗娟的事儿。当听说宋飞还没有向人家表白，她就操起心来。

第二天一上班，她悄悄来到装配车间管制一班，把两张电影票塞进宋飞手里，让他晚上带罗娟看场电影。连日来，罗娟对母亲悉心照料，尤其是那天艰难地把母亲背到医院就诊，完全没有把自己当外人，让宋飞心生感动，决定下班前去找她。

侯玉凤左等右等不见宋飞来车间找罗娟，心里暗暗着急。这时，车间需要临时派人到喷涂车间补焊一个硫酸罐，周围也没有旁人，她只好派罗娟去了。

快下班了，宋飞才匆匆来车间找罗娟。侯玉凤告诉他，她派罗娟去补焊一个硫酸罐，应该马上回来。一听是补焊硫酸罐，宋飞有些着急，因为他知道这个工艺十分危险，必须有安检组的回执单方可作业。一问回执单，侯玉凤才大吃一惊，下午光想着让两个孩子约会看电影的事儿，还真没有注意有没有回执单。她着急地在抽屉里一阵翻找，没找到。

情急之下，宋飞急忙朝喷涂车间飞奔而去。他到车间外，老远就看见罗娟戴着防护帽，在强烈的紫外线中进行焊接作业。

宋飞边跑边大喊："罗娟，快离开，危险！"

但由于焊接产生的噪声和戴着防护帽，罗娟并未听到宋飞的喊叫。

宋飞飞快地冲过去将罗娟扑倒在地，紧接着，"砰"的一声巨响，硫酸罐爆炸了。宋飞的背部慢慢地浸出一片殷红，不远处的侯玉凤吓得目瞪口呆……

宋飞的伤势不算太重。关键时刻，他舍身保护自己的义举，让罗娟心中感动满满。几天后的病床边，见宋飞康复得不错，罗娟削了一个苹果递给宋飞，满眼柔情地问："你当时怎么想的？真的就不怕死？"

宋飞咬了一大口苹果，一边清脆地嚼着一边说："没多想，心想，死也是咱俩死在一块儿，值了。"

罗娟幸福地噘起嘴，故意问："怎么的，现在不把我当妹子了？那你为什么不说那三个字？"

宋飞的脸一下子红了，不好意思地小声说："我说不出口。"

罗娟不满地白了他一眼，嗔怪："说不说随你，一个大老爷们儿，命都能豁出去，说那几个字能怎么的？丢你身份啊！"说完，就佯装生气要走。

走到门口，她却伸手拉住门把手，转身似笑非笑着逼问："说不说，再给你五秒钟，过了这个村儿可没这个店儿了。"

宋飞红着脸，露出一副玩世不恭的表情，说："好，好，我说，你当我女朋友，当我媳妇儿，行不行？"

"又不是小时候玩过家家，你说当就当？小时候玩过家家，我还当过你妈呢！"罗娟不客气地回敬道。

宋飞涨红着脸："你非要逼我说出来，是不是？"

"说出来怕什么？你和别人能说，为什么和我不能说，还是想着把我当妹妹？告诉你，如果想把我当妹子，本小姐没空。"

"我和谁说了？你这丫头还真牙尖嘴利！"

罗娟走过来："你和谁说的你知道。现在咱们都是成年人了，想玩过家家就认真的，好好玩，玩一辈子，白头到老！"

话说到这个分上，宋飞不容分说，忽然一把将罗娟拽进自己怀里，甜蜜地搂紧她，红着脸说："娟，我爱你，我喜欢你，咱俩一辈子在一起过家家，白头到老，好不好？！"他的眼中充满了深情。

罗娟幸福地仰起头，微微地闭上了自己的眼睛，等待着宋飞火热的嘴唇。

病房外，侯玉凤拎着个保温桶从门缝正好看到这亲昵的一幕，扑哧笑出了声。

第二十三章

第二十四章

何向华回厂任职以来，滨江机车厂的发展变化很明显。现在，项目管理体系已经被职工们普遍接受并拥护。事实证明，科学的项目管理体系，不仅大幅提升了产品质量和产能，也实实在在地提高了大家的工资收入。

作为滨江机车厂的掌舵人，何向华清醒地意识到，眼下正是国家高速铁路快速发展的黄金期，亦是机车厂难得的历史机遇期。如果抓住了机遇，机车厂重铸辉煌；如果错失良机，可能就会陷入万劫不复的深渊。

可是具体的发展方向在哪里？如何合上新时代的节拍踏歌而行？

这个课题，是何向华一直思考的一个问题，也是研发部成立之初，他就赋予研发部的一个命题作文。研发部周部长对此高度重视，多次带领彭薇和李云鹃等研发人员进行走访调研，广泛查阅国内外相关资料。调研指出，当前中国铁路正处于"四面楚歌"：首先，我国是世界上一个人口最多、发展速度最快的大国，但目前铁路营业里程为7.2万公里，人均铁路长度仅为5.5厘米，"还不如一根香烟的长度"。广大群众旺盛的出行需求仅靠脆弱而缓慢的两根轨道，就像"大象走钢丝"。其次，自1980年《人民日报》最早出现"春运"一词，20多年来，随着人员流动限制的放宽，越来越多的人选择离乡外出务工、求学，诸多人群集中在春节期间返乡，形成了堪称"全球罕见的人口流动"的景象。每年春节前后 40 天左右，这种一年一度如候鸟一样的大迁徙，人口集中流动已从 1 亿剧增至近 10 亿，"一票难求"成为每名充满乡愁的旅人必须面临的难题。然而，令人无奈和汗颜的是，目前全国铁路装车需求量最高达到 30 万辆，而铁路仅能提供 10 万辆，火车的平均时速，也只能跑 50 多公里……

这份调研报告长达 3 万多字，既有充分的事实做支撑，又有客观理性的分析。文中强调，中国铁路人是一支承受着世界最大运输压力的"铁军"，"他们是送人民回家过年而自己不能回家过年的人；他们是扛着压力、咬碎委屈，而把微笑送给群众的人，他们所从事的是'闪着泪光的事业'。""加快速度，建设更多的大运量、低能耗、占地少的现代化高速铁路"无疑是中国铁路未来发展的不二选择。基于此，报告从滨机厂的历史、现实、使命等多个维度，提出了近景和远景发展规划。

与调研报告配套的还有一份详尽的《关于滨江机车厂高新技术引进和新产品研发方案》的报告。其中不但明确了滨江机车厂应该走"引进先进技术—联合设计生产—打造中国品牌"的总体思路，还申报了多个审批项目：一是高度重视磁悬浮列车的研发，着眼国家高速铁路的规划目标，现阶段将磁悬浮上的研发目标定位在中低速磁悬浮轨道交通系统上；二是及早部署，与德国、日本、加拿大、法国等高速铁路发展强国广泛接触，尽快引进其先进技术，洋为我用；三是下好两手棋，"走出去"与"请进来"并重，加强与瑞典扎克伯来公司合作，不等不靠、独立自主推进技术革新，对现有某新型焊接客车进行全数控技术升级改造，蹚出一条自我革新、自力更生的血路……

这份沉甸甸的报告递交北车集团总公司后，受到上层高度重视，尤其受到铁道部李副部长的高度肯定。并且，报告很快得到"同意批复"的意见。

接到批复这一天，何向华分外高兴，以他为首的新一届党委班子也空前激动。大家纷纷发表感言，要赶上时代潮流，绝不能故步自封，只有开阔视野，才能行稳致远。大家一致认为受到集团批复的这份报告对于滨机厂具有里程碑意义。

事不宜迟。当天，何向华就组织召开厂党委会，专题学习上级指示，研究部署出国考察引进项目事宜。由于日本、德国、加拿大等世界高速动车组生产强国均向他们发出了邀请，且各国设计生产的高速动车组在性能上各有千秋。为了货比三家，确保质量，经研究决定，15天后，由何向华带队赴德国西门子公司考察，周晖与彭薇等人陪同；由李副书记带队赴加拿大庞巴迪考察，由赵副厂长带队赴日本川崎公司考察。考察结束后，统一综合评定。

彭薇也十分兴奋。这不仅仅是因为她可以陪同何向华出国，一线考察德国西门子公司的先进技术，更重要的是报告中所涉及的那款新型轨道焊接车，她就是设计师之一。应该说，这款车既是她的处女之作，更是她的灵魂伴侣。这款车是她和同事在原有ZL50焊接车的基础上改进设计的，车体大量采用了先进的数字控制技术。为了它的问世，她度过了不知多少个不眠之夜，而繁忙和满负荷工作，也为她把诸多的难过和潮湿阻挡在心门之外。

10天后，从瑞典进口的一批数控焊接设备如期抵达。

与进口焊接设备一起到达厂里的还有三名瑞典技师，其中一位叫艾默生，他是三人中的领队。为了防止中方人员窥探相关技术，在装备安装过程中他们拉起了警戒线，只允许中方人员隔着警戒线进行围观。这一点与何向华的想法背道而驰。他原打算通过这次现场安装，给厂里多培养些技术骨干，但没想到瑞方竟如此戒备。他也只能与众领导和杨浪、赵老五等人，在警戒线外翘首围观。

在众人远远的围观下，三名瑞典技师很快完成了装备安装。当他们三人互致"OK"手势后，艾默生自信地摁下电源按钮。令人想不到的是，数控显示屏上的指示灯与数字虽然亮起来了，但很快又熄灭了。三人用瑞典语一番交流，重新启动，显示屏依旧是闪烁几秒钟后黑屏。

三人面面相觑。艾默生表情尴尬，用英语告诉彭薇：设备暂时不能启动，需要全面检查一下，排除故障。

彭薇如实何向华等人报告，众领导先行离开。

警戒线外，一直认真观摩安装的杨浪等人对这一事故颇感意外。这时赵老五和张俊生忍不住起哄："怎么的了？玩不转了是不是？""他们一天挣咱好几个月的工资，行不行啊，水平太次了吧？"

杨浪也有些着急，据他观察判断应该是电路出了问题。于是，他上前跨过警戒线，操着蹩脚的英语追问艾默生："怎么回事儿？什么原因不能启动？"

艾默生见他跨过了警戒线，立即用英语毫不客气地呵斥："请你退出去！"

杨浪继续用蹩脚的英语解释，应该是电路出了问题。但艾默生态度蛮横，上前就欲推搡杨浪。彭薇见状，连忙上前劝导二人，并用流利的英语客气地告诉艾默生，杨浪是厂里优秀的维修技师，也许可以帮上忙。没想到，艾默生一脸不屑，坚决地拒绝了。

设备安装出现了问题，这是艾默生和同事们不愿意看到的。从那天起，接连三天，他们加班加点地对设备进行了认真检查，还与总部多次沟通，均未能找到故障所在。

杨浪那天被无理拒绝后，也没闲着。他先找彭薇，拿到了新设备的使用说明书，可惜的是没有组件装配图，因为这是瑞方的设计机密；经过一番认真的梳理，他来到医院找到宋飞商量对策，两人一致将问题锁定在设备电路上。为得到进一步确认，杨浪又来到新生机加工厂找孙树斌商量。孙树斌一听就笑了。原来，前不久孙树斌入股的鹏翔钢结构公司刚好进口了一台同类型数控焊接设备。杨浪喜出望外，直奔鹏翔钢结构公司而去。

在鹏翔钢结构公司忙活了一整天，杨浪终于将问题锁定在设备电路的变流器组件部分。

三天后，艾默生等人焦头烂额仍未理出头绪。再一次启动，仍是黑屏。他们无奈地表示已经尽力，只能等待总部派援手协助解决，时间至少要半个月左右。这时，杨浪刚从鹏翔钢结构公司归来，他表示自己找到了问题所在。艾默生等人不以为然，态度依然蛮横，表示如果中方人员调试造成设备故障，他们概不负责，并要求何向华签下保证书。

何向华两天后将启程出国考察，在杨浪自信的眼神里，迎着彭薇鼓励的目光，他果断地签下保证书。

杨浪不负众望，他带着张俊生和赵老五等人，不一会儿就找到了故障所在。问题就出在变流器的控制模块，由于发电机输出电压与模块核定载压不匹配，一通电就直接熔断。出现这一问题的原因，是因为设备设计方忽略了日本电压规制与中方的不同。

问题找到了，排除故障变得十分简单。当杨浪摁下电源控制开关，数控显示屏正常亮起，自动焊接臂弯曲下探到工作位置，在两根钢轨之间开始焊接工作。

何向华等厂领导以及彭薇等技术人员鼓掌，警戒线外的众工人鼓掌，掌声如雷。当彭薇用英语将问题所在告诉艾默生等三名瑞典技师，看着杨浪手中那个被拆换下来像一个火柴盒大小的变流器控制模块时，他们满脸羞愧地向杨浪投去钦佩的目光。

事后查明，这个火柴盒大小的变流器控制模块正是日本茂田公司的产品。

考察团如期出国，外国的先进技术令他们眼花缭乱又瞠目结舌。他们观摩高速动车组生产线、听取动车组设计方案，参与并配合北车集团的谈判策略。滨机人展开宽广的胸怀，以开放、吸纳、包容、致敬的态度，迎着扑面而来的科技春风，沐浴和吮吸着世界最高水准高速动车组的阳光雨露和智慧之光。

世界是公平的，时间的流逝不会因人们的心情好坏而或快或慢，更不因为某些重大事件或时刻而停摆留滞。随着漫长而艰难的谈判进程，岁月飞逝，一年多很快过去。

这一年多里，大家的生活都发生了不小的变化。

先说杨浪和张晓培。经过十月怀胎，2002年7月，他们的女儿杨帆降世。杨浪仍然没去学习驾驶，张晓培送他的那辆丰田霸道进口越野车还存放在车库里，他一次都没有开过，他觉得那是张晓培的，并不属于自己。以广告业起家的张晓培生意不错，现在已拥有了四家公司，还新成立了"培正房地产开发有限公司"，她已成为滨江商界响当当的人物。年前，张晓培购进一套精装修200多平方米的大房子。搬新家时杨浪不但没有什么感激的话，居然表现出不情不愿。两人的感情不咸不淡，杨浪经常起早贪黑、总穿一件油腻腻的工作服回家让她极不舒服。自己在外呼风唤雨做着几千万和上亿的生意，回家却要面对每月只赚一两千块钱还倔劲十足的老公，她无法理解他工作的价值在哪里，为什么他不肯放下那副穷酸架子，与自己一起齐心打拼事业。

张晓培曾多次尝试过改变或者说想纠正杨浪这副臭德性，但都以失败而告终。她常常想，也许自己苦苦求来的这个婚姻是一个错误。唯一让她有些安慰的是，自己一个人整天在外呼风唤雨地打拼，杨浪对女儿杨帆倒是尽心尽力，孩子除了和保姆小凤亲外，最黏的就算他了。

对于小帆帆的降生，荣升为爷爷的杨建国特别高兴，流着老泪他第一时间给亡妻薛丽萍上香，并把这个好消息哭诉给她。张再德身体基本康复，但脑出血的后遗症导致右侧肢体偏瘫、关节痉挛，出门大多需要坐轮椅。突如其来的变故之下，那位"小三"飘然离去。幡然醒悟后，张再德主动与白秀华和好，两人恩爱如初。

再看罗娟和宋飞的近况。经过数年的爱情长跑，他们终于修成正果。在众人祝福声中，两人携手走进婚姻殿堂。

一年多中，滨江机车厂也有不少的变化。经过多轮艰苦谈判和广泛考察论证，最终滨江机车厂与德国西门子公司达成引进生产高速动车组合作协议。北车集团决定将滨江机车车辆厂与其他兄弟厂家拆分重组，滨江机车厂将动车新造业务与兄弟厂家的动车业务合并成立滨江轨道客车有限公司，原有其他非动车业务组建滨江轨道交通装备有限公司，何向华担任轨道客车有限公司总经理。

按照合作协议，生产线到位前，德国西门子公司专门派技师对滨机厂技术骨干进行了严格培训。德国式的"一切都有规矩，一切都按规矩办"的严谨作风和过于"刻板"的规定和纪律，让宋飞和杨浪等人钦佩不已，他们深感正是这样的"工匠精神"培育了德国精密制造在世界上的崇高声望。

思想上深受触动的不仅仅是宋飞和杨浪等人，还有何向华和党委班子的成员们。滨江机车厂历史已有百余年，它无疑是中国民族工业和产业工人的"摇篮"之一。但是，面对西方数百年工业文明打造的科学精神、优良素质和严谨作风，他们和工人们一样清晰地看到自己的巨大不足并决心用心学习、奋起直追，这无疑是他们更为重要、更具长久意义的收获。

吴志宏这段时间也特别亢奋，自从井上太郎被排挤出去后，他就有一种海阔凭鱼跃的感觉。张晓培虽然继承了张再德的股份，但仍然只是小股东。再说张晓培近一年来热情投身房地产开发，形势大好，似乎更是不太上心宏达公司的相关事宜。

吴志宏则不同，他要创造的是一个属于自己的宏达帝国。目前，他所持有的宏达机电设备集团公司旗下已有五家分公司。这些分公司，每一家都与滨江轨道客车有限公司有着多年的合作关系，并互相持有股份。但是，经过多年围猎，目前这些公司已经被收购到宏达集团麾下，他们分别是凯特制管、宏发电气、宏景制冷……吴志宏就像章鱼一样牢牢地锁绑住滨机厂这个庞然大物，垂涎地等待着它轰然倒塌的时刻。

为了尽快完成这个计划，吴志宏正在做着一件重要的事情——推动宏达集团尽快上市。对于这件事，滨江市领导层表示了支持，特别是分管这项工作的耿副市长更是力挺。前期沟通和铺垫工作已基本完成，目前已进入上市前审计的关键时期。按照工作计划，一周后会计师事务所审计人员将入驻集团。为了提高业绩，顺利通过审计，吴志宏找到滨江轨道客车有限公司负责采购的江副总经理帮忙，这个江副总经理多年来一直与他私交甚好。在供货商凯特公司产品质量测试报告尚未出具的情况下，江副总经理便大笔一挥签下了一张大单合同。

率先发现凯特公司产品存在质量问题的人是宋飞和彭薇。这天，他俩正在制动管路压力测试室对一批新产品进行测试。他们发现管路口径设计存在问题，当他们向供货商凯特公司了解情况时，对方却态度强硬地表示设计口径没问题，并说已与物资处签了供货合同。

测试环节尚未通过，怎么能签合同？二人迅速将这一情况反映给了公司办公室。

何向华知道这件事后，经了解才知道了事情原委。他立即召开党委会议，严厉批评这一做法，并让公司办公室给宏达集团发函，明确应依据合作协议，产品检测没有通过之前合同无效。

接下来，何向华召集一众公司领导以及设备处、配件供应处等负责人开会，这才了解到问题远远比想象的要严重。原来，目前滨车公司与宏达集团下属的三家公司都有合作关系，凯特制管为他配套各类型机车用管道，宏发电气为他们配套车载配电柜，宏景制冷设备为他们提供车用空调系统……凯特制管的产品质量还算比较稳定，宏发电气提供的配电柜问题最大，继电器的损耗率将近百分之二十，宏景制冷的空调故障率也超过了百分之十……

第二十四章

产品有这么严重的问题为什么还要和他们合作？难道仅仅是因为这些公司里边也有滨车公司的股份？是股份重要还是质量、声誉重要？何向华振聋发聩的三问让众人沉默。何向华当机立断：从下个月开始，所有配套产品的采购一律招标，作为这项业务负责部门的配件供应处职能也要改革，参考研发设计中心的改制方案，建议成立采购中心，级别不变，变的是职能。不能像以前坐等配套厂家上门来推销，采购中心要根据研发设计中心的方案要求主动出击，主动去与产品供货方沟通，以确保最优质的部件供应。还有，要严把质量关，不管什么企业，一律严格按招标程序走，质量问题严格执行一票否决制，决不允许有任何徇私舞弊的情况发生！

当凯特制管公司总经理张怀义把滨江轨道客车有限公司的函件交给吴志宏时，他愤怒地将函件揉成一团，心中生出许多痛恨。与此同时，滨江轨道客车有限公司还将函件复印件送达审计组。很快，审计组人员又发现了宏达集团伪造虚假合同冒充业绩的更多证据，上市一事被暂时搁置。

时至2002年11月，中国共产党第十六次全国代表大会在北京隆重召开。

以胡锦涛为总书记的新一届党中央领导集体，站到世人的面前。胡锦涛对全党提出的"权为民所用，情为民所系，利为民所谋"的要求，深深打动了全国人民的心。在考察铁路发展的路途中和列车上，胡总书记期望铁路系统广大干部职工抓住机遇，努力加快我国铁路的发展步伐。温家宝总理也多次对铁路工作做出重要指示……无疑，这是党和国家为实现铁路的跨越式发展，号令200万"铁军"誓师出征的最好动员令。

盛会闭幕半年后，德国西门子公司高速动车组生产设备顺利到达滨江轨道客车有限公司。整套生产设备十分复杂，仅生产动车组引进的自动焊接机械手，从设备进厂到安装调试完毕，36台机器就花费了24天时间……

可以说新设备安装调试的过程，就是杨浪、宋飞、二毛、赵老五等人又一次受教育的过程。西门子公司入驻工厂的专家和技术工人一百多人。

特别是德方高级技师扬克尔，他和他带领的团队尤其让杨浪等人印象深刻。扬克尔团队施工标准极为严苛。滨江轨道客车有限公司的传统做法，是把机车线路接上头并保证无差错就算完活了，但他们却要求线路配管一定要"横平竖直"。扬克尔到达工作点，首先铺开一块布，把工具按顺序排好，工作结束，再按顺序裹起来带走，一件不会丢失。而赵老五他们的做法则是用一个大背篓，用什么掏什么，干完稀里哗啦一装，走人。有一次，二毛把一把钳子就遗忘在了动车组车厢里，扬克尔勃然大怒地指出，把工具忘记在产品里，"就像医生做手术把钳子、刀子遗忘在病人肚子里"。

扬克尔一行的行动为滨江轨道客车有限公司的工作习惯带来一股新风。在何向华的重视和推动下，全公司轰轰烈烈开展起一场"向不良习惯说不"的活动，并专门派出企业报记者每天抓拍工人在工作中随意、粗放的行为表现，登报示众，还配发评论和点评。"平时没感觉，登报一对比，真是惊出一身冷汗！"不少工人的工作陋习被登报曝光，对大家的触动很大。

来自西门子公司的头脑风暴，极大地冲击和改造着包括杨浪在内的广大滨机人的敬业精神和工作习惯，但却无法改变他与张晓培仅剩一纸婚约的空壳式婚姻生活。张晓培回家越来越晚，还经常喝得大醉。张晓培几乎无暇照料小杨帆，基本上是全靠保姆小凤和杨浪料理。

人生的快车没有暂停键，无聊的生活仍得继续。

这天也活该出事，杨浪和彭薇协助扬克尔给大家讲完设备维护常识已是晚上10点。保姆小凤搂哄小杨帆让她早点睡，小杨帆却哭闹着不肯，硬要到爷爷杨建国家去住。

小凤急忙给张晓培打电话。由于张晓培和朋友在KTV唱歌，压根就没听到电话。杨浪接电话后，匆匆赶回家中，就欲带着孩子去找她爷爷杨建国。

杨浪抱着孩子走到门口刚要换鞋，门开了，满嘴酒气的张晓培脚步踉跄着归来。

张晓培当即横眉冷对，质问他这么晚要把孩子带到哪儿去。杨浪不高兴地如实相告："孩子想去找爷爷玩儿，我带她过去，今晚就让她住爷爷那儿。"

不料，张晓培却骄横地说："不行，她爷爷家脏得跟猪窝似的，能住吗？把孩子弄病了怎么办？"

杨浪一听就来气，但见她已喝多，也不想多理论，便不满地说："你……你又喝多了吧？"

张晓培语气更加骄狂起来，说："我喝多了怎么了？我为了十个亿的生意喝多了，我骄傲！你瞅你，工作服都不换，你回来干吗？你以为家里是你那破厂子呀！"

杨浪强忍怒火，低吼："张晓培，你……你别太过分了！"

"谁过分，咱俩谁过分？你照镜子看看你那个德行，啊！一个月你连孩子的一罐奶粉钱都挣不回来，你还好意思说我过分……"张晓培肆无忌惮地说，仿佛要把积压在心头的所有怒火和委屈全部倾倒出来。

保姆小凤一见这场面，十分害怕他们打起来，抱起小杨帆就快步进了里屋。

张晓培晕得厉害，十分厌恶地瞪着杨浪，见他并没有与自己再争辩的意思，才脚步踉跄地上楼而去。

杨浪不想吵下去。他心里难过不已，一把抓起椅背上的外套，出门遁入茫茫夜色。

第二十五章

西门子公司不仅带来了头脑风暴,还有与瑞典公司如出一辙的技术防范与封锁。

自从进口生产线到达公司后,从整套设备的安装调试到产品零件的试生产,几乎都是扬克尔等人带着德方的团队在折腾,中方人员只能被隔离在警戒线之外。对此,公司里大家意见很大,但却没办法,因为在合作协议上,明文写着这个条件呢。

清晨,刚走进车间,杨浪、赵老五等人又看到那条令人生厌的警戒线。赵老五有些憋不住火,生气地用手拽扯着警戒线,骂:"瞅见没有?又他妈的来这一套,把咱们当贼防。"

张俊生重重地叹了一口气,丧气地说:"没办法,谁喇叭大谁说了算,谁让咱技不如人呢?"

连日来,杨浪早就有些看不惯德方技术人员的做派了,听到张俊生这么说,心中更来气。他摘下安全帽狠狠地摔在地上,径直去找车间主任洪宝力。

洪宝力在这个位置已干了八九年,目前是车间主任里任职时间最长的一个。在车间里,他有一个公开的秘密,那就是每天早上他会提前二十分钟到岗，泡上一道浓茶。这道茶对他来说有着"续命"的作用，如果哪天偶尔没喝浓茶，一整天身上都会不得劲儿。

杨浪进到车间主任办公室，见洪宝力正在看一份报表，身边的那杯浓茶冒着热气。杨浪也不言语，沉着脸径直端起那杯茶就准备喝。洪宝力连忙起身，要抢下他手中的茶杯："嗨嗨，真不把我这个主任当外人。"

杨浪其实本就没有真想喝的意思，他重重地放下茶杯，高着嗓子问："主任，你是多年的老主任了，你说咱花钱买技术，难道观摩一下生产工序都不行？这钱也花得太冤枉了吧？"

洪宝力一听他问这话，也有些不高兴："有牢骚别跟我发，去找厂领导发去，我还一肚子气呢！"

见洪宝力心里也有气，杨浪放低了调门，担心地说："不是……这……引进生产不让我们的工人上手，这算什么事儿？他们要是撤了，咱不还是白搭？"

"哎！对了，我也正寻思呢。杨浪，你也觉得人家要是撤了咱不行？咱玩不转这动车？"洪宝力也有些担心，反问。

"没谁地球都转，不就是几套工装吗，没蝲蝲蛄叫照样种地，我还就不信这个邪！"杨浪有些置气地说。

洪宝力想听的也正是这句话，他乐哈哈地走到杨浪跟前，重重地拍了拍他的肩膀，说："我就喜欢你们年轻人身上这股不认输的劲儿！"

说完，他怡然地端起那杯浓茶啜品起来。

杨浪遇到的问题具体而现实，刚刚从北京归来的何向华则被一个又一个重磅快讯炙烤：2004年1月7日，国务院常务会议讨论并原则通过了《中长期铁路网规划》，同时批复京津城际铁路正式立项，设计时速并非是大家之前猜测的250公里，而是350公里，此举无疑将为滨江轨道客车有限公司高速列车研发按下快进键。就在头一天，公司的CRH3A改进型动车组设计方案已经获得铁道部组织的专家组一致认可，生产批复文件马上将要下达……

喜讯振奋人心，任务繁重复杂。刚回到厂里，第一时间何向华就召开了公司党委班子成员和设计研发中心副主任以上干部开会。作为改进型动车组设计方案的负责人，彭薇也被通知参加。

何向华首先兴奋地向大家宣布，CRH3A改进型动车组设计方案获得铁道部专家组评审。语毕，大家激动地热情鼓掌。

接着，何向华又宣布国务院已经批复，京津城际铁路正式立项，设计时速350公里……

重大消息显然出乎众人意料，他们忍不住交头接耳起来。

无法抑制内心的激动，何向华带着颤音对众人说："同志们，这可是真正的高速铁路呀！既然铁路建设已经有了明确的日程，这铁路上飞驰的动车就不能落后于铁路建设，对吧？所以，我们必须马上着眼于时速350公里动车组的研发设计……不负韶华，舍我其谁……"

众人的激情也被点燃，大家纷纷表态一定要抓住这个难得的历史机遇，乘势而上，迎接滨江轨道客车有限公司新的春天。

这个会结束后，何向华留下公司党委班子成员继续开会，议题是"如何适应形势任务，调整改革现有部门设置？"这是他从西门子公司考察归来这段时间一直在考虑的问题，现在为了适应未来新型高速动车的生产，调整和改革就变得更为迫切。

众领导也纷纷指出了目前的车间制条块分割得太细，不适合统筹管理，以及南车集团的几家大厂已经完成改制等严峻现实。很快，会议形成决议：一方面学习研究西门子公司架构设置，一方面组织各车间领导南下观摩，学习兄弟单位的经验……

宋飞结婚以来，应该说日子过得不错。罗娟一年前给他生了个儿子。小家伙出生后，宋卫国和侯玉凤喜欢得不得了，取名欢欢。

得到孙女，又喜得外孙，杨建国自然也十分地开心。杨宋两家人的关系更近了，以前的那些不愉快都烟消云散。

生活上顺风顺水，但近来工作上却有些疙里疙瘩。说得更明白点，就是与德国人扬克尔的接触中，对方的轴让宋飞有些难以接受。譬如有一次，自己班组所提供的制动弯管均是经过国家级检测机构检测的合格产品，但在扬克尔那里怎么也通不过，还被批得一无是处。原因是他完全按照欧洲的标准来要求弯管的含铬、含碳量及严格的弯度。当宋飞给他解释所生产的机车多数是在高温湿热的环境中运行，碳素虽然超过欧洲标准但完全符合中国标准时，他十分机械地一概否定。

最后，还是他们一起找到彭薇才解决了问题。在作为项目制动管路的联合设计师彭薇授权调整弯管机参数后，两人的争执才得以解决。

问题虽然结束了，但思考刚刚开始。

望着扬克尔离去的背景，彭薇和宋飞深刻认识到，扬克尔也许是过于执拗，但这种不变通的"一根筋"，恰恰是一种严谨细致的态度，值得致敬。

梦有时是一种奇怪的东西，它仿佛可以隔空传递、预测未来。

有段日子没去看望出狱的孙树斌了，这天夜里，杨浪就梦见了自己这个特殊的师父，梦见在狱中他对自己的教诲和关爱，还梦见了他提起杜立德老师爷的那份敬重和忏悔，甚至梦见了他们重逢时的情景……

忙碌地做了一夜的梦，早上起来许多的情节却怎么也记不起来。正当他想着应该抽时间去看看孙树斌时，孙树斌就来了电话。

电话那头，孙树斌的声音低沉苍老——他病了。

赶到滨江医院的病房时，温润的朝阳正好洒落在孙树斌消瘦的脸上。

孙树斌患的是肺癌，一个月前才发现，已到晚期。

孙树斌声音低沉又急切："这几天，天天晚上做梦梦见他老人家，我想见见他，想马上去见他……"

杨浪心疼如割。上次见面是在半年前，那时刚刚出狱的孙树斌练达健硕，神采飞扬地给自己描绘过他手下那家公司的远大前景，说再干上几年就准备收山周游世界。他还说想去大西洋百慕大三角、美国迪士尼乐园、威尼斯水城、冰岛蓝湖，想去非洲看一望无际的沙漠，北极看看会抓鱼的北极熊。谁想，意外降临，如此无声无情。

心怀悲伤，杨浪丝毫不敢马虎，立即致电杜立德要上门拜访。他在电话中并未提到孙树斌。

看到联系妥当，消瘦失形的孙树斌开心得像个孩子，笑着笑着，激动的眼泪溢出深陷的眼眶……

当杨浪带着孙树斌来到杜红家里的时候，年近八十的杜立德正坐在桌边用手工锉锉着一个工件。

起身开门，见杨浪身后跟着一个消瘦的陌生人。略显老态的杜立德并未在意，转身招呼他们坐下。

那个陌生人望着杜立德，表情异常激动，眼中泛起泪花，嘴唇哆嗦不已。杜立德疑惑地打量着他。

杨浪上前，搀扶着杜立德热切地问："师太爷，您老看看，这是谁？"

杜立德揉揉布满皱纹的眼睑，盯看了良久，却摇摇头："认不出来了，厂里的？"

"扑通"一声，孙树斌突然跪倒在杜立德面前，抱住他的双腿，泪如雨下："师父，师父，我是树斌，是您的小徒树斌呀！我想您，做梦都想见到您老人家啊！"

杜立德又揉揉眼睛，嘴唇因激动而抖动不已，问："树斌？树斌？真的是孙树斌？"

"是我呀，师父！"孙树斌伸手紧紧地抱住了杜立德。

"师父，四十年，四十年啦！我想您，想您呀！"

"师父也想你呀！"

"要不是在里边碰见杨浪，恐怕我这一辈子都见不着您啦！……师父，看着您老身体这么好，这么精神，我也放心了，甭管您老原谅不原谅我……"

"行啦，行啦，别扯以前的事儿，什么原谅不原谅的，我能活着见到你，就是明天闭眼蹬腿儿了，我也瞑目啦！"

……

往事不堪回首，历历在目。

岁月无声，得失无常；时光荏苒，人生若梦。一番感慨后，杜立德关切地问及孙树斌的身体状况。孙树斌隐瞒了自己的病情，扯谎说只是消化系统不好，前段时间又做了心脏支架搭桥手术，没什么打紧。杜立德嘱咐他注意身体。

聊着聊着，已到中午时分。何向华下班归来，众人又一番攀扯寒暄。

客气问候的话说完，孙树斌突然向何向华提出一个请求：自己想拿出一百万元给滨江轨道客车有限公司，专门以师父的名字成立一个奖励基金。

此言一出，何向华等人一脸的吃惊和疑惑。孙树斌动情地说："我光棍一个，没老婆也没孩子，留那么多钱也没用。何厂长，我有这个想法也不是一天两天的，不是今儿个见了师父才有的冲动。我这是感恩，没有师父教我手艺，我也挣不着这钱，是不是？往大里说，就算是我给咱国家的铁路机车制造事业做点贡献。"

杜立德推辞："树斌，你这份心意师父心领了，不过打我的名字还是不好，你就打你的名字公司也能接受。"

孙树斌却说："师父，俗话说水有源、树有根，我这手艺是打您这儿来的，您也当之无愧是机车厂技工的一面大旗，必须打您的名义，您就别推辞了。"

众人都感动不已。杜立德想了想，郑重地点点头，孙树斌才长长地舒了一口气，枯瘦的脸上露出孩子般的笑容。

杨浪更是感动不已，他做梦也没想到师父会有如此义举。同时他也隐约感到，可能师父的病很麻烦。一想到这儿，他心里就疼痛难过。

男大当婚，女大当嫁。

这几年，彭薇工作干得风生水起，前不久还被提拔为研发中心副主任。但有一个坚硬的现实，那就是她将跨入30岁"剩女"的行列。此前，彭薇从未设想过自己结婚的年龄，但30岁情感还没着落，绝对不是她的选项。

眼瞅身边的年轻人一个个结婚生子，彭明选和王三妹心焦不已。多少个夜里，夫妻俩曾过筛子一般，把彭薇身边的男孩梳理了好几遍。熟悉的人也就四个：第一个杨浪，虽然曾经不入流，但进厂后工作挺踏实，是个过日子的人，只可惜没上什么学，又早早结婚生子，虽然据说他们夫妻关系不睦，但女儿堂堂清华才女不可能惦记他的二茬婚。第二个是吴志宏，应该说这人出身好有本事也相貌堂堂，原本是非常理想的人选，只是行为猴急又人品欠佳，不提也罢。第三个是宋飞，勉强也能凑合，但却早早被罗娟姑娘霸占。数来数去，也就剩下一个周晖。这孩子早早没有亲生父母，但挺争气，尤其进厂这几年，越来越出息得厉害，现在已是厂里销售中心副总经理，将来肯定能有大出息。

与彭明选夫妻心思一致的还有一个人，那就是杨建国。已经五十挂零的他，没有几年就将面临退休。一手拉扯大三个孩子，现在两个结婚生子，只有周晖还单着。前不久，远在陕西乡下的周晖奶奶，老人家已到耄耋之年，还央嘱他尽快为晖儿张罗一门婚事。

迫切的还有一个人，那就是周晖本人。应该说他对彭薇一直一往情深，从那年一起赴北京上学在火车上的忙前忙后，到进厂不久的直接表白，他曾经多次地努力过试探过，虽屡遭拒绝，但从来都不曾放弃过。这期间，哥哥杨浪与彭薇的分分合合，也曾让他纠结难过。他以为，等待哥哥结婚了，他就可以伸开臂膀去大胆拥抱彭薇，但事实并非如此，彭薇仅仅把他当成了朋友，或者工作伙伴，他们怎么也无法触及儿女情长。

这个发现让周晖痛苦不已。但他深深懂得，有些事情真的无法强求。

一来二去，周晖的心思也慢慢沉静，他渐渐明白，有些话不要说尽还好，否则连朋友都做不了。

周晖的心思，彭薇懂。但是，她也无法强迫自己，因为在自己情感的选项里，压根就没有周晖。

两个聪明又敏感的人，心照不宣，相处起来也算舒适坦然。但周晖到底还是心有不甘。

周晖新官上任，最近业绩不错。CRH3A改进型动车在国内已有多家订单，最近他正在攻关罗马尼亚的一个大订单，但难度不小，因为日本一家公司也咬得很紧。

从办公室出来，已将近十点。见彭薇办公室的灯还亮着，他便拎起司机刚刚送过来的消夜，向公司研发设计中心走去。

彭薇正在电脑前专心设计着一个三维立体部件，听到有人敲门。

开门，却见周晖拎着两个塑料袋进来。

"亲爱伟大美丽动人的彭大主任，请您老用膳。"周晖拿出塑料袋里的汉堡和鸡翅，摆放到彭薇面前，油嘴滑舌道。

彭薇扑哧一声笑了，也不客气，拿起一个鸡翅就啃。

"罗马尼亚的项目怎么样了？"彭薇边吃边问。

"日本公司又插了一杠子，我看悬。我说大小姐，咱也老大不小了，我未婚，你未嫁，咱俩真就不能一块儿搭伙过日子？"周晖亦真亦假地问。

彭薇头也没抬，仍盯着电脑，笑着回道："别闹了，这话你还想说多少遍？"

"百八十遍有了吧？你总不会还惦记着我哥吧？"周晖半开玩笑地说。

彭薇停下了手中的活儿，用纸巾擦了擦手，也玩笑道："你可别瞎说，当初让你追李云鹃你不同意，你呀，心比天高命比纸薄！"

还没等周晖回应，彭薇突然像想起什么似的，飞快地打开电脑的一个文件夹，点开了一张照片，有些兴奋地扯了一下周晖的袖口，问："来，瞧瞧！这个美女，怎么样？"

照片是一名外国姑娘，漂亮又性感，她不是别人，正是西门子公司驻厂的一位美女电气工程师。周晖知道她，因为她金发碧眼分外漂亮，车间里年轻的工人们私下没少关注和议论她。周晖对她并没有过多关注，偶尔只是听听，很少参与讨论。

"梅丽，这位梅丽姑娘怎么样？上次咱们去西门子参观就是她给咱们当翻译，这次又恰好来驻公司，又在我们部门，多好呀！"

周晖有些装傻地问："有点印象，你什么意思？"

彭薇一脸兴奋地继续说："她现在还没男朋友，怎么样，你要不要考虑考虑？"

周晖轻轻地推了彭薇一把，笑道："你快拉倒吧！哎，彭薇，咱俩来个约定怎么样？"

"什么约定？"

"我要是先结婚，我输你一万块钱，你要是先嫁了，你输我一万块钱，怎么样？"

"那你输定了！"彭薇面带笑容看着周晖，美丽从容，目光坚定。

第二十六章

技师有国籍，技术无国界。

西门子公司员工进驻滨江轨道客车有限公司以来，他们的严肃、规范和一丝不苟，有形或无形地影响着广大职工，也为公司里的机构设置调整改革提供了借鉴和样本。

经过这段时间的磨合和相处，杨浪和宋飞等众多职工起早贪黑、加班加点的吃苦精神，也感染了德方的技术团队。尤其是年轻漂亮又知性能干的彭薇让扬克尔等几名德国技师着迷，在他们的眼里，彭薇不但有东方美人的雍容典雅，又有成功女性的才华智慧，而且英语和德语口语均极好，所以他们都喜欢与彭薇待在一起。

中午，在公司食堂，扬克尔等几名德国技师又凑到了彭薇跟前，一边吃饭一边愉快地聊着天。聊着聊着，话题就聊到宋飞身上。

"我们的宋师傅曾经在德累斯顿技师学院培训过，所以他对欧洲各种最先进机械加工设备的操作与性能都非常了解。"彭薇介绍。

"哦，那你怎么不早和我说？"扬克尔问。

"如果我说了，你就能放弃你的坚持吗？"彭薇笑着问。

"也许会。对了，我让你看一张照片。"扬克尔做了个鬼脸，从身边的包里拿出一本杂志翻开，那上面是一篇德文文章，配图竟是杨浪与瑞典技师艾默生的合影。

"这位先生是在这里工作吗？"扬克尔指着杨浪的照片问。

彭薇十分诧异："杨浪？他在这里工作。你这是什么时候的杂志？"

"三年前，我想见见他，可以吗？"

"当然，不过，你为什么对他这么感兴趣，这篇文章写了什么？"

"文章是我的好友艾默生写的，他是瑞典人……"

彭薇这才想起三年前的那个艾默生，她没想到事情竟会有如此巧合。

扬克尔主动来到装配车间找自己，是宋飞没想到的。

调制好弯管机参数，宋飞正在二毛与蓝大个的协助下弯折管路。扬克尔邀请彭薇担任翻译，走进车间。

宋飞将一根已经弯折好的管路递给扬克尔，扬克尔接过，拿起工具台上的量角仪测量。

扬克尔赞叹："非常标准！宋先生，请原谅我的固执。"

宋飞笑着回道："扬克尔先生，其实我很欣赏你的固执，作为技师，我们要忠于职守。就好像一名士兵，没有长官的命令，即便我们是错误的，也必须坚持。"

扬克尔面色严肃又诚实地说："其实，也并非是我一定要坚持，只是我对你、对你们厂的技师还不是很信任，或者说，我是傲慢的，我不认为你们有能力制作出符合标准的管路。"

宋飞微微一笑，说："扬克尔先生，谢谢你的坦诚，你的这种傲慢最近两年我们见过很多。你也看到了，我们厂的设备多数都是从欧美进口的，他们的技师来安装调试的时候，也都有你这样类似的傲慢。"

"其实，从你们古代的四大发明，从各个博物馆里琳琅满目的玉器、铜器、木器和瓷器制品，我们可以感受到中国古代工匠的高超技艺。只是现在，在许多国家的人眼里，你们的科技和制造能力比较落后，所以他们才傲慢。"扬克尔解释说。

"是的，我们确实还存在不小的差距，但一定会越来越好。我们一定会传承中国传统匠人的工匠精神，再次展现中国人的时代气质与智慧，让中国再次闪耀世界！以后，还请扬克尔先生多多指教。"宋飞不卑不亢说。

后来，两人聊起德累斯顿技师学院，聊兴愈浓。

扬克尔脸上有些泛红，带着真诚的微笑说："宋，我们的矛盾再一次纠正了我对中国技师的偏见，我也很高兴能与你一起工作。"

宋飞也有些动情，激动地说："在德累斯顿技师学院培训的时候，我能切实感受到工人技师受到的那份尊重。扬克尔先生，你是来自马克思故乡的人，而我是信仰马克思主义的中共党员，很高兴能与你一起工作，也感谢你能来中国帮助我们。"

二人友好真诚的对话，赢得了彼此的欣赏和信任，也赢得了彭薇、二毛与蓝大个众人的热烈掌声。扬克尔与宋飞的双手紧紧握在了一起。

如果说那天与彭薇打一万块钱的赌只是个玩笑，但她眼中透出的那份坚定最让周晖不安。

连续多日，彭薇那种目光总缠绕着他。原本他以为，哥哥结婚，对自己的感情来说是个新起点，但看来并非如此。哥哥这根刺扎在彭薇的灵魂里太久了，久到彭薇已习惯这种疼痛，甚至喜欢和爱上了这种疼痛。事到如今，自己还要不要坚持这份情愫？坚守和渴望了近十年的情感啊，将安放何处！

周晖怏怏地回到家中，反锁房门。他从书柜深处翻出三本厚厚的日记——这里珍藏着自己对彭薇深深的爱，也记录着他为这份情感的奋斗与苦乐。掀开第一本日记的扉页，上面赫然写着"这是一本爱的日记，也是我奋斗的见证"，字迹是他1996年那个秋夜所写。这个夜晚注定不会平凡，因为第二天他将赴北京拥抱崭新的大学生活。也是从那天起，心底里对彭薇多年的暗恋之情终于被放出牢笼。一切皆是那么美妙：因张晓培的出现，彭薇与哥哥彻底分手；从明天开始，生活之手就将他与彭薇一起送到人生地不熟的北京，送到可以无限春光、无限可能、无所不能的北京，在象牙塔里他们将度过宝贵的四年，度过快乐的四年，度过不会有人打扰、相亲相爱的四年……

凝视日记本上的那张照片，已有些褪色泛黄，但它代表着一个新的美好的开始。他清晰地记得当时照这张相片时的情景。那是火车到达北京西站不久，大约上午8点左右，当他们拎着行李随着潮水一般的人流拥出出站口时，秋日的朝阳洒在他们的身上，让人顿感清爽温润，伸展旅途蜷缩已久的腰身，劳累之感瞬间消弭。

"照相！照相！10元一张，立照立取！"忽然，在他和彭薇身旁传来吆喝声。循声而去，一个中年男子胸前挂着"拍立得"相机，招揽着生意。"走，走，这么贵，别理他。"彭薇扯了一下他的衣角，欲走。他却止住了脚步，10元钱确实不是个小数目，但作为到北京的第一张照片也是意义非凡。在他坚持下，以高大宏伟的北京西站作背景，彭薇留下了这张来北京后的第一张倩影。

不过，他隐藏了一个多年的秘密，至今彭薇不曾知晓。那便是，在取照片时，他留了个心眼，多给了中年男子五元钱，加洗了一张，这张便是。

轻柔地抚摸照片上的彭薇，周晖曾千百遍地这样做过。可是，今天却感到分外委屈和疼痛。

快速翻阅三本厚厚的日记，里面有他风雪之夜摆地摊的心酸，有上门推销业务时遭受的白眼，还有自己一定要干出一番事业的铮铮诺言……目光扫过字里行间，纸面承载岁月真情。那里有他对这份美好感情的等待与期许，更有哥哥与彭薇之间的磕磕绊绊，他像一个孤独又执着的等待者，等待着彭薇有朝一日发现他，珍惜他，疼爱他……然而，等待来的却是那种目光，那种坚定决绝的目光。

所幸的是，三本厚厚的日记还在。这份爱是认真的，更是纯洁的，虽然它的结局支离破碎又让人欲哭无泪。但是，不正是这份没有说出的爱成就了自己吗？它不但成就了属于自己爱情的故事和梦想，也成就了自己今天的事业和成功。想到这里，周晖的心情渐渐地好了起来。

"人的一生不可能什么好事都占全，有舍必有得，有得必有舍。"在日记本上写下这句话，周晖的心情好多了。他忽然想起了唐代诗人王维的两句诗：

行到水穷处，坐看云起时。

他一下子想明白了，有些东西强求不来，不如就放手。譬如自己对彭薇的爱，可能注定一辈子都有缘无分，与其困在牢笼中彼此难过窒息，不如就放爱一条生路。也许，放手才是最好最美最长久的爱。

客厅里一片凌乱，到处是各种玩具，罗娟一边收拾一边与杨建国聊着天。

在自己房间，周晖依稀听到杨建国和罗娟在对话：

"唉，你说你大哥这日子过的。这两口子，离又不离，老这么凑合，唉……"

"大哥是舍不得帆帆，真要离，孩子肯定判给张晓培。"

"凭什么判给她，帆帆是你大哥和我带大的，她张晓培尽了一天当妈的责任没有？她以为她有钱就能一手遮天？！"

"爸，张晓培也不容易。她肯定还是舍不得大哥，人家现在是几个亿身家的大老板，她要是对大哥真没感情了，早就离了，对不对？她就是气大哥当工人，不跟着她干。"

"你大哥是什么人她比谁都清楚，早干吗来着，当初别嫁呀！"

"行了，行了，你别操那么多心了，操心你家老二吧，现在连个对象都找不着。"

……

两人的对话鸡零狗碎，周晖默默地听着。最后，他作出一个重大决定：从明天起，面朝大海，春暖花开——他要寻找和拥抱自己新生的爱情！

周晖眼里的鸡零狗碎，对杨浪来讲却是实实在在的水深火热。

杨浪与张晓培之间的冷战还在进行。几天来，基本上谁也不理谁。

这天杨浪从车间加班归来，已是晚上8点多，张晓培却仍然没有回家。女儿杨帆见到爸爸，十分兴奋，亲热地要上去亲亲抱抱。杨浪心疼地抱紧她。说实话他有些累了，为这段一天比一天冰冷的感情所累。但怀中抱着可爱的帆帆，他的心中又泛起了柔情。

小杨帆已三岁多，乖巧懂事。离开杨浪的怀抱，她忽然跑到储物间抱来一把木吉他，叫起来："爸爸，弹琴！爸爸，弹琴！"

杨浪接过吉他吃了一惊：这不正是自己当年最心爱的那把吉他吗？

杨浪和蔼地问："帆帆，你从哪儿找着这个的？"

杨帆认真地回道："在爷爷家，爷爷说，爸爸弹琴最好，你给我弹琴好吗？"

杨浪看着女儿诚挚天真的小脸，陷入犹豫。

"爸爸给你讲一本新故事书好不好？"杨浪哄道。

"不好，我要让爸爸弹琴，弹琴给我听。"杨帆噘着小嘴说。

"好，爸爸就给小帆帆弹琴。"杨浪拿过吉他，调音之后弹奏起自己当年创作的歌曲。杨帆仰头看着爸爸，眼神里充满欢快的神色。

这时门开了，张晓培一身酒气归来。看到杨浪忘我地弹着琴，她打了个愣怔。

脱下外套换好鞋子，张晓培在女儿身边坐下，斜眼看着杨浪问："心情不错嘛，你不是说过一辈子都不摸琴了吗？"

"这不是闺女要听嘛。又喝酒了？"杨浪放下吉他，冷冷回道。

"我没老情人挂念，喝点酒解解闷儿。"张晓培冷嘲热讽地说。

杨浪苦笑着，低声道："当着孩子你胡说什么？"

张晓培却不依不饶，厉声道："我怎么胡说了？这歌不是你写给彭薇的吗？"

"那又怎么样？就是一首歌而已。"杨浪回驳道。

"可你为什么偏偏要弹这首歌？旧情难忘，不是吗？"张晓培满嘴酒气，提高了调门，喊叫道。

"不可理喻！"杨浪愤然而起。

见到爸妈又吵架，小杨帆很害怕，将身体紧紧缩在沙发的角落里。张晓培踉跄着抱起小杨帆走上楼梯，扭过头，说："她还没嫁，你要是真放不下，我可以成全你们。"

杨浪惨然一笑，重又将吉他抱在手中，无所顾忌地大声弹奏起来。

事情既然已经想明白，解决起来就变得特别简单。周晖不愿意再为感情的事情纠结，他决定出去走走，让生活的阳光照进自己的心里。

第二天正是星期日。睡到8点多，他慢悠悠地起床洗漱，没有吃杨建国准备的早餐，而是来到厂门口打了一辆出租车，直奔滨江市那条著名的小吃街而去。那里有一家"李记水煮牛杂"，味道纯正，是他的最爱。

小吃街的买卖不错，这个点已人头攒动。周晖是"李记水煮牛杂"常客，老板与他熟络，热情地打过招呼后就直接给他上了一个大份。牛杂上桌，香气四溢，周晖老练地放过调料，大快朵颐起来。就在他埋头大吃的当口，一个人端着一碗牛杂在他面前坐下，笨拙地抄起筷子慢慢地吃着。他抬头一看，对面坐的竟是一个外国美女，身材高挑有致，金发碧眼。再仔细看，这个美女不是别人，正是西门子公司驻厂的女工程师梅丽。此时的她比照片上更加青春养眼、性感动人。

世界简直太奇妙。昨天彭薇刚刚给自己介绍过她，今天就在一个桌上吃早餐，真不可思议。梅丽握着筷子的手认真笨拙，但牛杂却总从筷头上滑落。

看着梅丽认真又费劲的神态，周晖主动搭讪。

他英语口语纯正，这方面很自信："慢着，梅丽小姐，不能这样吃，你应该加调料再吃。"说着，他将梅丽面前一个个小碟子里的调料，依次舀起少许放进她的碗里。"可以了，你再尝尝。"同时给她递过一把餐勺。

"很好吃，谢谢你！你怎么知道我叫梅丽？"梅丽舀起一块牛杂咀嚼，表情立即流露出欢快的美食满足感。

周晖笑道："西门子公司派驻滨江轨道客车有限公司的美女电气工程师，对吧？"

"是的。你是谁？我们见过吗？"梅丽奇怪地问。

"当然见过，你真的不记得了吗？"周晖问。梅丽仔细打量着周晖，突然兴奋地叫起来："哦，我想起来了，你是去年去我们公司参观的机车厂成员，你叫周什么来着？"

周晖微笑，说："周晖。"

梅丽开心地说："对，周晖。彭薇，我姐们儿，经常和我说起你，还有你的哥哥。"

周晖笑着问："她还跟你说这个？她说什么了？"

"说你们从小在一起长大，说你的哥哥本来是一位很优秀的歌手。"

……

两人很快吃完牛杂，聊兴未减，周晖就带着梅丽来到小吃街旁的钟鼓楼广场游玩，一边聊一边给她介绍中国文化和滨江的名胜古迹。在交流中，他发现梅丽不仅英语和德语精通，而且对中国传统文化和汉语汉字兴趣浓厚，还能说不少汉语。原来，梅丽的爷爷曾与中国有过一段情缘。爷爷家里有很多中文书，她从小就认识了不少汉字。后来，在德国读完大学，她还曾在中国清华大学攻读汉语言硕士研究生。周晖当下觉得这个外国姑娘了不起，心中顿生佩服之情。但是，当他问起她爷爷与中国的情缘时，她狡黠地一笑，露出整齐又好看的牙齿，调皮地说："你们中国有句话,'好饭不怕晚',下次你带我去吃了好吃的东西,我再给你讲我爷爷的故事。"

望着梅丽渐渐远去的身影,周晖心中竟生怅然不舍之感。他知道,自己有些喜欢上这个洋姑娘了。

春华秋实。

半年多来,在中德技术人员的磨合和努力下,作为中德技术合作项目,滨江轨道客车有限公司引进的西门子高速动车首车顺利下线。这是滨江轨道客车有限公司成立以来的一件盛事,极具里程碑意义。更让人可喜的是,随着首车的顺利下线,他们还拿到该款新车近百辆的国内外生产订单。

去年7月份,铁道部李副部长已光荣退休。但是,在这个重要的历史时刻,何向华专程邀请他参加这个活动,同时受邀的还有铁科院其他领导和专家。

首车顺利下线仪式在公司里的总装车间外举行。

一辆流线型白色动车上系着一块红绸,何向华与德方项目负责人各拽红绸一端。李副部长宣布首车顺利下线的语音刚落,人群中掌声四起。何向华与德方项目负责人拽动红绸,系在红绸中部的花篮散开,花瓣纷飞。

动车缓缓从车间内的轨道驶出,在环形测设线上如一条银色的长龙俯身前行,让人真切感受到它蓄势待发的威力。测设线两侧的工人们热烈鼓掌,大家兴奋地赞叹着、交流着……

新厂房建设工地一派忙碌景象。焊花飞溅,一众工人正在新建的钢结构车间顶棚上焊接,偌大的车间框架已经拔地而起。这一切,正是一年多来何向华带领广大干部职工战天斗地的巨大成果。在这里他们甩掉的是陈旧的思想、落后的观念和管理的桎梏,感受的是他国的傲慢和工匠精神、精湛技艺,而他们吸纳的是前瞻的理念、一流的技术和春天的气息……

指着新建的一个车间，何向华激动地向李副部长一行介绍："这是生产车体的铝合金分厂车间。按照规划，车间内设八条生产线，全部投产后，饱和生产量是每三天就会有一节动车车体下线。"

"好啊！滨江机车厂终于凤凰涅槃，浴火重生！"头发已经花白的李副部长眼角溢出了泪花。当他了解到目前滨江轨道客车有限公司已经与南方的三个路局签订了预购合同，接下来中德项目组将共同完成首批八十六列动车的生产任务时，他一下子老泪纵横。因为，这一天，他已经等得太久太久。

第二十六章

第二十七章

天有不测风云，人有旦夕祸福。

生意上的风生水起，未能阻止厄运的降临：张再德夫妇出事了。

半身偏瘫的张再德有好几年没有回到自己的旧房子，这是当年他和白秀华的新房。但毕竟已有好多年不住，而且又没有暖气，张晓培早就劝他们卖掉或者好好地装修一番，但他俩还是觉得保持原样好，只是加了一副冬天取暖的壁挂式锅炉。

这天，久病的张再德忽然来了兴致，执意要白秀华陪他回老屋住上一夜。白秀华说大冬天的，太冷了，再说壁挂式锅炉也好久没有用过。张再德执意坚持，没办法，白秀华只好顺从。谁想就在这天晚上，因壁挂式锅炉通风不好，老两口煤气中毒，双双身亡在了老屋里。

事情是三天后被邻居发现的，当时张晓培正在售楼部开心地盘点着楼花。接到电话，她的脑袋当时就炸了。这可是自己挚爱的亲人，是自己这个世界上挚爱的亲人。她急忙给杨浪打了电话，一行人来到老屋，但一切都太晚了。

料理完父母的后事，张晓培身心俱累。杨浪于心不忍，主动对她加以安慰和照料。但是，张晓培却感受不到他的体贴和温暖，心中生出的仍然是厌恶和抵触。相反，她更愿意无拘无束地与一众酒肉朋友在一起，没心没肺地喝酒，没心没肺地唱歌狂浪……

相比之下，杨浪比较辛苦。每天除了加班加点之外，就是尽量早点回家照顾小杨帆，等待酒气冲天的张晓培。

这样的日子，一过又是数月。

杨建国看在眼里，气在心里。他为老亲家的不幸身亡叹息，更为张晓培仗财狂浪气愤。可是，为了小杨帆，为了这个家，他也只能忍气吞声。有时他难免也在周晖和罗娟面前说几句牢骚话，但面对杨浪总还是劝合不劝分。

与师弟宋卫国结成亲家，加之外孙宋添一的出生，两人关系也愈加亲近，所以当着宋卫国的面，杨建国也能时常发泄几句愤懑。

然而，发泄愤懑是一回事，劝合又是另一回事。

在杨建国主持下，家里召开家庭会议，议题是"如何挽救这场婚姻危机？"周晖提议别瞎折腾，这完全是他们两个人的事儿，外人最好别掺和，让他们自己解决。然而，罗娟却认为病不在此，而在于哥哥对张晓培关心体贴不够，比如没有给她过一个浪漫的生日或者送些礼物等。此言一出，提醒了杨建国，他认为这个办法甚好。

众人一算，两天后正是张晓培29岁的生日。

张晓培生日的当晚，在罗娟的统一协调和指挥下，宋飞、二毛、蓝大个等朋友悉数到齐，杨浪也被杨建国早早催回了家。

一桌丰盛的菜肴、生日蛋糕和鲜花准备停当，众人围坐桌前，催着杨浪给张晓培打电话。

杨浪有些不太情愿，但难挡众人的催促，便拨打张晓培的电话，谁料张晓培的电话却关机了。连打三遍，还是关机状态。

宋飞解围说道："再等等，我给老黑打个电话，他肯定跟张晓培在一块儿呢！"

宋飞拿起手机拨打号码，听筒里却传来"您所拨打的电话不在服务区"。

罗娟问杨浪是否告诉过张晓培晚上给她过生日的事儿。

杨浪这才想起，自己把这事儿给忘了，或者说，结婚以来他从来没有给她过过生日。

众人一番哄笑指责，便开始吃喝，并不时给张晓培打个电话。

然而，每人都轮番打过两遍，电话依然无法接通。老黑的电话，也一直不在服务区。

众人也好久没在一起聚餐，彼此说了不少肝胆相照的话，也喝了不少酒。

闹到晚上9点，罗娟怕众人喝醉误事，提议众人集体转场哥哥家里，在他们家边喝边等嫂子。众人觉得这个主意甚好，便分乘两台车直奔杨浪的新家而去。在车上，心细的罗娟还专门给张晓培发了一条短信。

到了杨浪宽敞的家中，众人皆羡慕不已，夸他简直是人生赢家，不仅有身价不菲的媳妇，还有阔气豪华的大宅。在众人说笑中，大家又喝在一起、聊在一起……

在众人的提议下，杨浪开始弹琴。

在酒精的催化下，拿起了琴，杨浪仿佛一下子又回到曾经的岁月。

他一首接一首地弹着、唱着，分外用情。在他心里，这既是对一伙人青春岁月和自己苦乐时光的致敬，更是对过往风雨兼程不离不弃的怀恋与告白。忘情弹唱中，彭薇的倩影慢慢地回到他的眼帘和心田，她那么安静深情，那么青春靓丽，那么阳光、坚定和纯洁，坐在自己对面，痴痴聆听……

众人正沉醉在杨浪弹奏的乐曲中，门外响起窸窸窣窣的开门声。

"可能是张晓培回来了。"二毛耳尖，听到声响主动起身开门。

门开了，果然是张晓培拎着坤包归回。她步态有些踉跄，但头脑却很清醒，扫视众人一眼，边换拖鞋边招呼道："大家都在呀！给我过生日来了？"

宋飞站起身，问道："等了你大半夜，打你和老黑的电话都不接，你俩干什么去了？"

"应酬。都是公司的客户，没法儿走开，不好意思啊！让你们扫兴了。"说着，她准备去抱正在沙发上玩耍的女儿杨帆。但杨帆却躲到杨浪身后，有些恐惧地看着她。

罗娟闻声从厨房走进客厅，热情地打招呼："嫂子回来啦！大哥本来想给你一个惊喜。不赶巧，下次再好好的给你过生日，热闹热闹。"

谁想，张晓培却阴阳怪气道："下次？哎哟，这下次，说不定你嫂子换人喽！"

此言一出，众人都面面相觑。杨浪生气地将手中的吉他扔在了地上，愠怒地斜了一眼张晓培。

众人一看到这情形，顿感尴尬难受，劝也不是不劝也不是。

罗娟赶忙解围道："嫂子，你看你说的这些醉话。行啦，我们也都收拾完了，你们也洗洗休息吧！"说着，扭头看着宋飞等人，努嘴摆头使了个眼色。宋飞、二毛、蓝大个立刻心领意会，快速穿起衣服，告辞鱼贯而出。

罗娟见众人已出门，也穿好衣服准备告别。

张晓培却叫住了她："娟儿，你等等。"

罗娟转过身看着她，吃惊地问："还有事儿？"

"你把帆帆带她爷爷那儿，我跟你哥说点事儿。"张晓培冷冷地说。

"有什么事儿不能明天再说？嫂子，你真的醉了，早点睡吧！"罗娟劝解说。

"我没醉，我清醒得很。听嫂子的话，行不行？"张晓培的语气有些缓和，但听起来却更加坚定。

罗娟见张晓培心意已决，不容更改，她便侧身扯了扯杨浪的袖子，催促他快到卧室给帆帆收拾几件衣裳和玩具。杨浪犹豫了一下，有些不情愿地向帆帆房间走去。罗娟抱起杨帆跟了进去。

"哥，一会儿你可别冲动，啊，别冲动，多为帆帆想想。咱大老爷们儿，给媳妇儿低个头不丢人。"罗娟一边帮杨浪收拾一边压低嗓门叮嘱。

杨浪内心烦腻，低吼："你烦不烦！"

罗娟白了他一眼，领着杨帆走出卧室。

罗娟和孩子走了。

张晓培盘腿坐在沙发上，捞起茶几上的烟盒，掏出一根烟点燃，深深抽了两口，用嘴角斜叼着烟，操起地上那把吉他胡乱地拨撩着。

杨浪从卧室出来，见张晓培这副架势，苦笑一下，走进厨房。他端着两个盘子从厨房出来，盘子里是刚才吃剩下的熟食。他走到餐桌边坐下，倒了一杯酒，喝起来。

张晓培扔下吉向他走过来，不容商量地说："给我倒一杯。"

杨浪斜了她一眼："你喝多了，赶紧睡吧！"

张晓培径直在餐桌边坐下，提高调门道："给我倒一杯！"

杨浪没抬头，犹豫片刻，起身给她取了个酒杯倒满。

张晓培一扬脖就灌了下去，开腔道："本来喝多了，到家门口的时候我一下子清醒了，我有很多话要和你说，很多很多话。咱俩好久没好好说话了吧？"

"有话明天说吧，不早了，早点休息。"杨浪冷冷地说。

"明天就没心气儿说了，就想现在说，必须现在说！"张晓培蛮不讲理地说。

"好，那你说吧。"杨浪逼视了她一眼，说。

"杨浪，你说，咱们结婚快五年了，孩子也三岁多了，怎么到现在我越来越不懂爱了呢？我说的是爱情，爱情到底是什么？怎么让咱俩这么累？"张晓培像是自言自语，又像自叹自怨。

杨浪端起酒杯喝了一口，皱着眉头看着张晓培，说："爱情是什么，我觉得首先应该是责任、信任还有相互尊重吧！"

"还有呢？"张晓培追问。

杨浪又喝了一口，回道："还有……还有牺牲，因为爱情肯定要牺牲很多。"

"哦，对，这我耳闻目睹了，比如，你为了彭薇就牺牲了太多。是吧？"张晓培刻薄地说。

杨浪一听，脸沉了下来，站起身说："能聊咱们就聊会儿，不能聊早点休息。"张晓培伸手拉住他。

自知失言，张晓培语气缓和地说："你坐下，坐下。一说她你就急，不说她，我说我行不行。你坐下。"

杨浪这才坐下，从兜里摸出烟卷，点燃，慢慢地吸着。听着张晓培的唠叨，时不时地顶上一两句。

"就说我，就说你高三毕业那年，我缠着你，爱着你，想要跟你好，从那年开始，一直到咱俩结婚、生孩子，我为你牺牲了多少？"

"你是为我牺牲很多，那你想让我怎么回报？"

"我不想让你回报我什么，你是我老公，我怎么可能让你回报呢？老公，我现在真的特别累，很累很累，我想让你帮帮我，我把公司交给你，你帮帮我，行不行？"

"我跟你说过多少遍了，我不会干，我也不喜欢。"

"好好，话一到这儿就说不下去，我不勉强。那这样，咱俩都牺牲一下，我把公司关了，你也从机车厂辞职，咱俩去环游世界，怎么样？"

"你认为这样就快乐。"

"当然，我爱你，我可以为了你牺牲一切，只要你快乐，我就快乐。"

"张晓培，我们能不能踏踏实实、平平淡淡地各自操持自己的那一份爱好与工作？爱情不是强迫，是尊重，是信任。"杨浪气愤道。

"哦，哦，我明白了，你只想要尊重、信任，不想牺牲……"张晓培抓起酒杯一饮而尽。

"我说的牺牲不是你理解的那种服从，不是因为你为我所谓的牺牲了，我一定就要服从你、顺从你，你明白吗？"

"杨浪，我也压着火呢！我本来想和你吵架，大吵一架，吵完咱就离婚，所以我才让罗娟把孩子带走。可我现在不想和你吵架，我现在特别清醒，我也不想和你离婚，因为我还爱你，我不想认输，我不想输给彭薇，你明白吗？"

"你扯人家彭薇干什么？我们干干净净，什么事都没有！张晓培，你的心病就在这儿，你不是不接受我在机车厂当工人，你是不接受彭薇同时也在机车厂。张晓培，我们结婚快五年了，孩子都三岁多了，你对我就连一丁点的信任都没有吗？"

"我没有，只要彭薇在，我就一丁点都没有。你为什么不能牺牲一下？不就是一个破工人身份吗？不就是一个月两三千块钱吗？你就不能为我牺牲一下，让我信任你吗？"

"看来你的心病不仅是与咱们毫无关系的彭薇，还有我这破工人的身份。和彭薇，咱们纠缠这么多年了，没有信任为前提，我没法儿解释得清，咱就不用多说了。没想到我这破工人的身份也让你如芒在背，如鲠在喉。张晓培，你现在是大老板了，你现在发财了发达了，你看不起我这个破工人的身份……"

"是又怎么样？高级技师、劳模、技术标兵、五一劳动奖章、全国机械技能大赛冠军、党员、市人大代表，荣誉你也拿得差不多了，瘾也该过足了，为我牺牲一下，也为了孩子，为了咱们的爱情，不行吗？彭薇给你什么了？就是因为你没得到，所以惦记，有她在身边，你就觉得高兴，你就觉得生活充满阳光，对吧？"

杨浪喝尽酒杯里的酒，起身要走，张晓培站起一把将他抓住，大声吼道："我还没说完呢！人家是清华大学的知识女性，你算什么？车间里的一个破工人，没学历，没职位，没钱，是事实吧？人家清华大学的高级知识女性一直爱着你这个有妇之夫，一直因为与你的爱情而单身，你觉得特别受用是吧？你觉得自己特别伟大是吧？"

杨浪脸色铁青，再次坐下摸出烟卷点燃，使劲儿地嘬着。张晓培兀自说着："杨浪，我早看透你了，你从来就是一个懦夫，你就不是一个能挺直腰杆的爷们儿。你从来都是自以为是，你从来都只考虑自己的感受，你以为你放手是伟大、是牺牲，可你害了人家，你知道吗？你也害了我，你知道吗？"

张晓培抓起水杯喝水。杨浪将烟头掐灭在菜盘里、恶狠狠地问："还有说的吗？"

张晓培近乎疯狂了，大声吼叫道："有！杨浪，今儿个你像个爷们儿，像个英雄一样，你说，你还爱着彭薇，你要为她牺牲，牺牲我，牺牲我们的孩子，我愿意放手，我觉得你是一个男人，我分一半家产给你，你敢不敢说？！"

杨浪起身，径直走进客厅，操起搭在沙发上的衣服，快步头也不回地走出房门。

"嘭"的一声闷响。张晓培孤独地被留在了空洞的屋里，愤怒的气息仍在空气中奔走游荡。

星期日的早晨，周晖约了梅丽去滨江西大梅山看风景。这是三天前他们就约好的。

收拾停当，周晖亲自驾车去外籍人员公寓接梅丽。车是他向一位朋友借的，早已洗得干干净净。

秋高气爽，轿车在蜿蜒曲折的西大梅山山路上轻快行驶。打开车窗，满目秋色，空气中弥散着香甜的气息，令人心旷神怡。

周晖潇洒自如地驾驶着小车，梅丽开心地坐在副驾驶位置。她一身精致的装扮，更加显得青春、阳光、性感。

车子很快到达西大梅山山顶。这里是滨江市的制高点，从山顶向东看过去,滨江浩浩荡荡,两岸高楼耸立,江上桥梁飞架,江畔公路蜿蜒,风景美不胜收。

"梅丽小姐,现在,你是否可以讲讲你爷爷的故事?"站在山顶,周晖问。

梅丽点了点头,拿出一张发黄的黑白相片递给周晖:"这是我爷爷在中国时留下的照片,你看看,能认出是什么地方吗?"周晖仔细看了看照片,上面的图景旧灰斑驳,难以辨认。

"你爷爷没跟你说过什么吗?"周晖问。

"没有,爷爷从来不和家里人提他在中国的任何事情。"梅丽耸了耸肩说。

"那他为什么来中国?为什么来滨江?"周晖追问。

"我也不知道。"梅丽再次耸耸肩。

"这里边肯定有故事,可惜他老人家不在世了,不知道还有谁知道这些故事。哎,你奶奶不是还在吗?她也什么都不知道?"周晖急切地问。

梅丽摇了摇头,回答道:"照片就是奶奶给我的,她也不知道。我来滨江就是想挖掘一些关于爷爷的故事。爷爷生前是机械动力工程师,我想他也许和滨江机车厂有关系。"

周晖抬头想了想,说:"照这么说,还真没准儿。我听师太爷说,以前有一批苏联机车制造专家曾经来厂里援助过,可惜你爷爷不是苏联人。"

这时,梅丽又掏出另一张照片递给周晖,说:"你再看看这个,背景会是这个地方吗?"

周晖接过来,仔细观看,竟觉得图片上的背景有些眼熟,便在脑海中迅速搜寻起来。忽然间,他想起了——照片上的场景与老厂区办公楼有些相似。他十分惊喜,拉起梅丽的手就驱车前往老厂区。

老厂区为20世纪50年代苏联专家援助所建,是当年滨江机车厂的主体生产车间。随着滨江的快速发展，到20世纪80年代末，这里已没有多少拓展空间，拥挤逼仄。有一年滨江遭遇百年不遇的洪水，为了保东岸的滨江市区，由于厂区正好处于低洼地，政府便让泄洪口选择在这里，洪水过后，这座百年老厂区就寿终正寝。虽然，现在老厂区就像被城市建筑森林掩映的疮疤，但作为滨江乃至中国近代工业的发源地之一，它承载着厚重的历史文化，更镌刻着滨机厂数代人难忘的记忆。这里不仅有带给周晖、杨浪他们无数欢乐的那个废旧车间，还有他们至亲至爱的母亲薛丽萍，就安眠在墓园温暖的土中。

废弃的办公楼外，周晖举着数码照相机对着梅丽拍照，她身后是一座带有日式风格的二层小楼。周晖介绍说："这座小楼是当年日本人占领时候盖的，后来一直是厂机关部门的办公楼。"

一座被枯黄槐树枝叶掩映的楼房前，梅丽突然发现新大陆一般惊叫起来："宋，这座楼房我好像在哪里见到过。真的，绝对见过。"

周晖吃惊地问："不会吧，你第一次来，怎么会见到过？"

梅丽表情十分认真地说："真的，我肯定是在哪里见到过，很熟悉的样子，很熟悉的一个场景。"

见她如此认真可爱，周晖忍不住笑了："不会是做梦梦到过吧？你再仔细想想。"

梅丽紧皱眉头，凝神思索："对，爷爷的相片！"她忽然像记起什么，飞快地从双肩包里抽出一个笔记本，从中找出一张相片。

周晖凑上前，梅丽手里发黄的照片上是一名英俊的德国青年，照片的背景与对面的小楼一模一样。

周晖诧异地叫出声来："太神奇啦！难道你爷爷来过这里？"

梅丽兴奋地说："是的，是的，他一定是来过。爷爷是机械动力工程师，他来中国、来滨江，他能干什么？一定是从事他的本职专业，滨江能为他提供本职专业的除了滨江机车厂还有其他的单位吗？"

周晖附和说："嗯嗯，十分有道理。滨江的煤矿机械厂也是近百年的老企业，既然有照片，说明他一定来过机车厂。对了，他什么时候离开中国的？"梅丽回答："应该是1960年年底。"

周晖想了想说："这个时候，正好是苏联专家撤走的时间，你爷爷是民主德国的机械动力工程师，难道他参加了当年苏联的对华技术援助队伍？"

"很有可能，除了这个解释不会有更圆满的解释。对了，你们厂里还有经历过那个年代的老工匠吗？"梅丽追问道。

"有啊，当然有！我师太爷就是当时的劳模。对，找师太爷去，他肯定知道这回事。"周晖一拍脑门，兴奋异常，拉起梅丽就快步向杜立德家而去。

两人来到何向华家中，杜立德独自在看电视。年过八旬的他正一边看着天气预报节目，一边在小本上记录着当天天气，一笔一画整齐又认真。

每天如此，他已坚持了二十多年。

戴上老花镜，杜立德仔细端详手里泛黄的照片。看着看着，眼角忽然溢出泪花，动容地喃喃道："迪勒乌斯先生，这是迪勒乌斯先生……"

"是的，是的，我爷爷就是梅丽·迪勒乌斯，他就是梅丽·迪勒乌斯……"梅丽兴奋至极，激动地流出了眼泪。

杜立德坐在沙发上，盯着照片神情静穆，仿佛沉浸在当年的回忆中。他动情又缓慢地讲起一段尘封了四十多年的往事。

这是一段旷世凄美的爱情故事。周晖的奶奶并不是一个普通的农村妇女，她出身于一个大户人家，可以说是书香门第。1956年，20岁的她考入滨江师范，毕业后分配到机车厂技校工作。不过她上师范前，已经与老家所订的娃娃亲结了婚，并生有一个男婴，这便是周晖的父亲。之所以逃婚，就是她不甘心一辈子被拴在土地上，她想追求属于自己的幸福。

周晖奶奶分配到技校没多久，梅丽的爷爷迪勒乌斯就跟随苏联技术专家援助队进了厂。后来，他们相爱了，周晖的爷爷和奶奶也正式离婚。事情的变故发生在1960年底，由于中苏关系恶化，苏联下令必须撤走全部专家。当时，迪勒乌斯坚持要留下，但被苏方严词回绝，并强制召回。此时，厂领导也向周晖奶奶强力施压，要求她断然与迪勒乌斯划清界限，但周晖奶奶死活不肯。最终，厂里给她戴了个右派的帽子，将她遣回老家。

一对恋人被生生拆散，从此天各一方，杳无音讯。回到老家后，周晖奶奶独居多年，无奈之下，又与原来的丈夫复了婚。

"我的爷爷，已经离世十年，从来没有对我们说起这段往事。我现在的奶奶更一无所知。"梅丽泪眼模糊，伤心难过。

"我非常佩服我的奶奶，那个年月，她能为了爱情做出那样的决定，真了不起！"周晖感慨道。

"是呀！她确实很勇敢，可厂里人都不理解，都说她的风凉话……虽然是历史的错误，但毕竟太痛苦太悲伤，他们才不愿意说……"杜立德自言自语道，像是说给那段历史，又像是絮叨给自己。

告别出来，周晖与梅丽深情地长久凝视，为这段凄美炽热的异国恋情悲痛动情。

良久，梅丽轻牵周晖的手，说："周，我想去看望你奶奶。"

周晖温柔地拥住她，动情应道："好，下周末我们就一起去。"

第二十八章

　　西门子公司员工驻滨车公司大半年来，影响巨大。

　　生产技术升级改造的成果显而易见，进口生产线的首辆新型高速列车顺利下线，近百辆客车的订单生产也快速推进，此举，让广大滨江机车人充分感受到了世界铁路制造业科技前沿的脉动。与此同时，在接受技术培训和与外籍员工的工作接触中，他们也深切感受到自身在技术、科技和管理方面的差距和短板，在别人质疑、冷落和鄙夷的神情中，他们不甘人后的干劲得到强烈激发。

　　头脑最为清醒的是何向华。因为，按照两国技术合作协议，再过一段时间，德方人员将期满回国，到那时，这条先进的进口生产线将悉数交到厂里。外籍员工全部撤走，自己人能不能玩转这些洋玩意儿？这是他考虑最多的问题，也是他带领厂党委班子多次研究的重大议题。

　　对此，公司里已专题部署，层层动员。应该说，大家的积极性和主动性已普遍被调动起来，特别是杨浪、宋飞、彭薇、周晖等绝大多数年轻人，更是加班加点，不放过一切学习请教的机会，颇有只争朝夕、争分夺秒的劲头。当然，也有一部分人感觉力不从心，譬如像杨建国、彭明选等一批老工匠，觉得这些数控的玩意儿太复杂，搞不懂，不如手工机械简单顺手。

　　吴志宏果然是个有手段的人，这一点张晓培不佩服都不行。半年前，在公司将要上市的关键时刻，滨车公司的两项业务都跟他黄了，但依靠他熟练的公关运作，宏达公司最终还是顺利在香港包装上市。

　　张晓培与杨浪的关系仍处于冷战拉锯状态，但是，培正房地产的生意却出奇的顺利。商品房价格一天一个价，噌噌地往上涨。她同时开发的三个房地产开发项目全线飘红，拿她的话说，就是钱像长了腿一样朝她怀里扑，不要都不行。最夸张的是，滨江纺织厂是一家多年亏损的破产企业，厂里穷得连数百名工人的低保都发不出来，无奈之下，纺织厂只好以极低的价格拍卖了厂房，购买人是张晓培。第二天，张晓培就在厂房里用挖掘机挖了两个大坑，搭起活动板房开始预售收钱，第一天就收到预售款1000多万元。

　　如果说开发商看到好的地块，像饿狼看到肥羊一般兴奋，那么在滨江房地产圈里血拼数年的张晓培，此时已像一匹健硕的饿狼闯进肥美的羊群。大开杀戒的她，既吃红了眼，更杀上了瘾——看上了滨机厂的老厂区。据她保守估算，这块貌似建筑森林掩映的疮疤地段，以它的核心位置预估，经过三轮开发，至少能净赚七八千万。

　　然而，盘子太大了，需要运作的部门和关系错综复杂，尤其是政府关系这一块。她已打听过，这片老厂区，管理和使用权虽在滨江轨道客车有限公司，但实际所有权和审批权都在政府。因为二十多年前，政府就用现在的新厂区置换了这片地，面积足足有老厂区的三倍还多。

　　为了把事情做得扎实稳妥，张晓培想起了人脉厚实的吴志宏。她到宏达集团，三言两语就把事情说透彻，并主动提出合作模式。具体是，他们联合注册一家公司，股份比例二八开，如果成功拿到地块，开发资金不用吴志宏掏一分钱，赚到钱后，直接给吴志宏分两成。白拿两成的干股，利益诱惑自然巨大，但吴志宏并不满足，提出必须分他三成。张晓培咬了咬牙，还是忍痛答应下来，只能在心里暗暗骂吴志宏心真黑。

众人给张晓培过生日，过了个不伦不类；张晓培与杨浪谈心，又搞了个不欢而散。两人心中都挺窝火，再次把离婚提上议事日程。张晓培的方案是孩子必须归她，而杨浪心中舍不下帆帆。离不了、谈不拢，两人仍然冷战。

连日来，杨浪反复咀嚼张晓培说自己"害了她，又害了彭薇"这句话，虽然是一句吵架时的气话，但仔细琢磨也有道理。特别想想彭薇，29岁生日已过，还孑然一身，这都与自己脱不了干系。更让他不能接受的是，前几天无意中听说，有人给彭薇介绍对象，对方居然是一个丧偶的政府工作人员，年近50岁。他悲愤不已。他真希望自己仍未结婚，没有与张晓培有孩子，或者压根就没有张晓培的存在，那样多好，他就可以完整地尽情地与彭薇相爱、牵手和相伴到老。

脑中想着这些事情，回到家中烦躁不已。帆帆去杨建国家，张晓培还没有回家，偌大的家中十分空荡，他内心鼓胀着难过和神伤，憋闷不已。走出家门，外面华灯初上。身边远近各处的社区楼群灯火粲然，每处灯光看起来都是那么温暖和美好，而自己此刻却只能在这些温暖的灯火里流浪和独行……走着走着，他不由自主地走进滨机厂的厂区。

想想，时间过得真快，自己和彭薇一样，也是马上三十岁的人了，从1996年到现在，九年悄然已过。

九年前的一场高考，更准确地说是母亲意外的离世，了结了自己曾经的大学梦。北京是一个圆梦的地方，生活艰辛不堪又五彩斑斓。曾经多么美好又坚定的音乐梦想啊，却将自己送进冰冷的高墙。高墙壁立，人性却闪着光辉。师父孙树斌给了自己最无私的帮助，难道他注定就是自己的摆渡人？一路跌跌撞撞，一路弯弯曲曲。也许，自己最大的错误就是没能拒绝张晓培，然而这些阴差阳错，又有谁能够事先就找到答案？再说，张晓培又有什么错？自己最对不起的人，无疑是彭薇。她那么光明、无辜又坚定，虽然自己的路走得歪歪扭扭，但她勇敢坚毅地走在前方，照耀自己、引领自己、不离不弃……

鬼使神差，杨浪走到了厂办公楼下。三楼东侧的窗户亮着温暖的灯光，那是彭薇的办公室。

略一犹豫，杨浪向那灯光走去。

彭薇对着电脑正在专用软件上看一张工件构图，门外响起敲门声。

杨浪进屋，彭薇眼中闪出惊喜。

"加班呢？"心中本有不少的话，开口杨浪却只问了这三个字。

彭薇温柔又沉静地笑笑："没有，家里待着也没事儿干，过来看看。你也加班？"

杨浪深情又慌忙地看了她一眼，说："我也家里待着没事儿干，过来看看。"

"那你不看孩子？你媳妇呢？"彭薇笑着，故意问。

杨浪心中忽然一疼，不知如何接话茬。

稳了稳神，杨浪有些慌张搪塞："我爸帮我看着呢。彭薇，帮个忙行吗？"

彭薇爽快地说："行，你说。"

杨浪想起自己前两天设计车体侧墙组装工装图一事，便开口让彭薇找德方技师扬克尔给指点指点。彭薇一听这事儿，如实相告："没问题，我问问他，不过人家给不给意见我可不敢保证。"

掩盖掉慌张，杨浪转身请辞。因为心中慌张，再对话下去，他不知该说什么，也不知不该说什么。

其实，杨浪与德方人员有着不少的接触机会。虽然工作和住宿，德方人员都相对独立，但大家都在同一个食堂就餐，包括健身房、游泳馆、图书馆等场所都在公用。相比之下，彭薇、李云鹃、周晖和宋飞等人与德方人员交流更多一些，因为他们外语好，杨浪这方面却要差不少，虽然在北京现代音乐学院也没有放弃英语学习，但毕竟不是全日制的大学，又加上乱七八糟的事情，英语就更为生疏。

与德方人员接触的这些日子，杨浪在敬业精神和专业水准方面对他们不得不服气，可是他们身上那股傲慢和自大实在让他瞧不上眼。"谦受益，满招损"，这个真理看来他们真是不懂。因此，他的心底萌生了许多不服和倔强，还有戒备和敌意。

杨浪让彭薇去找扬克尔请教问题，说起来也是有原因的。

一周前，杨浪、宋飞、蓝大个、二毛等人在工人俱乐部健身时，在健身房正好遇上扬克尔等几名德方人员。扬克尔主动走到他们跟前，用蹩脚的汉语向杨浪挑战掰手腕，其中一个叫伯格斯曼的德方技师还下了五十美元的赌注。这一下，彼此本就有些不服气的中德员工，分站在两边，分别给己方的选手加油。三局下来，杨浪险胜，扬克尔落败，还赔了五十美元，脸涨得通红。接着，那个叫伯格斯曼的技师上场挑战，几番角力，也落了个惜败。

中方人员全胜欢呼，德方人员面露懊丧。不过，那个伯格斯曼倒也敞亮，从扬克尔手中接过五十美元，大方地表示愿意邀请众人去"中国城"酒吧喝酒。由于宋飞晚上约了其他事，双方就把时间定在周六晚上。

"中国城"在滨江市相当有名，也是滨江开张最早的酒吧之一，是老黑和几个朋友一起所开，生意一直比较火爆。只是，杨浪自回到滨江后，很少来这种地方。

周六晚上，杨浪、宋飞、二毛与蓝大个四人如约而至。到酒吧时，他们发现扬克尔、伯格斯曼等几名德方朋友早已到达，更意外的是彭薇居然在场，还和众人相谈甚欢。

酒吧舞台中央，一支爵士乐队正在演奏舒缓的乐曲。

随着"砰砰"的几声，扬克尔打开几瓶啤酒，热情地递给杨浪他们。

杨浪在彭薇身边坐下，小声问："你是让他喊来当翻译的？"

彭薇哈哈笑起来："是啊，刚才扬克尔还乱开我的玩笑，我生气呢！"

宋飞好奇地问："他说什么了？"

彭薇看了杨浪一眼，有些犹豫道："他说……算了，不跟你们说了，来喝酒吧！"

没想到，这时扬克尔用英语说道："各位先生，你们一定不要对我们撒谎，彭小姐，现在有男朋友吗？"

杨浪和二毛等人没听懂他的意思，疑惑地看着宋飞与彭薇。

彭薇平静地看着宋飞，说："你可以对他们实话实说。"

宋飞笑着用英语回道："还没有，彭小姐还是单身。扬克尔，不过我知道你可是有妻子的。"

扬克尔一听，兴奋地拍着伯格斯曼的肩膀说："那太好了！伯格斯曼，你错过了梅丽，可不要再错过彭小姐。"

伯格斯曼有些腼腆尴尬，说："你不要胡说了，喝酒吧！"

杨浪没听懂一伙人在说什么，只隐约知道与彭薇有关，便小声问彭薇："他们说什么？"

彭薇打马虎眼道："就跟我们平时聚会一样，胡说，乱说。"

这时，扬克尔举杯提议："来，朋友们，为我们今晚的聚会，干杯！"

众人响应，酒杯欢快地碰触在一起。

众人喝着酒，酒吧舞台上，一支摇滚乐队唱着旋律激烈的歌曲。双方人员在彭薇的翻译下，一边喝酒一边聊起来。

看着宋飞和杨浪沉浸在音乐旋律中的样子，扬克尔问："杨、宋，你们喜欢重金属音乐吗？"

"当然喜欢，德国有几支重金属乐队非常优秀，比如早期的蝎子乐队，后期的德国战车乐队……"宋飞笑着回答。

扬克尔十分吃惊，打断了宋飞的话，问："哦，等等，你还知道这两支乐队，这么说你也是金属音乐迷了？"

宋飞笑着看看杨浪，别有意味地说："当年是。现在……说起对金属音乐的痴迷，远不如我们的杨技师。"

杨浪瞥了宋飞一眼，有些不满地说："你说我干什么？我早已经远离那个圈子了。"宋飞小声回道："别口是心非，我知道，你的心还在。"

扬克尔听不懂他俩的谈话，也没有追问，而是继续说起音乐的事，说："中国的金属音乐，我知道唐朝、黑豹，其实黑豹不能算是一支完全意义上的金属音乐乐队，我觉得更应该归类为流行金属，就好像美国的邦乔维乐队、枪炮与玫瑰乐队，你们认为呢？"

知道杨浪听不明白，彭薇主动翻译了给他听。

宋飞用流利的英语说："公论是这样，不过黑豹乐队的《无地自容》这张专辑对中国金属音乐的启蒙意义非常大，完全可以媲美唐朝的《梦回唐朝》。扬克尔，你怎么会喜欢中国金属音乐？"

扬克尔回道："前几年，中国的摇滚音乐人在柏林举办了若干场演唱会，其中的几支中国金属乐队让我很喜欢，他们的音乐中有着强烈的东方元素，融入了你们的民族传统文化。我认为中国的金属乐如果只是单纯地模仿欧美，那一定失败，必须融入你们的民族音乐元素，这样个性化、差异化的音乐风格才会让你们独树一帜。"

……

宋飞与扬克尔你来我往地聊着音乐，彭薇一句一句地翻译给杨浪和一伙人听。双方越聊越专业，兴致也浓起来。宋飞告诉扬克尔杨浪还出过唱片开过演唱会，他们曾在厂里组过乐队，扬克尔当下十分兴奋。伯格斯曼也来了兴致，因为他也是一个摇滚迷，和杨浪一样是主音吉他手。

美酒、音乐、乐手齐活儿，只缺一场激情的狂欢。

众人一拍即合，决定临时组队嗨上一曲。

铁砧乐队人员基本都在场，酒吧管事的经理与蓝大个相熟，乐器和音响都是一流，一切自然不在话下。临时战队分工很快明确：杨浪主音吉他，扬克尔贝斯兼主唱，伯格斯曼充任鼓手，宋飞与二毛充任节奏吉他手，蓝大个充任键盘手。

舞台上欢闹不已，临时拼凑的乐队正在演奏一曲披头士乐队的《嘿，朱迪》，舞台周边的客人们跟着歌曲的律动欢快地哼唱。

彭薇看着舞台上杨浪多年来从未有过的欢快劲头，也拼命地冲着他们鼓掌，她用英语叫喊："扬克尔，副歌部分让杨浪来唱。"扬克尔连喊OK。

旋律激烈欢快，杨浪放声欢唱，这是自从那个事件以后他第一次摸电吉他，第一次在公众场合唱歌，突然喷发出来的激情让他忘却了所有烦恼，仿佛一下子拥有了整个世界。

彭薇和宋飞等人也分外投入，激情澎湃，仿佛又回到了他们那段青春岁月。

一曲唱罢，在众人的欢呼声中杨浪等人走下舞台，彭薇向他们竖起大拇指。

众人分外兴奋，举杯而饮。

放下酒杯，众人还沉浸在刚才的欢闹中，扬克尔却冷不丁用英语对宋飞说："彭薇小姐这么好、这么优秀的姑娘，为什么你们不追求她？为什么，我一直搞不懂。宋，你把我的原话翻译给杨，翻译给大家。"

宋飞回头笑着看着彭薇，问："能说吗？"

彭薇微笑着道："我无所谓。"说罢，看了看杨浪，垂头拿起酒杯喝酒。

杨浪仿佛意识到他们要说什么，举起酒杯将剩下的酒喝尽，站起身说道："我得回家哄孩子睡觉了，你们好好玩儿。"

杨浪起身离去。

扬克尔疑惑道："哎，杨，喂，杨……你还没有回答我的问题。"

彭薇解释说，他就是想回避这个问题，所以要走。

扬克尔有些八卦地对宋飞说："那我觉得他们之间有故事。宋，你是故事的主角还是配角？"

第二十八章

宋飞笑了起来，用英语回道："没想到你这个德国技师还这么八卦。不过事情已经过去这么多年了，我可以坦诚地告诉你，当年我和杨浪都喜欢彭薇，我们都追求过，只是……"说着，他看着彭薇，"彭薇，我觉得应该你来说。"

彭薇接过话茬儿，佯装生气道："我说什么？你们都已经成家立业，孩子都有了，我没什么可说的。"

两人说的汉语，二毛和蓝大个都听了个真切。二毛有些调皮地对彭薇说："我说。其实，我们大伙儿都喜欢你，我和蓝大个不算。"

蓝大个有些不服气地问："为什么咱俩就不算？"

二毛一脸认真地说："咱俩什么德行自己不知道啊！配得上人家彭薇吗？"

彭薇一听到话，忍不住扑哧笑了，道："你俩挺好啊，虽然学习成绩不好，不过为人善良、仗义。"

二毛语气怨怼地说："反正我俩和大部分男生都觉得配不上你，觉得能配上你的也就是杨浪和宋飞。可是，谁知道这俩小子都是傻缺，一个也靠不住，他们结婚娶媳妇儿生孩子，把你给晾这儿了。"

这一番解气的话，说得彭薇微笑不语，心中却颇不平静。

第二十九章

周晖回家后，将杜立德所讲的故事给杨建国复述了一遍。

杨建国虽然是第一次听说，但深信不疑。同时，他也解开了一个多年的疑惑，那就是周晖父亲为什么从部队一复员就能进到厂里，看来当初应该是周晖奶奶找了关系。

两人正说着话，杨建国的手机响了，电话是周晖老家一个叔叔打来的：周晖奶奶过世了。

噩耗突来，周晖悲痛不已。算起来也有两年多没去看望奶奶，约好明天带梅丽去看她的，老人家竟这样溘然长逝了。

周晖把消息告诉梅丽，她也非常悲痛震惊，请求周晖带她一起参加奶奶的葬礼。奶奶生活的小山村叫竹园沟，地处陕西东南部山区，山大沟深，交通十分不便。周晖如实相告，但梅丽面无惧色，坚决要去。

在 1 比 600 万的中国行政地图上，牛耳川镇只是秦岭东南部一个小米粒般大小的地方，而竹园沟则是这个小米粒上针屁股大小的一分子，小米粒嫌它荒凉偏僻，差点要将它忘却。针屁股位于陕西省东南部的商洛市华阳县，在刚才所提地图上压根找不到它的存在。这里偏僻荒凉，仿佛飞速发展的世界已将它遗忘，没有通上电，没有用上自来水，更没有手机信号，就连一条像样的进村道路都没有，从镇上到这里，没有汽车，只能依靠步行、自行车或人力推拉车，村民们到镇上赶集办事，翻山越岭要走30多里山路，陡峭、狭窄、凹凸不平的盘山路，是连接村庄和外面世界的唯一通道。祖祖辈辈，"到华阳县以外的山外"成为绝大多数村民梦里只能想想而遥不可及的希冀。

听说周晖要回来，老家竹园沟专门派了个远房的侄子接站。说是接站，其实就是找一个体力好又机灵的后生领个路而已，因为他没有任何交通工具，有的只是一膀子好力气。周晖回过两次竹园沟，一次是上大学那年，一次是参加工作那年，对这里的偏远艰苦早有领教。带着梅丽人困马乏地来到牛耳川镇，已是后半夜月朗星稀。这里距滨江一千六百多公里，两人乏困至极，顾不上山区深秋的寒凉，在逼仄脏乱的小旅馆倒头便睡。

第二天月亮还挂在西天，那位侄子已像门神一般，在招待所院子等候多时。

奔丧事大，无须赘述。奶奶将于这天中午入土安葬，三人拔腿向竹园沟而去。那位侄子脚快麻利，背起随行之物，快步疾行。蹒跚在陡峭、狭窄、凹凸不平的盘山路上，回想奶奶当年前往滨机厂和离开滨机厂，都是从这条路上走过。在周晖和梅丽心里，这条路是通往奶奶苦难故事和灵魂深处的必经之路，行走在上面，他们走得悲伤、疼痛又小心翼翼……

葬礼办得简单又传统。按照山村风俗，奶奶生前所用之物将在三年内分批烧化。在整理奶奶的遗物时，周晖意外地发现了一本泛黄的日记本，因年代久远，字迹斑驳。

掀开日记本，他和梅丽看到了这样的字样：

一九六〇年十月二十四日，晴。今天厂里劳资科的领导再次找我谈话，我什么都没听进去，我脑子里只有迪勒乌斯和我说的话，他说他会回来的，一定会回来的，我相信他。所以我不怕厂里把我遣送回原籍，有我们的爱情在，不论在哪里，我都会快乐的。

翻开另一篇，里面这样写道：

一九六〇年十月二十八日，小雨。如那些人所愿，我们被拆开了，就像他们暗地里骂我那样，我被当作破鞋一样被机车厂扫地出门了。可是我不怕，我不在乎，即便将来迪勒乌斯不能回来找我，我也不会后悔，因为我总算爱过了。哪怕就像流星划过夜空那么短暂，但是那一瞬是绚烂美丽的，那就是爱情。

……

周晖一篇一篇地翻看，一句一句翻译给梅丽听，两人都忍不住泪流满面。

梅丽合上笔记本，深情地看着周晖，说："关于爷爷在中国的故事，我曾经幻想过无数奇妙的情节，但是我从来没想到会把我自己卷进来，会把你卷进来。周，你觉不觉得像是在做梦？"

周晖泪眼蒙眬，说："我没有这样的感觉，我倒是觉得这是冥冥之中的上天安排，或许是你爷爷、我奶奶的爱情故事感动了天神，是他们刻意安排下这些故事让我们再续先祖的缘，梅丽，你不觉得是这样吗？"

梅丽动情地问："爷爷和奶奶留给我们一份珍贵的礼物，这会是上帝的安排吗？"

周晖用右手抹了一下泪眼，肯定道："一定是，对于你我一定是这样。梅丽，本来我一直不相信所谓缘分，但是现在，我相信了，你相信吗？"

梅丽深情地说："我相信，也许是神意在促使，促使我带着爷爷迟到四十多年的那份歉疚，来到你身边。"

周晖伸手将梅丽拥进怀里。

周晖禁不住轻语："梅丽，我爱你。"

梅丽环抱周晖，在他耳边呢喃："周，我也爱你。"

在发黄日记本的见证下，两人忘情拥吻。

"中国城"酒吧的那次聚会，让扬克尔和伯格斯曼等德方员工对杨浪、宋飞等中方员工的看法有所改变，他们不再认为中国工人只会无趣又无偿地加班加点，而是不但爱工作，还爱着音乐和啤酒。

当然，这些并不是伯格斯曼最感兴趣的事儿。彭薇典雅又时尚，关键目前还单身，这对他无疑是最美好的发现。于是，没过几天，伯格斯曼就单独约请彭薇吃西餐。

聊天的话题，伯格斯曼早就准备好了。彭薇和杨浪、宋飞他们一样，几乎天天加班加点到很晚，这在德国根本不可想象。德国劳动法有硬性规定，"工人6个月的平均每天工作时间，不得超过8小时。"监督机构会对工人劳动时间进行严格监督，还会对企业进行"突击检查"。如果发现这样的问题，企业老板不但要面临高额罚款，还要以"危害劳动者健康和安全"罪被送上法庭。这个问题，伯格斯曼询问过办公室主任王舜田，也询问过宋飞，但他们一致表示，为了滨机厂的前途和命运，厂里并没有强迫他们加班，这事儿完全是大家自觉自愿。今天，他正好让女神彭小姐为自己解开谜团。

西餐厅灯光温馨和顺，正播放着轻柔舒缓的钢琴曲《梦中的婚礼》。彭薇与伯格斯曼坐在一个安静的角落，品着红酒，轻声愉快地聊着天。

一番溢美之词后，伯格斯曼用批判的口吻谈起自己对无偿加班之事的看法。彭薇边听边摆弄着手中的红酒杯。听了一会儿，她用流利的英语告诉伯格斯曼："工人积极而且是无偿加班的这个问题，我想您应该先了解一下滨机厂的历史。你要知道，机车厂能坚持到现在，能生产世界上最先进的动车组，这本身就是一个奇迹。我们工人们的那种心情，你们德方人员很难理解，因为你们没有经历过我们一线工人的那种艰难……"

彭薇越说语气越显得激动。伯格斯曼试图安慰她，说："我也许能体会到一点点，因为我的父母也都在国营企业工作过……"

彭薇却直白表示，当年的民主德国也是发达的社会主义国家，但与中国的国有企业环境还是有很大不同，特别是机车厂这样的老厂，大概至少有三分之一的职工都是几代人在机车厂工作，他们对机车厂有着复杂又深厚的感情。"机车厂最困难的时候连续半年发不出工资，在这个阶段有不少职工辞职打起零工，还有个别职工生活困难甚至到菜市场捡黄菜叶，但大部分职工还是与工厂同甘共苦，挺过来了。这次引进你们的技术生产动车，所有的职工们都认为这是机车厂脱胎换骨、浴火重生的一次重大机会，大家都希望机车厂有一个美好的未来，大家都希望在这一次的变革中成为不被淘汰的参与者，所以他们不计较个人得失，积极主动地无偿加班。虽然我没做过调查，但是我能感受到这种氛围，从职工们的神情中、渴望中，我就能强烈地感受到这种氛围。"越说越动情，彭薇的语气几乎有些哽咽。

见彭薇这般动情，伯格斯曼也深深被打动，他有些惭愧地说："对不起，是我误解了你们工人的朴素感情。不瞒您说，刚进厂的时候，我和我的同事们可能是带着一种傲慢的态度，带着一种特别的优越感在与你们合作……"

见伯格斯曼这般坦诚，彭薇也很感动，她宽容地笑了笑，又端起手边的高脚杯，轻柔地环晃着浅浅的红酒，道："那我也不瞒你说，正是你们这种傲慢与优越感刺激了我们职工努力工作，有了争取超越你们的动力。"

伯格斯曼像个腼腆的大男孩，不好意思地笑了。随后，他红着脸闪闪烁烁地说:"彭小姐,来中国、来滨江轨道客车有限公司对我来说是一段很特别的经历,很高兴能认识你。我想说的是,我对你有一种特别的感觉,我……我不知道我该……我该怎么表述……"

彭薇看着他的窘样儿,嗤嗤地笑出了声,道:"你直接说,不会是我们中国人特有的含蓄也影响到你变得吞吞吐吐了吧?"

伯格斯曼的脸更红了,愈加腼腆,小声说:"我,我觉得你是一个非常优秀的中国姑娘,我的心告诉我,我已深深地喜欢上了你。不过请你相信,并非是因为扬克尔的玩笑才让我……"

瞅着伯格斯曼的这般模样,彭薇放下了酒杯,用纤细的手指捋了下额前的几丝刘海,真诚说道:"我相信,你不是因为他的玩笑话才对我说这些,伯格斯曼先生,我很高兴,您能对我有这份特殊的感情,不过……"

听出彭薇要拒绝自己,伯格斯曼没等她说下去,表白道:"彭小姐,我知道你要拒绝我,但请不要说出口,不是我不能接受拒绝,我只是想……彭小姐,我不知道该怎么解释,我不像扬克尔那种性格,可能你也看出来了,我……"

伯格斯曼白净的脸上弥散着慌张,彭薇愈加对眼前这个略显腼腆又有几分绅士的德国人多了几分好感,竟有些不忍伤害他,便换了一副欣赏口吻,道:"当然,你和扬克尔的性格完全不同,我觉得你身上有德国古典哲学家的那种气质,不善言辞但心思敏感、情感丰富……"

听到彭薇对自己的赞美,伯格斯曼心中慢慢回暖。他相信,让眼前这个美丽的中国姑娘爱上自己,只是时间和耐心问题,而自己,最擅长为值得的事情付出时间与耐心。

然而,坚硬的现实被心头盛开爱情梦想之花的伯格斯曼忽略了——其实,命运并没有留给他太多时间与耐心,因为按照中德双方约定,不日,为期半年多的技术援助工作将告一段落,除28名德方技术骨干继续留驻滨车公司协助组织生产外，其余90名德方技术人员均要全部回国，扬克尔、梅丽和他均在回撤名单之列。

这件事情是何向华亲自筹划并推动的。早在半个月前，他悄然安排各部门负责人详细摸底，根据生产技术和岗位需求敲定了继续留驻的德方人员名单。他还让王舜田向北车集团公司递交了专题报告，详细汇报新生产线顺利完成68列动车组列车情况，并提了两项建议：一是请集团公司协调28名德方技术骨干继续留驻事宜，二是从公司里选派一批年轻的技术骨干赴德参加专业技能培训。为慎重行事，这件事只在上层悄悄运行，并未向员工们透露更多信息，特别是走留和培训名单较为敏感，一直处于严格保密状态。

集团公司盛赞滨江轨道客车有限公司的做法，全盘同意了他们的建议。

收到批复第三天，何向华以滨江轨道客车有限公司董事长的身份组织了一次盛大的总结大会和欢送仪式。德方负责人布林博格·舒尔茨·冯·杨吉斯曼发表了深情讲话。何向华重点表达了对118位德方技师的感谢，感谢他们在200多天的日日夜夜里，为帮助滨车公司顺利完成68列动车组列车生产任务付出的辛苦和智慧。之后，会上还现场宣布了德方人员走留名单。

扬克尔和伯格斯曼等人都颇感意外，特别是梅丽和伯格斯曼。梅丽与宋飞已渐入热恋，自然不想这么快回国；伯格斯曼的梦想之花也刚刚生发，当然也想留下。会后，二人一同去找德方负责人求情，但均于事无补，因为名单是中德公司高层共同商定，无法更改。

既然无法留下，那就来一场好好的告别。

先说梅丽与宋飞。

自从两人一起去了一趟商洛山区，领悟到上天的眷顾和安排，就迅速进入了热恋。回到厂里后，他们便出双入对起来。杨建国起初有些接受不了这个金发碧眼的准洋媳，但在杨浪、宋飞和罗娟劝说下，也勉强接受了现实。对这件事，彭薇有些诧异，想想前不久周晖还在向自己表白，这才几个月光景便已物是人非。没错，梅丽的确是自己当时想介绍给周晖的，也算是遂了自己心愿，但不知为何她心里还是酸酸的有些失落和感伤。

按照杨建国的意思，事情就应该摁下快捷键，反正梅丽一周后就要回德国，既然两个人关系已确定，不如直接把结婚证领了，免得夜长梦多。但梅丽和周晖都不同意，他们都说要多给彼此一些时间和空间，还说相信爱情更相信缘分。当然，自从那天总结大会后，两人关系更加密切，上班下班都有些形影不离，仿佛要把将要分别的日子里的爱恋都预支出来。

再说有些腼腆的伯格斯曼，两次单独相约彭薇，地点还是那家西餐厅，但都被彭薇礼貌地拒绝了。伯格斯曼费了两天时间，写了一封炽热的求爱信给她，但收到这样的回复："谢谢你的爱，你很优秀，但真不是我想要的那种！"

艺术无国界，成为打破语言隔阂、沟通情感的最佳方式。德方人员回撤的前一天，公司礼堂里举办了别开生面的中德友谊文艺会演，杨浪和扬克尔等人披挂上阵，将会演推进了高潮。他们临时组成乐队，演唱的是英国摇滚乐名曲《嗨，朱迪》，它是20世纪60年代就如日中天的甲壳虫乐队众多经典作品之一，作者是保罗·麦卡特尼。

嗨，朱迪！别沮丧／找一首哀伤的歌把它唱得更快乐／记得将它深藏于你的心田／世界就能开始好转／嗨，朱迪！别害怕／你天生就要勇于克服恐惧／当你将它身埋于心底那一刻／世界就开始好转……

乐队成员倾情献唱，温暖了全场，整个礼堂里激情涌动……

当晚，一众人又齐聚老黑的"中国城"酒吧。杨浪、宋飞、周晖、罗娟、彭薇、扬克尔、伯格斯曼、梅丽等人悉数到场。

回忆起半年多来的经历，大家深感时间太瘦，指缝太宽，时光流逝太过匆匆。众人欢畅地喝着、聊着，之前许多的愉快和不愉快，此时都变成珍贵又难忘的记忆。

周晖与梅丽已收获美好的爱情，受到众人祝福和羡慕。罗娟看着二人热恋的甜蜜劲儿，端起一杯啤酒走向梅丽，玩笑道："梅丽姐，你确定要走吗？你就不担心我二哥他……"

梅丽用蓝色的大眼睛深情地望着周晖，操着汉语一字一句说道："爱是自由的，如果你二哥在我离开的时候爱上了别的女人，那就说明我爷爷和他奶奶近似神话悲剧的故事完全没有带给我们力量。"说完，她转过头友好地看着彭薇，问："彭小姐，你说是不是这样？"

彭薇友好地微笑，回应道："一定是这样，如果这样的故事都不能给人以坚信爱的力量，那爱情还有什么值得我们执着与期盼呢？"

众人皆鼓掌赞同，欢快地举杯共饮。

杨浪听出了彭薇话语的弦外之音，笑容中透着酸楚。伯格斯曼似乎还没有从失落中解脱出来，完全没有往日喝酒的积极与主动。

天下没有不散的筵席。聚会结束前，大家再一次重温了主题，提议为伟大的友谊，为美好的明天干杯，正如《嘿，朱迪》歌曲中唱的那样：Remember to let her under your skin, Then you begin to make it better！（记得将它深藏于心，世界就会变得更美好！）

众人举杯欢呼。

第二天，就是第一批德方人员回撤的日子。

何向华等厂领导在滨江轨道客车有限公司办公楼前，与德方回国人员一一握手告别。

挥手从兹去，何日再相逢。扬克尔与杨浪紧紧地拥抱在了一起。扬克尔分外动情地说："杨，你的认真和执着令我佩服，我相信你一定会成为中国最优秀的机车制造技师。"

杨浪有力地拥抱着他，笑着回道："你说是就是，为了你的这句夸奖，我要不断努力。谢谢你，扬克尔，谢谢你给我那么多的帮助和指导。"

"我们还能再见面吗？"扬克尔有些忧伤地问。

"我想会的，也许很快就会见面，因为我正在争取赴德国学习深造！"杨浪十分自信地告诉他。

两个男人的手握得更紧了。

在他们不远处，周晖和梅丽也紧紧拥抱。

"你一定要相信我，我会回来的，很快！"梅丽蓝色澈亮的大眼睛中透露着坚定与渴望。

周晖轻轻地吻咬着她娇嫩的耳垂，自信坚定地说："现在早已经不是过去那个时代，如果你不回来，我会去德国找你，当年的那个悲剧不会在我们身上发生。"

送站的大巴车将要启动，透过车窗玻璃，中方送行人员在车外挥手作别。伯格斯曼在人群中没有看到女神彭薇，他将脸贴在冰冷的车窗玻璃上，神情是委屈中带着忧伤。

大巴车启动，带走了车外人群的祝福，也留下了车内人的相思与遗憾。

第三十章

三年的时光匆匆而过。

匆匆三年，对中国铁路、滨车公司和每个人充满了各种变与不变。历数三年里中国铁路发生的最大变化，有三件事必须赫然载入史册：2006年4月27日，上海磁悬浮列车正式投入运营，这是世界上首条投入商业化运营的磁悬浮列车示范线；2006年7月1日，青藏铁路实现全面通车，全长1956公里，是世界上海拔最高、线路最长的高原铁路；2007年4月18日，时速200公里的"和谐号"动车组D460次列车从上海站出发驶往苏州，这是中国第一列正式开行的动车组，也拉开了全国铁路第六次大面积提速的序幕，亦标志着"和谐号"动车组开始走进普通人的生活。

随着形势的发展，何向华也对滨江轨道客车有限公司进行了大刀阔斧的改革。公司面临着国内国际激烈的竞争环境，他根据全新的生产业态和管理工作需要，借鉴吸纳西门子公司的做法，将原有的若干生产车间重组为五个分厂，四个二级独立配套分厂合并为两个分公司，将原有的技术研发科室合并组建技术中心，下辖五个专业独立的研发部，并将清华大学轨道交通实验室的一名副主任聘请来担任厂总工程师。另外在安全监管、市场营销方面也都进行了专业化合并重组。调整中，周晖升任市场营销中心总经理，彭薇升任技术中心电气研发部主任。

此间，根据公司工作安排，遴选了四十余名青年技术骨干分赴德国西门子公司尤丁根工厂学习深造，宋飞和罗娟均在其中。在德期间，出国人员恨不得把一天当成两天用，特别是宋飞，在学习过程中一点也不敢马虎。这是他第二次来德国，第一次来是技校毕业那年。当时，他就觉得那次培训时间太过短暂，梦想着再一次踏上这片土地，更多吸收这里百年精工的滋养，现在好了，终于如愿以偿。在此期间，有一些细节让他刻骨难忘，也成为他后来在工匠领域不断精进的不竭动力。

一次，德国老师安装地板下压缩空气管路固定码，需要钻孔。每钻完一个孔，德国老师就立即用吸尘器将周围的铝屑清理干净，钻完一个，清理一个，"多麻烦啊？"这让宋飞不解。而当时在国内进行类似操作时，脚下碎屑遍地是经常的事。德国老师告诉宋飞："如果不及时清理，铝屑就会落入线槽或配电盘处，可能引起短路，行车时电器短路，那可是关系到行车安全的大事，会造成灾难性的后果。"不仅如此，德国老师在进行操作时相当精细，工件上的每一个尺寸，他们都对照图纸一一测量，他们将尺寸精度的误差严格控制在1毫米以内，这些细节对宋飞触动很大。为此，他在自己的学习笔记上写道："德国人严谨、认真、固执的工作精神对我是一种震撼，突然意识到自己对高速动车组的了解还很肤浅，意识到与世界一流技术、理念的差距还很大，必须以甘当小学生的精神刻苦学习高速动车组制动系统的组装制造技术，必须学到世界一流企业的工作理念和工作作风。"

结束在德国为期半年的培训，宋飞将自己的学习笔记编制成为10万字的可视化文件，其中《车下备用预组装培训教材》成为新员上岗培训教材，《管材下料操作标准》《管端倒角操作标准》等七个可视化操作标准成为员工标准化作业的样板。同时，作为组长，他还大力倡导先进的精益求精的科学理念——"下道工序就是我们的客户""第一次就把事情做对"。

制动技术是动车组九大关键技术之一，CRH3A改进型动车组全列共有管路1100根，2400多米长，95%以上是三维立体弯管。这些管路和电线一样，共同组成了动车组的神经系统，控制着动车组的安全运行。根据制动要求，刹车管会弯成不同的形状，平均每根管6个弯，最多的超过15个弯，而最薄管材厚度只有1毫米。动车组高速运行，高频共振，一旦产生应力，薄薄的管壁极易破裂，后果不堪设想。这些制动管路大部分都是进口成品管，不仅成本高，而且运输周期长，制约着动车组的生产。具体讲，要迅速实现动车组制造国产化，必须要攻克"管路回弹变形"难题，要求管段无应力连接，连接中如果角度有偏差，参数不当，都会造成很大的安全隐患。问题是，即使采用和进口管路一样的数据编制程序，不同厂家不同批次的管材弯出来的误差都在10毫米左右，而滨机厂设计的最新动车组要求的精度误差是1毫米，只有这样才能保证制动系统安全可靠。

如果说技校毕业那年的出国，宋飞主要是开阔了业务眼界，那么这次出国，他更注重的是学习理解和消化吸收。回国后，宋飞针对这个难题展开攻关。"如果有既定参数，既能省时又能避免危险，那该多好。"抱着这样的想法，宋飞开始了自己的实验。

为了取得精准的补偿数据，宋飞与班组成员采取了逐一试验的方法，先后对3个厂家的各14种原材料管22种半径模具进行了4500多次实验，历时一年多，终于完成了《数控弯管角度回弹补偿数据库》，将管材角度误差控制在0.1度，长度误差控制在1毫米，填补了世界空白，同时实现了制动管路国产化的批量生产。这一重大科研成果，当年就获得国家级科技进步奖，并拿到了国家专利。

杨浪与张晓培两人亮着红灯的感情状态依然没有发生改变。杨浪与张晓培的离婚成了一场漫长的消耗战，他俩都坚持孩子的抚养权，又都互不妥协。张晓培就做两件事：一件是资产扩张，不断开发一个又一个房地产项目；另一件事就是仍然贪恋杯中之物，酗酒成瘾。关于联手开发老厂区的事，张晓培与吴志宏分道扬镳了。

事情是因吴志宏而起，因为他粗略算了一下，位于河东的这块老厂区面积虽然只有70亩左右，但这里绝对是一片黄金之地，保守计算，如果全部开发成商业和住宅区，市值至少可达到15个亿左右。无疑这是一块送到嘴边的肥肉。只是，要运作这个项目，人脉公关就变得十分重要，他觉得现在只给自己分三成的利益太少了，他的胃口很大，要求利润对半分成。这个动议对张晓培来讲，绝对是狮子大张口。她觉得这个吴志宏太贪得无厌，于是二人翻脸闹掰，不再合作。成不了朋友，就变成了敌人。面对如此大的财富诱惑，没有人会客气。张晓培不久就与外地一名很有实力的霍姓开发商联手运作这个项目。而吴志宏也没闲着，拉起几个股东一起紧紧地咬住了这个项目。

三年中，杨浪仍没能同张晓培离婚，虽然被迫放弃了出国学习的机会，但在专业领域有了巨大突破。第一批德国技术人员回国不久，新厂区投入使用之初，滨车公司进口了多台5轴FOOKE数控加工中心，每一台数控加工中心都价值数百万美元。机器进来后，先由德国留守的技术人员负责现场安装，杨浪带领工友配合他们工作。起初，德方专家还是瞧不起中国工人，精细的工作不让他们做，杨浪就每天跟在德方专家身后，观察学习他们的操作。一次，在拼接机床主床身时，杨浪发现地基打孔位置与机床安装位置不符，马上通过翻译指出了德方工作的失误，而德方技术人员凭经验认为安装没有问题，结果最终造成返工。这件小事令德方专家对杨浪刮目相看，主动邀请他参与机床的安装和调试。在60米导轨安装过程中，杨浪认真分析图纸，发现其中一处存在缺少地脚配件的隐患，德方专家及时处理，避免了又一次重大返工。事后，德方专家钦佩杨浪干一行、精一行的工作水平，竖起大拇指："Mr.Yang，Very good！"

动车组车体铝板焊接前，要加工出角度为60度的"坡口"，而国外进口的坡口加工机只能达到57.5度，按自由公差勉强合格。"生产一流的产品必须要有一流的设备，设备精度一点儿也不能差。"杨浪对进口设备的技术参数调整从不马虎。他与技术人员一起改进铣刀"抬头"机构，使加工角度达到了图纸要求。杨浪对班组成员比宋飞更加严厉，他的规矩是不懂可以问，可以探讨，一旦掌握了决不允许出错，不管什么理由，我们班组不接受！同时，他高度强调"工匠精神"，那就是让别人挑不出毛病来的精神，而这个别人不是外行，而是技术专家！

在此基础上，杨浪还自学进修了机电一体化的大学课程，学习了维修电工、PLC编程、CAD设计，就连英语方面也有很大进步。还有就是，杨浪带着马二生等人，已经能够熟练操作最新式的焊接机器人。这个新鲜玩意，成为车体车间里不知疲倦的"工作达人"，使工作效率比以前提高了五倍，以前三天才能完成十节车体焊接，现在仅需不到一天。

这三年里，周晖可以说是事业爱情双丰收。升任市场营销中心总经理以来，他接连为公司赢得了多个亿元大订单，受到何向华器重。美丽的梅丽小姐也因为爱而放弃了西门子公司的高级职位，入职滨机厂成为技术中心电气研发部的一名外国专家。他们的婚礼简单又浪漫，因为远隔万水千山，梅丽家人没有来中国。二人再一次来到陕西省商洛山区竹园沟，深情祭拜了周晖的奶奶，含泪将周晖奶奶和梅丽爷爷的照片同时焚化，在他们的见证下说出了两人将相守一生爱的诺言。当夜，他们仍入住牛耳川镇那家逼仄的小旅馆，窗外月朗星稀，他们甜蜜深情地相拥了一夜。

岁月不曾饶过谁。杨建国、宋卫国和彭明选、侯玉凤、王三妹等人，也在变与不变的浪潮中经受着冲击和洗礼。

以他们为代表的中老年技术骨干，年龄大都五十多岁了。这个年龄在工厂，已走到退休或提前退休的边缘。近几年，滨江轨道客车有限公司在大刀阔斧的改革中重新站了起来，公司效益也一年比一年好，工资也在大幅提升，这一切让他们打心眼里感到高兴。可是，随着公司的快速发展和动车组新生产线的不断上马，学习能力越来越跟不上趟的他们觉得有些吃力，特别是大批纯进口的机器和设备，操作和管理起来比较复杂，他们实在有些难以适应。

以杨建国等为代表的一群人，对生活、奉献了几十年的滨机厂的感情愈加浓烈，工厂规律的生活就像他们的皮肤一样熟悉与亲切，可是他们也时时强烈感受到年轻人成长与成熟的律动，正在撼动和取代他们的主导和主体地位，他们觉得自己正在被时代大潮一浪接一浪地推上历史的沙滩……

应该说，杨浪和宋飞这三年来的进步大家有目共睹。无疑，他俩在滨车公司各自的专业里，绝对属于青年才俊式的人物。常言道，英雄不问出处。虽然两人经历和学历略有不同，但并没有妨碍他们在工友中和公司内的影响力。

然而，他俩在学历和经历上毕竟是有差异的。这种差异，在有些情况下会变成一条重要的判定标准。

事情是这样的。半个月前，集团公司转发了铁道部一个文件，发文部门是国家劳动部和全国总工会。文件明确了关于在机电制造行业首批申报国家级技能大师工作室的相关事宜，并明确了申报的程序和条件。由于是行业的首次申报，各单位都十分重视，并纷纷推出了精英和翘楚参加评选。

由于年龄的原因，杨建国、宋卫国、彭明选等中老年工匠均不在评选之列。滨车公司通过认真研究，上报了三人，分别是装配车间的宋飞、装涂车间的张志东和车体车间的杨浪。然而，令何向华没有想到的是，名单报达集团后，有人提出杨浪没学历、进过监狱，还没有国外培训经历，就给压了下来。宋飞和张志东一次性顺利通过。

对于这个结果，何向华和王舜田不太高兴，因为白白地浪费了一个指标，但这是集团的决定，不理解也得执行。

杨建国心里头也有些不服。自己不参加也罢，反正明年就应该退休了，但杨浪这几年成果没少出。既然是技能大师的评选，比的应该是技术，而不是出身和学历。

车体车间主任洪宝力也是这个想法，自己这个车间是公司是绝对的主力，可以说支撑起了半壁江山。取消杨浪的评选资格，对车间的影响也很大。因为进入技能大师工作室，不仅代表了个人的实力，更是车间技术实力最集中的体现。

而杨浪对这件事并没有太上心，或者说他无暇以顾。小杨帆已经开始上小学，杨浪和张晓培的关系还是水火不容，或者说更像水与油的混合物——虽然被盛放在同一个容器里，但却无法彼此融入。有多少次，杨浪也静静地思考过自己与张晓培的感情，也想服个软把日子过好。然而，不知道为何，只要一听到张晓培那嚣张的口气，一看到她那挖苦厌恶的眼神，就气不打一处来，所有的自责和愧疚被击得粉身碎骨、荡然无存。

工作赚钱和喝酒仍是张晓培的最爱。

张晓培和吴志宏争抢这个地块看重的是商机和利益。但对滨机厂的广大退休职工来讲，这块近80亩的地界，却承载着他们几代人的心血、智慧、情感和回忆。

为置换老厂区，三年前滨江市已为滨江轨道客车有限公司新厂区划拨工业建设用地240亩，现在建设已经初具规模。张晓培和吴志宏对这块地盘的争夺尚处于高层运作阶段，并不是官宣信息。所以，随着新厂区建设一天天推进，人们对老厂区的命运猜测和传言日益增多。

有两个重量级人物都在关注着这件事。

一个是已经退休的李副部长。他多次要求何向华与滨江市领导沟通，绝对不能把老厂区一拆了之。他强调老厂区是中国近代工业文明的历史源头之一，极具历史文化价值，绝对不能一拆了之，更不能开发成钢筋水泥森林的商品住宅区，最好是改造成一个工业文化主题公园。

另一个就是已进耄耋之年的何向华的老岳父杜立德。他的态度代表了公司里一大批退休老职工的意见：这里是滨江机车厂的根和魂，如果有人敢拆毁老厂区，他们就搭上自己这把老骨头拼个鱼死网破。为了息事宁人，何向华专门组织了一场退休老职工代表座谈会，耐心听取了他们的牢骚和意见。老工人代表们提出，必须给机车厂留下一条根，最好是拿出一块地改造成工业文化主题公园，好让大家留个念想。

何向华只得硬着头皮答应了下来。

可是，事情并不像何向华想象的那么简单。对于老工人们的诉求，他多次到市上相关部门协调，但均没有结果。后来，政府的答复十分干脆又有原则：这块地置换手续已经办理完结，置换比例是三比一；现在老厂区土地所有权和使用权全部归政府，至于如何开发利用，不是滨车公司操心的事儿，政府自有安排。

又逢张晓培的生日。小杨帆闹着要住爷爷家，杨浪把孩子送了过去。

回到家，张晓培还没有回来。连续两周了，她几乎天天都是深夜十二点左右回家，一身酒气。前几天，醉酒的她嘴里叨叨，最近与吴志宏这个混蛋较上了劲。现在正是胶着期，不蒸馒头争口气，必须要拿下老厂区开发权。

杨浪仍准备了一个生日蛋糕，坐在沙发上研究一份图纸，等她归来。

大约接近深夜一点，张晓培脚下像踩了棉花一样归来。一进家门，她就踉跄着冲进卫生间，抱着马桶干呕起来。杨浪急忙上前，轻轻地给她捶背。

没想到张晓培猛地起身，一把将他推了个趔趄，怒吼：
"你少管我，滚蛋！"随后，她像一个无骨人一般软在那里，嘴里不住地呕吐。

内心的憎恶和愤恨只能闷在心里，杨浪不太情愿地抱着她帮助收拾。但不一会儿，张晓培又冲进卫生间呕吐，反复了好几回。终于，脸色蜡黄的她安生下来。杨浪如往常一样，冲了一杯温温的蜂蜜水，照料张晓培迷迷糊糊喝下，才算安顿完毕。

呕吐之物污秽刺鼻，抑住鼻息，杨浪挑起张晓培脱下的衣物欲冲洗。无意间，就在她的兜内发现了一张滨江人民医院的诊断书和几张化验单。诊断书显示，张晓培的肝部发生了严重病变。

望着熟睡的张晓培，杨浪心绪难宁，一夜无眠。

第二天一大早，张晓培还在沉睡。杨浪带着结婚证和化验单，忐忑地来到滨江市人民医院肝病科。

当他把自己的身份证与结婚证递给医生后，医生打开显影器，指着CT图像的一块阴影部位告诉他："你看，阴影范围已经足够大，根据我们对她检查的其他指标来看……"

"那到底是良性，还是恶性？"

"现在还没法判断，需要我们做切片进行病理分析。怎么，你爱人没跟你一块儿来吗？"

"她……工作很忙……"

"什么时候了，再忙也得看病呀！如果是……你还是赶紧让她来检查，如果耽误了可就麻烦了……"

一听这话，杨浪哪里敢马虎，谢过医生就急忙奔家而去。

到了家中，卧室已收拾停当，张晓培上班去了。他立马电话联系张晓培，但却怎么也无法接通。再联系老黑，也是不在服务区。

情急之下，他匆匆给车间打了个招呼，就直奔张晓培公司而去。到了培正房地产公司，办公室文员告诉他，张总去了一个叫世纪家园的工地，具体在什么位置她也不知道。

杨浪气极了，左左右右又打了一圈电话，最终还是没有联系上张晓培。

心神不宁地折腾到晚上七点，老黑才终于回了电话。老黑如实相告，现在张晓培和自己正在南湖阅江楼大酒店308包间，今晚的宴请十分重要，主题是感谢几位老板朋友。

杨浪顾不上听那么多，只记住了阅江楼308包间，于是匆匆打了一辆出租车，直奔阅江楼。

阅江楼在滨江绝对算是一流酒店。杨浪未曾在这里吃过饭，但在风景优美的南湖散步的次数不少。

进了金碧辉煌的阅江楼酒店，两排模特身材身着紧身旗袍的美女服务员齐声问好。杨浪顾不得这么多，在一名服务员的引领下，风风火火径直向包间而去。

豪华宴席上，张晓培与老黑正在宴请几个融资方老板。

张晓培端起满满一大杯白酒，分外动情地说："培正集团能有今天，全靠几位老哥鼎力相助，妹子我办事儿你们也都清楚，咱什么也不说了，感情全在酒里。"

张晓培扬脖正要喝酒，"咣当"一声脆响，包间门被踹开。众人惊诧，向门口看去，只见杨浪穿着机车厂工作服面带愠色站在门口。

这完全出乎张晓培的意料，她吃惊地有些说不出话："你……"

老黑急忙起身，快步走到杨浪身边，压着嗓子使着眼色埋怨："兄弟，来就来吧，怎么了你这是，不会敲门啊！"

杨浪径直推开老黑，快步冲到张晓培身前，一把抢过她手里那个硕大的白酒杯，狠狠地摔在地上，酒杯碎裂，酒水四溅。

张晓培脸上一下子挂不住，愠怒地吼道："杨浪，你疯啦？！"

在座的客人被突如其来的一幕搞蒙了，都表情惊诧地看着二人。

杨浪鼓睁带着一些血丝的眼睛，厉声回道："你才疯了！你不要命啦！啊！"

张晓培见杨浪如此无理，扯起嗓子大吼："你说什么呢？出去！"

这时老黑又上前劝阻杨浪："哎，哎，兄弟，你这是干什么？早知道你是来闹事儿我就不告诉你地儿了？有事儿好好说行不？"

杨浪瞪了他一眼，从兜里掏出那张诊断书甩开在张晓培眼前，质问："这是什么？"

张晓培一下子脸色大变，紧张地说不出话来。

杨浪厌恶地扫视了众人一圈，气愤地说："各位，我不知道你们跟她是什么关系，客户也好，朋友也好。我告诉你们，张晓培是我老婆，她的肝上有肿瘤，有肿瘤，你们知道吗？啊！"

众人皆吃惊不已，将不相信的目光投向了张晓培。

张晓培欲盖弥彰地吼道："杨浪，你少胡扯，你给我出去！"

这时，杨浪却并不与她吵闹，平心静气又语气坚定地说："张晓培，你可以不认我，可我闺女还叫你妈妈！"

说罢，杨浪不容分说一把扛起了张晓培，快步就向包间外走去。

张晓培在杨浪肩头拼命挣扎，吼叫："放下，放下我，我就是死也不用你管，我就是全身长满癌也不稀罕你管我！放下我，放下，我没你这个老公，没你这个男人……"

杨浪任由张晓培在肩头撕咬叫骂，不管不顾地大步流星而去。

众人像一群被点了穴位的草鸡一般，全都愕然呆立。

第三十一章

当夜,张晓培与杨浪回到家中,又是好一阵厮打哭闹。

应该说,这是他俩结婚以来,打闹最为彻底的一次。双方仿佛要把积结多年的怨恨和不满全部倾倒出来,也竭力将对方的不是和短板全部抖落见底。

狠话说累了,就相互低声控诉,缓过一点劲儿,又针尖对麦芒地彼此讥讽。特别是张晓培,情绪几乎要失控,气话恼话狠话软语轮番上场,一会儿哭一会儿笑。她哭着哭着便冷笑不止,笑着笑着就又泪流满面。

见张晓培如此疯癫无常,杨浪心中又恼又气。他的中心意思是强调看病的重要性,劝她早日去医院治病;而张晓培似乎并不关心这些,只想任性地哭闹和发泄。

见张晓培不可理喻,杨浪干脆默坐缄口。

但张晓培仍然没有消停,无力地用脚边踹杨浪边唠叨不停。

见杨浪不理睬自己,张晓培忽然站起身来,带着骄狂和戾气说:"告诉你,根本用不着你可怜我。我不怕死,死我也风光,我奋斗过了,拼搏过了,我有三十亿资产……"

杨浪冷笑着说:"钱确实不少,可你没命了,杨帆没有妈妈了!"

张晓培阴阳怪气道："那不正好吗？你可以给她找后妈，彭薇不早就等着急了吗？现成的后妈。杨浪，你少给我装蒜，我早就知道你盼着这一天，你是盼着这一天呢！我也成全你，我死了，我的公司，我的钱全给你，你俩……"

"够了，你真是混蛋！""啪"的一声，杨浪抬手给了张晓培一记耳光。

杨浪转身欲走，张晓培却顾不上疼痛，一下子猛扑过来，抱住杨浪的双腿痛哭流涕："杨浪，你会后悔的，你知道吗？只有我才最爱你呀！为什么，为什么你不爱我，从小就不爱我，现在我都快死了，你还是不爱我，为什么……"

杨浪冷冷地回道："你根本不理解我的爱，如果我真的不爱你，就不会跟你结婚，更不会跟你有孩子，不会跟你在一起生活这么多年，不会今天去搅你的局……"

深藏的委屈被道出，杨浪内心痛快不少。但不知为何，忽然感觉到自己泪水也流了出来。这是他第一次在张晓培面前流泪，自从认识以来。

见杨浪居然流泪了，张晓培的心似乎也变软了。她声音沙哑动情，失神无力地说："可我为什么感受不到你的爱？你为什么不听我的话？我说什么你都不听，你从来没把我当回事儿。我是你老婆，你老婆很能干，可你从来没夸过我一句，从来没有……"

已是深夜三点，他们再也闹不动了，但似乎又谁也没有说服谁。

二人乏困至极，胡乱蜷卧在沙发上，昏昏睡去。

第二天清晨，温暖的阳光照在客厅沙发上，暖暖地将杨浪撩醒。

倦怠地坐起来，杨浪意外地发现沙发上有一张纸条。

纸条是张晓培留下的，上面这样写道：

对不起，也许是我真的不懂爱，我的爱太自私。杨浪，真的对不起，也许从一开始我就错了，我以为只要我精诚所至一定会让你金石为开，昨晚我意识到，我的这种精诚可能不是真诚，而是自私。这么多年，给你带来这么多困扰，真的对不起。我们离婚吧，告诉孩子，她的妈妈不配当她的妈妈，不称职。好好照顾孩子，我永远爱她。今天，我的律师会去找你，你不用可怜我，也不用找我，我还留恋这个世界，你放心，我不会做傻事。再次说一声，对不起，杨浪。祝福你，祝福我们的女儿……

读到这里，杨浪抓起那张纸冲进张晓培卧室，房间内早已空无一人。他打开衣柜，里面原先琳琅满目的衣物只剩下零星的几件。

从楼梯上冲下来，杨浪快步跑到茶几前给张晓培打电话。但电话语音告诉他：张晓培的两部手机全部关机。

杨浪急忙给老黑打电话。老黑告诉他，自己刚到他家门口。

杨浪一把扔下手机，冲到门口开门，老黑戴着墨镜进来。原来，老黑刚从机场回来，是他为张晓培送的行。

老黑告诉他，凌晨四点多张晓培给自己打电话，让他来接她。张晓培的目的地是香港，公司正好在那边有业务，那边治疗条件也比国内好。她还嘱咐老黑，等自己的航班起飞一小时后，再把消息告知杨浪。

听着老黑的介绍，杨浪后悔昨晚那样对待张晓培，更后悔不该睡得这样死，连张晓培出走都毫无察觉。他追悔莫及，说："唉，都怪我，都怪我，我要是听她的……"

老黑却淡然地说："你也不用过多自责。说句实话，你要是什么都听她的，你们俩可能散伙更快，你也不是你杨浪了。"

"什么意思？"

"意思就是，你要没有你这样的个性，张晓培也不会爱上你，不会跟你较那个劲。"

杨浪皱着眉头坐下，抓起烟盒抽出一支，老黑用打火机给他点燃。

老黑继续说:"现在我也有点蒙,你真的就一点不了解她?"

杨浪使劲儿嘬了口烟,说:"我……其实我和她……已经妥协很多了,我不知道为什么……"

老黑无奈地笑笑,说:"唉,女人。说白了,你俩的核心问题还是在彭薇身上。可能你以为你和彭薇没什么事儿,可她不那么想,女人就那么一点心思,甭管她的生意做多大,她迈不过去那道坎。"

"她和你说什么了?"杨浪问。

老黑缓了一口气,说:"也就是你,杨浪,真的,我服你,我特别服你。你想想,自己老婆是几十亿身家的大老板,你却非要在厂里当工人,搁一般人谁能想明白?"

杨浪抬头望着老黑,问:"我不是因为彭薇才不想离开机车厂,你也不信我?"

老黑苦笑,拍了拍杨浪的肩膀说:"兄弟,不是我不信你,是她不信你。这感情的事儿没法儿说谁对谁错,咱俩从小是光屁股长大的弟兄,跟她张晓培我们也算是生意合伙人,这么多年摸爬滚打,她也是真不容易。我不向着你说话,也不向着她,你太倔,她较劲儿,这日子肯定好不了。"

"不说这些了,她真的去香港看病?"

"谁也怕死。临走前她跟我说了,是她错了,她也跟你留言了,你看了吧?"

"那她什么意思?再也不……毕竟还有孩子。"

"肯定是一时半会儿不会回来了。你也别怨她,她也挺可怜的。"

杨浪眼眶含了泪,说道:"这也怨我,其实我也挺自私,我……"

老黑轻轻地按了按杨浪的肩膀,说:"兄弟,你别说了,这种事儿没个对错……"

"那我和孩子,往后该怎么办呢?"杨浪眼神茫然空洞,自言自语。

老黑利落地说:"事儿都到这一步了,你也别磨叽,律师让你签离婚协议,你就签。"

杨浪抬起头，吃惊地望着老黑，怒问道："你……你这不是叫我落井下石吗？我咋能这样做？"

老黑说："她知道你最要面子，孩子那边她也不多给，每个月五千，到孩子十八岁为止，所以你也别胡思乱想。至于房子，她说留给孩子……"

"行了，你别说了，我知道该怎么做。"杨浪心中烦乱至极，打断了老黑的话。

送走了老黑，杨浪心烦意乱、无精打采地不知该干啥。

自己与张晓培走到今天，他完全始料未及。回想十年前，张晓培还是小姑娘，她大胆地追到火车上给狼狈的自己送钱送物；后来又两次孤身前往北京，对自己死缠烂打穷追不舍；再后来，又因她而锒铛入狱……一晃十年过去，往事如昨，历历在目。离婚真是一场磨人的营生，这几年下来，他焦头烂额，身心俱累。说实话，在内心他也曾邪恶地想过，盼着张晓培能出点什么意外，或者突然有一天从自己的生活中永远消失。但这个恶毒的念头毕竟都是一闪而过的幻境。现在事情突然成了这样，他才觉得生活并不是他所幻想的那般简单。

从今天起事情将变得不同。离婚是张晓培主动提出来的，还是彻底的净身出户，这曾是自己多么渴望的一件事情。虽然，现在如愿了，他却丝毫感受不到轻松和愉悦，心头被自责、负累严实地笼罩，让他欲逃无门，欲哭无泪。

客厅很大，冷清而空荡。

张晓培的字迹清秀熟悉，仿佛沙发、茶几和地板上还残留着他们昨天晚上的吵闹和怨恨。杨浪伸手轻轻抚摸着沙发，轻轻地抚摸着茶几，仿佛要把一些十分重要的东西攥到自己手里，装进自己心里。

突然，他的手机响了。

电话是张晓培聘请的那位律师打来的，邀约他到一家茶馆谈签离婚协议的事儿。

杨浪一听是这事儿，心中冒起无名之火，不客气地大吼："我不去，我也不签，你转告张晓培，想离婚，就回来，光明正大地去民政局办，这偷偷摸摸的找你们代办算什么？"

电话那头，那位律师被吼得莫名其妙，连忙尴尬地解释："不是，杨先生，我们代理一样有法律效力。"

杨浪恼怒地反问："什么法律效力？我闺女想见她妈，你能代理得了吗？"

律师显然没有挨训的思想准备，不高兴地嘀咕道："这……杨先生，你和张总不是已经达成……"

"达成什么？她偷偷跑香港去了，扔下闺女不管，想让我达成什么？我就是同意离婚也得她回来，把事儿说清楚。行了，我也不跟你废话了。"说完，没等对方回应，杨浪就粗暴地挂断了电话。

张晓培离家出走，是一个大事。

晚上，杨浪把事情告诉给了杨建国和罗娟，只是他没有说她是去治病，而说是去香港拓展业务一段时间。小杨帆自然就安顿在了爷爷家里。背着孩子，罗娟劝杨浪长痛不如短痛，抓紧时间离了；杨建国也鼓励他赶紧办了，趁岁数还不大，再找一个也不难。

杨浪默不作声，胡乱地点头应付了过去。

彭薇这两天挺心烦，原因是前几天过了个30岁的生日。

事业上发展不错，现在她不但是设计研发中心主任，还担任着滨车公司最新改进型动车组的方案设计人。应该说，从清华毕业的她目前在集团公司里也是数得上的设计精英。然而，人生是多面、立体的，除了工作，还有生活。具体到她来讲，婚姻越来越成为一个老大难问题。如果说前几年她还抱有不怎么着急的心态，那么前几天发生的事儿对她刺激不小。

马上要过30岁生日，李云鹃和梅丽张罗着要给她过，没想到却遭受到母亲王三妹的一顿数落。王三妹十分不客气，给她历数了身边的杨浪、宋飞、周晖、李云鹃甚至还有罗娟和梅丽，提醒她这样下去只会一天天把年龄晃大，孤老终生、晚景凄凉。

此前，彭薇自我感觉挺好。事业顺，经济又独立，小日子有滋有味。经王三妹这么一比较，内心有了偌大的彷徨感和孤独感。尤其是王三妹告诉她，自己曾偷偷拿着她的照片去了好几次滨江公园"相亲角"，人家一看学历和年龄就绕着走；有几个中年男人倒是十分热心，但一聊天才知道他们不是死了老婆就是离婚好几次，要学历没学历，要长相没长相。

虽然母亲的做法让她感到难过，但也许她说的就是事实。不识庐山真面目，只缘身在此山中。是啊，自己已是30岁的人了。人家李云鹃、罗娟的孩子都好几岁了，自己还这么没着没落地飘着。这个生日一过，又要老上一岁。

生日最终没有过。但岁月没有饶了谁，她还是30岁了。

一生气，彭薇索性来了个来者不拒。按照王三妹的安排，接下来的几天里，她接连见了好几个相亲对象。自然，没有碰到一个彼此对眼或舒服的。

见彭薇心情不好，李云鹃要请她吃大餐。

彭薇没有胃口。李云鹃关心地问："最近不是又见了不少帅哥吗？怎么，一个都没看上？"

彭薇苦笑着说："是人家没看上我。"

李云鹃不相信地说："不会吧！你长得漂亮，又是高级白领，怎么会这样？"

彭薇悠悠地说："人家肯定会想，这么好的条件还没嫁出去，肯定是哪儿有毛病呗！"

李云鹃扑哧笑了，故意问："那你老实交代交代，是不是哪有毛病？"

彭薇自嘲说："肯定是脑子有毛病呗，这还用说？！"

李云鹃重重地叹了一口气，问："哎，如果现在有一颗后悔药能吃，你想重来哪一阶段？"

彭薇看着她，认真地说："我不知道，我真不知道自己为什么就走到今天这一步了。"

李云鹃不依不饶追问："那你人生的哪一阶段最快乐？"

彭薇想了想，随口道："高中。"

李云鹃吊诡地一笑，说："明白了，还是与他在一起的那三年。"

彭薇也不回避，说："也许是吧！"

告别了李云鹃，两人各自打车回家。到了滨机厂门口，彭薇想下车走两步，却在"眼镜烤肉"摊前意外发现了杨浪。他正一个人在喝闷酒。原来，家中冷冷清清得难受，他就一个人来这里透透气。

彭薇的突然出现，完全出乎杨浪意料之外。

"不烦我吧？你要是怕人说闲话，我就走。"彭薇默默在杨浪旁边坐下，小声地说。

杨浪淡然地笑笑，却向烧烤摊老板大声喊道："老板，再拿两瓶啤酒。"

老板热情地送来啤酒，麻利地打开。彭薇也没客气，接过瓶子自顾自倒了一杯，一口就干了，问："一个人喝？二毛他们呢？"

"就想一个人喝。"杨浪烦躁地说。

"看来我还是别打扰你了。你少喝点，早点回家。"彭薇故意起身欲走。

杨浪一把拉住了她，说："你坐吧，咱们说说话。"

彭薇重又坐下，理了理额前的刘海儿，说："你说吧，我当听众。"

"如果现在有一个神仙告诉你，可以把你送回过去，你想回到哪一阶段？"

"你俩是怎么了，串通好了吗？刚才李云鹃也这么问我，她说如果现在有一颗后悔药能吃，我想重来哪一阶段？"

"你是怎么回答她的？"

"我说……如果你吃这颗后悔药,你想回到什么时候?"

"你反问她?"

"不是,我现在反问你。"

"我想……我想回到高中时候。"

"为什么?"

"那时候……"

这时,一个抱着吉他的年轻女孩走过来,央求杨浪点首歌。杨浪接过歌单看了一眼,掏出50块钱递给女孩,问:"不用你唱,借你的吉他用一下,行吗?"姑娘有些意外,犹豫了一下,将吉他递了过来。

杨浪接过吉他,熟练地调了几下音,对彭薇说:"唱首歌给你听吧。"

彭薇眉眼露出了笑,有些动情地说:"好,好久没听你唱歌了。"

杨浪唱的是台湾著名歌手赵传的《留住遥远的你》。流畅平实的旋律,高亢沙哑的嗓音,酷似原版一般流淌而出:

温柔的梦总是不会长久
寂寞背影早已习惯陪我
没有痛苦的悲愁
只有所谓的自由
我不曾强求什么
孤独的夜总是常常会有
其实我也早已习惯沉默
没有伤心的过去
只会偶尔的难过
我还有自己的天空
……

歌声悠扬,分外动情。彭薇眼眶湿润了,与杨浪含泪同歌。

第三十二章

张晓培一边在香港治病，一边跟进老厂区那块地的事儿。

由于多家房地产公司均看中了这块肥肉，特别是张晓培的培正房地产公司和吴志宏的茂田房地产公司互相竞争，连省上的关系都动用了。左不得右不得，滨江市政府决定以公开竞价拍卖的形式来解决这个问题。

受张晓培委托，老黑参加了拍卖会。地块起拍价三个亿，三轮竞拍下来，其他公司都淘汰出局，仅剩下培正和茂田两家房地产公司。

茂田公司由吴志宏亲自出马，经两轮加价，他出到了五个亿。他仔细算过，如果开发得好，将来卖上七八个亿应该不成问题。

可是，令他没想到的是培正公司直接出价十个亿。这个天价，是张晓培通过电话指示老黑办的。吴志宏瞬间觉得张晓培肯定疯了。因为这个项目说到天上去，也绝对不值十个亿，也就是说，无论谁十个亿入手，都得妥妥地赔上两三个亿。

老黑和股东霍刚也觉得张晓培疯了。但张晓培一意孤行，说如果真赔了，算她一个人的，绝不连累大伙。话说到这分上，二人自然无话可讲。

张晓培在电话中指示，她在香港期间，该项目由老黑全权负责，其他人务必密切配合，按既定方案尽快完成拆迁工作。

拍卖会一周后，《滨江晚报》刊发了一则"我市河东区原滨江机车厂地块拍出十亿天价"的重大新闻。消息指出，这片地全部拆迁后，将兴建一座现代化大型商业以及民居综合体。消息还透露，有关部门正在研究关于墓园迁坟的补偿方案，政策出台后将限时拆迁和完成迁坟工作。

杜立德通过报纸得知这个消息，肺都快气炸了。他质问何向华为什么言而无信，为什么没有保留一部分厂区改造成工业文化主题公园。

何向华一脸委屈，如实相告，这个建议自己早给市里提过，还写了好几份专题报告，但政府不采纳他也没办法。

杜立德一听火更大了，指着鼻子臭骂何向华欺师灭祖、官僚作风。

何向华好言相劝，解释说这片土地早就不归公司，当初为了新厂区发展，已用这七八十亩地置换了新厂区的二百四十亩地。

杜立德压根就听不进去，大声斥骂："你放屁！要发展？没有根儿了，根儿都让你们卖了还发展个屁？何向华你别忘了，你爹，你爷爷，你太爷爷，可都是咱厂……"

杜红觉得父亲简直是无理取闹，好声劝慰："爸，您跟他发火干什么？这是向华能决定得了的事儿？是集团公司批的，他能有什么办法？"

杜立德根本不听解释，高声斥责："你们少跟我扯集团公司。当时你们同意置换的时候，就应该白纸黑字写清楚，要不就不换。你何向华在老职工代表会上是怎么说的？你说，老厂不会全拆，只是改造，文化改造。你红口白牙说的，都忘了？啊！"

何向华辩解说，当时自己确实是说过这话，但只是表态会想方设法争取，并没说一定能够办到。杜立德一听这话更生气了，训诫他："你当官不为民做主，不如回家卖红薯。你这是把全厂职工当猴耍。我告诉你，谁要敢动老厂子一块砖，我就跟谁拼命；谁想把老厂区全给拆了，就先把我这把老骨头给埋到里头。"

见老爷子完全不讲道理，何向华夫妇十分头大，连忙打电话叫宋卫国来给老爷子做思想工作。宋卫国闻讯前来，杜立德也没给他面子，又一顿臭骂把他骂了回去。

骂完宋卫国，杜立德就给一众退休老头老太太打电话。他们其中有不少人已得知关于拆迁的消息，正在家里生闷气呢。干柴遇到烈火，众人的火气一点就着，于是呼呼啦啦就聚起了五十多人。杜立德头脑十分清醒，他安排十人立即去老厂区看厂护厂，防止拆迁队突袭行动；另外，自己率领四十多人，拉起横幅一路高喊，到厂部门口示威请愿。

"坚决反对拆老厂！""坚决反对拆墓园！""誓死保卫老厂，退休老职工与老厂共存亡！""厂长出来，给我们一个说法儿！"……横幅惹眼醒目，一波接一波的呐喊和声讨，引来越来越多的路人围观。

隔着办公室窗户，何向华眺望着黑压压的请愿人群，眉头深锁。王舜田在一旁也束手无策。

正当二人焦头烂额之际，却发现请愿人群瞬间莫名散去。

王舜田急忙向大门值班室询问，门卫报告说好像听说开发商的拆迁队已到老厂区，与那里的人打起来了。王舜田致电老厂区值班室，一名保安说护厂巡厂的老工人正与拆迁队对峙着，暂时没打起来，但也说不准。

何向华一听，哪里敢马虎，带上王舜田火速前往老厂区。

杜立德一众果然已到老厂区。

现场负责拆迁的正是培正房地产开发公司股东之一霍刚，他身后一溜停放着十多台推土机、挖掘机。拆迁队长正青筋暴突地与杜立德等人吵得正凶。

杜立德视死如归地杵在老厂区大门口，警告拆迁队长："我们不管你什么公司的，也不管你是哪路神仙，没有厂里的命令，谁也别想进。"

拆迁队长态度强硬地说："老师傅，现在这厂早已经不是你们的地盘了，我们公司花了十个亿买下了，你难道不知道吗？"

杜立德轻蔑地说："我就是滨机厂一个退休老头，你说的那成千上亿，我一分没见过、也没花过。你也不用浪费口舌，反正没有厂里的命令，谁也别想进。"

一帮同来的退休老工人立即齐声高喊："誓死保卫老厂！坚决与老厂共存亡！"

霍刚看一帮老头老太太动了真格的，不敢贸然行动，赶忙给公司临时负责人老黑打电话。

老黑一听，头也大了。他想打电话请示张晓培，但知道她这会儿正在香港玛丽医院手术台上生死未卜，这时自然没法接电话。霍刚青筋暴突，叫嚣着要报警处置，但老黑没有同意，理由是自己与张晓培都是从厂里出来的，一报警再把老人们抓了，折腾倒几个，往后他和家人还怎么在厂里待下去。

霍刚一听就急了，质问那总不能让白花花的银子打水漂吧。老黑告诉他，一定要沉住气，施工队先不要动手，也不要撤离。其他事情，由他协调解决。

见何向华驱车到来，霍刚像抓到救命稻草一般，拿出政府批准的施工许可证上前交涉。何向华听完情况介绍，郑重地告诉他必须保持克制，绝对不能冲动。

何向华走到杜立德跟前，和颜悦色地劝道："爸，你有意见跟厂里反映，人家是有合法手续的，你们这么干可是违法的。"

杜立德眼一瞪，强硬地说："违法就违法了，为了保住老厂，我们这些老骨头就是掉脑袋都不怕。大伙儿说对不对？"

环绕他身边的退休工人们又齐声附和："对！誓死保卫老厂！与老厂共存亡！"

杜立德轻蔑地看了何向华一眼，说："听见了吧？这就是我们退休工人的呼声。这厂里有我们老哥们儿的坟，我们死在这儿更好，老哥们儿都看见我们是怎么死的……"

何向华压低声音宽慰："爸，您胡说什么呢？没你们想的那么严重，什么事儿咱都能商量着解决。"

杜立德鄙夷地哼了一声，斥骂："解决个屁！你们把老厂都卖了，怎么解决？你们还人家那十个亿呀！"

何向华一时语塞。

"老厂区要拆迁了，杜立德带着退休工人拼命护厂，厂长何向华和老丈人干起来了。"消息像长了翅膀，很快在各车间传开。

宋卫国一听，坐不住了，想拉着杨建国一起去劝架。杨建国却不情愿，说现在去一点意义都没有，因为一个是师爷，一个是厂长，一个是岳父，一个是姑爷，如果他们俩真干起来，咱们应该向着谁？宋卫国想想也对，便不再提说劝架之事。其实，杨建国还有一句私心的话没吐出口，那就是他真心希望这件事情闹大些，这样墓园可能就不用再迁坟，亡妻薛丽萍也能免受折腾。

同样的消息，杨浪和宋飞听到后，没有丝毫犹豫，叫了一辆出租车就直奔老厂区。

车上，杨浪给老黑打电话，问他到底怎么回事。老黑如实告知，说实施拆迁是培正房地产开发公司董事会的决议，并得到市政府相关部门的许可授权，他只是奉命行事。杨浪让他马上停止拆迁，否则就要出大事。但老黑却说，这件事上，他只执行公司老总张晓培的指示，因为事关十个亿，不是哥们儿不哥们儿的事儿，自己只是奉命行事，不敢擅作主张。

无奈之下，杨浪拨打张晓培电话打不通，她两部手机还是全部关机。

杨浪又再给老黑打电话。电话中，两人一番激烈争吵，最终各让一步：拆迁队人员可以暂时撤离，但所有工程机械仍原地待命。

整个过程，宋飞在一旁听得分外真切，连连给杨浪竖大拇指。

出租车到了闹事现场，杨浪一眼就认出了霍刚。那天，扛走张晓培的酒局上，这个黑黑胖胖的霍刚还劝过自己。杨浪上前与霍刚交涉。霍刚是个老江湖，其实已接到老黑要求撤离的指令，但见来人是张晓培的老公，又讨价还价了一番，才同意撤人，但设备仍留原地。双方意见达成，施工队才慢慢腾腾收拾东西撤离。

与霍刚交涉完毕，杨浪和宋飞快步来到何向华身边，三言两语低声汇报了情况。何向华感激地看着二人，并重重地拍了拍杨浪和宋飞的肩膀，说："好样的！你们快去劝劝老爷子。"

杨浪急步走到杜立德老师傅面前，恭恭敬敬地说："师太爷，您看他们走了，你们就别闹了，都回去吧！啊！"

杜立德正埋头和老伙计们商量对策，并没有注意到两位年轻人的到来。见是杨浪和宋飞，有些意外地问："你俩小子跑过来干吗？不上班啊？！"

宋飞顺势劝说："师太爷，这老厂与我们也休戚与共，是不是，我们也关心着呢！这不，既然他们撤了，咱们也就撤吧！"

杜立德一听这话，脸露愠色："你俩小子也没安好心，我们一撤，他们再来，咔嚓咔嚓几下，老厂这百年基业就算完啦，毁啦！"

杨浪也劝道："师太爷，没您想的那么严重，这不还有人值班嘛，你们也不能总在这儿耗着呀！"

杜立德倔强地说："我们哪儿都不去，就在这儿耗上了，除非市里边拿修改方案的文件来。"

何向华一听就急了，在一旁解释："爸，这块地已经拍卖了，你们……"

杜立德转过身，指着何向华毫不留情地骂："你少跟我说话，你们这些败家子儿，老厂要是拆了，你们是要遭报应的，天打雷劈！"

何向华被骂得脸红一阵白一阵，发作不是，不发作也不是。

宋飞轻轻扯了扯王舜田的衣角，悄声说让他们先撤，这里的事儿交给他俩处理。

王舜田与何向华耳语了几句。何向华将宋飞和杨浪叫到一旁，交代一番匆匆离去。

何向华走了，拆迁队人员也撤了。但杜立德和一众退休工人，并没有撤离的意思。

见此情形，宋飞附在杜立德的耳边说："师太爷，您别激动。实话给您说，买下咱老厂这块地儿的开发商老板就是杨浪他媳妇儿，有这层关系，咱什么话都好说，没必要非得在这儿守着。"

杜立德一听这话，十分惊诧，瞪着眼睛问杨浪："真的是你媳妇儿？"

杨浪肯定地点点头："嗯，是的。"

杜立德好像忽然回过什么味来，揶揄地问杨浪："你俩不是一直闹离婚吗？你媳妇儿挺恨你的吧？"

杨浪有尴尬地说："师太爷，这话是怎么说？"

杜立德却一噘嘴，说："别以为我不知道，杨帆天天上家腻歪我，什么都跟我说了。杨浪，这事儿坏就坏在你小子身上了。"

宋飞忙赔笑替杨浪开脱："师太爷，这话过了啊，这跟人家杨浪有什么关系，扯得没边了。"

杜立德却眼一瞪，正色说："怎么没关系，挺好的媳妇儿不好好过日子，成天地闹意见，人家帆帆她妈能不恨他吗？这爱屋及乌，恨屋也及乌，人家大老板因为恨他，把咱厂都恨上了，这不，报复他，把咱老厂都连根拔，你说怪不怪他……"

一番话，说得杨浪与宋飞哭笑不得。

但所幸的是，经过好说歹说，杜立德勉强同意有条件地撤退。

杜立德的撤退有条件、有计划、有战术，具体是：从今天起，由五十多名退休老同志轮流值班看厂护厂，全天二十四小时值班，每班四人，两小时一换班。有紧急情况，其他人员都要随叫随到。而他自己，要把被褥铺盖搬进废旧车间里，陪值班人员一起守着。同时，他告诉老伙计们，每个人值班时都要提高警惕，如果谁被突破了，把老厂给拆了，谁就是退休老工人们的千古罪人。

一众退休老工人全部举手同意。杨浪与宋飞自然也不能再有什么意见。

杜立德说干就干，回到家里当天，就命令杨建国和宋卫国把折叠床和被褥搬进了旧车间里。他与值班人员一起，开始看厂护厂。

杨建国和宋卫国开始不愿意，但没经住老师爷三句吼；何向华也表示反对，但也没经住老岳父的一通臭骂。好的是，现在已进五月，天气转暖，便遂了他的心愿。

担心老爷子身体，在何向华的安排下，宋卫国和杨建国轮流值起班来，每天给杜立德送水送饭。

这一坚持就是十五天。

和杨建国、宋卫国一样，每天都有值班老人的家属到老厂区送水送饭。一来二去，背后辱骂张晓培和杨建国一家的人就越来越多起来。有人是背后的，有的就骂到了当面。有好几次，都让杨建国和杨浪下不来台。

何向华也没闲着，积极向政府相关部门反映情况，再次重申了建一座工业遗址文化公园的民愿和诉求。相关部门表示，他们会积极争取开发商的支持，但无法做出承诺。

杨浪再拨打张晓培的两部电话，还是关机。他便不断向老黑施压，老黑把这些情况都一一告诉了张晓培。

手术后的张晓培身体虚弱，声音沙哑。经过十多天的认真考虑，她告诉老黑，自己和老黑从小在厂里长大，对老厂区也有感情，她同意修改设计方案，愿意留出足够的空间建一座工业遗址文化公园，并授权老黑办理相关手续。同时，她给老黑提出一个要求，必须想办法让杨浪同意与自己离婚。

此言一出，老黑既感动又感慨。感动的是，张晓培虽然是一个女人，却能如此大气、仗义；感慨的是，这次十几分钟的通话，培正公司又要再赔一到两个亿，这可不是小数目。

当晚，老黑邀请杨浪、宋飞、二毛和蓝大个吃饭，当众宣布了张晓培同意修改设计方案的事儿。

众人都分外吃惊。

宋飞不相信自己的耳朵，问："她真的就这样同意了？"

老黑回道："张晓培说，没有机车厂就没她的今天，她爸爸妈妈、她爷爷奶奶虽然都不在了，但都曾是机车厂的人。现在，她老公、闺女、公公、小叔子、小姑子也都是机车厂的人，哪怕赔再多的钱，也认了。"

二毛一听激动不已，夸奖道："豪横！张晓培真仗义，不愧是女汉子。"

蓝大个对房地产方面没什么概念，不以为然地说："老黑，你和张晓培也别卖什么好，这几年你们也赚海了，出点血不应该吗？"

一听这话，老黑心里很不舒服，提高嗓门对蓝大个说："我就说你们这些人真他妈的没良心，我和张晓培辛辛苦苦打拼了十年才……起码要赔四个亿，你知道四个亿是什么概念？南边的滨江县一年的财政收入也就四个亿，二三十万人的一个大县，一年的财政收入，明白吗？"

蓝大个阴阳怪气讥讽道："钱太多，我数不过来！说吧，那你把我们哥几个叫过来到底是什么意思？感谢张晓培，感谢她家八辈儿祖宗？"

老黑也不与蓝大个再论下去，把目光转投到一言不发的杨浪身上，加重语气说："说一千道一万，都是扯，杨浪，归根到底，张晓培是为了你。"

杨浪抬头看了他一眼，宋飞等人面面相觑。

"她怎么说的？"杨浪盯着老黑的眼睛问。

"她说，咱们小时候最快乐的日子留在了老厂，留下老厂是给咱们留个念想，多少钱也换不来这个念想。"老黑说。

众人陷入沉默，老黑端起酒杯一饮而尽，对杨浪说："这个念想说的是咱们，核心是你杨浪，你明白吗？张晓培是念旧情的人，她不是发达了就咋咋呼呼、六亲不认的那种人。"

杨浪反问："那她为什么不回来处理这些事儿？"

老黑掏出手机，打开音频软件，说："她的话我录音了，你们自己听吧！"

说着，老黑点开了语音文件，瞬时手机里传出张晓培虚弱的声音："我不回去，我怕我回去就放不下了。你转告杨浪，我爱他，一直都爱着他。我知道我的爱太自私了，给他带来很多痛苦。我现在想明白了，我什么都可以放弃，没什么比给自己最爱的人自由更重要的事儿。哪怕是几个亿，我舍得，只要杨浪高兴，只要他快乐，我什么都舍得，何况现在我们还有闺女……唉，这人呢，不到没命的时候清醒不过来。我想明白了，彻底想明白了。人活着，是因为爱在支撑着，没有爱，一切都没有意义……"

听着张晓培低沉又无力的话语，杨浪已泪流满面。宋飞他们也眼圈发红。

这时，老黑收起手机，中断播放录音，扫视众人一圈，说："都听明白了吧？这才是张晓培，咱们一块儿从小玩到大的张晓培，平时坐在豪华大厦里的那个不是张晓培，那是张老板！"

二毛拭了拭湿湿的眼角，感叹："唉，早知如此，何必……"

杨浪泪眼婆娑，说："你给她拨通电话，我想跟她说两句。"

老黑却一脸悲壮地说："她说了，不接你的电话，她怕听到你的声音听到孩子的声音，那她就没心思治病了。杨浪，她就对你一个要求，你一定要答应。"

杨浪忙问："什么要求？"

"在离婚协议书上把字签了。"老黑一字一顿说。

宋飞等人都十分吃惊。

宋飞不解地问："她什么都明白了，还离什么婚呀？两口子好好过日子不就得了？"

蓝大个也急了，对杨浪说："考验你，肯定是在考验你！这种情况，杨浪你能签字吗？如果你签了，就是给她伤口上撒盐！"

出乎众人的意料，泪流满面的杨浪却猛地抹了一把泪，低沉地说："我签，我知道她是什么意思，这个情我领。"

二毛着急地拽了拽老黑的衣角，问："她的病真的是癌？"

老黑含泪点头。

心如刀绞的杨浪忽然抓起桌前的酒杯，一饮而下，抱头失声痛哭。

第三十二章

第三十三章

接下来，事情变得比较简单。

培正公司主动提出了修改设计方案：保留老厂办公楼与三个主要车间，并以此为主体改造成工业遗址文化公园，剩余部分开发为商业住宅。此方案既满足了退休老工人的核心诉求，又没有让政府给予额外补偿。滨江市政府很快同意了这个方案。接到政府转发的修订方案，何向华大感意外，同时心怀感激。他知道，经这么一改，培正地产损失肯定不小，但好的是为厂里留下了文化根脉，亦解了自己的燃眉之急。

何向华是个明白人，猜到这其中杨浪肯定起了关键作用，同时张晓培也深明大义做出了巨大牺牲。这份情，他替全体干部职工记下了。

接到方案时，杜立德还在老厂区坚守。算起来，老人们已经坚持了二十多天，早已精疲力尽。事不宜迟，何向华立即安排杨浪带上修改后的设计方案去报喜，杜立德一众见到白纸黑字的方案喜极而泣。二十多天的辛苦没有白费，他鼓掌欢呼，老泪纵横。同时，大家一个劲地夸杜老爷子师门有后，出了杨浪这样了不起的好后生。

一众老人当即收拾铺盖家什，欢天喜地回了家。不表。

拆迁风波终于过去，何向华长长舒了一口气。

然而，生活是一条奔腾不息的河流，漫过这个坎，又迎来一个弯。

接下来，何向华需要办理三件事。

第一件事是公司改制。前几天，公司接到集团预告通知，滨车公司将被纳入北车股份公司上市。无疑，这是一件好事，因为上市后无论从资金、技改还是人才政策方面，都会得到重点扶持和倾斜；借这次股份上市，正好彻底把公司里的产权关系厘清理顺，公司就能轻装上阵，真正驶入高速发展快车道。然而，随之而来的问题也不容忽视，这个行动将涉及上万名职工、上千个干部的岗位变动，特别是目前公司里下属的三产企业太多，还有一些控股公司、参股单位，将来资产清算、人员整合和关系剥离，工作量极大，麻缠事儿不少。不过总体讲，改制利大于弊，必须这么干。

第二件事，就是国家级技能大师工作室的事情落了罄。公司当时上报的是装配车间宋飞、装涂车间张志东和车体车间杨浪三人。铁道部却只批了前两个，杨浪落选了。本来，这个消息何向华早已知晓，但正式通知下来时，特别是杨浪为公司里做了这么重大的一件事儿，却未能通过评审，他的心里很不好受。当天，给宋飞和张志东的国家级技能大师工作室挂牌后，他就嘱咐王舜田，一定要加强与集团的沟通协作，争取下次一定要通过杨浪的资格评审。

还有一件事，就是按照公司年度计划，何向华赴德国参加法兰克福国际轨道机车展的日子来临，公司第三批赴德国西门子公司学习培训的人员也将同机出发。

参加德国法兰克福国际轨道机车展的人员，何向华是经过精心挑选的，他轻车简从，只带了彭薇、周晖等几个业务骨干。他的目的十分明确，一是带这些青年才俊开拓开拓国际视野，更重要的是向国际客商推介滨车厂生产的新型高速动车组。

这是公司第三批派人赴德国西门子公司学习培训，为期半年时间，杨浪和罗娟等人都在名单之列。出发前，杨浪有些担心张晓培的病情，但老黑告诉他已顺利做完第二次手术，恢复得不错。杨浪想想，自己留下也没有多大实际意义，一狠心便踏上通往机场的大巴。

两组人马，一起从国内出发。到达德国法兰克福机场后，两组人员各行其是。

迎接中方培训技师的德方接机代表是扬克尔，他与杨浪像老朋友一样热情拥抱在了一起。此后半年中，他们在一起探讨了许多专业领域的创新之举，彼此收获都特别大。

时间过起来，有时快得让人没有感觉。转瞬间，半年时间就过去，专心致志投入学习中，杨浪没有察觉时间如手里紧握的沙子快速流失。

张晓培死了。

这是杨浪出国四个月后发生的事情。在香港肝病治疗方面最好的玛丽医院连续做了两次手术，但癌细胞还是无情地在张晓培体内扩散。由于与杨浪已离婚，杨浪又远在德国，她的后事便由培正公司操办。按照张晓培遗愿，除给小帆帆留下一笔丰厚的助学金外，她几十亿的财富分两块处置：一块无偿注入培正公司作为发展基金；另一块以她的名义在玛丽医院建立了肝病研究奖励基金，以鼓励人类肝病诊疗事业发展中的优秀人才。

张晓培的骨灰由老黑从香港接回。遵照张晓培遗嘱，她被低调地安葬在滨江市公墓，身边是先她一步离开的父亲和母亲。

利利索索办完后事，张晓培安息在温暖的土中。老黑这才把张晓培病逝的消息告知杨浪，这也完全是张晓培的意思。

惊闻噩耗，杨浪犹如经受晴天霹雳。冥冥中，他知道张晓培的死终有一天会降临，但他总希望她能一直活下去，无论在香港，还是内地。虽然他们的婚姻在纸上结束了，但过往不容抹杀。毕竟他们相遇过、相爱过、相恨过，还育有了可爱至亲的骨肉——帆帆。

晴天霹雳过后，悲伤与无奈袭来。

悲伤，在杨浪心中一圈一圈荡开。张晓培走得如此超然和决绝，让他始料不及又心生遗憾。这种遗憾里，有悔恨，有自责，有惋惜，也有由衷的致谢。

无奈，在杨浪心中笼罩、弥漫、升腾。张晓培没有对他留下片言只字，就这样化为了一缕青烟。一个风风火火与自己同眠共枕多年的女人，一个曾经改变了自己生活轨迹还想更多改变他的女人，一个敢爱敢恨在滨江商界灿然升腾又黯然陨落的女人，一个曾经死死追求自己后来又决然离开甘愿客死他乡的女人，入土为安了，她永远停止了攫取和哭闹。生活仍将继续，逝者已去，永不回来。现实残酷无奈，只能放下该放下的，背起生活给予的，继续为明天和美好而努力地活。

2008年春，杨浪和罗娟等人学成归来。

回国后的第二天，杨浪去公墓墓园祭奠了张晓培。他是一个人去的，一身黑衣，一束菊花。他告诉张晓培，自己是爱过她的，更不会忘记她。他会把帆帆养育成人，一定努力地干好自己所选择和钟爱的事业，也不枉她当年对自己那么多的付出与企盼。

随后，他又来到老厂区。老厂区外围竖起了施工挡板，挡板内塔吊林立，建筑工人们正在忙碌地工作。杨浪走到老厂区门口，隔着挡板向里边张望，只见老厂区的灰色办公楼被建筑脚手架包围。张晓培啊，你给这里留下了一条根，给这里留下了一个魂，我向你致谢！杨浪心中默念。

踏着黄昏的夕阳，那间报废的大车间静静地伫立在那里。这里承载了太多的回忆，这里见证了太多的成长、快乐与彷徨……

"杨浪！"忽然，有人在喊他的名字。

杨浪扭头，发现竟是彭薇推着踏板摩托车正笑吟吟地向他走来。

杨浪一脸惊诧。命运也许就是这般不可捉摸，这可能就是缘分吧。

第三十三章

他想。

彭薇分外惊喜，显然没有想到会在这里遇上杨浪，兴奋地问："你什么时候回来的？怎么也不提前说一声？"

杨浪也颇感意外，回道："太巧了，我昨天晚上到的，昏睡了大半天，出来透透气儿。"

晚霞满天，分外动人。杨浪与彭薇信步来到江边。他像以前一样，捡起一块薄薄的鹅卵石向江面扔去，溅起一串连绵轻巧的水漂。

风景依旧，岁月无常。杨浪问彭薇："你说，我们的生活，像不像是在做梦一样？"

彭薇回道："是啊，这些年你经历的事太多，虽然我不能真切体会你的感受，不过确实觉得，真的是和做梦一样。"

"我不知道我算不算浪子回头，一个人静下来的时候总想过去的事儿，想想自己得到了什么，失去了什么，为什么会是今天这个局面……"杨浪眼神定定地看着彭薇，像是提问，又像是自语。

"那你想明白了吗？"彭薇轻声问。很轻。

杨浪又长长叹了一口气，说："我不敢说想明白了，因为后边还有很长的路要走。不过有首歌的歌词能代表我此时的心境。"

彭薇浅笑，问："是姜育恒的《再回首》吗？"

杨浪轻轻点点头，微笑着面对江面深情而歌：

曾经在幽幽暗暗反反复复中追问，才知道平平淡淡从从容容才是真。再回首恍然如梦，再回首我心依旧……

听着真切又感伤的歌声，回想曾经的过往，彭薇也不由自主轻声和唱起来。

白云苍狗，白驹过隙。

公司为2008年退休人员组织欢送茶话会。杨建国位列其中，他和一百多名即将退休的人员欢聚一堂。何向华等公司领导出席，发表了语重心长的讲话，还一一为他们颁发了退休证。

接着，退休人员回到各自岗位告别。

回到车体车间原铆钳一班，杨建国坐在休息室看着桌上那套洗得发白的工作服，眼眶含泪。这是自己曾火热战斗过四十多年的岗位啊，从明天起他将与这里告别。宋卫国带着赵老五、马二生等人，在一旁陪着他，并替他将大茶缸、劳保手套等日用品收拾停当，拎在手中。

约莫时间差不多了，宋卫国轻声催道："师兄，外边都在等着呢，咱们出去吧！"

杨建国站起身，赵老五赶忙上前将那套洗得发白的工作服收进手提袋中，拎着。

洪宝力仍是车体车间主任，在他带领下，车间两旁站满了欢送杨建国退休的工人们。杨建国挺直腰板走了过来，洪宝力带头鼓掌，大家掌声十分热烈。

看着一个个熟悉而生动的面孔，杨建国瞬间泪崩。其实，昨晚他已想好今天一定坚强点，不流泪，但还是没能忍住。鬓角已有些灰白的他，抹着眼泪向众人深深鞠躬。

论起来，洪宝力比杨建国还大两岁，但他是干部岗位，还有三年才退休。他的声调也有些哽咽，说："老杨，跟大伙儿说两句吧！"

杨建国含泪点头，缓缓地扫视了一圈众人，抬头又望了望头顶朝夕相伴的天车，真切地说："工友们，你们都知道我是个大老粗，不会说话，今儿个，我只想跟大伙儿掏两句心窝子。"

众人再次热烈鼓掌。

杨建国又深深一躬，动容地说道："我刚进厂当学徒的时候还不到18岁，第一个月领的学徒工资是七块一毛五。这一晃，我在咱们厂工作了四十多年。上个月我最后一次领在职全勤工资是四千八百九十五。为什么我说工资呢？我就是想告诉大家，现在是咱们厂经历的最好时候，我相信，将来也会越来越好。我希望大伙儿踏踏实实、兢兢业业工作。我相信，老辈儿传下来的工匠精神一定会在你们的身上发扬光大！"

说完这番话，在众人经久不息的掌声中，杨建国昂首阔步走出车间。

杨建国退休没多久，中国北车股份有限公司正式在香港上市。作为其子公司，滨车公司的企业改制工作也大幅推进。

筚路蓝缕，玉汝于成。

2004年1月7日，自CRH3A改进型动车组正式通过国家立项之后，经过滨机人四年多的探索与实践，终于守得云开见月明。

2008年4月11日，我国首列CRH3A改进型动车组在滨车厂顺利下线，并被正式命名为国产"和谐号"CRH3型高速动车组。我国由此成为世界上少数几个掌握时速350公里高速铁路装备技术的国家之一。

试车那天，国家铁道部、南北车集团、铁科院、滨江机车厂的代表悉数步入宽敞舒适的车内，彭薇与杨浪、宋飞和周晖全部参加。高速动车组缓缓平稳地由北京南站始发，一路风驰电掣般向天津站驶去。显示屏上的车速在不断地跳动，300，305，310，350……最终，显示屏上的数字定格在394.3公里每小时，由此也创造了动车组的最高时速。

何向华、杨浪、彭薇等人欢呼雀跃，相互拥抱！

为了迎接这一天的到来，他们付出了太多太多，也等待得太久太久。

这是载入中国高铁发展史的辉煌一天，更是滨机人凤凰涅槃迎来高光时刻的一天。

第三十四章

花开花落，云卷云舒。眨眼又过去两个春秋。

此间，杨浪在专业领域更加精进，他的国家级技能大师评审顺利通过，工作室还是何向华亲自揭牌。之所以杨浪能够如此顺利地通过评审，不仅是因为他获得了全国总工会举办的机械行业第五届职业技能大赛铆钳组特等奖，还有两件事让大家印象深刻。

一件事，发生在 2008 年 5 月份。在一次例行设备检修期间，德国厂家派专家对克鲁斯焊接机器人进行定期保养，对焊接大车行程不到位的故障，只是简单地调整了反馈大车位置信号的编码器探头，加大了压紧弹簧的压力。德国专家离开后，设备工作不到一年又再次出现同样的故障，并且固定编码探头的细长轴也被压断了。杨浪检查后发现，其实大车行程的导向轮发生偏移才是故障的真正起因，错误地调紧弹簧使长轴不堪压力而折断。为了加工一条尺寸和精度一模一样的细长轴，他认真分析了细长轴的材质、技术规格，并顺利完成加工。在调整大车导向轮、更换了细长轴后，克鲁斯焊接机器人正常工作一年多，再未出现问题。

第二件事，2009 年 3 月，由于动车组生产使用的天车和焊接变位机等全采用 PLC 可编程序控制器控制，一般的电工技能无法发现和排除故障。空调框焊接工序的变位机，使用后一直有问题，转动角度控制总是不理想。他运用自学的 PLC 知识，接上笔记本电脑现场监控程序运行，认真分析，找到了故障原因。顺利排除故障后，他立即把修改后的程序交给中心的专家们分析，使优化后的 PLC 控制程序推广到所有同类变位机中，有效提高了这些设备的工作效率。同时，为了帮助维修班数控组的维修电工都能掌握一定的 PLC 知识，他还利用旧配件亲手组装了一个 PLC 故障诊断试验台，向工友们演示 PLC 工作原理、程序编制、简单程序故障发现和排除等技能，并指导他们动手实操，使他们都能发现和排除简单的 PLC 故障，提高了大家的维修工作能力和水平。

2010 年春天，彭薇已经 31 岁，她还没遇到理想的伴侣。她将更多精力放在新产品研发上，已担纲"复兴号"动车组电气部分的总设计师。

公司在改制重组中，滨车公司着眼打造党委喉舌、培塑优秀品牌文化和守好宣传主阵地，专门建强和重组了以厂报为主体的对外宣传部，厂报正式更名《滨车城报》。在竞争上岗中，文笔了得还出了一本诗集的李云鹃脱颖而出，被任命为报社总编辑兼对外宣传部副部长。李云鹃扳着指头数了数清华大学的同班同学，发现绝大多数同学都成家立业，彭薇孑然一身是硬核的"绝对少数"。暗暗着急的她，多次提醒调侃彭薇既是白富美式的"天鹅肉"，又是"事业得意、情场失意"的老大难。

彭薇的个人问题，让王三妹和彭明选大伤脑筋。如今，夫妻二人也马上要退休，与他们一拨的同事们，纷纷都抱上孙子孙女，有更早的孩子甚至开始上小学了。这其中杨建国最叫他们不服，像下饺子似的，现在膝下已有三个孙子孙女：杨浪的女儿杨帆前不久上了小学一年级，罗娟的儿子宋添一正在上幼儿园，周晖的洋媳妇前年就生了个混血小子，好像还起了外国名，长得像个瓷娃娃。

王三妹变着花样对彭薇催婚，彭明选为了这事还赌气三个月不与彭薇说一句话。但婚姻这事儿，缘分不到，急也急不出一个快字。夫妻二人的心境也渐渐发生了微妙变化。之前，彭薇上清华大学的荣耀，当上产品研发部主任的风光，可以说是他们心中最大的骄傲，走到哪里都会把腰杆挺得直溜溜的。但是，现在情况就有些不一样，如果人家凑堆聊起儿孙之事，他们心里会有失落和自卑感，甚至有时竟会糊涂地想，如果彭薇上的不是清华大学，也许早就嫁了人生了子，也不会有现在这些烦恼。

这件事不仅是王三妹夫妻着急，李云鹃也为闺蜜着急。同时，着急的还有一个人，那就是宋飞的母亲侯玉凤，因为王三妹早就托嘱过她，让她一定上心给彭薇踅摸个对象，总不能看着娃就孤零零地单着。

几个着急的人一商量，决定做一件事。他们觉得天时地利人和已占全，是时候撮合杨浪和彭薇了。

于是，几个着急的人便偷偷分头行动。约会地点是李云鹃预定的，选在了市区环境优雅的蓝山咖啡馆。

彭薇由李云鹃通知，理由是一名海外的老同学回来了，约彭薇晚上八点见面。彭薇再详问，她却守口如瓶。

杨浪则由侯玉凤转告，告诉他晚上八点，宋飞请他在蓝山咖啡馆见面，说有十分重要的事情相商。

当杨浪和彭薇如约来到蓝山咖啡馆只见到对方时，两人都颇感意外。

此时，两人手机几乎同时响起。打电话的分别是宋飞和李云鹃。宋飞劝杨浪：一切都已过去，一切也都可以重新开始，希望他抓住机会，把身上仅存的那点孤傲彻底扔了，大胆地向彭薇表白。同时，他还提醒说张晓培之所以选择客死香港，就是为了成全他和彭薇，一定不能辜负了她的一片真心。

李云鹃也劝解彭薇：张晓培并不是她与杨浪之间的坎，她的牺牲应该是他们之间爱的桥梁。如今他俩都过而立之年，应该勇敢地拥抱属于自己的幸福和真爱，如果现在还是裹足不前，人生一晃就老，将来会追

第三十四章

悔莫及。

两人分头接完电话，回到了雅座前，彼此脸上挂着熟悉的微笑和些许尴尬。

咖啡厅音乐舒缓轻柔，窗外车水马龙，灯火辉煌。

深情凝望，思绪万千。

良久，杨浪苦笑了一下，开口道："彭薇，我不知道该怎么表达，你真的特别好，可是我……"

彭薇安静地望着他，深情地说："杨浪，我能理解你的心情，顺其自然吧！"

杨浪用咖啡杯的底部来回磨触着桌布，表白："其实在我心里，那个坎早就不存在了，我只是觉得有一种爱无法用言语与行为来表达，它在等一个契机，我不知道这个契机什么时候来临，会不会来，我不知道。"

彭薇宽容地微笑，说："你和我想的一样，我们现在这种状况，往前迈那一步，不是说一句我爱你那么简单，那三个字太沉重，我们都说不出口，对不对？"

杨浪放下手中的杯子，感激地看着彭薇，点了点头。

的确如此，这三个字对他们来讲已变得生疏和艰难，仿佛被灰尘厚厚遮盖的一张座椅，端着一杯醇香咖啡的你，不是想坐就可以坦然地坐下。

天作孽，犹可恕；人作孽，不可活。用这句话形容吴志宏十分贴切。

随着滨车公司纳入北车股份有限公司旗下并在香港上市，滨车公司改制工作大刀阔斧地推进开来。在三产企业剥离和股份清算中，吴志宏所持有的宏达集团从滨车公司节节败退。特别是他当年收购到宏达集团麾下的凯特制管、宏发电气、宏景制冷，都曾是滨车公司的重要供货方。这几年，随着滨车公司的战略调整和转型，这些企业与滨车公司的业务年年锐减，他原先准备像章鱼一样牢牢地锁绑住滨车公司这个庞然大物，垂涎地等待着它轰然倒塌的那个时刻，最终没有到来。

加之这几年的经营不善和房地产项目投资失败，某种程度上讲凯特制管、宏发电气和宏景制冷基本上都已成空壳公司，主要靠资本运作维持日常运营。直白地说，就是完全依靠虚假数据操作股票市场。在股份清算和改制重组中，滨车公司以全部转让或全面退出收购的方式，迫使吴志宏的公司全部出局。

问题接踵而来，宏达股票暴跌。眼看着自己苦心经营的资本大厦瞬间崩塌，并欠下一身巨债。为毁灭罪证，吴志宏安排手下销毁了所有关联公司的账目。国家证监会专门派出审计组的当天，他仓皇出逃。可是，让他没想到的是，就在他办理登机手续的时候，被公安部门以涉嫌金融诈骗案带走。

吴志宏被警察带走的消息很快传到滨机厂。

王舜田感到十分吃惊，但何向华并不觉得意外。他告诉王舜田，以前之所以不愿意与吴志宏做买卖，就是从心底看不上这个人，因为此人总爱搞些歪门邪道。他是早有预感，吴志宏不出事是偶然，出事才是必然。

王舜田应声附和："就是，就是。"

吴志宏有了报应，何向华心情大好。他看了看窗外天色已近黄昏，便哼着小曲收拾公文包准备下班。

这时，王舜田又敲门而入，手中拿着一份集团公司的传真文件。

何向华接过观看，原来是坦桑尼亚定于2011年9月14日举办坦赞铁路开通35周年纪念活动。作为这段自由之路、友谊之路、繁荣之路的重要参与者和见证者，集团指示滨车公司派相关人员参加，名额共20个。对于这件事情，已退休的铁道部李副部长前几天已专门给他打过电话，还说届时自己也将应邀前往。

手握着这份文件，何向华内心十分感慨。终于可以踏上父亲当年热血出征的那片土地了，他老人家把最宝贵的生命奉献给了那里，自己是该去那里走一走、看一看了。

何向华当即向王舜田部署："当年就是老部长带着我爸他们去坦桑尼亚和赞比亚援建机车大修厂，老部长这次参加，我也必须去。这样吧，你拟个名单，以当年去援建的离退休老干部、老职工们为主，这次活动就当作厂里的一级外事宣传来办，规格一定要高。"

王舜田应诺，正准备离开。

何向华又想起这是一次拓展东非机车市场的天赐良机，于是又指示："对了，借此机会我们要在东非拓展销售网络，营销部门与技术研发部门也都安排代表参加。"

王舜田一听，思路也豁然开朗，禁不住竖起大拇指，赞同道："老总就是老总，果然思路开阔，这就叫一举两得。"

何向华也得意地说："这是搂草打兔子——随手的事！"

参加活动人员的选拔标准一经明确，人员确定起来就十分容易。很快，滨车公司赴坦人员名单敲定：20人的代表团由何向华带队，杨建国、宋卫国、杨浪、彭薇、周晖、罗娟等人悉数在列。王舜田也位列名单，因为这么多年下来，何向华觉得这个办公室主任听话持重，用起来确实放心趁手。另外还有一个人同行，让大家有些意想不到，那就是李云鹃。之所以如此安排，何向华有自己的考虑，那就是要全面加强外宣工作，对外讲好讲活滨车人艰苦创业、凤凰涅槃的故事。无疑，李云鹃是个合适的人选，她不但与彭薇一样出身清华，又有学术和技术背景，而且关键是外语与文笔又好。

出发前一天，何向华率20人先期抵达北京。第二天，他们在首都国际机场T3航站楼与李副部长他们会师出发。

何向华陪着李副部长等领导和北京专家乘坐的是头等舱。彭薇、杨浪等人自然只能坐经济舱。换登机牌时，李云鹃将罗娟、宋飞、周晖等人和自己换在一起，而有意将杨浪、彭薇安排在了另一处。上了飞机，彭薇才发现这个安排，她目光掠过好几排座位，将感激与羞涩的目光投向李云鹃。

这是彭薇与杨浪一起第二次坐飞机。十多年前的那个春节，他们同乘飞机从北京回到滨江的往事，还恍如昨天。

飞机腾空而起，向厚厚的云层冲刺而去。彭薇内心思潮翻涌，静静地闭上了眼睛。杨浪以为还像十多年前的那次一样，彭薇是心生害怕，于是他悄悄伸手，轻轻地握住了彭薇的手。这时飞机刺破云层，渐渐保持平稳飞行。彭薇这才慢慢睁开眼睛，她又一次惊奇地看到了这样的画面：飞机上方的天空清澈湛蓝，太阳明净的光线射进舷窗；远处的云海美轮美奂，如童话里的城堡，惊涛拍岩的巨浪，一望无际的羊群，一泻千里汤汤而去的海浪……

多么熟悉的一幕啊，十多年来，这些场景曾经多少次出现在自己的梦里，又曾勾去了自己多少泪水、相思与叹息。假若自己的父母不是那般市侩，假若自己那天在雪中没有巧遇杨浪与张晓培，假若杨浪没有失手杀死江龙入狱服刑，又假若张晓培死去的四年多来自己能再主动些……生活可能就会改写，自己可能早与杨浪牵手同行。然而，生活没有假设，更没有快捷键，有的只是深一脚浅一脚踏踏实实地向前走。想到这儿，彭薇难以抑住自己的悲喜交加，鼻子有些酸楚，泪水止不住地从眼角滑落。

热泪重重地砸落在杨浪手背上。杨浪手背被砸疼，心也被灼伤，于是更紧紧地握住了彭薇的手。

这一幕，恰好被上卫生间路过的李云鹃看见。

李云鹃假装视而不见，但内心却酸楚和欣喜交集。

第三十五章

　　因为没有北京直达坦桑尼亚达累斯萨拉姆机场的航线,代表团只能通过迪拜转了一次机。

　　坦方人员在达累斯萨拉姆机场隆重地欢迎了中方代表团一行。

　　通过出国前的培训,杨浪知道坦赞铁路是一条贯通东非和南非的交通大干线,是东非交通的动脉。它东起坦桑尼亚的达累斯萨拉姆,西迄赞比亚中部的卡皮里姆波希,全长有1860.5公里。达累斯萨拉姆是一座印度洋边上的沿海城市,人口600万,是坦方全国最大最发达的城市,还曾是坦桑尼亚的首都。

　　纪念系列活动安排得十分紧凑。第一天,在总统府礼堂,由坦方主持纪念仪式的官员宣读了欢迎辞。接着,坦方总统府高级官员给原李副部长、杨建国、宋卫国等八名参加过当年援建的人员颁发了勋章。随后,代表们在展览厅参观了当年援建的历史图片和实物展览,听取了坦方目前铁路运营情况的介绍。

　　晚上,在坦方的总统府宴会厅举行了隆重的欢迎晚宴,坦方民间舞蹈家还表演了民族特色舞蹈。

第二天，坦方安排的是悼念活动。

援建坦赞铁路中方人员牺牲者的墓园在忽忽勒尼市郊外。在前往墓园的路上，李副部长动情地给大家讲述起那一次意外的车祸。那是1978年，铁道部指示滨江机车厂派一支援外队伍前去坦桑尼亚与赞比亚两国，为坦赞铁路配套的几座机车大修厂组装调试设备并培训当地工人。何向华的父亲何三宝带着杨建国、宋卫国等一众徒弟来的就是这里。何三宝、周晖和罗娟的父母等13名优秀工匠都把生命永远地留在了这里。听着李副部长的讲述，杨建国和宋卫国早已泣不成声……

大巴车在忽忽勒尼市郊外的墓园外停下，这是杨建国和宋卫国魂牵梦萦的地方啊！他俩哭喊着，跌跌撞撞地跑进墓园。跟在他们身后的还有周晖和罗娟。

一个个写着中文名字的墓碑矗立，杨建国与宋卫国扑倒在师父何三宝的墓碑前，痛哭流涕。

两鬓已经花白的杨建国哭道："师父，师父呀！我是您的大徒弟，杨建国呀！建国来看您啦，您瞅见我了吧？师父，您好好看看，是建国呀！"

宋卫国也泣不成声在哭道："师父，我是宋卫国，宋金柱他家的老二。当时您还不想收我，说我身子单薄应该去上大学，师父，您还记着这事儿吗？师父，我天天想您呀，做梦老是梦见您，师父……"

何向华也眼眶含泪，哭诉："爸，儿子今天来看您啦！您在那边还好吧……"

杨建国抹着泪，跪扶着何三宝的墓碑，动情地说："师父，向华现在可出息了，他是咱们公司的党委书记兼总经理，一把手，给您争光啦！"

不远处，在李副部长的引导下，周晖与罗娟等人也各自找到了牺牲亲人的墓碑，深情地跪拜、献花。

众人排成两排，集体向面前的众墓碑深深鞠躬，站在两侧的十多名坦方军人庄严地向天空鸣枪。这种特殊又高贵的悼念形式，更显悲壮肃穆。

从墓园出来，代表团一行又来到当年事故突发地进行了凭吊。

残阳如血。当年事故突发地位于一处草原台地，边缘是一道深不见底的裂谷。杨建国等人站在裂谷边缘，望着挂毯似的植被垂入谷底。杨建国喃喃地告诉众人："当年卡车就是从这儿栽下去的，你们看对面那颗金合欢树，当年我们就是套着那棵树下去把他们的遗体拉上来的……"

众人无不动容。如血残阳里，众人的身影被拉伸放大，愈加让人觉得压抑悲凉。

第三天，中方人员兵分两路。一路是何向华、李副部长等领导与坦方铁路部门负责人进行合作意向谈判，并由彭薇、周晖等人陪同讲解滨江机车厂出口型各款机车与客车的性能。另一路是杨浪、宋飞、罗娟等人，陪着杨建国、宋卫国一行参观当年倾情援建的大修厂。

两路人马活动结束，回到忽忽勒尼市酒店已是下午五点左右。

杨浪回到酒店刚洗了一把脸，便接到王舜田通知，让他叫上彭薇速到何向华房间报到，有重要事项商量。

两人不敢马虎，立即找何向华报到。

何向华三言两语就把事情讲了个大概。原来，公司刚刚收到我国驻坦桑尼亚大使馆发来的求助信息：赞比亚恩多拉市大修厂向我方求援，大使馆希望滨车公司代表团安排人员协助他们修理好机器设备，时间大概半个月。经与李副部长商量，公司决定派杨浪前去执行任务，由彭薇担任翻译人员一同前往。

使命光荣，责任重大，杨浪自然不能推辞。

能与杨浪同行，一起执行这项特殊任务，彭薇更没有什么意见。

二人欣然领命。

当晚，杨浪向杨建国等人辞行。杨建国对这个安排十分高兴，要求杨浪一定要完成好任务，同时提醒他一定不能辜负了何向华的一片苦心。

罗娟也鼓励他，旁敲侧击地说，这可是天赐良机，千万别空手而归。

彭薇也向李云鹃透露了自己将要执行任务的事。李云鹃通过百度搜索了解到，这个恩多拉是赞比亚的中北部城市，是铜带省的首府和进出口门户，也是赞比亚第三大城市和矿业中心之一。但她同时也看到这个城市距刚果边境仅10公里，就特别提醒她一定要注意安全。因为不少资料显示，刚果政局不稳，武器泛滥成灾。

李云鹃的一番科普，让彭薇脸上露出不少担心的神色。见状，李云鹃大笑调侃："真有危险，正好上演英雄救美的桥段。这就是天作之合。"

彭薇看着她，脸红地笑了。

第二天，在两名恩多拉市政府官员的陪同下，杨浪和彭薇登上一列前往恩多拉市的火车。

火车开动的那刻，彭薇的心变得出奇沉静。离开了代表团的其他人员，杨浪安静地坐在了彭薇的身边。火车在美丽宽阔的赞比亚草原上飞驰，近来所见所闻一幕一幕闪回，从她眼前快速掠过：飞机在北京首都国际机场一飞冲天，自己与杨浪并排而坐，十指相扣；坦桑尼亚天空湛蓝，白云如棉，蓝花楹、鸡蛋花点缀旷野，让人怦然心动；丛林中各种灌木野性生长，倔强地将枝干伸向天空，酷似一尊尊艺术雕像……还有李云鹃贴心而周到的安排，何向华安排工作时意味深长的眼神，刚才出发前杨建国伯父慈爱又关切的嘱咐……这一切的一切，不像是一次出国执行任务，更像是上天为自己与杨浪安排的一次特殊约会和浪漫的旅行婚礼……

就在彭薇沉浸于幸福神往之时，变故突如其来。

只见前方不远处，有两辆皮卡车迎着火车飞驰而来，皮卡驾驶室顶部架着的机枪冲着列车疯狂扫射……

"趴下，快趴下——！"随行的赞方官员惊恐万状，用英语惊呼道。

彭薇迅速拉着杨浪趴下身子。他们听到，车内车外传来了一阵激烈的交火声。

趴倒在车厢地板上，彭薇用英语紧张地问赞方官员："怎么回事儿？什么情况？"

赞方官员面露惭色解释说是遭到了反政府武装的进攻，同时他告诉彭薇，列车上专门安排有保卫人员，一定会击溃他们。

正在说话间，一名身穿铁路制服的黑人青年慌慌张张跑过来，惶恐地向赞方官员报告：火车刚才受到反政府武装分子袭击，驾驶室内正副司机已中弹身亡；虽然反叛分子被顺利击退，但在激烈射击中，两节车厢中间连接的空压软管被子弹击中并脱落。

他们说的是英语，杨浪有些不大懂。彭薇一句一句地翻译给他听。

接着，那位黑人青年男子又报告了一个紧急情况："由于减速与制动设备全部损坏，空压缸已经没有压力，第二第三节列车的电路连接管被击中脱落，现在紧急制动装置已无法启用。"

那位官员一下恐慌起来，问："那，现在距有轨距离还剩多远距离？"

黑人青年男子紧张地回答："列车不受控制，无法变道，目前有轨距离只剩不到二十公里，现在时速六十公里。"

两人紧张地交换了一下眼色，同时将目光转向杨浪与彭薇，用乞求的口气问："你们有什么办法吗？你们有什么办法让列车停下吗？全车有两百多号人！"

这时，杨浪心中已有了主意，他告诉众人，唯一的办法就是尽快重新连接电路管线，恢复列车的紧急制动。那位黑人青年告知，列车上正好有连接软管的备用件。

事不宜迟，杨浪当机立断，由他带领几名列车人员到车体外更换连接软管。

列车飞驰，运动中进行这种操作，危险性不言而喻。彭薇担心地拉住杨浪的手，杨浪一回身给了她一个深深的拥抱，毅然决然走出车厢。

车厢外，在几名黑人青年的协助下，杨浪将一架铝合金长梯架在两节列车的把手上，他腰间捆着一根绳索攀上梯子。

失控的火车如出笼之虎，在铁轨上风驰电掣疾行。迎着呼啸而来的风声，杨浪飞快地用管钳拧下原电路软管的接头，重新一根一根地连接……当杨浪满头大汗连接好更换的软管时，在一望无际的草原上，火车已经接近轨道的尽头。

黑人青年得到指令后，迅速拉下紧急制动阀，列车的钢轮瞬间停止转动，在铁轨上刺耳地摩擦滑行，飞溅起大量的火花。

在巨大的冲力之下，铝合金梯突然断裂，杨浪的身子被猛地摔了出去，由于腰间绳子的拉牵，他被飞速的列车在草地上拖滑着。

一名黑人列车员迅速用短刀砍断了绳索，杨浪的身子翻滚了几下，落入一个巨坑中。

终于，列车如一匹被驯服的野马，在距离轨道尽头几米的地方停了下来。

车上的人们鼓掌欢呼。

彭薇却发疯般冲下列车，哭喊着向杨浪落入的坑中奔跑而去。

"杨浪，杨浪，杨浪——"彭薇声嘶力竭，边喊边跑。

只见杨浪满脸鲜血地从草坑中站了起来，迎着飞奔而来的彭薇张开双臂，两人紧紧拥抱！

彭薇心疼地用手轻轻拍按杨浪的后背，泪流满面，动情地说："浪，刚才，你离开我的时候，我的心就跟着你走了，我像被抽空了一样。杨浪，我不愿再等了。我爱你，无论你愿不愿意，我都要嫁给你……"

将至爱的人拥在怀中，听着她动情的表白。杨浪的爱情之火一下子就被点燃了，他瞬时泪奔，忘情地紧拥彭薇，回应着表白着："薇薇，你是我一生至爱，我再也不会犹豫懦弱。让这美丽的非洲大地作证，我再也不会无知地放手，我要你成为我的最美的新娘，我会用一辈子的爱和生命去守护你！"

一对至爱的人儿，忘情地拥吻在一起。

他们的身边是广阔无垠的美丽草原,鲜花正为他们无拘无束地灿烂绽放。

援助恩多拉大修厂的事情进行得很顺利。

仅十天时间,杨浪和彭薇便圆满完成了任务。

回国后,杨浪和彭薇做的第一件事就是手拉手到民政局领取了结婚证。

领证前,他们彼此都没有告知自己的家人。直到从民政局回来,他们才一起到两家宣布了喜讯。

杨建国一家人欣喜不已。

王三妹和彭明选也是喜上眉梢。

李云鹃喜极而泣,感言道有情人终成眷属,他们书写了一部爱的传奇。

举行婚礼的前一天,杨浪和彭薇一起分别拜祭了三个人:薛丽萍、孙树斌,还有张晓培。在他们的墓碑前,两人郑重地献上了白色的菊花,向他们深深鞠躬,并许下了相守一生的诺言。

尾　声

　　岁月如梭，又过了三年。

　　在三年里，彭薇追求的是列车如何跑得更快，宋飞思考的是列车如何刹得更稳，而杨浪则致力于打造和维护更为安全可靠的列车车体。

　　说到宋飞为创新疯狂一点也不为过，短短三年，他申报创新成果近50项。班组各工序工装覆盖率高达30%，使班组整体工作效率得到成倍提升。

　　杨浪也不示弱，他带领二毛、蓝大个等人完成了二十余种工装设备的技术改造，弥补了进口设备的多个缺陷；同时，他们开展技术革新109项，制作工装工具66套，形成工艺文件和操作指南书72项。

　　作为"复兴号"高速列车的总设计师，彭薇不负众望，如期完成了设计任务，并正式在京沪高铁上开通运营。有人问她："和谐号"与"复兴号"有何区别？面对这个问题，彭薇简明扼要、侃侃而谈：一是车型不同。"和谐号"动车顶有个"鼓包"，那其实是受电弓和空调系统。我们把这个"鼓包"下沉到了车顶下的风道系统，使列车不仅看起来更美而且更小，列车在350公里时速下运行，人均百公里能耗下降17%。二是"复兴号"速度大大提高。"和谐号"一般时速达200公里以上，而

"复兴号"最高时速可达498公里，持续运行时速为350公里。

铁龙飞驰，功碑巍然。

2015年，杨浪和宋飞作为国家级高级技师，彭薇作为"复兴号"总设计师，同时被国家有关部门授予"时代楷模"称号。这是机车厂人的殊荣，更是年轻的滨车人的无上荣光。

2015年"五一"国际劳动节前夕，中央电视台推出八集系列节目《大国工匠》。杨浪、宋飞、彭薇和罗娟齐齐入选，走上银屏倾情讲述了他们传奇的故事。

"一个家庭，走出四位大国工匠，两个技校生成长为国家级技能大师，清华大学高才生嫁给一名技校生，绝对传奇，绝对出彩。我必须给他们写一部长篇小说，还要创作一部电视连续剧，把他们的大美青春、奋斗故事和甜蜜爱情传遍大江南北。这是一名新时代记者的责任，更是作为他们亲密战友的荣光。"看着电视屏幕上谈笑风生的朋友们，李云鹃暗暗下定了决心。

饱含丰沛的激情，李云鹃打开电脑，建立了一个崭新的文档，开始创作这部作品。她沉思片刻，随着手指灵活飞快地敲击键盘，从心底喷薄流淌出这样的文字："《大国工匠》是一部长篇小说，主要写在我国高铁飞速发展的时代大背景下，滨江机车厂两代工人所经受的挫折、彷徨、奋斗与成功……他们不仅是中国高铁创业史的真实缩影，也是两代工匠人敬业、精业精神的血脉传承，更是一群普通劳动者在时代洪流里踏出的坚实足迹。这本书，写给我最好的朋友，写给我们所从事的最棒的高铁事业，同时也写给我们所处的这个国泰民安的最美时代。"

（全书终）

2020年4月12日·北京海淀

图书在版编目（CIP）数据

大国工匠 / 梁小明，笔锋著. —成都：天地出版社，2021.7
ISBN 978-7-5455-6243-9（2021年11月重印）

Ⅰ.①大… Ⅱ.①梁…②笔… Ⅲ.①长篇小说－中国－当代 Ⅳ.①I247.5

中国版本图书馆CIP数据核字（2021）第009305号

DAGUO GONGJIANG
大国工匠

出 品 人	杨　政
作　　者	梁小明　笔　锋
责任编辑	杨永龙　李建波
封面设计	挺有文化
内文排版	尚上文化
责任印制	王学锋

出版发行	天地出版社
	（成都市槐树街2号　邮政编码：610014）
	（北京市方庄芳群园3区3号　邮政编码：100078）
网　　址	http://www.tiandiph.com
电子邮箱	tianditg@163.com
经　　销	新华文轩出版传媒股份有限公司
印　　刷	北京文昌阁彩色印刷有限责任公司
版　　次	2021年7月第1版
印　　次	2021年11月第2次印刷
开　　本	710mm×1000mm　1/16
印　　张	27.5
字　　数	368千字
定　　价	68.00元
书　　号	ISBN 978-7-5455-6243-9

版权所有◆违者必究

咨询电话：（028）87734639（总编室）
购书热线：（010）67693207（营销中心）

如有印装错误，请与本社联系调换